獨斷・古今注・中華古今注 譯註

역주자 소개

김 만 원(金萬源)

국립서울대학교 중어중문학과 학사 / 석사 / 박사
국립대만대학교 중문과 방문학자
국립강릉대학교 인문과학연구소장
국립강릉원주대학교 인문대학장 겸 교육대학원장
현 국립강릉원주대학교 중어중문학과 교수

≪山堂肆考 譯註≫(20책), 도서출판역락(2014)
≪事物紀原 譯註≫(2책), 도서출판역락(2015)
≪氏族大全 譯註≫(4책), 도서출판역락(2016)
≪四庫全書簡明目錄 譯註≫(4책), 도서출판역락(2017)
≪死不休-두보의 삶과 문학≫, 공저, 서울대학교출판문화원(2012)
≪두보 고체시 명편≫, 공역, 서울대학교출판문화원(2015)
≪두보 근체시 명편≫, 공역, 서울대학교출판문화원(2018)

文淵閣欽定四庫全書
獨斷 譯註
古今注 譯註
中華古今注 譯註

초판 인쇄 2019년 12월 20일
초판 발행 2019년 12월 26일

역 주 김만원
펴낸이 이대현
편 집 이태곤 권분옥 문선희 백초혜
디자인 안혜진 최선주 김주화
영 업 박태훈 안현진
펴낸곳 도서출판 역락 | 등록 제303-2002-000014호(등록일 1999년 4월 19일)
주 소 서울시 서초구 동광로46길 6-6 문창빌딩 2층
전 화 02-3409-2058(영업부), 2060(편집부) | 팩시밀리 02-3409-2059
전자우편 youkrack@hanmail.net
홈페이지 www.youkrackbooks.com
ISBN 979-11-6244-462-7 93820

* 정가는 표지에 있습니다.

* 파본은 구입처에서 교환해 드립니다.

* 이 도서의 국립중앙도서관 출판예정도서목록(CIP)은 서지정보유통지원시스템 홈페이지(http://seoji.nl.go.kr)와
  국가자료공동목록시스템(http://www.nl.go.kr/kolisnet)에서 이용하실 수 있습니다.(CIP제어번호: CIP2019053353)

文淵閣四庫全書本

獨斷 譯註

後漢 蔡邕 撰

金萬源 標點·校勘·譯註

古今注 譯註

晉 崔豹 撰

金萬源 標點·校勘·譯註

中華古今注 譯註

五代 後唐 馬縞 撰

金萬源 標點·校勘·譯註

역락

서 문

필자는 중국의 고전과 관련하여 폭넓은 지식과 다양한 정보의 체계적인 자료를 구축하고자 하는 의욕을 가지고 다음과 같은 4종의 총서 역주서를 세상에 선보인 적이 있다.

중국고전총서1 고사편 : ≪산당사고 역주≫ 20책 (2014)
중국고전총서2 어휘편 : ≪사물기원 역주≫ 2책 (2015)
중국고전총서3 인물편 : ≪씨족대전 역주≫ 4책 (2016)
중국고전총서4 도서편 : ≪사고전서간명목록 역주≫ 4책 (2017)

이상 4종의 총서를 발간한 뒤로 필자는 이를 바탕으로 고문헌에 대해 보다 깊이 있는 탐구를 시도해 보고자 하는 마음이 생겼다. 이에 필자는 우선 시기적으로 가장 오래된 후한 반고班固(32-92)의 ≪백호통의白虎通義≫를 대상으로 역주서를 발간하였는데, 이책은 그 뒤를 이어 유사한 서책을 물색하던 중 발견한 것 가운데 ≪백호통의≫ 다음으로 오래된 3종의 고서에 대한 역주 작업에 착수함으로써 얻은 두 번째 결과물이다.

3종의 고서 가운데 앞의 ≪독단獨斷≫은 후한 말엽의 학자인 채옹蔡邕(133-192)의 저서이고, 다음의 ≪고금주古今注≫은 진晉나라 때 학자인 최표崔豹(?-?)의 저서이며, 마지막 ≪중화고금주中華古今注≫는 오대五代 후당後唐 때 학자인 마호馬縞(?-?)의 저서이다. 이 책들은 고대 중국의 여러 가지 전장제도와 문화 현상에 대해 고증학적으로 연구한 결과물이란 공통점을 지니고 있다.

그러나 이상의 저술들은 오랜 세월에 걸쳐 전래되면서 오자誤字나 탈자脫字·연자衍字가 발생하고, 문장이 뒤섞이는 과정을 겪는 바람에 현재는 온전한 형태를 갖추지 못 하고 있다. 그러나 고대 중국을 연구하는 데 있어서 소홀히 할 수 없는 귀중한 자료임에는 이견의 여지가 없어 보인다. 그래서 사고전서四庫全書에서도 엄선·

을 거쳐 수록하였을 것이다.

이 책의 역주 작업은 기존의 역주서와 마찬가지로 '표점(구두점) 정리→교감→각주→번역'의 순차를 밟아 진행하였다. 이러한 일련의 작업은 개인의 천학비재淺學非才한 역량에 의존하였기에 오류가 있을 수 있다. 독자제현의 냉엄한 지적이 있으리라 생각한다. 끝으로 이 책의 출간을 위해 물심양면으로 도움을 주신 모든 분들에게 고개 숙여 깊은 감사의 인사를 올린다.

2019년 11월 1일
강원도 강릉시 청헌재淸軒齋에서 필자 씀

일 러 두 기

1 문연각사고전서본文淵閣四庫全書本 ≪독단獨斷≫과 ≪고금주古今注≫ ≪중화고금주中華古今注≫의 본 교감 및 역주 작업에서 사용한 기호와 차서는 아래와 같다.

■ : 권제목 예) ■獨斷卷上■

◇ : 절제목 예) ◇王者至尊四號之別名(왕은 지극히 존귀한 존재이기에 네 가지 호칭의 별명이 있다)

● : 각 항목의 원문原文

○ : 각 항목의 역문譯文

2 이 책에 보이는 속자俗字나 통용되지 않는 이체자異體字는 저자의 의도나 문맥을 해치지 않는다고 판단되면 가급적 정자正字로 교체하였다.

3 일상적인 한자어나 반복하여 출현하는 한자어인 경우는 우리말 뒤에 한자를 생략하였고, 원문에 동일한 한자어가 명기되어 있을 경우도 가급적 우리말 뒤에 한자를 반복하여 명기하지 않았다. 다만 각주에서는 모든 한자어 뒤에 괄호로 독음을 달았는데, 우리말 독음은 본음本音이 아닌 두음법칙頭音法則에 준한 한글사전식 표기법에 의거하였음을 밝힌다. 한자어 뒤에 특별히 독음이나 해설을 보충할 때는 괄호를 사용하였지만, 한자를 우리말 뒤에 병기할 때는 괄호를 사용하지 않았다.

4 각주는 양적인 문제 때문에 권卷이 바뀔 때마다 새 번호로 시작하였다. 각주의 내용도 독자들의 편의를 위해 각 권을 단위로 새로 달았으나, 같은 권 안에서는 처음 출현할 때만 각주를 달고 재차 출현하였을 경우는 중복을 피하기 위해 각주를 달지 않았다. 아울러 각주의 내용은 문맥을 이해하는 데 도움이 되는 내용을 위주로 기술하였다.

5 고유명사, 즉 인명人名이나 지명地名·서명書名·직명職名·연호年

號 등의 경우 문장의 이해에 필요하다고 판단되는 경우에는 각주를
달았지만, 일반적으로 널리 알려졌거나 본문을 통해 어느 정도 윤
곽을 인지할 수 있는 경우는 생략하였다. 단 현전하는 문헌으로 고
증할 수 없는 경우는 그 연유를 밝혔다.

6 인명의 경우 자字나 호號·자호自號·묘호廟號·시호諡號·봉호封
號·관호官號 등 별칭으로 표기된 경우, 특별한 경우가 아니면 독
자들이 이해하기 쉽도록 일괄적으로 별칭을 앞에 적고 실명을 뒤에
적었으며, 본문에서 시대를 밝히지 않은 경우는 왕조명을 괄호로
병기해 시간적인 이해를 돕도록 하였다. 아울러 저자나 편자의 경
우 생졸연대를 괄호로 표기하되 불분명한 경우는 생략하였음을 밝
힌다.

7 지명의 경우 지금의 성省 단위 행정 체계는 명청明淸 때부터 윤곽
이 잡히기 시작하였다. 따라서 비록 고대의 행정 구역명과 현대의
행정 구역명에 다소 차이가 있더라도 고대 명칭을 그대로 사용하되
현대의 성 명칭을 괄호로 병기해 공간적인 이해를 돕고자 하였다.

8 서명의 경우 사고전서본四庫全書本과 속수사고전서본續修四庫全書
本·사고전서존목총서본四庫全書存目叢書本 등의 명칭을 위주로 표
기하였다. 단 십삼경주소본十三經注疏本은 '주소注疏'라는 명칭을
생략하고, 《역경易經》 《서경書經》 《시경詩經》 《좌전左傳》
《공양전公羊傳》 《곡량전穀梁傳》 《주례周禮》 《의례儀禮》 《예
기禮記》 《논어論語》 《맹자孟子》 《효경孝經》 《이아爾雅》
등 통용 명칭을 사용하였다. 또한 예문의 출처를 밝힐 때 원전의
서명·편명·권수 등은 사고전서본을 기준으로 하였음을 밝힌다.

9 본 역주서에서의 음가音價는 한글 독음을 기준으로 하되 한글 독음
과 고대 중국의 반절음反切音 및 현대한어병음現代漢語拼音상의 음
가가 불일치할 경우는 한글 독음과 반절음 혹은 한어병음을 병기함
으로써 독자의 이해를 돕는 방향으로 작업을 하였음을 밝힌다.

참 고 문 헌

1. 사전류

≪漢韓大辭典≫ 동양학연구소 한국: 단국대학교출판부(2008)

≪韓國漢字語辭典≫ 동양학연구소 한국: 단국대학교출판부(1996)

≪漢韓大字典≫ 한국: 민중서관(1983)

≪中韓辭典≫ 고대민족문화연구소 한국:고려대학교출판부(1993)

≪漢語大詞典≫ 漢語大詞典編纂委員會 中國: 上海辭書(1986)

≪中文大辭典≫ 中文大辭典編纂委員會 編 臺灣: 中華學術院(1973)

≪四庫大辭典≫ 李學根・呂文郁 編 中國: 吉林大學出版社(1996)

≪二十六史大辭典≫ 馮濤 編 中國: 九洲圖書出版社(1999)

≪十三經大辭典≫ 吳楓 編 中國: 中國社會出版社(2000)

≪中國歷史大辭典≫ 中國歷史大辭典編纂委員會 中國: 上海辭書(2000)

≪中國古今地名大辭典≫ 謝壽昌 等 編 中國: 商務印書館(1931)

≪中國歷代職官辭典≫ 沈起煒・徐光烈 編 中國: 上海辭書(影印本)

≪中國古代文學家字號室名別稱辭典≫ 張福慶 編 中國: 華文出版社(2002)

≪中國文學家大辭典≫ 譚正璧 編 中國: 上海書店(1981)

≪中國文學家列傳≫ 楊蔭深 臺灣: 中華書局(1984)

≪中國文學大辭典≫ 傅璇琮 等 編 中國: 上海辭書(2001)

≪中國詩學大辭典≫ 傅璇琮 等 編 中國: 浙江敎育出版社(1999)

≪中國詞學大辭典≫ 馬興榮 等 編 中國: 浙江敎育出版社(1996)

≪中國曲學大辭典≫ 齊森華 等 編 中國: 浙江敎育出版社(1997)

≪唐詩大辭典≫ 周勛初 編 中國: 鳳凰出版社(2003)

≪宋詞大辭典≫ 王兆鵬・劉尊明 主編 中國: 鳳凰出版社(2003)

≪元曲大辭典≫ 李修生 主編 中國: 鳳凰出版社(2003)

≪詩詞曲小說語辭大典≫ 王貴元 主編 中國: 群言出版社(1993)

≪中國古典小說鑑賞辭典≫ 谷說 主編 中國: 中國展望出版社(1989)

≪中國哲學大辭典≫ 方克立 編 中國: 中國社會科學出版社(1994)

≪中國哲學辭典≫ 韋政通 編 中國: 水牛出版社(1993)

≪中國典故大辭典≫ 辛夷·成志偉 編 中國: 北京燕山出版社(2009)

≪中華成語大辭典≫ 中國: 吉林文史出版社(1992)

≪宗敎辭典≫ 任繼愈 編 中國: 上海辭書(1981)

≪佛敎大辭典≫ 任繼愈 編 中國: 江蘇古籍出版社(2002)

≪佛經解說辭典≫ 劉保全 著 中國: 河南大學出版社(1997)

≪中華道敎大辭典≫ 胡孚琛 編 中國: 中國社會科學出版社(1995)

≪十三經索引≫ 葉紹均 編 臺灣: 開明書店(影印本)

≪諸子引得≫ 臺北: 宗靑圖書出版公司(影印本)

2. 원전류

≪四庫全書簡明目錄≫ 淸 于敏中 等 撰 中國: 上海古籍(1995)

≪四庫全書叢目提要≫ 淸 紀昀 撰, 王雲五 主編 臺灣: 商務印書館(1978)

≪文淵閣四庫全書≫ 淸 乾隆帝 勅撰 中國: 上海古籍(1995)

≪續修四庫全書≫ 編纂委員會 編 中國: 上海古籍(1995)

≪四庫全書存目叢書≫ 編纂委員會 編 中國: 齊魯書社(1997)

≪四庫未收書輯刊≫ 編纂委員會 編 中國: 北京出版社(1998)

≪四庫禁燬書叢刊≫ 編纂委員會 編 中國: 北京出版社(1998)

≪全上古三代秦漢三國六朝文≫ 淸 嚴可均 編 中國: 中華書局(1999)

≪全唐文≫ 淸 董皓 編 中國: 上海古籍(2007)

≪先秦漢魏晉南北朝詩≫ 逯欽立 編 中國: 中華書局(1982)

≪全漢三國晉南北朝詩≫ 丁福保 編 臺灣: 世界書局(1978)

≪全唐詩≫ 淸 康熙帝 勅撰 中國: 中華書局(1999)

≪全宋詩≫ 北京大學古文獻硏究所 編 中國: 北京大學出版社(1998)

≪全宋詩索引≫ 北京大學古文獻硏究所 編 中國: 北京大學出版社(1999)

≪御定詞譜≫ 淸 康熙帝 勅撰 中國: 上海古籍(1995) 四庫全書本

≪北堂書鈔≫ 唐 虞世南 撰 中國: 上海古籍(1995) 四庫全書本

≪藝文類聚≫ 唐 歐陽詢 勅撰 中國: 上海古籍(2010)

≪初學記≫ 唐 徐堅 勅撰 中國: 中華書局(2010)

≪白孔六帖≫ 唐 白居易 撰 中國: 上海古籍(1995) 四庫全書本

≪太平御覽≫ 宋 李昉 勅撰 中國: 河北教育出版社(2000)

≪太平廣記≫ 宋 李昉 勅撰 中國: 中華書局(1986)

≪册府元龜≫ 宋 王欽若 勅撰 中國: 鳳凰出版社(2006)

≪玉海≫ 宋 王應麟 撰 中國: 廣陵書社(2002)

≪海錄碎事≫ 宋 葉廷珪 撰 中國: 中華書局(2002)

≪記纂淵海≫ 宋 潘自牧 撰 中國: 上海古籍(1995) 四庫全書本

≪古今事文類聚≫ 宋 祝穆 撰 中國: 上海古籍(1995) 四庫全書本

≪古今合璧事類備要≫ 宋 謝維新 撰 中國: 上海古籍(1995) 四庫全書本

≪職官分紀≫ 宋 孫逢吉 撰 中國: 上海古籍(1995) 四庫全書本

≪錦繡萬花谷≫ 宋 著者 未詳 中國: 上海古籍(1995) 四庫全書本

≪翰苑新書≫ 宋 著者 未詳 中國: 上海古籍(1995) 四庫全書本

≪喩林≫ 明 徐元太 撰 中國: 上海古籍(1995) 四庫全書本

≪天中記≫ 明 陳耀文 撰 中國: 上海古籍(1995) 四庫全書本

≪御定淵鑑類函≫ 清 康熙帝 勅撰 中國: 上海古籍(1995) 四庫全書本

≪御定駢字類編≫ 清 康熙帝 勅撰 中國: 上海古籍(1995) 四庫全書本

≪御定子史精華≫ 清 康熙帝 勅撰 中國: 上海古籍(1995) 四庫全書本

≪御定佩文韻府≫ 清 康熙帝 勅撰 中國: 上海古籍(1995) 四庫全書本

≪通典≫ 唐 杜佑 中國: 中華書局(1992)

≪御定續通典≫ 清 康熙帝 勅撰 中國: 商務印書館(1935)

≪通志≫ 宋 鄭樵 撰 中國: 中華書局(1987)

≪御定續通志≫ 清 康熙帝 勅撰 中國: 浙江古籍出版社(2000)

≪文獻通考≫ 元 馬端臨 撰 中國: 中華書局(1986)

≪御定續文獻通考≫ 清 康熙帝 勅撰 中國: 商務印書館(1936)

3. 주석류

≪十三經注疏≫ 淸 紀昀 等 編 臺灣: 藝文印書館

≪說文解字注≫ 後漢 許愼 撰·淸 段玉裁 注 臺灣: 黎明文化事業公司

≪曹子建詩注≫ 魏 曹植 撰·黃節 注 臺灣: 藝文印書館

≪曹植詩解譯≫ 魏 曹植 撰·聶文郁 解釋 中國: 靑海人民出版社

≪阮步兵詠懷詩注≫ 魏 阮籍 撰·黃節 注 臺灣: 藝文印書館

≪嵇康集注≫ 魏 嵇康 撰·殷翔 郭全芝 注 中國: 黃山書社

≪陸士衡詩注≫ 晉 陸機 撰·郝立權 注 臺灣: 藝文印書館

≪陶淵明集校箋≫ 晉 陶潛 撰·楊勇 校箋 臺灣: 鼎文書局

≪謝康樂詩注≫ 宋 謝靈運 撰·黃節 注 臺灣: 商務印書館

≪鮑參軍詩注≫ 宋 鮑照 撰·黃節 注 臺灣: 藝文印書館

≪謝宣城詩注≫ 齊 謝朓 撰·郝立權 注 臺灣: 藝文印書館

≪謝宣城集校注≫ 齊 謝朓 撰·洪順隆 校注 臺灣: 中華書局

≪李白詩全譯≫ 唐 李白 撰 中國: 河北人民出版社(1997)

≪杜詩詳註≫ 唐 杜甫 撰·淸 仇兆鰲 注 中國: 中華書局

≪杜甫詩全譯≫ 唐 杜甫 撰·韓成武 譯 中國: 河北人民出版社(1997)

≪樊川詩集注≫ 唐 杜牧 撰·淸 馮集梧 注 中國: 上海古籍(1982)

≪詳注十八家詩抄≫ 淸 曾國藩 撰 臺灣: 世界書局

≪新譯唐詩三百首≫ 邱燮友 譯註 臺灣: 三民書局(1973)

≪增訂註釋全唐詩≫ 陳貽焮 主編 中國: 文化藝術出版社(1996)

≪二十四史全譯≫ 章培恒 等 譯 中國: 漢語大詞典出版社(2004)

≪資治通鑑全譯≫ 宋 司馬光 撰 中國: 貴州人民出版社(1993)

≪中國歷代名著全譯叢書≫ 王運熙 主編 中國: 貴州人民出版社(1997)

≪二十二子詳注全譯≫ 韓格平 等 主編 中國: 黑龍江人民出版社(2004)

≪孔子家語譯註≫ 王德明 譯註 中國: 廣西師範大學出版社(1998)

≪春秋繁露今註今譯≫ 前漢 董仲舒·賴炎元 註譯 臺灣: 常務印書館(1984)

≪鹽鐵論譯註≫ 前漢 桓寬 撰 中國: 冶金工業出版社(影印本)

≪法言註釋≫ 前漢 揚雄·王以憲 等 註釋 中國: 北京華夏出版社(2002)

≪潛夫論註釋≫ 後漢 王符·王以憲 等 註釋 中國: 北京華夏出版社(2002)

≪古文觀止全譯≫ 楊金鼎 譯 中國: 安徽教育出版社

≪白虎通疏證≫ 後漢 班固·淸 陳立 注 中國:中華書局(1994)

≪白虎通義≫ 後漢 班固·曉夢 譯 中國:靑苹果電子圖書系列

≪백호통의≫ 후한 반고 저·신정근 역주 소명출판사(2005)

≪두보 초기시 역해≫ 김만원(공역) 솔출판사(1999)

≪두보 지덕연간시 역해≫ 김만원(공역) 한국방송대출판부(2001)

≪두보 위관시기시 역해≫ 김만원(공역) 서울대학교출판부(2004)

≪두보 진주시기시 역해≫ 김만원(공역) 서울대학교출판부(2007)

≪두보 성도시기시 역해≫ 김만원(공역) 서울대학교출판부(2008)

≪두보 재주시기시 역해≫ 김만원(공역) 서울대학교출판부(2010)

≪두보 2차성도시기시 역해≫ 김만원(공역) 서울대학교출판문화원(2016)

≪두보 기주시기시 역해 1≫ 강민호(공역) 서울대학교출판문화원(2017)

≪두보 고체시 명편≫ 김만원(공역) 서울대학교출판문화원(2015)

≪두보 근체시 명편≫ 김만원(공역) 서울대학교출판문화원(2018)

≪山堂肆考 譯註≫(전20책) 김만원 도서출판역락(2014)

≪事物紀原 譯註≫(전2책) 김만원 도서출판역락(2015)

≪氏族大全 譯註≫(전4책) 김만원 도서출판역락(2016)

≪四庫全書簡明目錄 譯註≫(전4책) 김만원 도서출판역락(2017)

≪白虎通義 譯註≫ 김만원 도서출판역락(2018)

4. 저술류

≪중국통사≫ 徐連達 等 著·중국사연구회 옮김 청년사(1989)

≪중국철학소사≫ 馮友蘭 著·문정복 옮김 이문출판사(1997)

≪중국 고전문학의 이해≫ 김학주 한국방송통신대학교출판부(2005)

≪중국문학사≫ 김학주·이동향 한국방송통신대학교출판부(1989)

≪중국시와 시론≫ 김만원(공저) 현암사(1993)

≪중국시와 시인≫ 김만원(공저) 사람과책(1998)

≪死不休-두보의 삶과 문학≫ 김만원(공저) 서울대학교출판문화원(2012)

≪中國文學發展史≫ 劉大杰 中國: 上海古籍(1984)

≪中國歷史紀年表≫ 臺灣: 華世出版社編著印行(1978)

≪東亞歷史年表≫ 鄧洪波 撰 中國: 嶽麓書院(2004)

≪中國類書≫ 趙含坤 中國: 河北人民出版社(2005)

≪中國古代的類書≫ 胡道靜 中國: 中華書局(2008)

부 록

◇ ≪독단獨斷≫ 사고전서제요四庫全書提要

● 獨斷二卷, 漢蔡邕撰. 王應麟玉海[1]謂, "是書間有顚錯[2]. 嘉祐[3]中, 余擇中更爲次序, 釋以己說. 故別本題新定獨斷." 擇中之本, 今不傳. 然今書中序歷代帝系末云, "從高祖乙未, 至今壬子歲, 四百一十年[4]." 壬子爲靈帝建寧[5]五年, 而靈帝世系末行小註, 乃有二十二年之事, 又有獻帝之諡, 則決非邕之本文. 蓋後人亦有所竄亂[6]也. 是書於禮制多信禮記[7], 不從周官[8]. 若五等[9]封爵, 全與大司徒[10]異, 而各條解義, 與康成[11]禮[12]註合者甚多. 其釋六祝[13]一條, 與康成

---

1) 玉海(옥해) : 송나라 왕응린王應麟(1223-1296)이 과거시험 참고서용으로 작성한 유서류類書類의 책. 21문門 240류類 총 200권. ≪사고전서간명목록・자부・유서류≫권14 참조.
2) 顚錯(전착) : 순서가 뒤죽박죽 어그러진 모양을 이르는 말로 결국 오류를 가리킨다.
3) 嘉祐(가우) : 북송北宋 인종仁宗의 연호(1056-1063).
4) 四百一十年(사백일십년) : 전한 고조高祖가 즉위한 을미년(B.C.206)으로부터 후한 영제靈帝 건녕建寧 5년 임자년(172)까지는 실제로는 약 380년이므로 계산상에 착오가 있는 듯하다. 그러나 여기서는 위의 예문을 그대로 따른다.
5) 建寧(건녕) : 후한後漢 영제靈帝의 연호(168-171). 건녕 5년(172)에 희평熹平으로 개원하였기에 '건녕 5년'은 곧 '희평 원년'과 같은 말이다.
6) 竄亂(찬란) : 함부로 고쳐쓰다, 멋대로 개작하다.
7) 禮記(예기) : 예법과 관련한 기본 정신을 서술한 책. 전한 선제宣帝 때 대덕戴德이 정리한 85편의 ≪대대예기大戴禮記≫와 대덕의 조카인 대성戴聖이 정리한 49편의 ≪소대예기小戴禮記≫가 있는데, 오늘날 '예기'라고 하는 것은 후자를 가리킨다. ≪주례周禮≫・≪의례儀禮≫와 함께 '삼례三禮'라고 한다.
8) 周官(주관) : 주공周公 희단姬旦이 주나라의 관제官制인 천관天官・지관地官・춘관春官・하관夏官・추관秋官・동관冬官을 정리했다고 전하는 책인 ≪주례周禮≫의 원명原名. 전한 때 유흠劉歆(?-23)이 ≪주관≫을 처음으로 ≪주례≫라고 하였고, 당나라 가공언賈公彦이 소疏를 달면서 ≪주례≫라고 칭하여 널리 통용되었다. 총 6편 360관官.
9) 五等(오등) : 공公・후侯・백伯・자子・남男의 다섯 작위의 등급을 이르는 말.
10) 大司徒(대사도) : 주周나라 때 육경六卿의 하나로서 국가 재정을 관장하는 지관地官의 장관. 전한 애제哀帝와 평제平帝 때는 대사마大司馬・대사공大司空과 함께 삼공三公의 반열에 오르기도 하였다.
11) 康成(강성) : 후한 때 대유大儒인 정현鄭玄(127-200)의 자. 고문경학古文經學과

大祝¹⁴⁾註, 字句全符, 則其所根據當同出一書. 又續漢書¹⁵⁾輿服志, "樊噲¹⁶⁾冠廣九寸, 高七寸, 前後出各四寸," 是書則謂'高七寸, 前出四寸,' 其詞小異. 劉昭¹⁷⁾輿服志註引獨斷曰, "三公¹⁸⁾·諸侯九旒, 卿¹⁹⁾七旒," 今本則作"三公九, 諸侯·卿七, 建華冠²⁰⁾," 註引獨斷曰, "其狀若婦人纚鹿²¹⁾," 今本竝無此文. 又初學記²²⁾引獨斷曰,

---

금문경학今文經學에 두루 정통하고 훈고학訓詁學에 밝았으며, 수천 명의 제자를 거느리며 학파를 형성하였다. ≪모시전毛詩箋≫을 지었고, ≪역경≫과 ≪서경≫를 비롯하여 ≪주례≫ ≪의례≫ ≪예기≫ ≪논어≫ 등 주요 경전經典에 주석서를 남겼다. ≪후한서·정현전≫권65 참조.

12) 禮(예) : 예법과 관련한 기본 정신을 서술한 책인 ≪예기禮記≫의 본명.

13) 六祝(육축) : 풍년·운명·복록·전쟁·비·죄악 등과 관련하여 신에게 고하는 여섯 가지 축문을 아우르는 말.

14) 大祝(대축) : 신에게 제사지내는 일을 관장하는 벼슬을 가리키는 말.

15) 續漢書(속한서) : 진晉나라 사마표司馬彪가 후한 때 역사를 기록한 책으로 총 83권이었으나 오래 전에 실전되었다. ≪수서·경적지≫권33 참조.

16) 樊噲(번쾌) : 전한 사람(?-B.C.189). 시호는 무武. 원래는 개 잡는 백정 출신으로 유방劉邦(B.C.247-B.C.195)의 수하가 되어 많은 전공을 세웠다. 유방이 항우項羽(B.C.232-B.C.202)와 홍문鴻門에서 연회를 가졌을 때 목숨을 걸고 검을 들고서 뛰쳐들어가 유방을 구출한 고사로 유명하다. 한나라 건국 후 좌승상左丞相과 상국相國에 올랐고, 무양후舞陽侯에 봉해졌다. ≪한서·번쾌전≫권41

17) 劉昭(유소) : 남조南朝 양梁나라 때 사람으로 ≪후한서≫ 가운데 <지志>편을 보충하고 주를 달았다.

18) 三公(삼공) : 세 명의 재상을 일컫는 말. 시대마다 차이가 있는데, 주周나라 때는 태사太師·태부太傅·태보太保를 삼공이라고 하다가, 진秦나라와 전한 초에는 승상丞相·어사대부御史大夫·태위太尉를 삼공이라고 하였고, 전한 말엽에는 대사마大司馬(태위太尉)·대사도大司徒·대사공大司空을 삼공이라고 하였으며, 후대에는 태위太尉·사도司徒·사공司空을 삼공이라고 하였다.

19) 卿(경) : 중국 고대 조정의 최고위 관직인 구경九卿. 시대마다 명칭과 서열에 차이가 있는데, 한나라 때는 태상太常·광록훈光祿勳·위위衛尉·태복太僕·정위廷尉·홍려鴻臚·종정宗正·대사농大司農·소부少府를 '구경'이라 하였고, 수당隋唐 이후로는 구시九寺, 즉 태상太常·광록光祿·위위衛尉·종정宗正·태복太僕·대리大理·홍려鴻臚·사농司農·태부太府의 장관을 '구경'이라고 하였다.

20) 華冠(화관) : 자작나무 껍질로 만든 갓. 뒤의 '쇄리繼履' 및 명아주 지팡이(藜)와 함께 매우 궁핍한 생활을 상징한다.

21) 纚鹿(누록) : 고대에 선비들이 쓰던 아래가 크고 위가 작은 형태의 관冠 이름.

22) 初學記(초학기) : 당나라 서견徐堅 등이 칙명勅命에 의해 저술한 유서류類書類의 책으로 총 30권. ≪사고전서간명목록·자부·유서류≫권14 참조. 우세남虞世南(558-639)의 ≪북당서초北堂書鈔≫, 구양순歐陽詢(557-641)의 ≪예문류취禮文類聚≫와 함께 당대 삼대유서로 꼽힌다.

"乘輿23)之車, 皆副轄24)者, 施轄於外, 乃復設轄者也," 與今本亦全
異. 此或諸家援引偶訛. 或今本傳寫脫誤, 均未可知. 然全書條理統
貫, 雖小有參錯25), 固不害其宏旨, 究考證家之淵藪26)也. 乾隆27)
四十六年九月, 恭校上.

　　　　　　總纂官紀昀·陸錫熊·孫士毅·總校官陸費墀.
○《독단》 2권은 후한 채옹(133-192)이 지었다. (송나라) 왕응린
(1223-1296)은 《옥해·예문藝文·고사故事》권51에서 "이 책
은 간간이 오류가 있다. (인종) 가우(1056-1063) 연간에 여택중
이 다시 순서를 매기고 자신의 학설로 풀이를 달았다. 그래서 별
도의 판본에는 '새로 정리한 《독단》'이란 제목이 달려 있다"고
하였다. 여택중의 판본은 지금 전하지 않는다. 그러나 현전하는
책에서 역대 황제의 계보를 정리한 글의 말미를 보면 "(전한) 고
조 을미년(B.C.206)으로부터 올해 임자년(172)에 이르기까지 41
0년이 된다"고 하였다. 임자년은 (후한) 영제 건녕 5년(172)인데
도 영제의 세계표 마지막 행에 작은 글씨로 쓴 주에 도리어 즉
위한 지 22년째 되는 해(188)의 고사가 실려 있고, 또 헌제(189
-220 재위)의 시호가 적혀 있는 것으로 보아 결코 채옹이 작성
한 본래의 문장이 아니다. 아마도 후인이 함부로 고쳐쓴 곳도 있
을 것이다. 이 책은 예법에 관한 제도에 대해 《예기》를 신빙한
곳이 많은 반면 《주례》를 따르지 않았다. 예를 들어 다섯 등급
으로 작위를 봉하는 경우 대사도와 전혀 다른데도 각 조항에서
의 뜻풀이는 (후한) 강성康成 정현鄭玄(127-200)의 주와 합치하
는 것이 무척 많은 편이다. 그중 '육축'을 해석한 조항은 정현이
'대축'에 단 주와 자구가 완전히 합치하는 것으로 보아 근거가

---

23) 乘輿(승여) : 황제의 수레. 황제의 대칭代稱으로도 쓰였다.
24) 轄(할) : 수레를 움직이는 주요 부품인 비녀장.
25) 參錯(참착) : 들쭉날쭉한 모양. 여기서는 오류를 뜻한다.
26) 淵藪(연수) : 큰 연못과 늪지를 뜻하는 말로 보고나 총집결체를 비유한다.
27) 乾隆(건륭) : 청淸 고종高宗의 연호(1736-1795).

같은 서책에서 나온 것이 분명하다. 또 ≪속한서·여복지≫에 "(전한) 번쾌의 갓은 너비가 9치이고, 높이가 7치이며, 전후로 튀어나온 부위가 각기 4치이다"라고 하였는데, 이 책에서는 '높이가 7치이고, 앞으로 튀어나온 부위가 4치이다'라고 하여 문장에 약간의 차이가 있다. (남조南朝 양梁나라) 유소는 ≪후한서·여복지≫권40의 주에서 ≪독단≫을 인용하여 "삼공과 제후는 술을 아홉 개 달고, 구경은 술을 일곱 개 단다"고 하였으나, 현행본에서는 "삼공은 술을 아홉 개 달고, 제후와 구경은 술을 일곱 개 달고 건화관을 쓴다"고 하였고, 주에서 ≪독단≫을 인용하여 "그 모양새는 부인이 쓰는 누록관과 유사하다"고 하였는데, 현행본에는 결코 이 문구가 없다. 또 ≪초학기·기용부器用部·거車≫권25에서 ≪독단≫을 인용하여 "황제의 수레는 모두 비녀장을 덧붙이는데, 바깥쪽에 비녀장을 설치하면서도 겹으로 비녀장을 설치한다"고 한 것은 현행본의 기록과 전혀 다르다. 이는 아마도 여러 학자들이 인용하는 과정에서 어쩌다 와전된 것인 듯하다. 어쩌면 현행본은 전사 과정에서 탈자나 오류가 생겼을 터이나 모두 알 수가 없다. 그러나 전체 문장이 조리가 있기에 비록 소소하나마 오류가 있다 하더라도 그 중요한 취지를 해치지 않기에 궁극적으로 고증학자들의 보고라 할 만하다. (청나라 고종) 건륭 46년(1781) 9월에 삼가 교정하여 올리다.

　　　　　　　총찬관 기윤·육석웅·손사의 및 총교관 육비지 씀.

◇≪고금주古今注≫ ≪중화고금주中華古今注≫ 사고전서제 요四庫全書提要

●古今注三卷, 舊本題晉崔豹撰, 中華古今注三卷, 舊本題唐太學博士28)馬縞撰. 豹書無序跋. 縞書前有自序, 稱"昔崔豹古今注, 博識雖廣, 殆有闕文, 泊乎黃初29), 莫之聞見. 今添其注, 以釋其義." 然今互勘二書, 自宋齊以後事二十九條外, 其魏晉以前之事, 豹書惟草木一類, 及鳥獸類'吐綬30)鳥一名功曹'七字, 爲縞書所無. 縞書惟服飾一類, 及開卷31)宮室一條, 部伍32)·兵陣二條, 馬·獒犬33)二條, 爲豹書所闕. 其餘所載, 並皆相同. 不過次序稍有後先, 字句偶有加減. 縞所謂'增注釋義,' 絕無其事. 又縞書中卷云, "棒, 崔正熊注車輻也," 使全襲豹語, 不應此條獨著豹名. 考太平御覽34)所引書名有豹書, 而無縞書, 文獻通考35)雜家類, 又祇有縞書, 而無豹書, 知豹書久亡, 縞書晚出, 後人摭其中魏以前事, 贗爲豹作. 又檢校永樂大典36)所載蘇鶚演義37), 與二書相同者, 十之五六, 則不特豹書出於依

---

28) 太學博士(태학박사) : 도성의 최고 교육기관인 태학太學에서 학생들을 가르치는 업무를 관장하는 벼슬 이름.

29) 黃初(황초) : 위魏 문제文帝의 연호(220-226).

30) 吐綬(토수) : 칠면조.

31) 開卷(개권) : 제1권을 이르는 말. 여기서는 결국 상권上卷·중권中卷·하권下卷 가운데 상권을 가리킨다.

32) 部伍(부오) : 군대를 이르는 말. '부部'와 '오伍' 모두 군대의 편제를 뜻하는 말인 데서 유래하였다.

33) 獒犬(문견) : 원문에 의하면 주周나라 성왕成王 때 거수국渠搜國에서 바쳤다는 전설상의 동물 이름인 '표견獒犬'의 오기이다.

34) 太平御覽(태평어람) : 송나라 태평흥국太平興國 2년(977)에 이방李昉(925-996) 등이 태종太宗의 칙명을 받들어 지은 유서류類書類의 책. 모두 55문門으로 분류되어 있고, 채록한 서적이 1,690종에 달한다. 비록 대부분 다른 유서에서 전사轉寫하여 일일이 원본에서 추출하지는 않았지만, 수집한 것이 해박하여 고증 자료의 보고로 평가받는다. 총 1,000권. ≪사고전서간명목록·자부·유서류≫권14 참조.

35) 文獻通考(문헌통고) : 원나라 마단림馬端臨(약 1254-1323)이 당나라 두우杜佑(735-812)의 ≪통전通典≫을 본떠서 내용을 보충한 사서류史書類의 저술. 총 348권. 송나라 정초鄭樵(1104-1162)의 ≪통지通志≫와 함께 '삼통三通'으로 불린다. ≪사고전서간명목록·사부·정사류正史類≫권8 참조.

36) 永樂大典(영락대전) : 명나라 성조成祖의 칙명으로 해진解縉 등이 영락永樂(1403

託, 即縞書亦不免於勦襲38). 特以相傳旣久, 姑並存以備參考耳. 案
劉孝標世說39)注載, "豹, 字正能40), 晉惠帝時, 官至太傅41)." 馬縞
稱爲正熊, 能·熊二字相近, 蓋有一誤. 舊五代史有縞傳, 載其"明
經42)及第, 登拔萃43)之科, 仕梁, 爲太常44)修撰45), 累歷尙書郞46)

-1424) 연간에 편찬한 총 22,877권의 총서叢書. 청나라 건륭제乾隆帝 때 사고전
서四庫全書를 편찬하는 데 중요한 기틀이 되었으나, 1900년 의화단 사태 때 대부
분 소실되고 800권만 남았다.

37) 演義(연의) : 당나라 소악蘇鶚이 고대 문물에 대해 자신의 견해를 밝힌 책. 총 2
권. 동명의 서책이 다종 있어 ≪소씨연의蘇氏演義≫라고도 한다. 원본은 오래 전
에 실전되고 현전하는 것은 ≪영락대전永樂大典≫에서 발췌하여 재정리한 것인
데, 진晉나라 최표崔豹의 ≪고금주古今注≫ 및 오대五代 후당後唐 마호馬縞의 ≪
중화고금주中華古今注≫와 내용상 출입이 많아 고증하는 데 중요한 자료로 평가받
는다. ≪사고전서간명목록·자부·잡가류≫권13 참조.

38) 勦襲(초습) : 베끼다, 표절하다.

39) 世說(세설) : 남조南朝 유송劉宋 유의경劉義慶(403-444)이 한漢나라 때부터 진晉
나라 때까지 여러 가지 일화를 모아 엮은 소설류의 책인 ≪세설신어世說新語≫의
약칭. 본명은 ≪세설신서世說新書≫이나 ≪세설신어≫로 통용되었다. 총 3권. 양梁
나라 유효표劉孝標(462-521. 효표는 유준劉峻의 자)가 주를 달았다. ≪사고전서간
명목록·자부·소설가류≫권14 참조.

40) 能(능) : 현전하는 사고전서본 ≪세설신어·언어言語≫권상에는 '웅熊'으로 되어
있는 것으로 보아 후대에 고쳐쓴 듯하다.

41) 太傅(태부) : 재상의 지위인 삼공三公, 즉 태사太師·태부太傅·태보太保 가운데
하나. 그러나 후에는 태위太尉·사도司徒·사공司空을 삼공으로 설치하고, '큰 스
승'이란 의미에서 삼공보다 높여 별도로 '상공上公'이라고 하면서 '삼사三師'로 세
우기도 하였다.

42) 明經(명경) : 한나라 때 경서經書에 밝은 사람에게 책문策問에 답하게 해서 인재
를 뽑던 과거시험의 하나. 수隋나라 때 경전을 대상으로 하는 명경과와 문재文才
를 시험하는 진사과로 나뉘었고, 당송唐宋 때까지 이어지다가 송나라 때 진사시험
으로 통일되면서 폐지되었다.

43) 拔萃(발췌) : 당나라 이후로 고사考査를 통해 관리를 뽑던 일종의 과거 과목을 일
컫는 말인 서판발췌과書判拔萃科의 약칭.

44) 太常(태상) : 예악禮樂과 천문天文에 관련된 업무를 관장하는 기관인 태상시太常
寺나 그 장관인 태상경太常卿의 약칭. 태상경은 구경九卿 중에서도 서열이 가장
높은 고관高官이었다.

45) 修撰(수찬) : 사관史館이나 집현전集賢殿 등의 기관에서 국사나 서적 편찬을 관장
하는 벼슬을 이르는 말. 여기서는 태상시 소속 속관을 가리킨다.

46) 尙書郞(상서랑) : 조정의 핵심 행정 기관인 상서성尙書省에서 실질적인 업무를 처
리하던 벼슬인 낭관郞官에 대한 총칭. 당송唐宋 때는 낭중郞中과 원외랑員外郞으
로 나뉘기도 하였다.

・知理院事47), 遷太常少卿48)." 通鑑49)紀, 其"唐明宗天成50)二年,
官中書舍人51), 有請立親廟52)事." 冊府元龜53)載, 其"長興54)四年,
爲戶部侍郞55), 年已八十, 後又爲國子祭酒56)." 今本題唐太學博士,
蓋據陳振孫書錄解題57). 然稱爲太學博士, 實振孫之誤. 至其時代,
則振孫亦稱後唐, 不專稱唐, 又明人刊本, 以意妄爲竄改矣. 乾隆四
十六年十二月恭校上.

　　　　　　　總纂官紀昀・陸錫熊・孫士毅・總校官陸費墀.

○《고금주》 3권은 옛 판본에 진나라 최표가 지었다고 적고 있고,

---

47) 知理院事(지리원사) : 형옥刑獄에 관한 업무를 관장하는 벼슬을 이르는 말.
48) 太常少卿(태상소경) : 예악禮樂과 천문天文에 관련된 업무를 관장하는 태상시太常
　　寺의 버금 장관을 가리키는 말.
49) 通鑑(통감) : 송나라 사마광司馬光(1019-1086)이 영종英宗의 칙명으로 주周나라
　　위열왕威烈王(B.C.425-B.C.402 재위)부터 오대五代 후주後周의 세종世宗(955-95
　　9 재위)에 이르기까지 113왕 1,362년 간의 사적을 편년체編年體로 엮은 역사책인
　　《자치통감資治通鑑》의 약칭. 총 294권. 송나라 진진손陳振孫(?-약 1261)의 《직
　　재서록해제直齋書錄解題・편년류編年類》권4 참조.
50) 天成(천성) : 후당後唐 명종明宗의 연호(926-929).
51) 中書舍人(중서사인) : 황명의 기초起草와 출납出納을 관장하는 중서성中書省 소속
　　의 벼슬 이름. 장관인 중서령中書令과 버금 장관인 중서시랑中書侍郞 다음 가는
　　고관高官이다.
52) 親廟(친묘) : 조상을 모시는 사당을 이르는 말.
53) 冊府元龜(책부원귀) : 송나라 진종眞宗 때 왕흠약王欽若(962-1025) 등이 황명을
　　받들어 소설류의 기록을 제외한 경서經書・사서史書・자서子書의 주요 내용을 발
　　췌하여 정리한 유서류類書類의 저서. 총 1,000권. 《사고전서간명목록・자부・유
　　서류》권14 참조.
54) 長興(장흥) : 후당後唐 명종明宗의 연호(930-933).
55) 戶部侍郞(호부시랑) : 상서성尙書省 소속 육부六部 가운데 국가의 재정과 회계에
　　관한 업무를 관장하는 호부의 버금 장관. 장관은 '상서尙書'라고 하고, 차관을 '시
　　랑'이라고 하며, 휘하에 낭중郞中과 원외랑員外郞을 거느렸다.
56) 國子祭酒(국자제주) : 국가의 교육을 총괄하고 제사를 주재하는 기관인 국자감國
　　子監의 장관 이름. 시대마다 차이가 있어 유림제주儒林祭酒・성균제주成均祭酒
　　・국자제주國子祭酒・대사성大司成 등 다양한 명칭으로 불렸다.
57) 書錄解題(서록해제) : 송나라 진진손陳振孫(?-약 1261)이 고대 전적에 관해 쓴
　　서지인 《직재서록해제直齋書錄解題》의 약칭. 원본은 오래 전에 실전되고 현전하
　　는 것은 《영락대전永樂大典》에서 발췌하여 53문門으로 재구성한 것이다. 총 22
　　권. 원나라 마단림馬端臨의 《문헌통고文獻通考》도 이 책을 기반으로 한 것으로
　　알려져 있다. 《사고전서간명목록・사부・목록류》권8 참조.

≪중화고금주≫ 3권은 옛 판본에 (오대五代) 후당後唐 때 태학박
사를 지낸 마호가 지었다고 적고 있다. 최표의 저서에는 서문이
나 발문이 없다. 마호의 저서에는 앞에 자서가 있는데, "옛날 최
표의 ≪고금주≫는 지식이 비록 폭넓게 담겨 있지만 빠진 문장
이 있고, (삼국 위魏나라 문제文帝) 황초(220-226) 연간의 고사
에 대해서는 견문을 적은 것이 없다. 그래서 이제 주를 보태 그
뜻을 풀이하고자 한다"고 하였다. 그러나 이제 두 저서를 상호
비교해 보면 (남조南朝) 유송劉宋・남제南齊 때 고사 29개 조항
을 제외하면, 그중 (삼국) 위나라・진나라 이전의 고사와 관련해
최표의 글 가운데 오직 '초목류' 및 '조수류'의 '칠면조란 새는
일명 공명이라고도 한다'는 일곱 자가 마호의 저서에는 없다. 한
편 마호의 글 가운데 '복식류' 및 상권의 '궁실' 1조, '부오'와
'병진' 2조, '마' '표견豹犬' 2조가 최표의 저서에는 빠져 있다.
나머지 기록은 모두 서로 동일하다. 다만 순서에 다소 선후의 차
이가 있고, 자구에 이따금 가감이 있을 뿐이다. 마호는 '주를 늘
리고 뜻을 풀이하였다'고 하였지만 결코 그러한 사례가 없다. 마
호는 자신의 저서 중권에서 "'봉棒'에 대해 최정옹(최표)은 ≪고
금주≫권상에서 '수레바퀴살을 뜻한다'고 말했다"고 하였는데,
만약 전적으로 최표의 말을 답습하였다면 이 조항에서만 ('정옹'
이라는) 최표의 별명을 밝혔을 리가 없다. 고찰해 보건대 ≪태평
어람≫에서 인용한 서명에 최표의 저서는 있으나 마호의 저서가
없는데, ≪문헌통고・경적고經籍考・잡가류≫권214에서는 다시
단지 마호의 저서만 있고 최표의 저서가 없는 것으로 보아 최표
의 저서가 오래 전에 실전되고 마호의 저서가 뒤늦게 출현하면
서 후인들이 그중 위나라 이전의 고사를 골라다가 최표의 작품
으로 위조하였다는 것을 알 수 있다. 또 ≪영락대전≫에서 기재
하고 있는 (당나라) 소악의 ≪연의≫를 검토해 보면 두 저서와
내용이 같은 것이 10분의 5 내지 6인 것으로 보아 단지 최표의

저서만 가탁한 것이 아니라 마호의 저서 역시 표절이라는 비판에서 자유롭지 못 하다. 다만 전해져 내려온 지 오래되었기에 임시나마 함께 존치하여 참고자료로 비치하고자 할 따름이다. (남조南朝 양梁나라) 유효표(유준劉峻)의 ≪세설신어·언어言語≫권 상의 주를 살펴보면 "최표는 자가 정능으로 진나라 혜제 때 관직이 태부까지 올랐다"고 기재하고 있는데도 마호는 '정웅'이라고 칭하였다. '능能'과 '웅熊' 두 글자가 서로 비슷하게 생겼으므로 아마도 하나는 오자일 것이다. ≪구오대사·당서唐書≫권71에 실린 마호의 전기에서는 "마호가 명경과에 급제하고 발췌과에 급제한 뒤 후량後梁에서 벼슬길에 올라 태상수찬을 지내다가 상서랑과 지이원사를 두루 거쳐 태상소경으로 승진하였다"고 기재하고 있고, ≪자치통감·후당기後唐紀≫권276에서는 "마호가 후당 명종 천성 2년(927)에 중서사인을 맡으면서 친묘를 세울 것을 주청한 일이 있다"고 기재하고 있으며, ≪책부원귀·총록부總錄部·수고壽考≫권784에서는 "(후당 명종) 장흥 4년(933) 호부시랑을 맡았을 때 나이 이미 80세가 되었고, 뒤에 다시 국자제주를 지냈다"고 기재하고 있다. 그럼에도 현행본에서 후당에서 (직급이 낮은) 태상박사를 지냈다고 적고 있는 것은 아마도 (송나라) 진진손의 ≪직재서록해제·잡가류雜家類≫권10의 기록에 근거해서일 것이다. 그러나 '태상박사'라고 칭한 것은 실상 진진손의 오류이다. 심지어 시대와 관련해서도 진진손 역시 '후당'이라고 칭했지 단지 '당'이라고만 칭하지 않은 것으로 보아 다시 명나라 사람의 간행본에서 자기 생각에 비춰 멋대로 고쳐쓴 것일 게다. (청나라 고종) 건륭 46년(1781) 12월에 삼가 교정하여 올리다.

　　　　　총찬관 기윤·육사웅·손사의 및 총교관 육비지 씀.

◇≪중화고금주中華古今注≫ 서序

●昔崔豹古今注, 博識雖廣, 迨有闕文, 洎乎廣初[58], 莫之聞見. 今添
其注, 以釋其義, 目之爲中華古今注, 勒成[59]三卷, 稍資後學. 請益
前言云爾. 太學博士馬縞集.

○옛날에 (진晉나라) 최표의 ≪고금주≫는 지식이 비록 폭넓게 담
겨 있지만 급기야 빠진 문장이 있고, (삼국 위魏나라 문제文帝)
황초(220-226) 연간의 고사에 대해서는 견문을 적은 것이 없다.
그래서 이제 주를 보태 그 뜻을 풀이하고 여기다가 ≪중화고금
주≫라는 제목을 달아 3권으로 편성함으로써 조금이나마 후학들
에게 도움을 주고자 한다. 그래서 삼가 이렇게 전언을 덧붙인다.
(오대五代 후당後唐) 태학박사 마호가 편집하다.

---

58) 廣初(광초) : 삼국 위魏나라 문제文帝 때 연호인 '황초黃初'의 오기.
59) 勒成(늑성) : 편성하다, 편집하다.

목 차

≪古今注≫

≪中華古今注≫

■ 獨斷卷上 ■

●漢天子, 正號曰皇帝, 自稱曰朕[1], 臣民稱之曰陛下[2]. 其言曰制詔[3], 史官記事曰上. 車馬・衣服・器械百物曰乘輿[4], 所在曰行在所. 所居曰禁中, 後曰省中[5]. 印曰璽, 所至曰幸, 所進曰御. 其命令, 一曰策書, 二曰制書, 三曰詔書, 四曰戒書.

○한나라 때 천자와 관련해 정식으로 부를 때는 '황제'라고 하고, 스스로를 칭할 때는 '짐朕'이라고 하고, 신하나 백성이 부를 때는 '폐하'라고 하였다. 천자가 내뱉는 말은 '제조'라고 하고, 사관이 일을 기록할 때는 '상上'이라고 하였다. 거마・의복・기계 등 온갖 사물은 '승여'라고 하고, 소재지는 '행재소'라고 하였다. 거처는 '금중'이라고 하다가 뒤에 '성중'이라고 하였다. 인장은 '새璽'라고 하고, 찾아가는 곳을 '행행幸'이라고 하고, 바치는 것을 '어御'라고 하였다. 천자가 내리는 명령 가운데 첫째를 '책서'라고 하고, 둘째를 '제서'라고 하고, 셋째를 '조서'라고 하고, 넷째를 '계서'라고 하였다.

●皇帝・皇王・后帝, 皆君也. 上古天子庖犧氏[6]・神農氏[7]稱皇, 堯

---

1) 朕(짐) : 일인칭 대명사인 나. 진秦나라 시황제始皇帝 이후로는 황제가 자신을 가리킬 때만 쓰는 말이 되었다.

2) 陛下(폐하) : 황제에 대한 존칭. '섬돌 아래 공손히 자리한다'는 의미에서 유래하였다. 황제皇帝에게는 '섬돌 아래 있다'는 의미의 '폐하陛下'를, 친왕親王이나 제후에게는 '전각 아래 있다'는 의미의 '전하殿下'를, 고관에게는 '누각 아래 있다'는 의미의 '각하閣下'를, 그리고 신분이나 연령이 높은 사람에게는 '발 아래 있다'는 의미의 '족하足下'를 사용함으로써 상대방의 지위가 낮아질수록 점차 거리를 가까이하는 의미가 담겨 있다.

3) 制詔(제조) : 황제의 명령에 대한 총칭.

4) 乘輿(승여) : 황제의 수레. 황제의 대칭代稱으로도 쓰였다.

5) 省中(성중) : 조정, 궁중宮中. 원래는 '금중禁中'이라고 하다가 한漢나라 효원황후孝元皇后 부친의 휘諱가 '금禁'이기 때문에 '성중'이란 표현이 생겼다고 한다. '궁중에 들어가면 잘 살펴서 함부로 행동하지 않는다'는 뜻에서 유래하였다.

6) 庖犧氏(포희씨) : 전설상의 임금인 삼황三皇 가운데 첫 번째 황제인 복희씨伏羲氏

·舜稱帝, 夏·殷·周稱王. 秦承周末, 爲漢驅除, 自以德兼三皇8),
功包五帝9), 故幷以爲號. 漢高祖受命10), 功德宜之, 因而不改也.

○황제·황왕·후제 모두 임금을 뜻한다. 상고시대 때 천자인 포희
씨(복희씨)와 신농씨는 '황皇'으로 불렸고, (당나라) 요왕과 (우나
라) 순왕은 '제帝'로 불렸고, 하나라·은나라·주나라 임금들은
'왕王'으로 불렸다. 진秦나라는 주나라 말엽을 이었다가 한나라
에 의해 축출당했는데, 스스로 덕이 삼황을 겸비하고 공적이 오
제를 포괄한다고 생각하였기에 ('황'과 '제'를) 합쳐서 호칭으로
삼았다. 전한 고조는 천명을 받아 즉위하자 공덕이 그에 걸맞는
다고 하여 이를 계승한 채 바꾸지 않았다.

◇王者至尊四號之別名(왕은 지극히 존귀한 존재이기에 네 가지 호칭의 별명이 있다)

●王, 畿內之所稱. 王有天下, 故稱王.
○왕은 경기내에서 부르는 호칭이다. 천하를 다스리고 소유하기에
'왕'이라고 부른다.

의 별칭.
7) 神農氏(신농씨) : 전설상의 임금인 삼황三皇 가운데 두 번째 황제. 농사 짓는 법을
   처음으로 백성들에게 가르쳤다고 한다.
8) 三皇(삼황) : 전설상의 임금. ≪주례周禮≫의 복희伏義·신농神農·황제黃帝, ≪백
   호통白虎通≫의 복희伏義·신농神農·축융祝融, ≪상서대전尙書大傳≫의 수인燧人
   ·복희伏義·신농神農, ≪여씨춘추呂氏春秋≫의 복희伏義·여와女媧·신농神農, ≪
   예문류취藝文類聚≫의 천황天皇·지황地皇·인황人皇 등 시대마다 차이가 있어 설
   이 다양하다.
9) 五帝(오제) : 전설상의 다섯 황제. 전한 사마천司馬遷(B.C.135-?)은 ≪사기史記·
   오제본기五帝本紀≫권1에서 황제黃帝·전욱顓頊·제곡帝嚳·요堯·순舜을 가리킨
   다고 한 반면, 진晉나라 황보밀皇甫謐(215-282)은 ≪제왕세기帝王世紀·오제≫권
   2에서 소호少昊·전욱顓頊·제곡帝嚳·요堯·순舜을 가리킨다고 하는 등 설에 따
   라 차이가 있다.
10) 受命(수명) : 천명을 받다. 즉 황제에 즉위하는 것을 말한다. 신하가 황제의 명령
    을 받드는 것을 뜻할 때도 있다.

●天王, 諸夏11)之所稱. 天下之所歸往, 故稱天王.

○천왕은 중원의 모든 사람들이 부르는 호칭이다. 천하가 귀의하는 대상이기에 '천왕'이라고 부른다.

●天子, 夷狄12)之所稱. 父天母地, 故稱天子.

○천자는 오랑캐가 부르는 호칭이다. 하늘을 부친으로 삼고 땅을 모친으로 삼기에 '천자'라고 부른다.

●天家, 百官小吏之所稱. 天子無外, 以天下爲家, 故稱天家.

○천가는 모든 관료들이 부르는 호칭이다. 천자는 외지로 여기는 곳이 없이 천하를 집으로 생각하기에 '천가'라고 부른다.

◇天子正號之別名(천자의 정식 호칭으로서의 별명)

●皇帝, 至尊之稱. 皇者, 煌也, 盛德煌煌, 無所不照. 帝者, 諦也, 能行天道. 事天審諦, 故稱皇帝.

○황제는 지극히 존귀한 칭호이다. '황皇'은 빛난다는 뜻으로 성대한 덕이 환하게 빛을 발해 비추지 않는 곳이 없다는 말이다. '제帝'는 살핀다는 뜻으로 천도를 실행할 수 있다는 말이다. 하늘을 섬기며 잘 살피기에 '황제'라고 부른다.

●朕, 我也. 古者尊卑共之, 貴賤不嫌, 則可同號之義也. 堯曰13), "朕在位七十載." 皐陶14)與帝舜言曰15), "朕言惠16)可底行17)." 屈

---

11) 諸夏(제하) : 중원의 모든 제후국이나 백성을 이르는 말. '하夏'는 '화華'와 통용자로서 중원을 뜻한다.

12) 夷狄(이적) : 중국 고대의 이민족에 대한 총칭. 동방의 이민족을 '이夷'라고 하고, 남방의 이민족을 '만蠻'이라고 하며, 서방 이민족을 '융戎'이라고 하고, 북방 이민족을 '적狄'이라고 한 데서 비롯되었다.

13) 曰(왈) : 당唐나라 요왕의 말은 ≪서경·우서虞書·순전堯典≫권2에 전한다.

14) 皐陶(고요) : 우虞나라 순왕舜王 때 형벌을 관장하던 장관의 이름. 당唐나라 요왕

原18)曰19), "朕皇考20)." 此其義也. 至秦, 天子獨以爲稱, 漢因而不
改也.

○'짐朕'은 '나'라는 뜻이다. 옛날에는 지위가 높은 사람이나 낮은
사람이 함께 사용하였고, 귀족이나 천민이 거리낌없이 함께 사용
한 것을 보면 호칭을 똑같이 사용해도 된다는 의미가 있다. 그래
서 (당唐나라) 요왕이 "나는 70년 동안 황제의 자리에 있었다"
고 하였고, (우虞나라 때) 고요가 순왕과 얘기하면서 "저의 말은
실행에 옮길 수 있습니다"라고 하였고, (전국시대 초楚나라) 굴
원(굴평屈平)이 "나의 돌아가신 부친"이라고 하였는데, 이것이
바로 그러한 뜻이다. 진나라에 이르러 천자만이 호칭으로 삼으면
서 한나라도 이를 답습하여 바꾸지 않았다.

●陛下者, 陛, 階也, 所由升堂也. 天子必有近臣執兵, 陳於陛側, 以戒
不虞21). 謂之陛下者, 群臣與天子言, 不敢指斥22)天子. 故呼在陛下
者而告之, 因卑達尊之意也. 上書亦如之. 及群臣士庶23)相與言, 曰
'殿下'·'閣下'·'執事24)'之屬, 皆此類也.

○'폐하'라는 말에서 '폐陛'는 계단을 뜻하는 말로서 대청에 오르기

堯王의 이복동생이라는 설이 있다.
15) 曰(왈) : 우虞나라 고요의 말은 ≪서경·우서·고요모皐陶謨≫권3에 전한다.
16) 惠(혜) : 어기조사로 별뜻이 없다.
17) 底行(저행) : 실행에 옮기다, 실천하다. '저底'는 '치致'의 뜻.
18) 屈原(굴원) : 전국시대 초楚나라 사람 굴평屈平. '원原'은 자字. 본명보다는 자로
  더 알려졌다. 호는 영균靈均. 회왕懷王 때 삼려대부三閭大夫를 지내다가 참소를 당
  하자 ≪이소離騷≫를 짓고, 양왕襄王 때 다시 참소를 당하자 멱라강汨羅江에 투신
  자살하였다. ≪사기·굴원전≫권84 참조.
19) 曰(왈) : 전국시대 초楚나라 굴원의 말은 후한 왕일王逸이 엮은 ≪초사장구楚辭章
  句·이소離騷≫권1에 전한다.
20) 皇考(황고) : 돌아가신 부친에 대한 존칭.
21) 不虞(불우) : 예상치 못 한 일, 뜻밖의 일을 뜻하는 말.
22) 指斥(지척) : 이름을 직접 거론하거나 대놓고 부르는 것을 뜻하는 말.
23) 士庶(사서) : 선비와 서민. 즉 일반 백성에 대한 총칭.
24) 執事(집사) : 모종의 업무를 관장하는 관원을 지칭하는 말.

위해 경유하는 곳이다. 천자의 경우 반드시 병기를 손에 든 신하가 계단 옆에 도열한 채 예상치 못 한 사태에 대비한다. '폐하'라고 부르는 것은 신하들이 천자와 얘기할 때 감히 대놓고 천자라고 부를 수 없어서이다. 그래서 '계단 아래에 대기하고 있는 사람입니다'라고 외치면서 일을 아뢰는 것에는 낮은 곳에서 존귀한 사람에게 말을 전달한다는 뜻이 담겨 있다. 글을 올릴 때도 이와 마찬가지다. 신하나 백성들이 상대방과 대화할 때 '전하' '각하' '집사'라고 부르는 말들도 모두 이러한 부류이다.

●上者, 尊位所在也. 太史令[25]司馬遷記事, 當言帝則依違[26]. 但言上, 不敢褻瀆[27]. 言尊號, 尊王之義也.

○'상上'은 지존의 자리가 있는 곳을 뜻한다. (전한 때) 태사령을 지낸 사마천은 사실을 기술하면서 마땅히 '제帝'라고 말해야 할 때면 주저하곤 하였다. 단지 '상'이라고 말한 것은 감히 무례하게 이름을 더럽히지 않겠다는 것이다. 존호를 말하는 것은 왕을 존대하겠다는 뜻이다.

●乘輿出於律. 律曰, "敢盜乘輿服御物." 謂天子所服食者也. 天子至尊, 不敢褻瀆言之, 故託之於乘輿. 乘, 猶載也. 輿, 猶車也. 天子以天下爲家, 不以京師[28]宮室爲常處, 則當乘車輿, 以行天下. 故群臣託乘輿以言之. 或謂之車駕.

○'승여'는 법률에 나온다. 법률에 "감히 황제의 수레나 의복 같은

---

25) 太史令(태사령) : 진한秦漢 때 사서史書의 편찬과 천문·역법을 총괄하던 벼슬. 위진魏晉 이후로 사서 편찬을 저작랑著作郎이 전담하면서부터는 주로 천문과 역법을 관장하게 되었다.
26) 依違(의위) : 결단을 내리지 못 하고 주저하는 모양. 우유부단한 모양.
27) 褻瀆(설독) : 이름을 더럽히다. 무례하게 굴다.
28) 京師(경사) : 서울, 도읍을 이르는 말. 송나라 주희朱熹(1130-1200) 설에 의하면 '경京'은 높은 지대를 뜻하고, '사師'는 많은 사람을 뜻한다. 즉 높은 산에 의지하여 많은 사람이 모여 사는 곳이란 뜻에서 유래하였다.

물품을 훔치면"이라는 문구가 있는데, 이는 천자가 입고 먹고 하
는 물품을 말한다. 천자는 지극히 존귀한 존재라서 감히 함부로
이를 입에 올리지 않기에 '승여'라는 말에 기탁하는 것이다. '승
乘'은 탄다는 뜻이고, '여興'는 수레라는 뜻이다. 천자는 천하를
집으로 여기되 경사의 궁실을 일상적인 거처로 여기지 않기에
의당 수레를 타고서 천하를 순행한다. 그래서 신하들도 '승여'라
는 말에 기탁해서 언급하는 것이다. 혹은 '거가'라고도 한다.

●天子自謂曰行在所, 猶言今雖在京師, 行所至耳. 巡狩天下, 所奏事
處, 皆爲宮. 在京師, 曰'奏長安宮,' 在泰山, 則曰'奏奉高29)宮.' 唯
當時所在, 或曰朝廷, 亦依違尊者所都, 連擧朝廷以言之也. 親近侍
從官30), 稱曰大家, 百官小吏31), 稱曰天家.

○천자가 스스로를 일컬을 때 '행재소'라고 하는 것은 지금은 비록
도성에 있지만 가야할 곳으로 간다는 말이다. 천하를 순수할 때
도 정사를 아뢰는 곳은 모두 궁궐이 된다. 그래서 경사에 있을
때는 '장안궁에서 아뢴다'고 하고, (산동성) 태산에 있을 때는
'봉고궁에서 아뢴다'고 한다. 다만 당시 있는 곳을 혹여 '조정'이
라고 부르는 것도 지존이 도읍으로 삼은 곳에 대해 주저하는 마
음이 생기기에 계속해서 조정을 대신 거론하여 말하는 것일 뿐
이다. 가까운 시종관은 천자를 '대가'라고 부르고, 문무백관이나
하급관리는 천자를 '천가'라고 부른다.

●禁中者, 門戶有禁, 非侍御者不得入. 故曰禁中. 孝元皇后父大司

29) 奉高(봉고) : 한나라 때 산동성 태산군泰山郡에 설치했던 현 이름. 전한 고조高祖
유방劉邦을 모시는 사당이 있는 곳으로 와전되기도 하였다.
30) 侍從官(시종관) : 황제를 측근에서 모시는 신하를 일컫는 말로 한림학사翰林學士
·급사중給事中·상서성尚書省의 장관인 육부六部의 상서尚書와 차관인 시랑侍郎
·어사대부御史大夫 등을 가리킨다.
31) 小吏(소리) : 지위가 낮은 하급관리를 이르는 말. 구실아치, 아전.

馬32)陽平侯33)名禁, 當時避之. 故曰省中. 今宜改, 後遂無言之者.

○'금중'이란 말은 출입문에 금기할 거리가 있어서 가까이서 모시는 신하가 아니면 출입할 수 없다는 뜻이다. 그래서 '금중'이라고 한다. (전한) 원제 황후의 부친인 대사마 양평후의 이름이 '금禁'이라서 당시 이를 피휘避諱하였다. 그래서 '성중'이라고 하게 된 것이다. 당시는 마땅히 바꿔서 써야 했는데, 뒤에는 급기야 금중이라고 말하는 이가 없게 되었다.

●璽者, 印也. 印者, 信也. 天子璽以玉, 螭虎紐34). 古者尊卑共之. 月令35)曰36), "固封璽." 春秋左氏傳37)曰, "魯襄公在楚, 季武子38)使公治問, 璽書追而與之." 此諸侯・大夫39)印稱璽者也. 衛宏40)曰, "秦以前, 民皆以金玉爲印, 龍虎紐, 唯其所好." 然則秦以來, 天子

32) 大司馬(대사마) : 진한秦漢 때 군정軍政을 총괄하는 벼슬로 삼공三公의 하나. 후에는 태위太尉로 개칭되었고 삼공 가운데 서열이 가장 높았다.
33) 陽平侯(양평후) : 하북성 양평군陽平郡을 봉토로 받은 제후를 뜻하는 말로 전한 원제元帝의 장인은 왕금王禁의 봉호를 가리킨다.
34) 螭虎紐(이호뉴) : 이무기나 호랑이 모양의 도장 손잡이를 이르는 말. '뉴紐'는 '뉴鈕'로도 쓴다.
35) 月令(월령) : 계절에 맞춰 정해 놓은 농사에 관한 정령政令. '시령時令'이라고도 한다. ≪예기≫의 편명이자, 후한 채옹蔡邕(133-192)이 지은 ≪월령장구月令章句≫의 약칭으로도 쓰였다.
36) 曰(왈) : 현전하는 ≪예기・월령≫권17에는 '고봉새固封璽'가 '고봉강固封疆'으로 되어 있다.
37) 春秋左氏傳(춘추좌씨전) : 노魯나라 은공隱公 원년元年(B.C.722년)부터 애공哀公 27년(B.C.468년)까지 약 250년 간의 춘추시대 역사를 기록한 ≪춘추경春秋經≫에 대한 좌구명左丘明의 해설서. ≪좌전左傳≫으로 약칭하기도 한다.
38) 季武子(계무자) : 춘추시대 노魯나라 대부大夫 계손숙季孫叔. '계'는 항렬이고, '무'는 시호이며, '자'는 존칭.
39) 大夫(대부) : 주周나라 때 신분 구분인 공公・경卿・대부大夫・사士의 하나. 삼공三公과 구경九卿 아래로 상대부上大夫・중대부中大夫・하대부下大夫가 있고, 그 밑으로 다시 상사上士와 중사中士・하사下士가 있었다. 후대에는 벼슬아치에 대한 범칭汎稱으로 쓰기도 하였다.
40) 衛宏(위굉) : 후한 사람. 의랑議郞・급사중給事中 등을 역임하였고, 경학經學에 정통하였다. ≪후한서・위굉전≫권109 참조. 그가 전한前漢 때의 관제官制를 정리한 책인 ≪한관구의漢官舊儀(약칭 한구의漢舊儀)≫ 2권이 사고전서에 전한다.

獨以印稱璽, 又獨以玉, 群臣莫敢用也.

○'새璽'는 도장을 뜻하고, 도장은 믿음을 상징한다. 천자의 도장은 옥을 사용하여 만들고 이무기나 호랑이 모양의 손잡이를 단다. 옛날에는 신분이 높은 사람이나 낮은 사람이나 상관없이 모두 이를 공유하였다. ≪예기・월령≫권17에서 "단단히 옥새를 봉하였다"고 하고, ≪춘추좌씨전・양공襄公29년≫권39에서 "노나라 양공이 초나라에 있을 때 계무자가 공야를 시켜 안부를 물으며 서신에 도장을 찍어 쫓아가서 그에게 주었다"고 하였는데, 이는 제후나 대부의 도장 모두 '새'라고 칭했다는 것을 말해 준다. (후한) 위굉은 "진나라 이전에는 백성들도 모두 금이나 옥으로 도장을 만들었는데, 용이나 호랑이 모양의 손잡이를 다는 것은 단지 그들의 기호에 따른 것일 뿐이다"라고 하였다. 그러므로 진나라 이래로 천자만이 도장을 '새'라고 칭하고, 또 천자만이 옥을 사용하여 만들었을 뿐 신하늘은 감히 이를 사용하지 못 하였다는 것을 알 수 있다.

●幸者, 宜幸也. 世俗謂幸爲僥倖. 車駕所至, 民臣被其德澤以僥倖, 故曰幸也. 先帝故事, 所至見長吏[41]・三老[42]官屬, 親臨軒[43]作樂, 賜食・皂帛[44]・越巾[45]・刀・珮・帶. 民爵有級數, 或賜田租之半,

---

41) 長吏(장리) : 한나라 때 녹봉이 4백 석에서 2백 석 사이인 현승縣丞・현위縣尉 등 지방 장관의 보좌관을 통칭하는 말. 녹봉이 백 석 이하의 아전들은 '소리少吏'라고 하였다. ≪한서・백관공경표百官公卿表≫권19 참조. 후에는 고위 관료를 지칭하는 말로도 쓰였다.

42) 三老(삼로) : 고을의 장로長老를 가리키는 말. 상고시대에는 재상을 지내다가 물러난 국가 원로를 지칭하다가 진한秦漢 이후로는 시골의 향리鄕里에서 고을의 교화敎化를 담당하던 벼슬 이름으로 쓰였다. ≪한서・백관공경표百官公卿表≫권19에 의하면 10리마다 '정亭'을 설치하고서 10정亭을 '향鄕'이라고 하였고, 향마다 삼로三老・질질嗇夫・색부嗇夫・유요游徼를 두었는데, 삼로는 교화를 관장하였다고 한다.

43) 臨軒(임헌) : 임금이 정전正殿에 앉지 않고 직접 대臺에 나와 앉는 것을 일컫는 말.

44) 皂帛(조백) : 검은 옷과 흰 옷을 아우르는 말. '백帛'은 '백白'으로도 쓴다.

45) 越巾(월건) : 월 지방에서 생산되는 수건을 이르는 말.

是故謂之幸, 皆非其所當必而得之. 王仲任[46]曰[47], "君子無幸, 而有不幸, 小人有幸, 而無不幸." 春秋傳[48]曰, "民之多幸, 國之不幸也." 言民之得所不當得. 故謂之幸. 然則人主必愼所幸也. 御者, 進也. 凡衣服加於身, 飲食入於口, 妃妾接於寢, 皆曰御. 親愛者, 皆曰幸. 幸說從上章.

○'행幸'이란 행운에 걸맞는다는 뜻이다. 세간에서는 '행'을 '요행'이라고 한다. 황제의 수레가 가는 곳에서는 백성이나 신하들이 그 은택을 입으면서 요행으로 생각하기에 '행'이라고 한다. 선제 때 관례에 의하면 황제가 가는 곳에서 장리와 삼로 등 속관들을 접견하면 몸소 누대에 나와 앉아 음악을 연주하고 음식과 옷·월건·칼·패물·허리띠 등을 하사하였다. 백성의 작위에는 등급이 있고, 간혹 세금의 반을 하사받기도 하는데, 이 때문에 이를 '행'이라고 하지만 모두 그들이 응당 반드시 얻을 수 있는 것은 아니다. (후한) 중임仲任 왕충王充은 "군자는 요행은 없어도 불행은 있고, 소인은 요행은 있어도 불행은 없다"고 하였고, ≪좌전·선공宣公16년≫권24에서는 "백성들에게 요행이 많으면 나라가 불행해진다"고 하였다. 이는 백성들이 의당 얻지 않아야 할 것을 얻었다는 말이다. 그래서 이를 '행'이라고 하는 것이다. 그러므로 군주는 반드시 요행을 조심해야 한다. '어御'는 바친다는 뜻이다. 무릇 의복을 몸에 걸치고, 음식을 입으로 먹고, 비첩을 침실에서 맞이하면 모두 '어'라고 한다. 친애하는 것들은 모두

---

46) 王仲任(왕중임) : 후한 초엽 사람인 왕충王充(27-약 97). '중임'은 자. 전한 말엽의 어지러운 시대적 상황을 배경으로 권선징악의 교훈을 밝히기 위해 지은 책인 ≪논형論衡≫의 저자로 유명하다. ≪후한서·왕충전≫권79 참조.
47) 曰(왈) : 이하 예문과 유사한 내용이 ≪논형·행우편幸偶篇≫권2에 전하는데, 현행본에는 "군자에게는 요행이 아닌 것은 있어도 요행은 없고, 소인에게는 요행이 있어도 요행이 아닌 것은 없다(君子有不幸, 而無有幸, 小人有幸, 而無不幸)"로 되어 있다.
48) 春秋傳(춘추전) : 춘추시대 역사를 기록한 ≪춘추경≫의 세 해설서인 ≪좌전左傳≫ ≪곡량전穀梁傳≫ ≪공양전公羊傳≫ 등 삼전三傳을 아우르는 말. 이하 예문은 ≪좌전·선공宣公16년≫권24에 전한다.

'행'이라고 한다. '행'에 관한 해설은 앞의 문장을 따라야 할 것이다.

◇策書(책서)

●策者, 簡也. 禮[49]曰, "不滿百丈, 不書於策." 其制長二尺, 短者半之, 其次一長一短. 兩編, 下附篆書. 起年月日, 稱皇帝曰, "以命諸侯王[50]・三公[51]." 其諸侯王・三公之薨於位者, 亦以策書誄, 謚其行而賜之. 如諸侯之策, 三公以罪免, 亦賜策文, 體如上策而隷書, 以一尺木兩行. 唯此爲異者也.

○'책策'은 죽간을 뜻한다. ≪예기≫에 "백 장을 채우지 못 하면 '책'에 적지 않는다"는 말이 있다. 그 모양새는 길이가 두 자인데, 짧은 것은 그것의 반으로도 하고, 그 다음으로는 하나는 길고 하나는 짧게 만들어 두 개를 엮어서 아래에 전서체 글씨를 덧쓰기도 한다. 연・월・일로 시작하면서 황제에게 "이것으로 제후국의 왕과 삼공을 임명코자 합니다"라고 아뢴다. 제후국의 왕과 삼공이 자리에 있다가 사망하면 역시 '책'으로 뇌문을 적고 그의 행적에 걸맞는 시호를 지어서 그에게 하사한다. 예를 들어 제후의 책서의 경우 삼공이 죄를 사면받을 때도 책문을 하사받

---

49) 禮(예) : 예법과 관련한 기본 정신을 서술한 책인 ≪예기禮記≫의 본명. 전한 선제宣帝 때 대덕戴德이 정리한 85편의 ≪대대예기大戴禮記≫와 대덕의 조카인 대성戴聖이 정리한 49편의 ≪소대예기小戴禮記≫가 있는데, 오늘날 '예기'라고 하는 것은 후자를 가리킨다. ≪주례周禮≫ ≪의례儀禮≫와 함께 '삼례三禮'라고 한다. 이하 예문은 현전하는 ≪예기≫에 실리지 않은 것으로 보아 일문逸文인 듯하다.

50) 諸侯王(제후왕) : 제후국의 군주를 이르는 말. 전국시대 초楚나라와 진秦나라 때부터 사용한 용어로 알려져 있다.

51) 三公(삼공) : 세 명의 재상을 일컫는 말. 시대마다 차이가 있는데, 주周나라 때는 태사太師・태부太傅・태보太保를 삼공이라고 하다가, 진秦나라와 전한 초에는 승상丞相・어사대부御史大夫・태위太尉를 삼공이라고 하였고, 전한 말엽에는 대사마大司馬(태위太尉)・대사도大司徒・대사공大司空을 삼공이라고 하였으며, 후대에는 태위太尉・사도司徒・사공司空을 삼공이라고 하였다.

는데, 형태는 황제의 책문과 같지만 예서체로 쓰고 한 자 되는 목판에 두 줄로 적는다. 단지 이 점이 다를 뿐이다.

● 制書, 帝者制度之命也. 其文曰制詔. 三公赦令·贖令之屬, 是也. 刺史·太守相劾奏·申下土·遷書文亦如之. 其徵爲九卿52), 若遷京師近宮, 則言官53)具言姓名, 其免若得罪無姓. 凡制書有印, 使符54)下, 遠近皆璽封. 尙書令55)印重封. 唯赦令·贖令, 召三公, 詣朝堂56), 受制書. 司徒57)印封, 露布58)下州郡.

○ '제서'는 황제가 법령을 제정할 때 내리는 명령이다. 그 글은 '제조'라고 한다. 삼공의 사면령이나 속죄령 따위도 그러한 예이다. 자사나 태수가 상대방을 탄핵하거나 영토에 명을 내리거나 관리를 전근시킬 때의 글도 이와 같다. 그들이 황제의 부름을 받고서 구경에 임명되어 만약 경사로 들어가서 궁궐에 다가들면 간관은 성명을 상세히 언급하지만, 그가 사직할 때는 마치 죄를 지어 성씨가 없는 것처럼 한다. 무릇 제서에 도장을 찍고 사신의 부신을

---

52) 九卿(구경) : 중국 고대 조정에서 삼공三公 다음 가는 최고위 관직을 이르는 말. 시대마다 명칭과 서열에 차이가 있는데, 한나라 때는 태상太常·광록훈光祿勳·위위衛尉·태복太僕·정위廷尉·홍려鴻臚·종정宗正·대사농大司農·소부少府를 '구경'이라 하였고, 수당隋唐 이후로는 구시九寺, 즉 태상太常·광록光祿·위위衛尉·종정宗正·태복太僕·대리大理·홍려鴻臚·사농司農·태부太府의 장관을 '구경'이라고 하였다.
53) 言官(언관) : 간관諫官의 별칭.
54) 使符(사부) : 사신을 임명하고 하사하는 부신을 이르는 말.
55) 尙書令(상서령) : 한나라 이후로 문서의 수발과 행정을 총괄하던 상서성尙書省의 장관을 이르는 말. 휘하에 육부六部를 설치하였고, 각 부의 장관인 상서尙書, 차관인 시랑侍郞, 실무자인 낭관郞官 등을 거느렸다.
56) 朝堂(조당) : 조정의 고관들이 정사를 의논하던 건물을 일컫는 말. 대개 정사당政事堂 내지 조정을 가리킨다.
57) 司徒(사도) : 상고시대 관직의 하나로서 국가 재정과 관련한 업무를 관장하였다. 주나라 때는 지관地官이었고, 후대에는 민부民部·호부상서戶部尙書에 해당한다. 한나라 이후로는 이 직명을 민정民政을 관장하는 삼공三公의 하나로 지정하기도 하였다.
58) 露布(노포) : 공고문이나 포고문에 대한 총칭.

내릴 때는 먼 곳으로 파견하는 자나 가까운 곳으로 파견하는 자 모두 국새를 찍고 봉한다. 상서령은 도장을 찍고 이중으로 봉한다. 다만 사면령이나 속죄령을 내릴 때는 삼공을 불러서 조당으로 찾아와 제서를 받게 한다. 사도는 도장을 찍고 봉한 뒤 포고문으로 작성하여 각 주와 군에 내려보낸다.

● 詔書者, 詔誥59)也, 有三品. 其文曰, "告某官, 官如故事." 是爲詔書. 群臣有所奏請, 尙書令奏之, 下有制曰, "天子答之." 曰, "可若下某官云云." 亦曰詔書. 群臣有所奏請, 無尙書令奏制之字, 則答曰, "已奏," 如書本官下所當至, 亦曰詔. 戒書, 戒勅. 刺史・太守及三邊60)營官被勅, 文曰, "有詔, 勅某官." 是爲戒勅也. 世皆名此爲策書, 失之遠矣.

○ '조서'란 황명에 대한 통칭으로 세 가지 종류가 있다. 그 문구로 "아무개 관원에게 알리뇌 관직은 관례대로 하라"고 적으면 이를 '조서'라고 한다. 또 신하들이 주청할 일이 있을 때 상서령이 이를 상주하면서 아래에 "천자께서 이에 답하시옵소서"라는 문구를 적으면 "아래 아무개 관원이 말한 바처럼 해도 되노라"라고 답하는 것도 역시 '조서'라고 한다. 또 신하들이 주청할 일이 있는데 상서령이 상주하면서 적은 글이 없으면 "이미 상주하였노라"라고 답하고, 글을 적은 본래 관리의 말대로 응당 도착해야 할 곳으로 내려보내는 것도 역시 '조서'라고 한다. '계서'는 경계의 뜻으로 내리는 칙서를 뜻한다. 자사나 태수 및 변방을 관장하는 관원들이 칙서를 받을 때 문구로 "조서를 내려 모 관원에게 명하노라"라고 하는데, 이것이 경계의 뜻으로 내리는 칙서이다. 세간에서는 모두들 이를 '책서'라고 부르지만 한참 잘못 알고 있

---

59) 詔誥(조고) : 황명에 대한 통칭.
60) 三邊(삼변) : 하북성 유주幽州와 병주幷州, 그리고 감숙성 양주涼州 등 북방의 변경을 가리키는 말. 한편 동쪽・남쪽・서쪽의 세 변경을 아우르는 말로 보는 설도 있다. 결국은 변방을 통칭한다.

는 것이다.

◇凡群臣上書於天子者有四名, 一曰章, 二曰奏, 三曰表, 四曰
駮議(신하들이 천자에게 올리는 글에는 네 가지 명칭이
있으니 각기 '장' '주' '표' '박의'라고 한다)

●章者, 需頭[61]稱'稽首上書, 謝恩陳事,' 詣闕通者也
○'장章'이란 상단의 공란에서 '고개 숙여 삼가 글을 올리며 성은
에 사례하고자 사안을 아뢰옵나이다'라고 말하고는 대궐로 찾아
가 전통하는 것을 말한다.

●奏者, 亦需頭, 其京師官但言'稽首,' 下言'稽首以聞,' 其中者所請若
罪法効案. 公府[62]送御史[63]臺, 公卿[64]·校尉[65]送謁者[66]臺也.

---

61) 需頭(수두) : 한나라 때 조서詔書의 취지나 비답批答을 기록하기 위해 상주문上奏
文의 상단을 공란으로 비워 두던 서식을 이르는 말.

62) 公府(공부) : 삼공의 관청. 즉 승상부를 가리킨다.

63) 御史(어사) : 탄핵을 전담하는 기관인 어사대御史臺 소속의 벼슬에 대한 총칭. 당
나라 때는 어사대를 헌대憲臺·숙정대肅正臺라 부르기도 하였다. 시대마다 다소
차이는 있으나, 보통 장관은 어사대부御史大夫, 버금 장관은 어사중승御史中丞이라
고 하였으며, 휘하에 시어사侍御史·전중시어사殿中侍御史·감찰어사監察御史·어
사승御史丞 등의 속관이 있었다.

64) 公卿(공경) : 중국 고대 조정의 최고위 관직인 삼공三公과 구경九卿. 결국은 모든
고관에 대한 총칭이다. '삼공'은 시대마다 차이가 있는데, 주周나라 때는 태사太師
·태부太傅·태보太保를 지칭하였고, 진秦나라 때는 승상丞相·어사대부御史大夫
·태위太尉를 지칭하였으며, 한나라 때는 진나라의 제도를 답습하다가 애제哀帝와
평제平帝 때에 대사마大司馬·대사도大司徒·대사공大司空을 지칭하였으며, 후대
에는 태사太師·태부太傅·태보太保를 '삼사三師'로 승격시키고 대신 태위太尉·사
도司徒·사공司空을 '삼공'이라고 하기도 하였다. '구경'의 칭호도 시대마다 명칭과
서열에 차이가 있는데, 한나라 때는 태상太常·광록훈光祿勳·위위衛尉·태복太僕
·정위廷尉·홍려鴻臚·종정宗正·대사농大司農·소부少府를 '구경'이라 하였고,
수당隋唐 이후로는 구시九寺, 즉 태상太常·광록光祿·위위衛尉·종정宗正·태복
太僕·대리大理·홍려鴻臚·사농司農·태부太府의 장관을 '구경'이라고 하였다.

65) 校尉(교위) : 장군의 휘하에서 한 부대의 통솔을 담당하거나 변방의 이민족을 관
할하던 벼슬 이름.

66) 謁者(알자) : 진한秦漢 때 빈객을 맞아 천자에게 인도하는 일을 맡아 보던 벼슬

○'주奏' 역시 상단의 공란을 비워 두었다가 경사의 관원은 단지 '고개 숙여'라고 말하고, 하단에서 '고개 숙여 삼가 아뢰옵나이다'라고 말하며, 중간에서 주청하는 내용은 죄를 지어 법대로 탄핵하는 사안처럼 한다. 승상부에서는 어사대로 송달하고, 삼공과 구경 및 교위는 알자대로 송달한다.

●表者, 不需頭, 上言, "臣某言," 下言, "臣某誠惶誠恐, 稽首頓首, 死罪死罪." 左方下附曰, "某官臣某甲[67]上." 文多用編兩行, 文少以五行, 詣尙書[68]通者也. 公卿・校尉・諸將不言姓, 大夫以下有同姓官別者言姓. 章口報聞公卿, 使謁者將大夫以下至吏民, 尙書左丞[69]奏聞報可, 表文報已奏如書. 凡章表皆啓封, 其言密事, 得帛囊[70]盛.

○'표表'는 상단의 공란을 비워 두지 않은 채 상단에서는 "신 아무개 아뢰옵나이다"라고 말하고, 하단에서는 "신 아무개 진실로 황공스러운 심경으로 고개 숙이고 머리를 조아려 백배 사죄 드리옵나이다"라고 하며, 좌측 아래쪽에는 "모 관직을 맡고 있는 신 아무개 올립니다"라고 적는데, 문장은 대부분 두 줄로 엮되 문구는 적게 적어 다섯 줄을 취하고 상서를 찾아가 전통하는 것이다. 삼공과 구경 및 교위나 장군들은 성씨를 언급하지 않는 반면, 대

이름.

67) 某甲(모갑) : 아무개 성씨와 아무개 이름이란 뜻. '갑甲'은 '갑을병정甲乙丙丁'처럼 특정하지 않은 이름을 가리킨다.

68) 尙書(상서) : 한나라 이후로 정무政務와 관련한 문서의 발송을 주관하는 일, 혹은 그러한 업무를 관장하던 벼슬을 가리킨다. '상尙'은 '주관한다(主)'는 뜻이다. 후대에는 이부상서吏部尙書나 병부상서兵部尙書와 같이 그런 업무를 관장하는 상서성尙書省 소속 장관을 뜻하는 말로 쓰였다. 휘하에 시랑侍郎과 낭중郎中・원외랑員外郎 등을 거느렸다.

69) 尙書左丞(상서좌승) : 상서성尙書省의 두 승상인 좌승左丞과 우승右丞 가운데 하나. 장관인 상서령尙書令을 보좌하였다.

70) 帛囊(백낭) : 상소문을 밀봉하는 데 사용하는 비단 주머니를 이르는 말. 검은 비단 주머니를 뜻하는 말인 '조낭皁囊'으로 적힌 문헌도 있다.

부 이하 성씨가 같은데 관직이 다른 사람은 성씨를 언급한다.
'장'의 형태로 삼공이나 구경에게 보고되어 알자를 시켜 대부 이
하 일반 관리나 백성들까지 인솔하면 상서좌승이 황제에게 보고
하여 가부의 비답을 받고, '표'의 문장은 이미 글대로 상주되었
다는 비답을 받는다. 무릇 '장'이나 '표' 모두 밀봉한 것을 열지
만 비밀스런 사안을 아뢸 때는 비단 주머니에 담을 수 있다.

●其有疑事, 公卿百官會議. 若臺閣[71]有所正處, 而獨執異議者, 曰駁
議. 駁議曰, "某官某甲議, 以爲如是." 下言, "臣愚戇[72]議異," 其
非駁議, 不言議異. 其合於上意者, 文報曰, "某官某甲議可."
○의심스러운 사안이 있으면 삼공·구경·문무백관들이 회의를 갖
는다. 만약 대각에 바로 처리하는 곳이 있는데도 유독 다른 의견
을 고집하는 자가 있으면 이를 (논의 사항에 대해 반박한다는
의미에서) '박의'라고 한다. '박의'할 때는 "모 관직을 맡고 있는
아무개가 의견을 개진하여 이와 같다고 하옵니다"라고 말한다.
하단에서 "신 어리석게도 다른 의견을 개진하고자 하옵니다"라
고 하는 것은 그것이 '박의'가 아니면 의견이 다르다는 것을 언
급하지 않는다는 뜻이다. 임금의 의견에 합치하면 비답을 내려
"모 관직을 맡고 있는 아무개의 의견이 옳도다"라고 밝힌다.

●漢承秦法, 群臣上書, 皆言'昧死[73]言.' 王莽盜位, 慕古法, 去'昧死,'
曰'稽首.' 光武因而不改. 朝臣曰, "稽首頓首." 非朝臣曰, "稽首再
拜." 公卿·侍中[74]·尙書衣帛而朝, 曰朝臣. 諸營校尉·將·大夫

71) 臺閣(대각) : 한漢나라 때에는 상서대尙書臺를 일컫다가 뒤에는 조정의 모든 기관
  을 총괄하는 말로 쓰였다.
72) 愚戇(우당) : 어리석고 고지식한 모양. 자신의 견해에 대한 겸사謙辭이다.
73) 昧死(매사) : 죽음을 무릅쓰다. 상주문에서 경외의 뜻을 밝히기 위해 사용하는 상
  용어를 가리킨다.
74) 侍中(시중) : 황제의 측근에서 기거起居를 보살피고 정령政令을 집행하는 일을 관
  장하는 벼슬. 진晉나라 이후로 재상의 지위에까지 오르고, 수나라 때 납언納言 혹

以下, 亦爲朝臣.

○한나라는 진나라의 법령을 계승하여 신하들이 글을 올릴 때면 모두 '죽음을 무릅쓰고 아뢰옵나이다'라고 하였다. 왕망이 왕위를 찬탈한 뒤로는 옛 법령을 되살려 '우매한 몸으로 죽음을 각오하고'라는 말을 삭제하고 '고개를 숙여'라고 하였다. (후한) 광무제는 이를 답습하여 고치지 않았다. 조신은 "고개를 숙이고 머리를 조아려"라고 하고, 조신이 아니면 "고개를 숙여 거듭 절을 올리며"라고 하였다. 삼공과 구경·시중·상서 등 비단옷을 입고서 조알하는 신하들을 '조신'이라고 한다. 여러 군영의 교위와 장수·대부 이하 신료들도 '조신'에 해당한다.

◇王者臨撫之別名(천자가 다스리는 대상의 별명)

●天子曰兆民, 諸侯曰萬民.(今之令長75), 古之諸侯.) 百乘76)之家曰百姓. (百乘之家, 子男77)之國也.)

○천자의 백성은 '조민'이라고 하고, 제후국의 백성은 '만민'이라고 한다.(오늘날의 현령이나 현장이 옛날의 제후에 해당한다.) 전차 백 대를 보유하는 가문의 백성은 '백성'이라고 한다.(전차 백 대를 보유하는 가문은 작위가 자작이나 남작인 제후국을 가리킨다.)

●天子所都曰京師. 京, 水也. 地下之衆者, 莫過於水, 地上之衆者, 莫過於人. 京, 大, 師, 衆也. 故曰京師也.

은 시내侍內라고 하였으며, 당송 이후로는 조정의 주요 행정 기관인 삼성三省 가운데 문하성門下省의 수장首長이 되었다.

75) 令長(영장) : 현령縣令과 현장縣長을 아우르는 말. 한나라 때 현 가운데 만 호를 넘는 곳의 장관을 '영令'이라 하고, 만 호가 안 되는 곳의 장관을 '장長'이라 한 데서 유래하였다.

76) 百乘(백승) : 전차 백 대를 뜻하는 말로 작은 규모의 제후국을 가리킨다.

77) 子男(자남) : 중국 고대 작위인 오작五爵 가운데 공작公爵·후작侯爵·백작伯爵 다음 가는 자작子爵·남작男爵을 아우르는 말.

○천자가 도읍을 정한 곳을 '경사'라고 한다. '경'은 물을 뜻한다. 지하에서 많은 것으로 물보다 더한 것은 없고, 지상에서 많은 것으로 사람보다 더한 것은 없다. '경'은 크다는 뜻이고, '사'는 많다는 뜻이다. 그래서 '경사'라고 한다.

● 京師, 天子之畿內千里, 象日月. 日月, 躔次[78]千里.
○경사는 천자가 다스리는 경기 지역 천 리 땅을 뜻하는데, 해와 달을 본받은 것이다. 해와 달이 천 리에 걸쳐 운행하기 때문이다.

◇天子命令之別名(천자가 내리는 명령의 별칭)

● 命.(出君下臣, 名曰命.)
○명.(군주로부터 나와서 신하에게 내려오는 것을 '명'이라고 한다.)

● 令.(奉而行之, 名曰令)
○영.(받들어서 실행하는 것을 '영'이라고 한다.)

● 政.(著之竹帛, 名曰政)
○정.(죽간이나 비단에 적은 것을 '정'이라고 한다.)

● 天子父事天, 母事地, 兄事日, 姊事月. 常以春分朝日[79]於東門之外, 示有所尊, 訓人民事君之道也. 秋夕夕月[80]於西門之外. 別陰陽之義也.
○천자는 하늘을 아버지처럼 섬기고, 땅을 어머니처럼 섬기고, 해

---

78) 躔次(전차) : 천상天象의 운행궤도를 이르는 말.
79) 朝日(조일) : 아침에 해를 향해 제를 올리는 일.
80) 夕月(석월) : 저녁에 달을 향해 제를 올리는 일.

를 형님처럼 섬기고, 달을 누님처럼 섬긴다. 언제나 춘분날에 동쪽 성문 밖에서 아침에 해를 향해 제를 올리는 것은 존중할 대상이 있다는 것을 보이기 위한 것으로 백성이 군주를 섬기는 도리를 가르치려는 것이다. 추석날에는 서쪽 성문 밖에서 저녁에 달을 향해 제를 올린다. 이는 음과 양의 의의를 구별하려는 것이다.

● 天子父事三老者, 適成於天·地·人也. 兄事五更[81]者, 訓於五品[82]也. 更者, 長也, 更相代至五也, 能以善道改更己也.

○ 천자가 삼로를 아버지처럼 모시는 것은 하늘·땅·사람을 본받아 성취를 이루기 위해서이고, 오경을 형님처럼 모시는 것은 다섯 가지 도덕을 본받기 위해서이다. '경更'은 성장한다는 뜻으로 서로 번갈아가며 교대하여 오대에 이르기까지 선한 도리로써 자신을 바꿀 수 있다는 뜻이다.

● 又三老, 老謂久也, 舊也, 壽也, 皆取首妻[83]男女完具者. 古者天子親祖[84]割牲, 執醬而饋, 三公設几, 九卿正履, 使者安車輭輪[85], 送迎而至其家. 天子獨拜于屛, 其明旦三老詣闕謝, 以其禮過厚故也. 又五更或爲叟. 叟, 老稱, 與三老同義也.

---

81) 五更(오경) : 장로, 원로를 뜻하는 말. ≪예기·문왕세자文王世子≫권20에 원로의 직책으로 삼로三老·오경五更·군로群老를 설치했다는 기록이 보이는데, 삼로와 오경은 삼신三辰과 오성五星을 본떠 만든 고귀한 벼슬로 정원은 각각 한 명이었다.

82) 五品(오품) : 다섯 가지 질서. 부자父子·군신君臣·부부夫婦·장유長幼·붕우朋友, 또는 부·모·형·제·자子에 관한 일. '오상五常' '오전五典' '오교五敎'라고도 한다.

83) 首妻(수처) : 본처, 적처嫡妻, 정실正室의 별칭.

84) 祖(단) : 소매를 걷어 어깨를 드러내다. 자신이 죄인임을 상징적으로 나타내는 행위를 말한다.

85) 安車輭輪(안거연륜) : 연로한 고관이나 귀부인이 편히 탈 수 있게 부드러운 바퀴를 달아 제작한 수레를 이르는 말.

○또 '삼로'에서 '로老'는 오래되었다는 뜻이자 예스럽다는 뜻이자 장수하였다는 뜻으로 모두 본처와 아들·딸을 온전하게 갖추고 있다는 뜻을 취한 것이다. 옛날에 천자는 몸소 소매를 걷고 희생 물을 자른 뒤 장을 손에 들고서 공손이 바쳤고, 삼공은 안궤를 설치하였으며, 구경은 신발을 바로 신었고, 사자는 편안한 수레를 마련하여 송영의 예를 갖춰서 그의 집까지 바래다 주었다. 천자는 유독 병풍 앞에서 절을 올리는데, 그 이튿날 삼로가 대궐을 찾아가 사례를 올리는 것은 그 예우가 지나치게 후하기 때문이다. 또 오경도 노인 대접을 하곤 하였다. '수'는 노인에 대한 칭호로 삼로와 뜻이 같다.

◇ 三代[86] 建正之別名
(하나라·상나라·주나라 때 정월의 별명)

●夏以十三月[87]爲正, 十寸爲尺, 律中太簇[88], 言萬物始簇而生, 故以 爲正也.
○하나라는 13월(1월)을 정월로 삼고, 10치를 한 자로 하고, 율려를 태주에 맞췄는데, 이는 만물이 싹이 터서 자라기 시작하기에 정월로 삼았다는 말이다.

●殷以十二月爲正, 九寸爲尺, 律中大呂, 言陰氣大勝, 助黃鐘宣氣, 而萬物生, 故以爲正也.

---

86) 三代(삼대) : 하夏나라·상商나라·주周나라를 아우르는 말.
87) 十三月(십삼월) : 하력夏曆(음력) 1월(정월)의 별칭.
88) 太簇(태주) : 음의 높낮이를 조절하는 황종黃鐘부터 응종應鐘까지의 십이율려十二 律呂 가운데 세 번째 양률陽律을 가리키는 말로, 이를 기준으로 만든 음악을 뜻하 기도 한다. 주력周曆과 마찬가지로 '태주'는 음력 정월의 음률에 해당한다. '십이율 려'는 황종黃鐘·대려大呂·태주太簇·협종夾鐘·고선姑洗·중려中呂·유빈蕤賓· 임종林鐘·이칙夷則·남려南呂·무역無射·응종應鐘을 가리킨다. 홀수 번째가 양 률陽律(6율)에 해당하고 짝수 번째가 음려陰呂(6려)에 해당한다.

○은(상商)나라는 12월을 정월로 삼고, 9치를 한 자로 하고, 율려를 대려에 맞췄는데, 이는 음기가 크게 기승을 부려 황종을 도와서 기운을 퍼뜨려 만물이 자라기에 정월로 삼았다는 말이다.

●周以十一月爲正, 八寸爲尺, 律中黃鐘, 言陽氣踵黃泉而出, 故以爲正也.
○주나라는 11월을 정월로 삼고, 8치를 한 자로 하고, 율려를 황종에 맞췄는데, 이는 양기가 황천에서 발돋움해서 나오기에 정월로 삼았다는 말이다.

◇三代年歲之別名(하나라·상나라·주나라 때 연도의 별칭)

●唐·虞曰載. 載, 歲也, 言一歲莫不覆載89). 故曰載也. 夏曰歲, 一曰稔也. 商曰祀. 周曰年.
○당나라 요왕과 우나라 순왕 때는 1년을 '재載'라고 하였다. '재'는 해라는 뜻으로 1년에 모든 만물을 돌보고 기른다는 말이다. 그래서 '재'라고 한다. 하나라 때는 1년을 '세歲'라고도 하고, '임稔'이라고도 하였다. 상나라 때는 1년을 '사祀'라고 하였고, 주나라 때는 1년을 '연年'이라고 하였다.

●閏月者, 所以補小月90)之減日, 以正歲數. 故三年一閏, 五年再閏.
○윤달은 작은 달의 줄어든 날짜를 보충해서 한해의 날짜수를 바로잡기 위한 것이다. 그래서 3년에 한 번 윤달이 생기고, 5년에 두 번 윤달이 생긴다.

---

89) 覆載(복재) : 덮고 싣다. 하늘은 만물을 덮고 땅은 만물을 싣는다는 말로 모든 사물을 돌보고 기르는 것을 뜻한다.
90) 小月(소월) : 한 달이 29일인 때를 이르는 말. 반면 30일인 달은 '대월大月'이라고 한다.

◇天子諸侯后妃夫人之別名
(천자와 제후의 후비와 부인에 대한 별명)

●天子之妃曰后. 后之言, 後也. 諸侯之妃曰夫人. 夫人之言, 扶也. 大夫曰孺人. 孺之言, 屬也. 士曰婦人. 婦之言, 服也. 庶人曰妻. 妻之言, 齊也. 公侯有夫人, 有世婦[91], 有妻, 有妾. 皇后赤綬玉璽, 貴人[92]綟綬[93]金印. 綟綬, 色似綠.

○천자의 아내는 '후'라고 한다. '후'라는 말은 뒤를 잇는다는 뜻이다. 제후의 아내는 '부인夫人'이라고 한다. '부인'이란 말은 돕는다는 뜻이다. 대부의 아내는 '유인'이라고 한다. '유인'이란 말은 속한다는 뜻이다. '사士'의 아내는 '부인婦人'이라고 한다. '부인'이란 말은 복종한다는 뜻이다. 서민의 아내는 '처'라고 한다. '처'란 말은 나란히 한다는 뜻이다. 공작이나 후작 등 제후에게는 부인夫人이 있고, 세부가 있고, 처가 있고, 첩이 있다. 황후는 붉은 인끈과 옥새를 차고, 귀인은 '왜려'와 금으로 만든 인장을 찬다. '왜려'는 빛깔이 녹색에 가깝다.

◇天子后立六宮[94]之別名
(천자의 황후 휘하에 세운 육궁의 별명)

●三夫人, 帝嚳[95]有四妃, 以象后妃四星[96]. 其一明者爲正妃, 三者爲

---

91) 世婦(세부) : 주周나라 때 후궁後宮에 속한 여관女官 가운데 하나. 주나라 때 내관內官으로 부인夫人·빈嬪·세부世婦·어처御妻가 있는 것은 마치 한나라 때 귀인貴人·미인美人·궁인宮人·채인采人이 있었고, 당송唐宋 때 비妃·빈嬪·첩여婕妤·미인美人·재인才人이 있는 것과 유사하다.

92) 貴人(귀인) : 후한 때 궁중의 내관內官으로서 황후皇后 다음 가는 지위였고, 미인美人·궁인宮人·채인采人보다 신분이 높았다. ≪후한서·후기后紀≫권10 참조.

93) 綟綬(왜려) : 옅은 청색이 도는 인끈을 이르는 말.

94) 六宮(육궁) : 황후皇后가 정무를 처리하는 정침正寢 한 곳과 후비后妃들의 침소가 있는 연침燕寢 다섯 곳을 아우르는 말로, 결국 후비의 처소인 후궁을 가리킨다.

95) 帝嚳(제곡) : 전설상의 임금인 오제五帝 가운데 세 번째 황제. '오제'에 대해 ≪사

次妃也. 九嬪[97], 夏后氏[98]增以三三而九, 合十二人. 春秋天子取十二夏制也. 二十七世婦, 殷人又增三九二十七, 合三十九人. 八十一御女[99], 周人上法帝嚳正妃, 又九九爲八十一, 增之, 合百二十人也. 天子一取十二女, 象十二月, 三夫人·九嬪. 諸侯一取九女, 象九州[100], 一妻八妾. 卿·大夫一妻二妾, 士一妻一妾.

○부인은 3명인데 (오제 가운데 세 번째 임금인) 제곡이 4명의 비를 둔 것은 후비를 상징하는 네 별을 본받은 것이다. 그중 밝게 빛나는 하나를 '정비'라고 하고, 나머지 세 개를 '차비'라고 한다. 빈이 9명인 것은 하나라 때 3 곱하기 3으로 늘려 9로 만든 것인데, (3부인과) 합해서 12명이 되었다. 춘추시대 때도 천자는 비빈이 총 12명인 하나라 때 제도를 취하였다. 세부가 27명인 것은 은나라 사람들이 다시 3 곱하기 9인 27로 늘린 것인데, (12명의 비빈과) 합해서 39명이 되었다. 어녀가 81명인 것은 주나라 사람들이 위로 제곡의 정비를 본받고 다시 9 곱하기 9가 81이어서 이를 늘린 것인데, (39명의 세부와) 합해서 120명이 되었다. 천자가 한 번에 12명의 여인을 아내로 취하는 것은 12개월을 본받아 3부인과 9빈을 둔 것이다. 제후가 한 번에 9명의 여인을 아내로 취하는 것은 구주를 본받아 한 명의 처와 8명의 첩을 둔 것이다. 경이나 대부는 한 명의 처와 두 명의 첩을 두

기史記·오제본기五帝本紀≫권1에서는 황제黃帝·전욱顓頊·제곡帝嚳·요堯·순舜을 가리킨다고 한 반면, 속수사고전서본續修四庫全書本 ≪제왕세기帝王世紀·오제≫권2에서는 소호少昊·전욱顓頊·제곡帝嚳·요堯·순舜을 가리킨다고 하였다.

96) 四星(사성) : 천제天帝를 모시는 동서남북 네 곳의 별자리를 이르는 말로 후비后妃를 상징하는 별이 있고, 환관宦官을 상징하는 별이 있다.

97) 九嬪(구빈) : 후궁에 속하는 여관女官으로서 정1품인 사비四妃 다음 가는 정2품의 직책을 가리키는 말. 시대마다 명칭에 차이가 심하다.

98) 夏后氏(하후씨) : 하夏나라 왕조나 건국자인 우왕禹王을 가리키는 말.

99) 御女(어녀) : 후궁 가운데 하나. 후대에는 5품에 해당하는 여관女官이 되었다.

100) 九州(구주) : 하夏나라 우왕禹王이 치수사업을 벌이고 나눈 행정 구역을 이르는 말. ≪서경·하서夏書·우공禹貢≫권5에 의하면 '구주'는 기주冀州·연주兗州·청주青州·서주徐州·양주揚州·형주荊州·예주豫州·양주梁州·옹주雍州를 가리킨다. 뒤에는 중국의 별칭으로도 쓰였다.

고, 사는 한 명의 처와 한 명의 첩을 둔다.

◇王者子女封邑之差(천자의 자녀에게 주는 봉읍의 차이)

●帝之女曰公主, 儀比諸侯. 帝之姊妹曰長公主, 儀比諸侯. 王異姓婦女, 以恩澤封者曰君, 比長公主.

○황제의 딸을 '공주'라고 하는데, 의전은 제후에 비견된다. 황제의 자매를 '장공주'라고 하는데, 의전은 제후에 비견된다. 왕의 성씨가 다른 부녀자 가운데 은혜를 입어 봉해진 여인을 '군'이라고 하는데, 의전은 장공주에 비견된다.

◇天子諸侯宗廟之別名(천자와 제후의 종묘에 대한 별칭)

●左宗廟, 東曰左. 帝牲牢[101], 三月在外牢, 一月[102]在中牢, 一月在明牢. 一月, 謂近明堂[103]也. 三月一時, 已足肥矣. 徙之三月, 示其潔也.

○종묘를 왼쪽에 설치하는데, (남향을 기준으로 하기에) 동쪽을 왼쪽이라고 한다. 황제는 희생물로 쓸 가축을 우리에서 키우는데, 3개월은 바깥쪽 우리에 두고, 2개월은 중간 우리에 두고, 1개월은 명당 근처 우리에 둔다. 1개월이라고 한 것은 명당에서 가까운 곳에 둔다는 말이다. 3개월이면 하나의 계절이 지난 시기이므로 이미 충분이 살이 찌게 된다. 3개월 뒤에 이를 옮기는 것은 정결함을 보이기 위해서이다.

---

101) 牢(뇌) : 소·돼지·양 등 제사용 가축을 키우는 우리를 이르는 말. 반면 말을 키우는 우리는 '한閑'이라고 한다.
102) 一月(일월) : 문맥상으로 볼 때 '이월二月'의 오기인 듯하다. 한편 모두 '일월一月'로 되어 있는 문헌도 있고, 앞의 '삼월三月'과 뒤의 '일월一月'이 서로 바뀐 문헌도 있어 어느 것이 맞는지는 불분명하다.
103) 明堂(명당) : 고대 제왕이 정교政敎를 펴고 전례典禮를 행하던 곳을 이르는 말.

●右社稷104), 西曰右. 宗廟・社稷, 皆在庫門之內・雉門105)之外.

○사직을 오른쪽에 두는데, (남향을 기준으로 하기에) 서쪽을 오른 쪽이라고 한다. 종묘와 사직은 모두 고문 안쪽이자 치문 바깥쪽 에 둔다.

●天子三昭三穆106), 與太祖之廟七. 七廟一壇一墠107), 曰考廟. 王 考108)廟・皇考109)廟・顯考110)廟・祖考111)廟, 皆月祭之. 諸侯二 昭二穆, 與太祖之廟五. 五廟一壇一墠, 曰考廟. 王考廟・皇考廟, 皆月祭之.

○천자의 종묘는 삼소와 삼목이 있어 태조의 사당과 합치면 일곱 개가 된다. 일곱 개의 사당에 하나의 제단과 하나의 제터를 두면 '고묘'라고 한다. (조부를 모신) 왕고묘・(증조부를 모신) 황고묘 ・(고조부를 모신) 현고묘・(시조신을 모신) 조고묘에서는 모두 달마다 세사를 올린다. 제후의 종묘는 이소와 이목이 있어 태조

---

104) 社稷(사직) : 농사를 위해 지내는 제사나 제단에 대한 총칭. 토지신에게 지내는 제사를 '사社'라고 하고, 곡신穀神에게 지내는 제사를 '직稷'이라고 한 데서 유래하 였다. 황실이나 조정을 상징할 때도 있다.

105) 雉門(치문) : 왕궁의 오문五門, 즉 고문皋門・치문雉門・고문庫門・응문應門・노 문路門 가운데 하나인 모문茆門의 별칭. 혹은 천자의 삼문三門을 고문皋門・응문 應門・필문畢門이라고 하고, 제후의 삼문을 고문庫門・치문雉門・노문路門이라고 한다는 설도 있다.

106) 三昭三穆(삼소삼목) : 종묘宗廟에서 제사 지낼 때 신주神主를 모시는 배열 순서 를 일컫는 말. 시조始祖를 중앙에 두고 순서에 따라 좌우로 배열하는데, 왼쪽의 제 2・4・6대 조상의 신위를 '소昭'라고 하고, 오른쪽의 제3・5・7대 조상의 신위를 '목穆'이라고 한다. 결국 친족 항렬의 순서를 가리키기도 한다.

107) 壇墠(단선) : 제단에 대한 총칭. 흙을 쌓은 곳을 '단壇', 땅을 평평히 다진 제터 를 '선墠'이라고 한다.

108) 王考(왕고) : 돌아가신 조부에 대한 존칭.

109) 皇考(황고) : 돌아가신 증조부에 대한 존칭. 황제의 부친에 대한 존칭으로 쓸 때 도 있다.

110) 顯考(현고) : 돌아가신 고조부에 대한 존칭. 돌아가신 부친에 대한 존칭으로 쓸 때도 있다.

111) 祖考(조고) : 시조에 해당하는 먼 조상에 대한 존칭. 돌아가신 조부를 뜻할 때도 있고, 조부와 부친을 뜻할 때도 있다.

의 사당과 합치면 다섯 개가 된다. 다섯 개의 사당에 하나의 제단과 하나의 제터를 두면 '고묘'라고 한다. 왕고묘・황고묘에서는 모두 달마다 제사를 올린다.

◇大夫以下廟之別名(대부 이하 관원의 사당에 대한 별칭)

●大夫一昭一穆, 與太祖之廟三. 三廟一壇, 考廟・王廟, 四時祭之也. 士一廟, 降大夫二也. 上士[112]二廟一壇, 考廟・王考廟, 亦四時祭之而已. 自立二祀, 曰門, 曰行. 下士一廟, 曰考廟. 王考無廟而祭之, 所謂祖禰曰廟者也, 亦立二祀, 與上士同. 府史[113]以下, 未有爵命, 號爲庶人, 及庶人皆無廟, 四時祭於寢也.

○대부의 종묘는 일소와 일목이 있어 태조의 사당과 합치면 세 개가 된다. 세 개의 사당에 제단을 하나 두고, (조상들을 모신) 고묘와 (조부를 모신) 왕고묘에서 사계절마다 제사를 올린다. 사士는 하나의 사당을 두기에 대부에 비해 두 개가 적다. 상사는 두 개의 사당에 한 개의 제단을 두고, 고묘와 왕고묘에서 역시 사계절마다 제사를 올리면 그만이다. 손수 두 개의 사당문을 세우고 이를 '문門'과 '행行'이라고 한다. 하사는 한 개의 사당을 두고 '고묘'라고 한다. 조부를 사당이 없이 제사를 지내는데, 이른바 조부를 모시면 '묘'라고 칭하는 것이라서 또한 두 개의 사당문을 세우는 점에서는 상사와 같다. '부府'나 '사史' 이하 하급관리는 작위를 임명받지 않기에 서인으로 불리는데, 급기야 서인은 모두 사당이 없이 사계절마다 침소에서 제사를 지낸다.

---

112) 上士(상사) : 주나라 때 신분 구분의 하나. 공경公卿 아래로 상대부上大夫・중대부中大夫・하대부下大夫가 있고, 그 밑으로 다시 상사上士와 중사中士・하사下士가 있었다.

113) 府史(부사) : 하급관리에 대한 총칭. ≪주례・천관天官・서관序官≫권1에 의하면 '부府'는 창고를 관리하는 구실아치를 가리키고, '사史'는 문서를 관리하는 구실아치를 가리키며, '서胥'와 '도徒'는 잡역을 처리하는 낮은 관리를 가리키는데, '부' 6명, '사' 12명, '서' 12명, '도' 120명을 두었다고 한다.

●周祧114)文武115)爲祧, 四時祭之而已. 去祧爲壇, 去壇爲墠, 有禱焉, 祭之, 無禱乃止. 去墠曰鬼壇, 謂築土起堂. 墠, 謂築土而無屋者也.

○주나라 때 문왕과 무왕의 신주를 옮기고서 '조'라고 하였는데, 사계절에 제를 올리면 그만이었다. '조'를 제거한 것이 '단'이고 제단을 제거한 것이 '선'으로 그곳에서 기도를 올리는데, 제사를 지낼 때는 기도를 마쳐야 멈추었다. 제단을 없앤 곳은 '귀단'이라고 하는데, 흙을 쌓아서 대청을 세웠다는 말이다. '선'은 흙은 쌓지만 지붕이 없는 것을 말한다.

●薦考妣116)於適寢117)之所祭.

○정실의 제사 지내는 장소에서 돌아가신 부모님에게 제물을 바친다.

●春薦韭卵, 夏薦麥魚, 秋薦黍豚, 冬薦稻鴈. 制無常牲, 取與新物相宜而已.

○봄에는 부추와 달걀을 바치고, 여름에는 보리와 생선을 바치고, 가을에는 찰기장과 돼지고기를 바치고, 겨울에는 쌀과 기러기를 바친다. 제도상 특정한 제물이 없기에 새로 나온 음식물과 잘 어울리는 것을 취하면 그만이다.

●天子之宗社118)曰泰社, 天子所爲群姓立社也. 天子之社曰王社, 一曰帝社. 古者有命將行師, 必於此社, 授以政. 尙書119)曰, "用

---

114) 祧(조) : 조상의 신주를 먼 조상의 사당인 조묘祧廟로 옮기는 것을 말한다.
115) 文武(문무) : 주周나라 문왕文王과 무왕武王을 아우르는 말.
116) 考妣(고비) : 돌아가신 부친(考)과 모친(妣)을 아우르는 말.
117) 適寢(적침) : 집의 본채나 안방을 이르는 말. '적실適室' '정침正寢'이라고도 한다.
118) 宗社(종사) : 조상신을 모시는 종묘宗廟와 토지신 및 곡식신을 모시는 사직社稷을 아우르는 말인 '종묘사직宗廟社稷'의 준말. 결국 국가나 조정을 가리킨다.
119) 尙書(상서) : ≪서경≫의 별칭. '상尙'은 '고古'의 뜻이므로 '오래된 역사책'이란

命120), 賞於祖121), 不用命, 戮於社."

○천자의 종묘사직을 '태사'라고 하는데, 천자가 여러 성씨를 대신
해 제단을 세운 곳이다. 천자가 토지신을 위해 세운 제단은 '왕
사'라고도 하고 '제사'라고도 한다. 옛날에 장수를 임명하여 군대
를 출동시킬 때는 반드시 이곳에서 제를 올리고 정령을 내주었
다. ≪서경·하서夏書·감서甘誓≫권6에 "(하夏나라 군주 계啓가
말했다.) 명령을 잘 받들어 공적을 세우면 조상신 앞에서 상을
내릴 것이나, 명령을 받들지 못 하면 토지신 앞에서 사형에 처하
겠노라"라고 하였다.

●諸侯爲百姓立社, 曰國社. 諸侯之社, 曰侯社.

○제후가 백성을 대신해 토지신을 위해 제단을 세우면 '국사'라고
한다. 제후가 토지신을 위해 세운 제단은 '후사'라고도 한다.

●亡國之社, 古者天子亦取亡國之社, 以分諸侯, 使爲社, 以自儆戒.
屋之, 奄其上, 使不通天, 柴其下, 使不通地, 自與天地絶也. 面北向
陰, 示滅亡也.

○망국의 토지신을 위한 제단의 경우, 옛날에는 천자가 망국의 토
지신을 위한 제단도 손에 넣어 제후에게 나눠주어서 그들에게
토지신을 위한 제단으로 삼아 스스로 경계토록 하였다. 그곳에
지붕을 씌워 위를 가려서 하늘과 통하지 않게 하고, 아래에 섶을
쌓아서 지하와 통하지 않게 하면 절로 천지와 차단된다. 북쪽과
마주보게 해서 음기를 향하게 하는 것은 멸망했다는 것을 보이
기 위해서이다.

의미에서 유래하였다.

120) 用命(용명) : 임금의 명령을 잘 받들어 공적을 세우는 것을 말한다.

121) 祖(조) : 여기서는 조상신이나 이를 모신 사당을 가리킨다.

●大夫以下成群立社, 曰置社. 大夫不得特立社, 與民族居. 百姓已上, 則共一社. 今之里社, 是也.

○대부 이하의 신분을 가진 사람이 무리를 지어 토지신을 위한 제단을 세우면 이를 '치사'라고 한다. 대부는 혼자서 토지신을 위한 제단을 세워 자신의 종족과 머물 수 없다. 백성 이상의 신분을 가진 사람들은 토지신을 위한 제단 하나를 공유하였다. 오늘날 고을에 세운 토지신을 위한 제단이 그러한 예이다.

●天子社稷土壇, 方廣五丈, 諸侯半之.

○천자의 사직에 세운 제단은 사방 너비가 다섯 장이고, 제후의 것은 그것의 반에 해당한다.

●天子社稷皆太牢[122], 諸侯社稷皆少牢.

○천지의 사직에서는 제사용품으로 소를 사용하고, 제후의 사직에서는 제사용품으로 돼지와 양을 사용한다.

●天子爲群姓立七祀之別名, 曰司命, 曰中霤[123], 曰國行, 曰國門, 曰泰厲, 曰戶, 曰竈.

○천자가 여러 성씨를 위해 세운 일곱 가지 사당의 개별 명칭은 '사명' '중류' '국행' '국문' '태려' '호' '조'라고 한다.

●諸侯爲國立五祀之別名, 曰司命, 曰中霤, 曰國門, 曰國行, 曰公厲.

○제후가 나라를 위해 세운 다섯 가지 사당의 개별 명칭은 '사명' '중류' '국문' '국행' '공려'라고 한다.

---

122) 太牢(태뢰) : 제사용 소를 이르는 말. 반면 돼지와 양은 '소뢰小牢'라고 한다.
123) 中霤(중류) : 방의 중앙이나 안방을 이르는 말. 토지신으로 보는 설도 있으나 위의 예문에서는 부적절해 보인다.

●大夫以下自立三祀之別名, 曰族厲, 曰門, 曰行.

○대부 이하 사람이 스스로 세운 세 가지 사당의 개별 명칭은 ‘족려’ ‘문’ ‘행’이라고 한다.

◇五祀之別名(다섯 가지 사당의 별칭)

●門, 秋爲少陰[124], 其氣收成, 祀之於門. 祀門之禮, 北面設主于門左樞.

○‘문’이란 가을이 소음의 계절이라서 그 기운이 거두어지면 문에서 제사를 지내는 것이다. 문에서 제사를 지낼 때 예법은 북쪽을 향한 채 문의 좌측 지도리에 신주를 설치하는 것이다.

●戶, 春爲少陽, 其氣始出生養, 祀之於戶. 祀戶之禮, 南面設主於門內之西.

○‘호’란 봄이 소양의 계절이라서 그 기운이 나오기 시작하여 생명을 키우면 지게문에서 제사를 지내는 것이다. 지게문에서 제사를 지낼 때 예법은 남쪽을 향한 채 문안의 서쪽에 신주를 설치하는 것이다.

●行, 冬爲太陰, 盛寒爲水, 祀之於行. 在廟門外之西拔壤[125], 厚二尺, 廣五尺, 輪四尺, 北面設主於拔上. 一作軷壤.

○‘행’이란 겨울이 태음의 계절이라서 혹한의 수증기가 물이 될 무렵에 길에서 제사를 지내는 것이다. 묘문 밖 서쪽에서 땅을 돋우되 두께가 두 자 되고 너비가 다섯 자 되고 테두리가 네 자 되게 만든 뒤 북쪽을 향한 채 토단 위에 신주를 설치한다. (‘발양

---

124) 少陰(소음) : 서방 또는 가을의 기운을 이르는 말. 동방 또는 봄을 ‘소양少陽’, 남방 또는 여름을 ‘태양太陽’, 북방 또는 겨울을 ‘태음太陰’이라고 한다.
125) 拔壤(발양) : 길제사를 지내기 위해 토단土壇을 세우는 것을 이르는 말.

拔壤'은) '발양軷壤'으로도 쓴다.

●竈, 夏爲太陽, 其氣長養, 祀之於竈. 祀竈之禮, 在廟門外之東, 先席 于門奧西東, 設主于竈陘也.

○'조'는 여름이 태양의 계절이라서 그 기운이 성장하면 부뚜막에 서 제사를 지내는 것이다. 부뚜막에서 제사를 지내는 예법은 묘 문 밖 동쪽에서 먼저 출입문 귀퉁이 서쪽과 동쪽에 자리를 마련 하고 부뚜막으로 들어서는 길목에 신주를 설치하는 것이다.

●中霤, 季夏之月, 土氣始盛, 其祀中霤. 霤神在室. 祀中霤, 設主于牖 下也.

○'중류'는 늦여름 6월에 흙의 기운이 왕성해지기 시작하면 안방에 서 제사를 지내는 것이다. 안방 신은 방에 있다. 안방 신에게 제 사를 지낼 때는 창문 아래에 신주를 설치한다.

◇五方正神之別名(다섯 방위 신령의 별칭)

●東方之神, 其帝太昊[126], 其神勾芒. 南方之神, 其帝神農, 其神祝 融. 西方之神, 其帝少昊[127], 其神蓐收. 北方之神, 其帝顓頊, 其神 玄冥. 中央之神, 其帝黃帝[128], 其神后土.

○동방의 신은 그 천제가 태호이고, 그 천신이 구망이다. 남방의 신은 그 천제가 신농이고, 그 천신이 축융이다. 서방의 신은 그 천제가 소호이고, 그 천신이 욕수이다. 북방의 신은 그 천제가

---

126) 太昊(태호) : 전설상의 임금인 삼황三皇 가운데 첫 번째 황제인 복희씨伏羲氏의 별칭. '태호太皡'로도 쓴다.

127) 少昊(소호) : 전설상의 임금인 오제五帝 가운데 첫 번째 황제인 금천씨金天氏의 별칭. '소호少皡'로도 쓴다.

128) 黃帝(황제) : 전설상의 임금. 삼황三皇 가운데 마지막 세 번째 임금이란 설도 있 고, 오제五帝 가운데 첫 번째 임금이란 설도 있다.

전욱이고, 그 천신이 현명이다. 중앙의 신은 그 천제가 황제이고, 그 천신이 후토이다.

◇六神之別名(여섯 천신의 별명)

●風伯129)神, 箕130)星也, 其象在天, 能興風. 雨師131)神, 畢132)星也, 其象在天, 能興雨. 明星神, 一曰靈星, 其象在天. 舊說曰, "靈星, 火星也. 一曰龍星." 火爲天田133), 厲山氏134)之子柱, 及后稷135)能殖百穀, 以利天下. 故祠此三神, 以報其功也. 漢書稱高帝136)五年初置靈官祠・后土祠, 位在壬地137). 社神蓋共工氏138)之子勾龍也. 能平水土, 帝顓頊之世, 舉以爲土正139), 天下賴其功. 堯祠以爲社. 凡樹社者, 欲令萬民加肅敬也. 各以其野所宜之木, 以名其社, 及其野位在未地140). 稷神蓋厲山氏之子柱也. 柱能殖百穀, 帝顓頊之世, 舉以爲田正141), 天下賴其功. 周棄142)亦播殖百穀, 以

---

129) 風伯(풍백) : 바람을 관장하는 신 이름.

130) 箕(기) : 이십팔수二十八宿 가운데 동방東方 창룡蒼龍 7수 중 마지막 별자리 이름.

131) 雨師(우사) : 비를 관장하는 신 이름.

132) 畢(필) : 이십팔수二十八宿 가운데 서방 백호白虎 7수 중 다섯 번째 별자리 이름.

133) 天田(천전) : 하늘의 밭이란 의미에서 농부들이 신성시한다는 별 이름.

134) 厲山氏(여산씨) : 전설상의 임금인 신농神農의 별칭. '염제炎帝' '열산씨烈山氏' 등 다양한 별칭으로도 불렸다.

135) 后稷(후직) : 우虞나라 순왕舜王 때 농사를 관장하던 벼슬 이름. 여기서는 이 관직을 맡았던 주周나라의 시조 기棄를 가리킨다.

136) 高帝(고제) : 전한의 건국자인 유방劉邦(B.C.247-B.C.195)의 시호. 보통은 묘호廟號인 고조高祖로 불렸다.

137) 壬地(임지) : 방향이 십간十干 가운데 임壬에 위치한 땅을 이르는 말. 즉 북서쪽에 위치한 땅을 가리킨다.

138) 共工氏(공공씨) : 전설상의 인물. 전욱顓頊과 황제 자리를 다투다가 부주산不周山을 들이받아 하늘을 기울게 했다고 전한다.

139) 土正(토정) : 토지를 관장하는 벼슬 이름.

140) 未地(미지) : 방향이 십이지十二地 가운데 미未에 위치한 땅을 이르는 말. 즉 남서쪽에 위치한 땅을 가리킨다.

稷五穀[143]之長也, 因以稷名其神也. 社稷二神功同, 故同堂別壇, 俱在未位. 土地廣博, 不可徧覆, 故封社稷. 露之者必受霜露, 以達天地之氣. 樹之者尊而表之, 使人望見, 則加畏敬也. 先農神, 先農者, 蓋神農之神. 神農作耒耜[144], 教民耕農. 至少昊之世, 置九農之官, 如左[145].

○(바람을 관장하는) '풍백'이란 신은 (동방의 별자리인) 기성에 해당하는데, 그 형상이 하늘에 있기에 바람을 일으킬 수 있다. (비를 관장하는) '우사'란 신은 (서방의 별자리인) 필성에 해당하는데, 그 형상이 하늘에 있기에 비를 내리게 할 수 있다. (샛별을 뜻하는) '명성'이란 신은 '영성'이라고도 하는데, 그 형상이 하늘에 있다. 옛 설에서는 "'영성'이 곧 화성이다. '용성'이라고도 한다"고 하였다. 화성은 (하늘의 밭을 관장하는) 천전성으로서 여산씨의 아들 주柱인데, 후직과 함께 온갖 곡식을 잘 재배해 천하를 이롭게 하였다. 그래서 (바람·비·샛별을 관장하는) 이 세 천신에게 제사를 올려 그 공로에 보답하는 것이다. ≪한서≫에 의하면 '고제 5년(B.C.202)에 처음으로 (천신에게 제사 지내는 사당인) 영관사와 (후토에게 제사 지내는 사당인) 후토사를 설치하였는데, 자리는 방향이 임壬인 북서쪽 땅에 위치하였다'고 한다. 토지신은 아마도 공공씨의 아들인 구룡일 것이다. 구룡이 물과 토지를 잘 다스려 전욱 황제 때 천거되어 토정에 임명되자 천하 사람들이 그의 공로에 힘입었다. 그리고 (당나라) 요왕이

---

141) 田正(전정) : 농토를 관장하는 벼슬 이름.
142) 周棄(주기) : 주周나라의 시조 기棄. 당唐나라 요왕堯王 때 농사를 관장하는 벼슬인 후직后稷을 맡았다.
143) 五穀(오곡) : 곡식에 대한 총칭. 벼·찰기장(黍)·보리·콩·삼, 혹은 삼·찰기장·메기장(稷)·보리·콩 등 그 종류에 대해서는 시대와 지역에 따라 차이가 있어 설이 다양하다.
144) 耒耜(뇌사) : 쟁기와 보습을 아우르는 말로 농기구에 대한 범칭. 한편 손잡이(耒)가 달린 작은 쟁기를 뜻하는 말로 보는 설도 있다.
145) 左(좌) : 세로쓰기에서 좌측을 뜻하므로 결국 아래 내용을 가리킨다.

제사를 올리고 토지신으로 모셨다. 무릇 토지신의 제단에 나무를 심는 것은 만백성에게 공경심을 표현케 하기 위해서이다. 백성들은 각기 자신들의 들판에 적절한 나무를 골라 토지신을 위한 제단을 명명하는데, 그 들판과 함께 방향이 미未인 남서쪽 땅에 위치시킨다. 곡식신은 아마도 여산씨(신농)의 아들인 주柱일 것이다. 주가 온갖 곡식을 잘 재배하여 전욱 황제 때 천거되어 전정에 임명되자 천하 사람들이 그의 공로에 힘입었다. 주나라의 시조인 기棄 역시 온갖 곡식을 잘 재배하였는데, 오곡을 관장하는 수장을 '직'이라고 하였기에 그참에 '직'을 그의 신 이름으로 삼았다. 토지신과 곡식신 두 신은 공로가 같기에 사당 건물을 같이 하면서 제단만 달리하는데, 함께 방향이 미未인 남서쪽에 위치시킨다. 토지가 너무 광활하여 다 관할할 수 없기에 토지신과 곡식신으로 봉한 것이다. 그 사당을 지붕이 없이 노출시키는 것은 필시 서리와 이슬을 맞아서 천지의 기운이 전달되게 하기 위해서일 것이다. 그곳에 나무를 심는 것은 그곳을 존중하여 표시하기 위한 것으로 사람들이 멀리서 보면 더욱 경외심을 갖게 된다. '선농'이란 신이 있는데, '선농'이란 아마도 신농의 신일 것이다. 신농은 농기구를 만들어 백성들에게 농사 짓는 법을 가르쳤다. 소호 때에 이르러서는 아홉 가지 농사를 관장하는 관리를 설치하였는데, 그 내용은 아래와 같다.

●春扈氏,(扈, 止也.) 農正, 趣民耕種.(鴶鳥146)) 夏扈氏, 農正, 趣民芸除147).(切玄148)) 秋扈氏, 農正, 趣民收斂.(切藍) 冬扈氏, 農正, 趣民蓋藏.(切黃) 棘扈氏, 農正, 常謂茅氏, 一曰, "掌人百果."(切丹) 行扈

---

146) 鴶鳥(고조) : 자고새. 상고시대 때 새 이름을 가져다가 관직 이름으로 삼은 것을 말한다.
147) 芸除(운제) : 김매다, 잡초를 제거하다. '운芸'은 '운耘'과 통용자.
148) 切玄(절현) : 뒤의 '절切'자가 붙은 어휘들과 마찬가지로 새의 이름을 가리키는 말로 추정되나 불분명하다. 박물군자가 밝혀주기를 기대한다.

氏, 農正, 晝爲民驅鳥.(嘈嘈149)) 宵扈氏, 農正, 夜爲民驅獸.(嘖嘖150))
桑扈氏, 農正, 趣民養蠶.(切脂) 老扈氏, 農正, 趣民收麥151).(鷃鷃152))
○'춘호씨'('호'는 멈춘다는 뜻이다)는 농사를 관장하는 관리로서 백성들
을 재촉하여 밭을 갈고 씨를 뿌리게 한다.(관직 이름은 자고새로부터
유래하였다) '하호씨'는 농사를 관장하는 관리로서 백성들을 재촉
하여 김을 매게 한다.(관직 이름은 절현새로부터 유래하였다) '하호씨'는
농사를 관장하는 관리로서 백성들을 재촉하여 곡식을 수확케 한
다.(관직 이름은 절람새로부터 유래하였다) '동호씨'는 농사를 관장하는
관리로서 백성들을 재촉하여 창고를 지어서 곡물을 저장케 한다.
(관직 이름은 절황새로부터 유래하였다) '극호씨'는 농사를 관장하는 관
리로서 일찍이 '모씨'로도 불렸는데, 일설에는 "사람들의 온갖
과일을 관장한다"고 한다.(관직 이름은 절단새로부터 유래하였다) '행호
씨'는 농사를 관장하는 관리로서 낮에 백성들을 위해 시끄럽게
소리를 내서 새를 쫓는다.(관직 이름은 시끄럽게 소리를 내 새를 쫓는 데
서 유래하였다) '소호씨'는 농사를 관장하는 관리로서 밤에 백성들
을 위해 시끄럽게 소리를 내서 들짐승을 쫓는다.(관직 이름은 시끄
럽게 소리를 내 들짐승을 쫓는 데서 유래하였다) '상호씨'는 농사를 관장
하는 관리로서 백설들을 재촉하여 누에를 키우게 한다.(관직 이름
은 절지새로부터 유래하였다) '노호씨'는 농사를 관장하는 관리로서
백성들을 재촉하여 마름을 따게 한다.(관직 이름은 세가락메추라기로부
터 유래하였다)

●疫神, 帝顓頊153)有三子, 生而亡去爲鬼. 其一者居江水154), 是爲瘟

---

149) 嘈嘈(책책) : 원래는 새가 시끄럽게 지저귀는 소리를 뜻하나, 여기서는 농정農正
　　이 새를 쫓기 위해 소리치는 것을 뜻하는 말로 쓰인 듯하다.
150) 嘖嘖(책책) : 이 역시 원래는 새가 시끄럽게 지저귀는 소리를 뜻하나, 여기서는
　　농정農正이 짐승을 쫓기 위해 소리치는 것을 뜻하는 말로 쓰인 듯하다.
151) 麥(능) : 식용 식물인 마름. '능菱'과 통용자.
152) 鷃鷃(안안) : 세가락메추라기. 여기서는 '노호老扈'라는 관직의 유래를 말한다.
153) 顓頊(전욱) : 전설상의 임금인 오제五帝 가운데 두 번째 황제를 이르는 말.

鬼. 其一者居若水155), 是爲魍魎156). 其一者居人宮室樞隅處, 善驚小兒, 於是命方相氏157), 黃金四目158), 蒙以熊皮・玄衣・朱裳, 執戈揚楯. 常以歲竟十二月, 從百隷及童兒而時儺159), 以索宮中, 毆疫鬼也. 桃弧160)・棘矢161), 土鼓162)鼓旦, 射之以赤丸, 五穀播洒之, 以除疾殃. 已而立桃人163)・葦索164)・儋牙虎165)・神荼・鬱壘166)以執之. 儋牙虎・神荼・鬱壘二神, 海中有度朔之山, 上有桃木蟠屈三千里, 卑枝東北有鬼門, 萬鬼所出入也. 神荼與鬱壘二神居其門, 主閱領諸鬼. 其惡害之鬼, 執以葦索, 食虎. 故十二月歲竟, 常以先臘之夜, 逐除之也, 乃畫荼・壘, 幷懸葦索於門戶, 以禦凶也.

○(전염병을 퍼뜨리는 귀신인) '역신'은 (오제五帝 가운데 두 번째 임금인) 전욱 황제의 세 아들이 살아서 도망쳐 귀신이 된 것이다. 그중 하나는 강수에 살면서 (염병을 퍼뜨리는) '온귀'가 되었

---

154) 江水(강수) : 장강長江의 별칭.
155) 若水(약수) : 청해성에서 사천성으로 흐르는 금사강金沙江의 지류인 아롱강鴉礱江의 고대 이름. 전설상의 임금인 전욱顓頊의 출생지이기도 하다.
156) 魍魎(망량) : 전설상의 악귀 이름. '망량蝄蜽' '방량方良'이라고도 한다.
157) 方相氏(방상씨) : 주周나라 때 역귀疫鬼와 요괴妖怪를 물리치는 일을 관장하던 하관夏官 소속 벼슬 이름.
158) 黃金四目(황금사목) : 황금으로 만든 네 개의 눈이 달린 면구面具를 쓰는 것을 말한다.
159) 儺(나) : 역귀疫鬼를 쫓는 의식인 나례를 이르는 말. '나難'로도 쓴다.
160) 桃弧(도호) : 복숭아나무로 만든 활. 악귀가 복숭아나무를 싫어한다는 미신 때문에 주로 사악한 기운을 물리치는 데 사용하였다.
161) 棘矢(극시) : 가시나무로 만든 화살. 도호桃弧와 함께 액막이용으로 사용하였다고 전한다.
162) 土鼓(토고) : 흙을 빚어 구운 원통에 가죽을 씌운 북을 이르는 말.
163) 桃人(도인) : 복숭아나무를 깎아서 만든 인형. 귀신이 복숭아나무를 무서워한다는 속설에서 유래하였다.
164) 葦索(위삭) : 갈대를 엮어서 만든 새끼줄. 귀신이 갈대를 무서워한다는 속설에서 유래하였다.
165) 儋牙虎(담아호) : 《독단》 외에는 이에 대해 언급한 문헌이 없어 의미하는 바가 불분명하다. 아마도 톱니 모양의 이빨이 있는 호랑이 모양의 인형을 뜻하는 말인 '거아호鋸牙虎'의 별칭이 아닐까 싶다.
166) 神荼鬱壘(신도울루) : 황제黃帝의 신하라고 전하는 전설상의 두 인물. 두 사람은 형제였다고 한다.

고, 그중 하나는 약수에 살면서 도깨비가 되었고, 그중 하나는 궁실 지도리 구석진 곳에 살면서 아이들에게 경기를 곧잘 일으킨다. 그래서 (하관夏官 소속 관리인) 방상씨에게 명하여 황금으로 만든 눈이 넷 달린 면구를 쓰고 큰곰 가죽과 검은 옷·붉은 치마를 걸치고 창과 방패를 손에 들고서 언제나 한 해가 끝나는 12월에 수많은 노예와 어린아이들을 거느리고 때맞춰 나례를 펼쳐서 궁중을 샅샅이 뒤져 역귀를 쫓게 한다. 복숭아나무 활과 가시나무 화살을 마련하고 토고를 새벽에 울리며 붉은 탄환으로 그것을 맞추고 오곡을 뿌려서 질병을 없앤다. 잠시 뒤에는 복숭아나무 인형과 갈대 새끼줄·거아호·신도·울루의 형상을 마련해 손에 든다. 거아호와 신도·울루 두 신과 관련해서는 바다에 도삭산이 있고, 그 위로 복숭아나무가 3천 리에 걸쳐 서려 있으며, 낮게 드리운 가지의 북동쪽에 온갖 귀신이 출입하는 귀문이 있는데, 신도와 울루 두 신이 그 출입문에 머물면서 온갖 귀신들을 감시하는 일을 주재한다고 한다. 그중 해악을 끼치는 귀신은 갈대 새끼줄로 잡아서 호랑이에게 먹인다. 그래서 12월에 한 해가 저물어 가면 항상 납제를 지내는 전날 밤을 이용해 이들을 쫓으려고 결국 신도와 울도를 그리고 아울러 문호에 갈대 새끼줄을 걸어서 흉사를 막는 것이다.

◇四代臘之別名(네 왕조 때 납제의 별칭)

●夏曰嘉平, 殷曰淸祀, 周曰大蜡, 漢曰臘[167].
○하나라 때는 '가평'이라고 하고, 은나라 때는 '청사'라고 하고, 주나라 때는 '대사'라고 하고, 한나라 때는 '납제'라고 하였다.

---

167) 臘(납) : 겨울에 동지 뒤 세 번째 무일戊日에 지내는 제사 이름. 반면 여름에 하지 뒤 세 번째 경일庚日에 지내는 제사는 '복伏'이라고 한다.

◇五帝臘祖之別名(오제에게 지내는 납제와 길제사의 별칭)

●青帝以未臘卯祖.(靑帝太昊水[168]行.)　赤帝以戌臘午祖.(赤帝炎帝[169]火行.)
白帝以丑臘酉祖.(白帝少昊金行.)　黑帝以辰臘子祖.(黑帝顓頊水行.)　黄帝
以辰臘未祖.(黃帝軒轅[170]后土土行.)

○(동방을 관장하는 천신인) 청제에게는 미일에 납제를 지내고 묘
일에 길제사를 지내 준다.(청제는 태호로서 오행 중 나무를 따른다.) (남
방을 관장하는 천신인) 적제에게는 술일에 납제를 지내고 오일
에 길제사를 지내 준다.(적제는 염제로서 오행 중 불을 따른다.) (서방을
관장하는 천신인) 백제에게는 축일에 납제를 지내고 유일에 길
제사를 지내 준다.(백제는 소호로서 오행 중 쇠를 따른다.) (북방을 관장
하는 천신인) 흑제에게는 진일에 납제를 지내고 자일에 길제사
를 지내 준다.(흑제는 전욱으로서 오행 중 물을 따른다.) (중앙을 관장하
는 천신인) 황제에게는 진일에 납제를 지내고 미일에 길제사를
지내 준다.(황제는 헌원 후토로서 오행 중 흙을 따른다.)

◇天子大蜡八神之別名
(천자가 여덟 신에게 지내는 사제의 별칭)

●蜡之言, 索也. 祭曰, "索此八神而祭之也." 大同小異, 爲位相對向.
祝曰, "土反其宅, 水歸其壑, 昆蟲毋作, 豐年若土, 歲取千百."

○'사蜡'라는 말은 찾는다는 뜻이다. 그래서 제사 지낼 때 "이 여덟

---

168) 水(수) : '목木'의 오기이다. 자형의 유사성으로 인한 필사 과정상의 단순 오기
로 보인다.
169) 炎帝(염제) : 문맥상 이 두 글자가 있는 것이 자연스럽다. ≪백호통소증≫에서도
이 두 글자를 첨기하였다. '염제'는 전설상의 임금인 삼황三皇 가운데 두 번째 황
제인 신농神農의 별호이자 남방의 신을 가리킨다.
170) 軒轅(헌원) : 전설상의 임금인 오제五帝 가운데 첫 번째 임금인 황제黃帝의 이
름. 성은 '공손公孫'이고 이름이 '헌원軒轅'이다. '헌원'이란 언덕에서 산 데서 유래
하였다. ≪사기‧오제본기五帝本紀≫권1 참조.

신을 찾아 제사를 올린다"고 한다. 대동소이하기에 자리를 서로 마주 보게 한다. 축원할 때는 "흙은 집으로 돌아가고 물은 골짜기로 돌아가되 해충이 나타나지 않게 하소서. 풍년이 대지처럼 크게 들어 해마다 수백 수천 가마를 수확케 하시옵소서"라고 한다.

●先嗇171)・司嗇172)・農・郵表畷173)・貓虎(貓食田鼠, 虎食田豕174), 迎其神而祭之.)・坊・水庸175)・昆蟲.

○('8신'은) 선색・사색・농신・우표철・묘호(고양이는 들쥐를 잡아먹고 호랑이는 맷돼지를 잡아먹기에 그 신을 맞아 제사를 지내는 것이다)・제방・수로・곤충을 가리킨다.

◇五祀之別名(다섯 가지 제사의 별칭) 祀臣176)五義(신에게 제사 지내는 다섯 가지 의의)

●法施於民則祀, 以死勤事則祀, 以勞定國則祀, 能禦大災則祀, 能扞大患則祀.

○모범을 백성에게 보인 사람이면 제사지내 주고, 죽음을 불사하고 열심히 일한 사람이면 제사지내 주고, 공로를 세워 나라를 안정시킨 사람이면 제사지내 주고, 큰 재앙을 잘 막은 사람이면 제사지내 주고, 막중한 환난을 잘 막은 사람이면 제사지내 준다.

---

171) 先嗇(선색) : 전설상의 황제인 신농神農의 별칭. '농사를 제일 먼저 발명했다'는 뜻에서 유래하였다. '색嗇'은 '색穡'과 통용자.
172) 司嗇(사색) : 농사를 관장하는 신. 후한 정현鄭玄(127-200) 주에 의하면 후직后稷의 별칭이라고 한다.
173) 郵表畷(우표철) : 농로를 관장하는 신을 이르는 말. '우표철郵表畷'로도 쓴다.
174) 田豕(전시) : 맷돼지. '야저野豬'라고도 한다.
175) 水庸(수용) : 수로, 도랑을 이르는 말. '용庸'은 물길을 뜻한다. 여기서는 이를 관장하는 신을 가리킨다.
176) 臣(신) : 문맥상으로 볼 때 '신神'의 오기인 듯하다.

◇六號之別名(여섯 가지 호칭의 별명)

●神號, 尊其名, 更爲美稱, 若曰皇天上帝也. 鬼號, 若曰皇祖伯某. 祇[177]號, 若曰后土, 地祇也. 牲號, 牛曰一元大武, 羊曰柔毛之屬也. 齊[178]號, 黍曰薌合, 粱曰香其之屬也. 幣號, 玉曰嘉玉, 幣曰量幣之屬也.

○천신의 호칭은 그 이름을 존중하여 미칭으로 바꾸는데 예를 들면 '황천상제'가 그러하다. 귀신의 호칭으로는 예를 들면 '황조백 아무개'란 말이 있다. 지신의 호칭으로는 예를 들면 '후토'라는 말이 있는데 땅을 관장하는 신이다. 희생물에 대한 호칭은 소를 '일원대무'라고 하고 양을 '유모'라고 하는 부류가 그러한 예이다. 제사에 쓰는 곡물에 대한 호칭은 찰기장을 '향합'이라고 하고 수수를 '향기'라고 하는 부류가 그러한 예이다. 폐백에 대한 호칭은 옥을 '가옥'이라고 하고 비단을 '양폐'라고 하는 부류가 그러한 예이다.

◇凡祭宗廟禮牲之別名
(종묘에서 제례를 올릴 때 희생물의 별칭)

●牛曰一元大武, 豕曰剛鬣, 豚曰肥腯, 羊曰柔毛, 雞曰翰音, 犬曰羹獻, 雉曰疏趾, 兎曰明視.

○(종묘에서 쓰는 희생물 가운데) 소를 '일원대무'라고 하고, 돼지를 '강렵'이라고 하고, 새끼 돼지를 '비둔'이라고 하고, 양을 '유모'라고 하고, 닭을 '한음'이라고 하고, 개를 '갱헌'이라고 하고, 꿩을 '소지'라고 하고, 토끼를 '명시'라고 한다.

●凡祭號牲物, 異於人者, 所以尊鬼神也. 脯曰尹祭, 槀魚曰商祭, 鮮

---

177) 祇(지) : 대지를 관장하는 지신地神을 이르는 말.
178) 齊(자) : 제사에 쓰는 곡물을 이르는 말. 음은 '자'.

魚曰脡祭, 水曰淸滌, 酒曰淸酌, 黍曰薌合, 粱曰香萁, 稻曰嘉疏, 鹽曰鹹醝, 玉曰嘉玉, 幣曰量幣.

○무릇 제사에서 희생물을 부를 때 사람과 달리하는 것은 귀신을 존중하기 위해서이다. 그래서 육포는 '윤제'라고 하고, 건어물은 '상제'라고 하고, 생선은 '정제'라고 하고, 물은 '청척'이라고 하고, 술은 '청작'이라고 하고, 찰기장은 '향합'이라고 하고, 수수는 '향기'라고 하고, 벼는 '가소'라고 하고, 소금은 '함차'라고 하고, 옥은 '가옥'이라고 하고, 비단은 '양폐'라고 한다.

●太祝[179]掌六祝[180]之辭
○태축은 여섯 가지 축문의 문구를 작성하는 일을 관장한다.

●順祝, 順豐年也. 年祝, 求永貞[181]也. 告祝, 祈福祥也. 化祝, 弭災兵也. 瑞祝, 逆[182]時雨, 寧風旱也. 策祝, 遠罪病也. 宗廟所歌詩之別名.
○'순축'은 풍년이 순조롭기를 비는 축문이다. '연축'은 좋은 운명을 비는 축문이다. '고축'은 복을 비는 축문이다. '화축'은 재앙이나 전쟁을 막기 위한 축문이다. '서축'은 제때 내리는 비를 맞이하고 바람과 가뭄이 잦아들기를 비는 축문이다. '책축'은 죄악이나 질병을 멀리하기 위한 축문이다. 모두 종묘에서 부르는 시의 별칭이다.

---

179) 太祝(태축) : 제사와 기도를 주관하는 벼슬 이름. 은殷나라 때는 육태六太의 하나였고, 주周나라 때는 춘관春官의 속관이었으며, 진한秦漢 이후로는 태축령太祝令・태축승太祝丞을 두었는데 구경九卿의 수장인 태상경太常卿의 속관이었다.

180) 六祝(육축) : 풍년・운명・복록・전쟁・비・죄악 등과 관련하여 신에게 고하는 여섯 가지 축문인 순축順祝・연축年祝・고축告祝・화축化祝・서축瑞祝・책축策祝을 아우르는 말.

181) 永貞(영정) : 좋은 운명을 오래 누리는 것을 이르는 말.

182) 逆(역) : 맞이하다. '영迎'의 뜻.

●淸廟[183], 一章八句, 洛邑旣成, 諸侯朝見, 宗祀文王之所歌也. 維天之命, 一章八句, 告太平於文王之所歌也. 維淸, 一章五句, 奏象武[184]之歌也. 烈文, 一章十三句, 成王卽政, 諸侯助祭之所歌也. 天作, 一章七句, 祀先王公[185]之所歌也. 昊天有成命, 一章七句, 郊祀[186]天地之所歌也. 我將, 一章十句, 祀文王於明堂之所歌也. 時邁, 一章十五句, 巡守告祭柴望[187]之所歌也. 執競, 一章十四句, 祀武王之所歌也. 思文, 一章八句, 祀后稷配天之所歌也. 臣工, 一章十句, 諸侯助祭遣之於廟之所歌也. 噫嘻, 一章八句, 春夏祈穀于上帝之所歌也. 振鷺, 一章八句, 二王[188]之後來助祭之所歌也. 豐年, 一章七句, 烝嘗[189]秋冬之所歌也. 有瞽, 一章十三句, 始作樂, 合諸樂而奏之所歌也. 潛, 一章六句, 季冬薦魚, 春獻鮪之所歌也. 雍, 一章十六句, 禘[190]太祖之所歌也. 載見, 一章十四句, 諸侯始見于武王廟之所歌也. 有客, 一章十三句, 微子[191]來見祖廟之所歌也. 武,

---

183) 淸廟(청묘) : 제왕의 종묘宗廟인 태묘太廟의 별칭으로 ≪시경·주송周頌≫권26에 실린 노래 이름이기도 하다. 아래 열거한 노래들도 모두 ≪시경·주송≫권26에 수록되어 전하고, 그 아래 해설은 전한 모공毛公의 소서小序를 인용한 것이다.

184) 象武(상무) : 주周나라 무왕武王 때의 무곡舞曲 이름.

185) 王公(왕공) : 주周나라 때는 천자와 제후를 가리키는 말이었으나, 진秦나라 시황제始皇帝가 천자를 '황제'라고 칭한 뒤로는 제후국에 봉한 친왕親王과 삼공三公 등 고위직에 대한 총칭으로 쓰였다.

186) 郊祀(교사) : 원래는 동지에 남쪽 교외에서 천제天帝에게 제를 올리는 것을 이르는 말이었으나, 뒤에는 하지에 북쪽 교외에서 지신地神에게 제를 올리는 일도 포함하는 말로 쓰였다.

187) 柴望(시망) : 제사를 두루 이르는 말. '시'는 섶을 태워 천신天神에게 지내는 제사이고, '망'은 산천山川에 지내는 제사이다.

188) 二王(이왕) : 주周나라 이전의 두 왕조인 하夏나라와 상商나라를 아우르는 말. 하나라와 상나라의 후손은 곧 주나라 때 제후국인 기杞나라와 송宋나라 사람들을 가리킨다.

189) 烝嘗(증상) : 제사에 대한 총칭. 종묘의 제사 중 봄 제사를 '약礿'이라고 하고, 여름 제사를 '체禘'라고 하고, 가을 제사를 '상嘗'이라고 하고, 겨울 제사를 '증烝'이라고 한 데서 유래하였다.

190) 禘(체) : 천제天帝에게 제를 올리면서 배향하는 일.

191) 微子(미자) : 상商나라 마지막 왕인 주왕紂王의 형으로 본명은 계啓. 모친이 정식 왕비에 책립되기 전에 태어나 서출庶出 신분이고, 동생인 주는 모친이 왕비에 책립된 뒤에 태어나 적출嫡出 신분이다. '미微'는 봉호封號이고, '자子'는 존칭.

一章七句, 奏大武[192], 周武所定一代之樂所歌也. 閔予小子[193], 一
章十一句, 成王除武王之喪, 將始卽政, 朝於廟之所歌也. 訪落, 一
章十二句, 成王謀政於廟之所歌也. 敬之, 一章十二句, 群臣進戒嗣
王[194]之所歌也. 小毖, 一章八句, 嗣王求忠臣助己之所歌也. 載芟,
一章三十一句, 春耤田[195], 祈社稷之所歌也. 良耜, 一章二十三句,
秋報社稷之所歌也. 絲衣, 一章九句, 繹[196]賓尸[197]之所歌也. 酌,
一章九句, 告成大武, 言能酌先祖之道, 以養天下之所歌也. 桓, 一
章九句, 師祭[198]講武類禡[199]之所歌也. 賚, 一章六句, 大封於廟,
賜有德之所歌也. 般, 一章七句, 巡守祀四嶽[200]河海之所歌也.

○(≪시경・주송周頌≫권26에 실린) <청묘>는 1장 8구로 구성되
어 있는데, (하남성) 낙읍이 완성되고 나서 제후들이 조알하여
문왕을 조종으로 모시고 제사지낼 때 부르던 노래이다. <유천지
명>은 1장 8구로 구성되어 있는데, 문왕에게 태평성대를 고할
때 부르던 노래이다. <유청>은 1장 5구로 구성되어 있는데, <상

---

192) 大武(대무) : 주周나라 때의 악곡 이름.
193) 予小子(여소자) : '나 어린 아들'이란 뜻으로 주周나라 성왕成王이 스스로를 가
리키던 겸칭이다.
194) 嗣王(사왕) : 제위를 계승한 왕을 뜻하는 말로 여기서는 주周나라 성왕成王을
가리킨다.
195) 耤田(적전) : 제사에 쓰는 곡식을 공급하기 위해 임금이 농민의 도움으로 직접
경작하는 농지를 일컫는 말. '적耤'은 '백성의 힘을 빌린다'는 뜻으로, '적籍' 혹은
'적藉'으로도 쓴다.
196) 繹(역) : 정식 제사를 지낸 이튿날 계속해서 제를 올리는 것을 이르는 말.
197) 賓尸(빈시) : 정식 제사를 지낸 이튿날 시동尸童을 손님으로 초청하여 술과 음
식을 대접하는 일을 이르는 말.
198) 師祭(사제) : 전쟁에서의 승리를 기원하기 위해 군대를 출동할 때 지내는 제사
를 이르는 말.
199) 類禡(유마) : 제사의 종류를 이르는 말. 이는 ≪시경・대아大雅・황의皇矣≫권2
3의 '제사를 지내네(是類是禡)'란 구절에서 유래한 말로, '유類'는 천제에게 지내는
제사를 가리키고, '마禡'는 말의 신에게 지내는 제사를 가리킨다. '유類'는 '유禷'와
통용자.
200) 四嶽(사악) : 중국을 대표하는 오악五嶽 가운데 중앙의 중악中嶽 숭산嵩山을 제
외한 나머지 네 산, 즉 동악東嶽 태산泰山・남악南嶽 형산衡山・서악西嶽 화산華
山・북악北嶽 항산恒山을 아우르는 말. 사방의 제후를 뜻할 때도 있다.

무>를 연주할 때 부르던 노래이다. <열문>은 1장 13구로 구성되어 있는데, 성왕이 정사를 맡으면서 제후들이 제사를 거들 때 부르던 노래이다. <천작>은 1장 7구로 구성되어 있는데, 선대의 왕공을 축원할 때 부르던 노래이다. <호천유성명>은 1장 7구로 구성되어 있는데, 교외에서 천제와 지신에게 제사지낼 때 부르던 노래이다. <아장>은 1장 10구로 구성되어 있는데, 명당에서 문왕에게 제사지낼 때 부르던 노래이다. <시매>는 1장 15구로 구성되어 있는데, 각지를 순수하면서 여러 신에게 제사를 지낼 때 부르던 노래이다. <집경>은 1장 14구로 구성되어 있는데, 무왕에게 제사지낼 때 부르던 노래이다. <사문>은 1장 8구로 구성되어 있는데, (주周나라의 시조인) 후직(기棄)에게 제사지내면서 천제와 배향할 때 부르던 노래이다. <신공>은 1장 10구로 구성되어 있는데, 제후들이 제사를 거들고자 사당에 제사용품을 보낼 때 부르던 노래이다. <희희>는 1장 8구로 구성되어 있는데, 봄과 여름에 상제에게 풍년을 기원할 때 부르던 노래이다. <진로>는 1장 8구로 구성되어 있는데, 하夏나라와 상商나라의 후손들이 내조하여 제사를 도울 때 부르던 노래이다. <풍년>은 1장 7구로 구성되어 있는데, 가을과 겨울에 제사를 지낼 때 부르던 노래이다. <유고>는 1장 13구로 구성되어 있는데, 처음 음악을 제작하여 악기에 맞춰서 연주할 때 부르던 노래이다. <잠>은 1장 6구로 구성되어 있는데, 늦겨울에 물고기를 바치고 봄에 철갑상어를 바쳐서 제사지낼 때 부르던 노래이다. <옹>은 1장 16구로 구성되어 있는데, 태조를 천제와 배향할 때 부르던 노래이다. <재견>은 1장 14구로 구성되어 있는데, 제후가 처음 무왕의 사당에서 알현할 때 부르던 노래이다. <유객>은 1장 13구로 구성되어 있는데, (상商나라 후손인) 미자가 태조의 사당을 찾아와 알현할 때 부르던 노래이다. <무>는 1장 7구로 구성되어 있는데, <대무>를 연주하자 주나라 무왕이 한 시대의 음악으로 확정했을 때 부르던 노래이다. <민여소자>는 1장 11구로 구성되어 있는데, 성왕이 (부친인) 무왕의 상례를 마치고 정사를 시작하면서 종묘에서 조알할 때 부르던 노래이다. <방락>은 1장 12구로 구성되어 있는데, 성왕이 종묘에서 정사에 대해 도모할 때 부르던 노래이다. <경지>는 1장 12구로 구성되어 있는데, 신하들이 후왕에게 경계거리를 아뢸 때 부르던 노래이다. <소비>는 1장 8구로 구성되어 있는데, 후왕이 자기를 도울 충신을 찾으면서 부르던 노래이다. <재삼>은 1장 31구로 구성되어 있는데, 봄에 적전에서 농사를 지으면서 토지신과 곡식신에게 기원할 때 부르던 노래이다. <양사>는 1장 23구로 구성되어 있는데, 가을에 토지신과 곡식신에게 농사에 대해 보고할 때 부르던 노래이다. <사의>는 1장 9구로 구성되어 있는데, 이틀째 제를 올리면서 시동을 손님으로 모실 때 부르던 노래이다. <작>은 1장 9구로 구성되어 있는데, <대무>의 완성을 고하고 선소에게 술을 따를 수 있는 도리를 언급함으로써 천하 백성을 위무할 때 부르던 노래이다. <환>은 1장 9구로 구성되어 있는데, 군대를 출동할 때 지내는 제사나 무예를 익힐 때, 그리고 천제와 말의 신에게 제사를 지낼 때 부르는 노래이다. <뇌>는 1장 6구로 구성되어 있는데, 사당에서 주요 작위를 봉하면서 덕이 있는 사람에게 하사품을 내릴 때 부르던 노래이다. <반>은 1장 7구로 구성되어 있는데, 군주가 순수에 나서서 사방의 산악과 강하 및 바다에 제사를 지낼 때 부르던 노래이다.

●右詩三十一章, 皆天子之禮樂也.
○이상 ≪시경≫의 노래 31장은 모두 천자의 예악이다.

◇**五等爵之別名(다섯 등급 작위의 별명)** —本云周制也(어떤 판본
　에서는 주나라 때 제도라고도 한다)

●三公者, 天子之相. 相, 助也, 助理天下, 其地封百里. 侯者, 候也,
　候逆順也, 其地方百里. 伯者, 白也, 明白於德, 其地方七十里. 子
　者, 滋也, 奉天王[201]之恩德, 其地方五十里. 男者, 任也, 立功業以
　化民, 其地方五十里.

○삼공은 천자의 재상을 가리킨다. '상'은 돕는다는 뜻으로 천하를
　다스리는 일을 돕는다 말인데, 그의 봉지는 사방 100리에 봉해
　진다. '후'는 살핀다는 뜻으로 반역할지 순종할지 살핀다는 말인
　데, 그의 봉지는 사방 100리이다. '백'은 순백하다는 뜻으로 덕
　을 분명히 밝힌다는 말인데, 그의 봉지는 사방 70리이다. '자'는
　번성시킨다는 뜻으로 천자의 은덕을 받든다는 말인데, 그의 봉지
　는 사방 50리이다. '남'은 맡는다는 뜻으로 공적을 세워 백성을
　교화한다는 말인데, 그의 봉지는 사방 50리이다.

●守者, 秦置也. 秦兼天下, 置三川[202], 守伊河洛也. 漢改曰河南守.
　武帝會曰太守. 世祖[203]都洛陽, 改曰正.

○'수'는 진나라 때 설치하였다. 진나라는 천하를 통일하자 '삼천
　수'을 설치해서 이수·황하·낙수를 다스리게 하였다. 한나라 때
　는 '하남수'로 개칭하였다. 무제는 조회를 열어 '태수'라고 명명
　하였다. (후한) 세조(광무제)는 (하남성) 낙양에 도읍을 정하면서
　'정'으로 개칭하였다.

---

201) 天王(천왕) : 천자에 대한 경칭.
202) 三川(삼천) : 중국 서부와 북부에 있는 세 강물을 아우르는 말. 주周나라 때는
　　경수涇水·낙수洛水·예수汭水를 '삼천'이라고 하였고, 진秦나라 때는 이수伊水·
　　낙수洛水·황하黃河를 '삼천'이라고 하는 등 시대마다 다소 차이가 있다.
203) 世祖(세조) : 후한 광무제光武帝의 묘호廟號. 후한 명제明帝가 즉위하던 해 광무
　　제를 원릉原陵에 장사 지내고 '광무제'라는 시호와 '세조'라는 묘호를 올렸다. ≪후
　　한서·명제본기≫권2 참조.

◇諸侯大小之差(크고 작은 제후의 차이)

●諸侯王, 皇子封爲王者, 稱曰諸侯王. 徹侯, 群臣異姓有功封者, 稱曰徹侯, 武帝諱204), 改曰通侯, 或曰列侯也. 朝侯, 諸侯有功德者, 天子特命爲朝侯, 位次諸卿.

○제후국의 군주와 관련하여 황제의 아들 가운데 왕에 봉해진 자를 '제후왕'이라고 칭한다. '철후'와 관련하여 황실과 성씨가 다른 신하 가운데 공을 세워 봉해진 자를 '철후'라고 칭하는데, 무제의 이름(철徹)을 피하기 위해 '통후'라고 개칭하였고 '열후'라고 부르기도 한다. '조후'와 관련하여 제후 가운데 공덕이 있는 자를 천자는 특별히 '조후'라고 부르는데, 지위는 구경 다음 간다.

◇王者耕耤田之別名
(군주가 적전을 경작하는 것에 관한 별칭)

●天子三推, 三公五推, 卿諸侯九推.

○천자는 (적전을 경작할 때) 농기구를 세 번 밀고, 삼공은 다섯 번 밀고, 구경과 제후는 아홉 번 민다.

◇三代學校之別名(하나라 · 은나라 · 주나라 때 학교의 별칭)

●夏曰校, 殷曰庠, 周曰序. 天子曰辟雍, 謂流水四面如璧, 以節觀者. 諸侯曰頖宮. 頖言牛也, 義亦如上.

○(학교를) 하나라 때는 '교'라고 하였고, 은나라 때는 '상'이라고 하였고, 주나라 때는 '서'라고 하였다. 천자의 학교는 '벽옹'이라

---

204) 武帝諱(무제휘) : 전한 무제武帝 유철劉徹의 이름인 '철徹'을 피휘避諱한다는 말이다.

고 하는데, 이는 사면으로 물이 흐르게 해 마치 벽옥처럼 만들어서 구경꾼을 차단한다는 말이다. 제후의 학교는 '반궁'이라고 한다. '반'은 반쪽이란 말로 의미는 위와 같다.

◇五帝三代樂之別名(오제와 삼대 때 음악의 별칭)

●黃帝曰雲門, 顓頊曰六莖, 帝嚳曰五英, 堯曰咸池, 舜曰大韶, 一曰大招, 夏曰大夏, 殷曰大濩, 周曰大武. 天子八佾, 八八六十四人. 八者, 象八風[205], 所以風化天下也. 公之樂六佾[206], 象六律[207]也. 侯之樂四佾, 象四時也.

○황제黃帝 때 음악은 <운문>이라고 하고, 전욱 때 음악은 <육경>이라고 하고, 제곡 때 음악은 <오영>이라고 하고, (당唐나라) 요왕 때 음악은 <함지>라고 하고, (우虞나라) 순왕 때 음악은 <대소>라고도 하고 <대초>라고도 하며, 하나라 때 음악은 <대하>라고 하고, 은(상商)나라 때 음악은 <대호>라고 하고, 주나라 때 음악은 <대무>라고 한다. 천자 앞에서 추는 '팔일무'는 8×8인 64명이 춘다. '8'은 팔풍을 본받은 것으로 천하를 교화하기 위한 것이다. 삼공의 악무인 '육일무'는 육률을 본받은 것이다. 제후의 악무인 '사일무'는 사계절을 본받은 것이다.

---

205) 八風(팔풍) : 여덟 중기中氣에 부는 바람을 아우르는 말. 즉 입춘의 조풍條風(북동풍), 춘분의 명서풍明庶風(동풍), 입하의 청명풍淸明風(남동풍), 하지의 경풍景風(남풍), 입추의 양풍涼風(남서풍), 추분의 창합풍閶闔風(서풍), 입동의 부주풍不周風(북서풍), 동지의 광막풍廣莫風(북풍)을 가리킨다. 팔음八音의 별칭을 뜻할 때도 있다.

206) 六佾(육일) : 황태자나 제후·공신들이 사용하던 무곡舞曲. 종횡으로 여섯 명이 늘어서 모두 36명이 추는 춤이라는 설도 있고, 매줄마다 8명씩 48명이 추는 춤이라는 설도 있다.

207) 六律(육률) : 십이율려十二律呂 가운데 홀수 번째인 양률陽律에 해당하는 황종黃鐘·태주太簇·고선姑洗·유빈蕤賓·이칙夷則·무역無射을 아우르는 말.

◇朝士卿朝之法(조정의 관원들이 황제를 조알할 때의 예법)

●左九棘, 孤[208]·卿·大夫位也, 群臣在其後. 右九棘, 公·侯·伯·子·男位也, 群吏在其後. 三槐, 三公之位也, 州長·衆庶[209]在其後.

○(조정에 심는) 좌측(동쪽)의 아홉 그루 가시나무는 삼고·구경·대부의 자리로 다른 신료들은 그 뒤에 자리잡는다. 우측(서쪽)의 아홉 그루 가시나무는 공작·후작·백작·자작·남작의 자리로 다른 관리들은 그 뒤에 자리잡는다. 세 그루의 홰나무는 삼공의 자리로 각 고을의 장관이나 민간 대표들은 그 뒤에 자리잡는다.

◇四代獄之別名(네 왕조 때 감옥의 별칭)

●唐虞曰士'官. 史記曰, "皋陶爲理." 尚書曰, "皋陶作士." 夏曰均臺, 周曰囹圄, 漢曰獄.

○(감옥을 관장하는 관리를) 당나라와 우나라 때는 '사관'이라고 하였다. ≪사기·오제본기五帝本紀≫권1에서는 "(우虞나라 때) 고요가 (법관인) '이'를 맡았다"고 한 반면, ≪서경·우서虞書·순전舜典≫권2에서는 "고요가 (법관인) '사'를 지냈다"고 하였다. (감옥을) 하나라 때는 '균대'라고 하고, 주나라 때는 '영어'라고 하고, 한나라 때는 '옥'이라고 하였다.

◇四夷樂之別名(사방 오랑캐 음악의 별칭)

●王者必作四夷之樂, 以定天下之歡心, 祭神明, 和而歌之, 以管樂爲

---

208) 孤(고) : 주周나라 때 설치한 벼슬인 소사少師·소부少傅·소보少保를 아우르는 말인 삼고三孤의 준말. 직급은 삼공三公보다는 낮고 구경九卿보다는 높았다.
209) 衆庶(중서) : 백성들의 존경을 받는 민간의 대표들을 지칭한다.

之聲.

○천자는 필히 사방 오랑캐의 음악을 만들어 천하의 환심을 안정
  시키고, 신명에게 제를 올릴 때 조화를 이루어 노래를 부르면서
  관악기로 그에 걸맞는 소리를 낸다.

●東方曰韎, 南方曰任, 西方曰株離(一作禁), 北方曰禁(一作昧).

○동방의 음악을 <매韎>라고 하고, 남방의 음악을 <임>이라고 하
  고, 서방의 음악을 <주리>('금禁'으로 된 문헌도 있다)라고 하고, 북방
  의 음악을 <금>('매昧'로 된 문헌도 있다)이라고 한다.

■獨斷卷上■

■獨斷卷下■

◇帝謚(황제의 시호 1)

●易曰, "帝出于震¹⁾." 震者, 木也, 言宓犧氏²⁾始以木德王天下也. 木
生火³⁾, 故宓犧氏沒, 神農氏以火德繼之. 火生土, 故神農氏沒, 黃帝
以土德繼之. 土生金, 故黃帝沒, 少昊氏⁴⁾以金德繼之. 金生水, 故少
昊氏沒, 顓頊氏以水德繼之. 水生木, 故顓頊氏沒, 帝嚳氏以木德繼
之. 木生火, 故帝嚳氏沒, 帝堯氏以火德繼之. 火生土, 故帝舜氏以
土德繼之. 土生金, 故夏禹氏以金德繼之. 金生水, 故殷湯氏以水德
繼之. 水生木, 故周武以木德繼之. 木生火, 故高祖以火德繼之.

○≪역경・설괘說卦≫권13에 "제왕은 진괘(동방)에서 나온다"는
말이 있다. '진'은 나무를 뜻하는 말로 (삼황三皇 가운데 첫 번째
인물인) 복희씨가 처음 목덕으로 천하를 다스리는 왕이 되었다
는 말이다. 나무가 불을 낳기에 복희씨가 사망하자 신농씨가 화
덕으로 그의 뒤를 계승하였다. 불이 흙을 낳기에 신농씨가 사망
하자 황제黃帝가 토덕으로 그의 뒤를 계승하였다. 흙이 쇠를 낳
기에 황제가 사망하자 (오제五帝 가운데 첫 번째 인물인) 소호씨

---

1) 帝出于震(제출호진) : 제왕의 즉위를 뜻하는 말. 팔괘八卦에서 '진震'이 동방인데,
   ≪역경・설괘說卦≫권13에서 "제왕은 진괘(동방)에서 나온다(帝出乎震)"고 하였다.
2) 宓犧氏(복희씨) : 전설상의 임금인 삼황三皇 가운데 첫 번째 황제. '복희씨伏羲氏'
   로도 쓴다. 삼황은 복희・신농神農・황제黃帝를 가리킨다.
3) 木生火(목생화) : 나무가 불을 낳다. '목생화木生火' '화생토火生土' '토생금土生金'
   '금생수金生水' '수생목水生木'의 오행상생설五行相生說을 가리킨다. 반면 오행상극
   설五行相克說은 '금극목金克木' '화극금火克金' '수극화水克火' '토극수土克水' '목
   극토木克土'를 가리킨다. 왕조의 교체는 오행상극설을 적용하여 설명하는 것이 일
   반적이지만, 이 책 ≪독단≫에서는 오행상생설로 설명하고 있다.
4) 少昊氏(소호씨) : 전설상의 임금인 오제五帝 가운데 첫 번째 인물. '오제'에 대해
   ≪제왕세기帝王世紀・오제≫권2에서는 소호少昊・전욱顓頊・제곡帝嚳・요堯・순
   舜을 가리킨다고 한 반면, ≪사기史記・오제본기五帝本紀≫권1에서는 황제黃帝・
   전욱顓頊・제곡帝嚳・요堯・순舜을 가리킨다고 하였는데, 여기서는 전자를 취했다.

가 금덕으로 그의 뒤를 계승하였다. 쇠가 물을 낳기에 소호씨가
사망하자 전욱씨가 수덕으로 그의 뒤를 계승하였다. 물이 나무를
낳기에 전욱씨가 사망하자 제곡씨가 목덕으로 그의 뒤를 계승하
였다. 나무가 불을 낳기에 제곡씨가 사망하자 (당唐나라) 요왕이
화덕으로 그의 뒤를 계승하였다. 불이 흙을 낳기에 (우虞나라)
순왕이 토덕으로 그의 뒤를 계승하였다. 흙이 쇠를 낳기에 하나
라 우왕이 금덕으로 그의 뒤를 계승하였다. 쇠가 물을 낳기에 은
나라 탕왕이 수덕으로 그의 뒤를 계승하였다. 물이 나무를 낳기
에 주나라 무왕이 목덕으로 그의 뒤를 계승하였다. 나무가 불을
낳기에 (전한) 고조가 화덕으로 그의 뒤를 계승하였다.

● 伏犧爲太昊氏, 炎帝爲神農氏, 黃帝爲軒轅氏, 少昊爲金天氏, 顓頊
爲高陽氏, 帝嚳爲高辛氏, 帝堯爲陶唐氏, 帝舜爲有虞氏, 夏禹爲夏
后氏, 湯爲殷商氏, 武王爲周, 高祖爲漢.
○ 복희는 태호씨라고 하고, 염제는 신농씨라고 하고, 황제는 헌원
씨라고 하고, 소호는 금천씨라고 하고, 전욱은 고양씨라고 하고,
제곡은 고신씨라고 하고, 제요는 도당씨라고 하고, 제순은 유우
씨라고 하고, 하나라 우왕은 하후씨라고 하고, (상나라) 탕왕은
은상씨라고 한다. 무왕(희발姬發)은 주나라를 세웠고, 고조(유방
劉邦)는 한나라를 세웠다.

● 高帝[5] 在位十二年, 生惠帝.
○ (전한) 고제는 12년 동안 황제의 자리에 있으면서 혜제를 낳았
다.

● 惠帝七年, 無後.

---

5) 高帝(고제) : 전한의 건국자인 유방劉邦(B.C.247-B.C.195)의 시호. 보통은 묘호廟
號인 고조高祖로 불렸다.

○(전한) 혜제는 7년 동안 황제의 자리에 있으면서 후사를 보지 못
했다.

●呂后6)攝政八年, 立惠帝弟代王7)爲文帝.
○(전한) 여태후는 8년 동안 섭정을 하다가 혜제의 동생인 대왕을
문제로 옹립하였다.

●文帝二十三年, 生景帝.
○(전한) 문제는 23년 동안 황제의 자리에 있으면서 경제를 낳았
다.

●景帝十六年, 生武帝.
○(전한) 경제는 16년 동안 황제의 자리에 있으면서 무제를 낳았
다.

●武帝五十四年, 生昭帝.
○(전한) 무제는 54년 동안 황제의 자리에 있으면서 소제를 낳았
다.

●昭帝十三年, 無後, 立元衛太子8)孫爲宣帝.
○(전한) 소제는 13년 동안 황제의 자리에 있으면서 후사를 보지

---

6) 呂后(여후) : 전한 고조高祖 유방劉邦(B.C.247-B.C.195)의 황후皇后인 여치呂雉(?
-B.C.180). 아들인 혜제惠帝 유영劉盈(B.C.210-B.C.188)이 즉위한 뒤 태후太后에
책립되어 여태후呂太后로도 불렸다. ≪한서 · 고후본기≫권3 참조.
7) 代王(대왕) : 전한 문제文帝가 즉위하기 전의 봉호. 대국代國은 지금의 하북성과
산서성 일대의 제후국을 가리킨다.
8) 衛太子(위태자) : 전한 무제武帝의 장남이자 소제昭帝의 이복형인 유거劉據. 위황
후衛皇后의 소생으로 뒤에 망명하여 폐위당했기 때문에 모친의 성씨를 따라 '위태
자'로 불렸다. 선제宣帝는 위태자가 폐위당하기 전에 태어난 친손자이자 무제의 증
손자이다. ≪한서 · 무오자전武五子傳 · 여태자유거전≫권63 참조.

못 하여 원래 위태자였던 유거劉據의 손자를 선제로 옹립하였다.

●宣帝二十五年, 生元帝.
○(전한) 선제는 25년 동안 황제의 자리에 있으면서 원제를 낳았
다.

●元帝十六年, 生成帝.
○(전한) 원제는 16년 동안 황제의 자리에 있으면서 성제를 낳았
다.

●成帝二十六年, 無後, 立弟定陶王9)子爲哀帝.
○(전한) 성제는 26년 동안 황제의 자리에 있으면서 후사를 얻지
못 해 동생 정도왕(유강劉康)의 아들을 애제로 옹립하였다.

●哀帝五年, 無後, 立中山王10)子爲平帝.
○(전한) 애제는 5년 동안 황제의 자리에 있으면서 후사를 얻지 못
해 중산왕(유흥劉興)의 아들을 평제로 옹립하였다.

●平帝五年, 王莽簒.
○(전한) 평제는 5년 동안 황제의 자리에 있었으나 왕망이 왕위를
찬탈하였다.

●王莽十六年, 劉聖公11)殺之.

---

9) 定陶王(정도왕) : 전한 성제成帝의 동생인 정도왕定陶王 유강劉康. '정도'는 산동성
의 속현屬縣 이름으로 봉호를 가리킨다. 시호는 '공共'으로 '공恭'과 통용자. 성제
는 후사가 없어 유강의 아들이자 자신의 조카인 유흔劉欣을 데려다가 태자로 삼았
고, 뒤에 황제에 오르니 바로 애제哀帝이다. ≪한서・애제기≫권11과 ≪한서・정
도공왕유강전≫권80 참조.
10) 中山王(중산왕) : 전한 원제元帝의 아들 유흥劉興. 시호는 '효孝'. '중산'은 하북성
의 속군屬郡으로 유흥의 봉호이다. ≪한서・중산효왕유흥전≫권80 참조.

○(신新나라) 왕망은 16년 동안 황제의 자리에 있었으나 유성공(유현劉玄)이 그를 살해하였다.

●聖公二年, 光武殺之.
○(전한) 성공(유현劉玄)은 2년 동안 황제의 자리에 있었으나 (후한) 광무제가 그를 살해하였다.

●光武三十三年, 生明帝.
○(후한) 광무제는 33년 동안 황제의 자리에 있으면서 명제를 낳았다.

●明帝十八年, 生章帝.
○(후한) 명제는 18년 동안 황제의 자리에 있으면서 장제를 낳았다.

●章帝十三年, 生和帝.
○(후한) 장제는 13년 동안 황제의 자리에 있으면서 화제를 낳았다.

●和帝十七年, 生殤帝.
○(후한) 화제는 17년 동안 황제의 자리에 있으면서 상제를 낳았다.

●殤帝一年, 無後, 取淸河王[12]子爲安帝.

---

11) 劉聖公(유성공) : 전한 사람 유현劉玄(?-25). '성공'은 자. 후한 광무제光武帝 유수劉秀(B.C.6-A.D.57)의 족형族兄으로 광무제가 왕망王莽(B.C.45-A.D.23)을 칠 때 경시장군更始將軍이었고, 제위에 올라 연호를 '경시'(23-24)라고 하였다. 뒤에 주색에 빠져 제위에 오른 지 2년만에 적미적赤眉賊에게 살해당했다. ≪후한서・유현전≫권41 참조.

○(후한) 상제는 1년 동안 황제의 자리에 있으면서 후사가 없어 청하왕(유경劉慶)의 아들을 데려다가 안제로 옹립하였다.

●安帝十九年, 生順帝.
○(후한) 안제는 19년 동안 황제의 자리에 있으면서 순제를 낳았다.

●順帝十九年, 生沖帝.
○(후한) 순제는 19년 동안 황제의 자리에 있으면서 충제를 낳았다.

●沖帝一年, 無後, 取和帝孫安樂王子[13], 是爲質帝.
○(후한) 충제는 1년 동안 황제의 자리에 있으면서 후사가 없어 화제의 손자인 낙안왕(유총劉寵)의 손자를 받아들였는데, 이 사람이 바로 질제이다.

●質帝一年, 無後, 取河間敬王[14]孫蠡吾侯[15]子爲桓帝.
○(후한) 질제는 1년 동안 황제의 자리에 있으면서 후사가 없어 하간효왕(유개劉開)의 손자이자 여오후(유익劉翼)의 아들을 데려다가 환제로 옹립하였다.

---

12) 淸河王(청하왕) : 후한 장제章帝의 아들 유경劉慶. 시호는 '효孝'. '청하'는 하북성의 속군으로 유경의 봉호. ≪후한서·청하효왕유경전≫권85 참조.

13) 安樂王子(안락왕자) : ≪후한서·질제본기≫권6에 의하면 '낙안왕손樂安王孫'의 오기이다. '낙안樂安'은 산동성의 속군 이름으로 유총劉寵의 봉호를 가리킨다.

14) 河間敬王(하간경왕) : 후한 장제章帝의 아들 유개劉開. '하간'은 하북성의 속군으로 봉호를 가리킨다. '경敬'은 ≪후한서·환제본기≫권7에 의하면 '효孝'의 오기이다.

15) 蠡吾侯(여오후) : 후한 장제章帝의 손자 유익劉翼. '여오'는 하북성의 속현屬縣으로 봉호를 가리킨다. ≪후한서·환제본기≫권7 참조.

●桓帝二十一年, 無後, 取解犢侯[16]子, 立爲靈帝.

○(후한) 환제는 21년 동안 황제의 자리에 있으면서 후사가 없어 해독후解犢侯(유장劉萇)의 아들을 데려다가 영제로 옹립하였다.

●靈帝二十二年, 生史侯, 董卓殺之, 立史侯弟陳留王[17]爲帝.

○(후한) 영제는 22년 동안 황제로 있으면서 사후를 낳았는데, 동탁이 그를 살해하고 그의 동생인 진류왕을 황제(헌제獻帝)로 옹립하였다.

●從高帝至桓帝三百八十六年, 除王莽·劉聖公三百六十六年. 從高祖乙未至今壬子歲[18], 四百一十年, 呂后·王莽不入數. 高帝以甲午歲卽位, 以乙未爲元.

○(전한) 고제(고조)로부터 (후한) 환제에 이르기까지 386년인데, 왕망과 유성공(유현劉玄)을 제외하면 366년이 된다. 고조 을미년(B.C.206)으로부터 지금의 임자년(172)에 이르기까지 410년이 되는데, 여태후와 왕망은 계산에 넣지 않은 것이다. 고제는 갑오년(B.C.207)에 즉위하고서 을미년(B.C.206)을 원년으로 삼았다.

●帝嫡妃曰皇后, 帝母曰皇太后, 帝祖母曰太皇太后. 其衆號皆如帝之稱. 秦漢已來, 少帝卽位, 后代而攝政, 稱皇太后, 詔不言制. 漢興, 惠帝崩[19], 少帝弘立, 太后攝政. 哀帝崩, 平帝幼, 孝元王皇后以太

---

16) 解犢侯(해독후) : 후한 영제靈帝의 부친 유장劉萇의 봉호. '해독'은 하북성의 땅 이름인 '해독解瀆'의 오기. ≪후한서·영제본기≫권8 참조.

17) 陳留王(진류왕) : 후한 헌제獻帝가 즉위하기 전의 봉호. '진류'는 하남성의 속군 이름이다. ≪후한서·헌제본기≫권9 참조.

18) 壬子歲(임자세) : 이 책 ≪독단≫의 저자인 채옹蔡邕(133-192)의 생졸년도에 비추어 볼 때는 영제靈帝 희평熹平 원년인 172에 해당하지만 계산상 들어맞지 않고, 또 앞에 이미 후한 마지막 황제인 헌제獻帝에 대한 기록도 있는 것을 감안하면 삼국 위魏나라 명제明帝 태화太和 6년(232)을 가리키는 말로 볼 수도 있을 듯하다. 다만 이 부분은 후인이 첨기한 것인 듯하다. 또 계산상으로도 합치하지 않는 내용이 있지만 위의 예문을 따른다.

皇太后攝政. 和帝崩, 殤帝崩, 安帝幼, 和憙20)鄧皇后攝政. 孝順崩,
沖帝・質帝・桓帝皆幼, 順烈梁后攝政. 桓帝崩, 今上卽位, 桓思竇
后攝政. 后攝政, 則后臨前殿, 朝群臣, 后東面, 少帝西面, 群臣奏事
上書, 皆爲兩通, 一詣太后, 一詣少帝.

○황제의 본부인은 황후라고 하고, 황제의 모친은 황태후라고 하
고, 황제의 조모는 태황태후라고 한다. 그녀들의 호는 모두 황제
의 칭호를 따른다. 진나라와 한나라 이래로 어린 황제가 즉위하
면 황후가 대신 섭정을 하면서 황태후로 불렸고, 조서를 내리면
서 '제서制書'라고 말하지 않았다. 한나라가 건국된 뒤 혜제가
죽고 어린 황제인 유홍劉弘이 즉위하자 여태후가 섭정을 하였다.
애제가 죽고 평제가 어렸기에 원제의 부인인 왕황후가 태황태후
의 신분으로 섭정을 하였다. 화제가 죽고 상제가 죽은 뒤 안제가
어렸기에 (화제의 부인인) 화희등황후가 섭정을 하였다. 순제가
죽고 충제・질제・환제가 모두 어렸기에 (순제의 부인인) 순열양
황후가 섭정을 하였다. 환제가 죽고 지금의 황제(영제靈帝)가 즉
위하자 (환제의 부인인) 환사두황후가 섭정을 하였다. 황후가 섭
정을 하게 되면 황후는 전전에 나와 앉아 신하들의 조알을 받는
데, 황후가 동쪽을 향하고 어린 황제는 서쪽을 향해 앉으면 신하
들은 정사를 아뢰거나 글을 바치면서 모두 두 통을 마련하여 한
통은 태후에게 바치고 한 통은 어린 황제에게 바친다.

●文帝弟21)雖在三禮22), 兄弟不相爲後. 文帝卽高祖子, 於惠帝兄弟

---

19) 崩(붕) : 황제나 황후의 죽음을 이르는 말. ≪예기・곡례하曲禮下≫권5에 의하면
　　천자의 죽음은 '붕崩'이라고 하고, 공경公卿의 죽음은 '훙薨'이라고 하며, 대부大夫
　　의 죽음은 '졸卒'이라고 하고, 사士의 죽음은 '불록不祿'이라고 하며, 평민의 죽음
　　은 '사死'라고 하여, 신분에 따라 죽음에 대한 표현에도 차이를 두었다.
20) 和憙(화희) : 화제和帝의 부인인 등황후鄧皇后의 별칭. 앞의 '화和'는 남편인 화제
　　의 시호를 따른 것이고, 뒤의 '희憙'는 등황후의 시호이다. 뒤의 '순열양후順烈梁
　　后'나 '환사두후桓思竇后'도 마찬가지다.
21) 弟(제) : 순서, 차서를 뜻하는 말. '제第'와 통용자.

也. 故不爲惠帝後, 而爲第二. 宣帝弟次昭帝, 史皇孫[23]之子, 於昭帝爲兄孫[24], 以係祖不得上與父齊, 故爲七世. 光武雖在十二[25], 於父子之次, 於成帝爲兄弟, 於哀帝爲諸父[26], 於平帝爲父祖, 皆不可爲之後. 上至元帝, 於光武爲父. 故上繼元帝, 而爲九世. 故河圖[27]曰, "赤[28]九世會昌, 謂光武也. 十世以光, 謂孝明也, 十一以興, 謂孝章也. 成雖在九, 哀雖在十, 平雖在十一, 不稱次."

○(전한) 문제는 차서상 비록 세 가지 예법을 함께 치르는 친족관계에 있었지만, 형제가 서로 후사가 될 수는 없다. 문제는 바로 고조의 아들이라서 (이복형인) 혜제와는 형제지간이다. 그래서 혜제의 후사가 아니라 (고조로부터) 두 번째 세대에 해당한다. 선제는 차서상 소제 다음으로 황제에 올랐지만 (문제의 고손자이자 무제의 손자인) 사황손의 아들이라서 소제에게는 조카 손자뻘이 되는데, 조부와 연계되어 위로 부친과 나란히 할 수 없기에 (고조로부터) 일곱 번째 세대에 해당한다. (후한) 광무제는 비록 (고조로부터) 열두 번째로 황제에 올랐지만, 부자지간의 순서로 보면 성제에게는 형제지간이 되고, 애제에게는 부친뻘이 되

---

22) 三禮(삼례) : 상례·장례·제례를 아우르는 말로 여기서는 결국 친족을 상징하는 말로 쓰인 듯하다. 천제天祭·지신地神·인귀人鬼를 가리킬 때도 있다.

23) 史皇孫(사황손) : 전한 무제武帝의 아들인 위태자衛太子 유거劉據가 양제良娣 사史씨를 들여 낳은 아들인 유진劉進의 별호.

24) 兄孫(형손) : 형의 손자, 즉 조카 손자뻘을 가리킨다. 소제昭帝는 무제武帝의 아들이고, 선제宣帝는 무제의 증손자이다.

25) 十二(십이) : 전한 때 고제高帝(고조高祖)·혜제惠帝·문제文帝·경제景帝·무제武帝·소제昭帝·선제宣帝·원제元帝·성제成帝·애제哀帝·평제平帝 등 11명의 황제 이후로 후한 광무제光武帝가 열두 번째 황제에 오른 것을 말한다.

26) 諸父(제부) : 백부와 숙부 등에 대한 범칭.

27) 河圖(하도) : 황하에서 나왔다고 전하는 전설상의 도서인 ≪용도龍圖≫의 별칭. ≪역경·계사상繫辭上≫권11의 "황하에서 ≪용도≫가 나오고, 낙수에서 ≪귀서龜書≫가 나와 성인이 이를 본받았다(河出圖, 洛出書, 聖人則之)"는 말에서 유래하였다. 그러나 ≪태평어람太平御覽·예의부禮儀部15·봉선封禪≫권536에 인용된 진晉나라 사마표司馬彪의 ≪속한서續漢書≫에 의하면 ≪하도회창부河圖會昌符≫와 같은 후대의 위서緯書를 가리키는 말인 듯하다.

28) 赤(적) : 한나라를 상징하는 화덕火德의 별칭. 오행상 불은 적색에 해당한다.

고, 평제에게는 부친이나 조부뻘이 되기에 모두 그들의 후사가 될 수는 없다. 위로 (전한) 원제의 경우 광무제에게는 부친뻘이 된다. 따라서 위로 원제를 계승하였기에 (고조로부터) 아홉 번째 세대에 해당한다. 그래서 ≪하도회창부河圖會昌符≫에서도 "(한나라의) 화덕火德이 아홉 세대를 거쳐 창성했을 때 황제를 '광무제'라고 하고, 열 세대가 지나서 광명을 보였을 때 황제를 '효명제'라고 하고, 열한 세대가 지나서 흥성하였을 때 황제를 '효장제'라고 한다. 성제는 비록 (고조로부터) 아홉 번째 황제이고, 애제는 비록 열 번째 황제이고, 평제는 비록 열한 번째 황제이지만, (모두가 원제의 아들이나 손자라서) 차서를 칭하지는 않는다"고 하였다.

●宗廟之制, 古學以爲人君之居, 前有朝, 後有寢, 終則前制廟, 以象朝, 後制寢, 以象寢. 廟以藏主, 列昭穆[29]. 寢有衣冠几杖, 象生之具, 總謂之宮. 月令[30]曰, "先薦寢廟[31]." 詩云, "公侯[32]之宮." 頌曰, "寢廟奕奕[33]." 言相連也. 是皆其文也. 古不墓祭, 至秦始皇, 出寢起之於墓側. 漢因而不改. 故今陵上稱寢殿, 有起居衣冠, 象生之備, 皆古寢之意也.

○종묘제도와 관련하여 옛 학설에서는 군주의 거처는 앞에 조정을 두고 뒤에 침전을 둔다고 보았기에, 군주가 사망하면 앞에 사당을 만들어 조정을 본뜨고 뒤에 침전을 만들어 생전의 침전을 본

---

29) 昭穆(소목) : 종묘宗廟에서 제사 지낼 때 신주神主를 모시는 배열 순서를 일컫는 말. 시조始祖를 중앙에 두고 순서에 따라 좌우로 배열하는데, 왼쪽을 '소昭'라고 하고, 오른쪽을 '목穆'이라고 한다. 결국 친족 항렬의 순서를 가리키기도 한다.

30) 月令(월령) : 계절에 맞춰 정해 놓은 농사에 관한 정령政令. '시령時令'이라고도 한다. ≪예기≫의 편명이자, 후한 채옹蔡邕(133-192)이 지은 ≪월령장구月令章句≫의 약칭으로도 쓰였다.

31) 寢廟(침묘) : 종묘宗廟 내에 있는 정전正殿과 후전後殿. 정전을 '묘廟'라고 하고, 후전을 '침寢'이라고 한다. 일설에는 침소와 종묘를 아우르는 말이라고도 한다.

32) 公侯(공후) : 제후의 작위 5종 가운데 가장 직급이 높은 두 작위를 아우르는 말. 결국 제후들을 가리킨다.

33) 奕奕(혁혁) : 높고 큰 모양, 아름다운 모양.

뜬다. 사당은 신주를 모시기 위한 곳으로 소목을 배열한다. 침전에는 옷과 갓·안궤·지팡이를 두어 생전의 생활용품을 본뜨고는 이를 '궁'이라고 한다. ≪예기·월령≫권15에서 "먼저 '침묘'에 바친다"고 하고, ≪시경·소남召南·채번采蘩≫권2에서 "제후의 '궁'"이라고 하고, ≪시경·노송魯頌·비궁閟宮≫권29에서 "'침묘'가 웅장하네"라고 한 것은 서로 연결되었다는 말이다. 이 모두가 그에 관한 예문이다. 옛날에는 무덤에서 제를 올리지 않다가 진나라 시황제에 이르러 침전을 나서 무덤 옆에서 그러한 행사를 시작하였다. 한나라 때는 이를 답습하여 바꾸지 않았다. 그래서 지금도 왕릉에서는 침전이라고 칭하며 평소 기거할 때의 옷을 마련하여 생전의 생활용품을 본뜨는데, 이 모두 옛 침전의 의미를 살린 것이다.

● 居西都34)時, 高帝以下, 每帝各別立廟, 月備法駕35), 遊衣冠36), 又未定迭毁37)之禮. 元帝時, 丞相匡衡·御史大夫38)貢禹, 乃以經義處正, 罷遊衣冠, 毁先帝親盡之廟, 高帝爲太祖, 孝文爲太宗, 孝武爲世宗, 孝宣爲中宗. 祖宗廟皆世世奉祠, 其餘惠·景以下皆毁, 五年而稱殷祭, 猶古之禘祫39)也. 殷祭則及諸毁廟, 非殷祭則祖宗

---

34) 西都(서도) : 전한이나 당나라 때 도성인 섬서성 장안의 별칭. '서경西京'이라고도 한다. 송나라 때는 수도인 변경汴京(개봉開封)이 동쪽에 위치하였기에 장안 대신 하남성 낙양을 '서도'라고 하였다.

35) 法駕(법가) : 황제가 행차할 때의 의장을 이르는 말. 한나라 이후로 그 규모에 따라 대가大駕·소가小駕·법가法駕가 있었다.

36) 衣冠(의관) : 관복官服과 갓. 벼슬아치를 비유한다.

37) 迭毁(질훼) : 천자나 제후가 일정한 기간이 지나면 친묘親廟를 차례대로 허물고 신주神主를 태묘太廟로 옮기던 종묘 제도를 이르는 말.

38) 御史大夫(어사대부) : 관리들의 비행을 규찰하고 탄핵하는 업무를 관장하는 기관인 어사대御史臺의 주무 장관. 버금 장관으로 어사중승御史中丞이 있고, 휘하에 시어사侍御史와 전중시어사殿中侍御史·감찰어사監察御史·어사승御史丞 등을 거느렸다.

39) 禘祫(체협) : 조상에게 지내는 비교적 규모가 큰 제사에 대한 총칭. 5년마다 지내는 제사를 '체禘'라고 하고, 3년마다 지내는 제사를 '협祫'이라고 한 데서 유래하였

而已.

○(전한) 서도(섬서성 장안)에 도읍을 정했을 때는 고제(고조) 이하 황제들마다 각기 별도로 사당을 세우고 매월 법가를 마련하여 관원들과 어울렸지만, 또한 친묘를 차례대로 허물고 신주를 태묘로 옮기는 예법을 미처 확정하지는 않았다. 원제 때 승상 광형과 어사대부 공우가 경전의 뜻을 따르는 것이 법도에 맞다고 생각해 관원들과 어울리는 것을 폐지하고 선왕들을 다 모신 사당을 폐기하고는 고제를 태조라 하고, 문제를 태종이라 하고, 무제를 세종이라 하고, 선제를 중종이라 하였다. 조종을 모신 사당에서 대대로 제사를 받들되 혜제와 경제 등을 모신 사당은 모두 폐기하고서 5년마다 제사를 지내며 '은제'라고 칭하였는데, 이는 고대에 3년이나 5년마다 지내던 큰 규모의 제사와 같은 것이다. '은제' 때는 모든 폐기된 사당까지 아우르고, '은제'가 아니면 조종에게 제사를 지내는 데 그쳤다.

●光武中興[40], 都洛陽, 乃合高祖以下至平帝爲一廟, 藏十一帝主於其中. 元帝爲光武爲禰[41], 故雖非宗而不毁也. 後嗣遵承, 遂常奉祀. 光武擧天下以再受, 今復漢祚, 更起廟, 稱世祖. 孝明臨崩, 遺詔遵儉, 毋起寢廟, 藏主於世祖[42]廟, 孝章不敢違. 是後遵承, 藏主於世祖廟, 皆如孝明之禮, 而園陵[43]皆自起寢廟, 孝明曰顯宗, 孝章曰肅宗. 是後踵前, 孝和曰穆宗, 孝安曰恭宗, 孝順曰敬宗, 孝桓曰

다.

40) 中興(중흥) : 한 왕조가 세력이 약해진 뒤 동일 왕조가 부흥하는 시기를 통칭하는 말. 후한後漢·동진東晉·남송南宋 등의 시기에 상용되었는데, 여기서는 후한을 가리킨다.

41) 禰(예) : 부친을 모신 사당을 이르는 말.

42) 世祖(세조) : 후한 광무제光武帝의 묘호廟號. 후한 명제明帝가 즉위하던 해 광무제를 원릉原陵에 장사 지내고 '세조'라는 묘호를 올렸다. ≪후한서·명제본기≫권2 참조.

43) 園陵(원릉) : 황제의 무덤을 이르는 말.

威宗. 唯殤・沖・質三少帝, 皆以未踰年而崩, 不列於宗廟, 四時就
陵上, 祭寢而已. 今洛陽諸陵, 皆以晦・望・二十四氣[44]・伏・
社[45]・臘[46]及四時. (廟)日[47]上飯, 太官[48]送用, 園令[49]・食監[50]・
典省, 其親陵所宮人隨鼓漏[51], 理被枕, 具盥水, 陳嚴具[52]. 天子以
正月五日畢供, 後上原陵[53], 以次周徧. 公卿[54]百官, 皆從四姓[55]
小侯[56]. 諸侯冢婦[57], 凡與先帝先後有瓜葛[58]者, 及諸侯王[59]・大

---

44) 二十四氣(이십사기) : 1년 24절기. 1월 입춘立春부터 12월 대한大寒까지의 24절
기를 가리킨다.

45) 社(사) : 토지신에게 제사지내는 날. 음력 1월의 입춘이나 음력 7월의 입추 뒤 다
섯 번째 무일戊日을 가리킨다.

46) 臘(납) : 납제臘祭를 지내는 날인 음력 12월 8일을 이르는 말.

47) 日(일) : 위의 예문과 유사한 내용이 ≪후한서・제사지≫권19에도 보이는데, 이에
의하면 앞에 '묘廟'자가 누락되었기에 첨기한다.

48) 太官(태관) : 황제의 음식과 연향燕享을 관장하는 벼슬 이름.

49) 園令(원령) : 한나라 때 황제의 무덤을 관리하는 하급 관직 이름.

50) 食監(식감) : 한나라 때 황제의 무덤에서 제사 음식을 관장하는 하급 관직 이름.

51) 鼓漏(고루) : 시간을 알리는 데 사용하던 북과 물시계를 아우르는 말.

52) 嚴具(엄구) : 화장품을 이르는 말. 본래는 '장구莊具'라고 하던 것을 후한 명제明
帝 유장劉莊의 이름자를 피휘避諱하기 위해 '장莊'을 '엄嚴'으로 고친 것이다.

53) 原陵(원릉) : 후한 광무제光武帝의 무덤 이름.

54) 公卿(공경) : 중국 고대 조정의 최고위 관직인 삼공三公과 구경九卿. 결국은 모든
고관에 대한 총칭이다. '삼공'은 시대마다 차이가 있는데, 주周나라 때는 태사太師
・태부太傅・태보太保를 지칭하였고, 진秦나라 때는 승상丞相・어사대부御史大夫
・태위太尉를 지칭하였으며, 한나라 때는 진나라의 제도를 답습하다가 애제哀帝와
평제平帝 때에 대사마大司馬・대사도大司徒・대사공大司空을 지칭하였으며, 후대
에는 태사太師・태부太傅・태보太保를 '삼사三師'로 승격시키고 대신 태위太尉・사
도司徒・사공司空을 '삼공'이라고 하기도 하였다. '구경'의 칭호도 시대마다 명칭과
서열에 차이가 있는데, 한나라 때는 태상太常・광록훈光祿勳・위위衛尉・태복太僕
・정위廷尉・홍려鴻臚・종정宗正・대사농大司農・소부少府를 '구경'이라 하였고,
수당隋唐 이후로는 구시九寺, 즉 태상太常・광록光祿・위위衛尉・종정宗正・태복
太僕・대리大理・홍려鴻臚・사농司農・태부太府의 장관을 '구경'이라고 하였다.

55) 四姓(사성) : 후한 때 번樊・곽郭・음陰・마馬씨의 네 외척을 아우르는 말. 번樊
씨는 후한 광무제光武帝의 모친을 가리키고, 곽郭씨와 음陰씨는 광무제光武帝의
황후를 가리키며, 마馬씨는 명제明帝의 황후를 가리킨다. ≪후한기後漢紀・광무황
제기光武皇帝紀≫권1, ≪후한서・후비본기后妃本紀≫권10 참조.

56) 小侯(소후) : 외척의 자손 가운데 제후에 봉해진 사람을 이르는 말.

57) 冢婦(총부) : 맏며느리. '총冢'은 '대大' 혹은 '적嫡'의 뜻.

58) 瓜葛(과갈) : 오이와 칡. 친밀한 관계나 부부의 연을 비유한다.

夫60) · 郡國61)計吏62) · 匈奴63)朝者 · 西國侍子64), 皆會尚書65)官, 屬陛西除下先帝神座. 後大夫 · 計吏, 皆當軒下, 占66)其郡穀價. 四方災異, 欲皆使先帝魂神具聞之, 遂於親陵各賜計吏而遣之. 正月上丁67), 祠南郊68), 禮畢, 次北郊 · 明堂69) · 高祖廟 · 世祖廟, 謂之五供. 五供畢, 以次上陵也. 四時宗廟, 用牲十八太牢70), 皆有副倅71).

○(후한) 광무제가 나라를 중흥하여 (하남성) 낙양에 도읍을 마련

---

59) 諸侯王(제후왕) : 제후국의 군주를 이르는 말. 전국시대 초楚나라와 진秦나라 때부터 사용한 용어로 알려져 있다.

60) 大夫(대부) : 주周나라 때 신분 구분인 공公 · 경卿 · 대부大夫 · 사士의 하나. 삼공三公과 구경九卿 아래로 상대부上大夫 · 중대부中大夫 · 하대부下大夫가 있고, 그 밑으로 다시 상사上士와 중사中士 · 하사下士가 있었다. 후대에는 벼슬아치에 대한 범칭汎稱으로 쓰기도 하였다.

61) 郡國(군국) : 한나라 때 행정 구역 명칭. '군郡'은 천자가 직접 관할하는 행정 구역을 말하고, '국國'은 친왕親王이나 공신을 봉한 각 제후국을 가리킨다. ≪후한서≫에서 '지리지地理志'를 '군국지郡國志'라고 칭한 것도 한나라 때 주요 행정 구역이 '군郡'과 '국國'으로 이루어졌기 때문이다. 여기서는 결국 전국 각지를 가리킨다.

62) 計吏(계리) : 주州와 군郡의 회계 처리와 이를 조정에 보고하는 업무를 관장하는 관원을 가리키는 말.

63) 匈奴(흉노) : 중국 상고시대부터 북방에 살던 유목민족을 부르던 이름. 호족胡族이라고도 하였다. 귀방鬼方 · 훈육獯鬻 · 험윤獫狁의 후예라고도 하고, 몽고蒙古 · 돌궐突厥과 동일 종족이라고도 하는 등 여러 설이 있다.

64) 侍子(시자) : 외국에서 황제를 모신다는 명분 하에 볼모로 파견하던 왕자를 가리키는 말.

65) 尚書(상서) : 한나라 이후로 정무政務와 관련한 문서의 발송을 주관하는 일, 혹은 그러한 업무를 관장하던 벼슬을 가리킨다. '상尚'은 '주관한다(主)'는 뜻이다. 후대에는 이부상서吏部尚書나 병부상서兵部尚書와 같이 그런 업무를 관장하는 상서성尚書省 소속 장관을 뜻하는 말로 쓰였다. 휘하에 시랑侍郎과 낭중郎中 · 원외랑員外郎 등을 거느렸다.

66) 占(점) : 입으로 전달하다, 구술하다.

67) 上丁(상정) : 상순上旬에 있는 정일丁日.

68) 南郊(남교) : 천제天帝에게 제사를 지내는 곳을 이르는 말. 반면에 지신地神에게 제사를 지내는 곳은 '북교北郊'라고 한다.

69) 明堂(명당) : 고대 제왕이 정교政敎를 펴고 전례典禮를 행하던 곳을 이르는 말.

70) 太牢(태뢰) : 제사용 소를 이르는 말. 반면 돼지와 양은 '소뢰小牢'라고 한다.

71) 副倅(부쉬) : 제사 때 예법에 정해진 것 외의 제수용품을 이르는 말.

하면서는 도리어 고조 이하 평제에 이르기까지의 황제들을 모아 하나의 사당으로 만들고는 그속에 열한 명의 황제의 신위를 모셨는데, 원제는 광무제에게 부친뻘에 해당하기에 비록 종주는 아니지만 폐기하지 않았다. 후손들도 이를 받들어 급기야 늘 제사를 받들었다. 광무제가 천하를 통일하여 다시 계승하면서 이제 한나라의 왕통을 회복하자 다시 종묘를 세우고 세조로 칭하였다. 명제는 생을 마치면서 검소한 예법을 따르라는 조서를 남겨 침묘를 세우지 못 하게 함으로써 신주를 세조의 사당에 모시게 하자 장제도 이를 감히 어기지 않았다. 그뒤로도 이를 계승하여 세조의 사당에 신주를 모시면서 모두 명제의 예법을 따르기는 했지만, 황제의 무덤에 모두 침묘를 세우고서 명제의 묘호를 현종이라고 하고, 장제의 묘호를 숙종이라고 하였다. 그뒤로는 전례를 이어받아 화제의 묘호를 목종이라고 하고, 안제의 묘호를 공종이라고 하고, 순제의 묘호를 경종이라고 하고, 환제의 묘호를 위종이라고 하였다. 오직 상제·충제·질제 세 어린 황제는 모두 1년을 넘기지 못 하고 요절하였기에 종묘에 배열하지 않고 사계절에 황릉을 찾아 침전에서 제사를 지내는 데 그쳤다. 이제 낙양의 여러 황릉에서는 모두 그믐날과 보름날·24절기·복날·토지신에게 제사 지내는 날·납일 및 사계절을 활용하고 있다. 사당에서 제사 지내는 날에 음식을 바치면서 태관이 용품을 보내면 원령과 식감이 이를 관리하고, 황릉에 상주하는 궁인들이 시간에 맞춰 이불과 베개를 정리하고 세숫물을 준비하고 화장품을 진열한다. 천자는 정월 5일에 제사를 마치면 뒤에 광무제의 무덤에 올라 정해진 순서에 맞춰 두루 돌아본다. 삼공과 구경 및 문무백관들은 모두 네 외척으로서 제후에 봉해진 이들을 뒤따른다. 제후의 맏며느리들 가운데 선왕과 선후로 인연을 맺은 이들 및 제후국의 군주·대부·전국 각지의 계리·흉노족 가운데 조알하러 온 사람들·서방 국가에서 볼모로 와 있는 왕자들이 모두 상서

성의 관청에 모여 섬돌 서쪽 계단 아래 있는 선왕의 신위를 담
당한다. 뒤에 대부와 계리는 모두 처마 아래에 도열하여 자신들
고을의 곡식 가격에 대해 보고한다. 사방에서 재앙이 발생하면
언제나 선제의 혼백이 이를 자세히 듣게 하고자 하기에 급기야
왕릉에서 계리에게 하사품을 내리고 그들을 돌려보낸다. 정월 상
순 정일에는 남쪽 교외에서 천제에게 제사를 올리고 다음으로
북쪽 교외와 명당·(전한) 고조의 사당·(후한) 세조의 사당에서
제사를 지내고는 이를 (다섯 가지 제사라는 의미에서) '오공'이라
고 부른다. '오공'이 끝나면 순서대로 왕릉에 오른다. 사계절 종
묘에서 제사 지낼 때는 희생물로 18마리 소를 사용하면서 모두
정해진 예법 외의 희생물을 준비한다.

●西廟五主, 高帝·文帝·武帝·宣帝·元帝也. 高帝爲高祖, 文帝爲
太宗, 武帝爲世宗, 宣帝爲中宗, 其廟皆不毁. 孝元功薄當毁, 光武
復天下, 屬弟, 於元帝爲子, 以元帝爲禰廟. 故列於祖宗. 後嗣因承,
遂不毁也.

○서한(전한)의 황제를 모신 사당의 다섯 신주는 고제·문제·무제
·선제·원제를 가리킨다. 고제의 묘호는 고조라고 하고, 문제의
묘호는 태종이라고 하고, 무제의 묘호는 세종이라고 하고, 선제
의 묘호는 중종이라고 하는데, 그 사당은 모두 폐기하지 않았다.
원제는 공적이 적어 의당 폐기해야 하지만, 광무제가 천하를 다
시 통일하고서 차서를 정할 때 원제에게 아들뻘이 되기에 원제
를 부친의 사당으로 삼았다. 그래서 조종에 배열하였다. 후계자
들도 이를 답습하여 결국 폐기하지 않았다.

●東廟七主, 光武·明帝·章帝·和帝·安帝·順帝·桓帝也. 光武爲
世祖, 明帝爲顯宗, 章帝爲肅宗, 和帝爲穆宗, 安帝爲恭宗, 順帝爲
敬宗, 桓帝爲威宗, 廟皆不毁. 少帝[72]未踰年而崩, 皆不入廟. 以陵

寢73)爲廟者三, 殤帝康陵, 沖帝懷陵, 質帝靜陵, 是也. 追號爲后者
三. 章帝宋貴人74), 曰敬隱后, 葬敬75)北陵, 安帝祖母也. (淸和76)
孝德皇后, 安帝母也.) 章帝梁貴人, 曰恭懷后, 葬西陵, 和帝母也.
安帝張貴人, 曰恭敏后, 葬北陵, 順帝母也.

○동한(후한)의 황제를 모신 사당의 일곱 신주는 광무제·명제·장제·화제·안제·순제·환제를 가리킨다. 광무제의 묘호는 세조라고 하고, 명제의 묘호는 현종이라고 하고, 장제의 묘호는 숙종이라고 하고, 화제의 묘호는 목종이라고 하고, 안제의 묘호는 공종이라고 하고, 순제의 묘호는 경종이라고 하고, 환제의 묘호는 위종이라고 하는데, 사당을 모두 폐기하지 않았다. 소제는 1년을 넘기지 못 하고 사망하였기에 모두 사당에 신주를 들이지 않았다. 능침을 사당으로 삼은 경우는 셋으로 상제의 무덤을 강릉이라고 하고, 충제의 무덤을 회릉이라고 하고, 질제의 무덤을 정릉이라고 한 것이 바로 그러한 예이다. 존호를 추봉하여 '횡후'라고 한 경우는 셋이다. 장제의 첩실인 송귀인은 '경은황후'로 불리면서 북쪽의 왕릉에 안장되었는데 안제의 조모이다. (청화효덕황후는 안제의 모친이다.) 장제의 첩실인 양귀인은 '공회황후'로 불리면서 서쪽의 왕릉에 안장되었는데 화제의 모친이다. 안제의 첩실인 장귀인은 '공민황후'로 불리면서 북쪽의 왕릉에 안장되었는데 순제의 모친이다.

---

72) 少帝(소제) : 후한 때 소제로 불린 황제는 안제安帝의 뒤를 이어 즉위한 이와 영제靈帝의 뒤를 이어 즉위한 두 사람이 있다.

73) 陵寢(능침) : 고대 제왕의 무덤. 즉 왕릉을 뜻한다. 왕릉에도 침전寢殿이 있는 데서 유래하였다.

74) 貴人(귀인) : 후한 때 궁중의 내관內官으로서 황후皇后 다음 가는 지위였고, 미인美人·궁인宮人·채인采人보다 신분이 높았다. ≪후한서·후기后紀≫권10 참조.

75) 敬(경) : 문맥상으로 볼 때 연자衍字인 듯하다.

76) 淸和(청화) : 이하 두 구절은 문맥상으로 볼 때 불필요한 췌언贅言으로 보이기에 괄호로 처리한다.

●兩廟十二主·三少帝·三后, 故用十八大牢也.

○전한과 후한의 종묘에는 열두 황제의 신주와 세 명의 소제 및 세 명의 황후의 신주를 모셨기에 열여덟 마리의 소를 희생물로 쓴다.

●漢家不言禘祫, 五年而再殷祭[77], 則西廟惠帝·景·昭皆別祠. 成·哀·平三帝, 以非光武所後, 藏主長安故高廟, 四時祠於東廟, 京兆尹[78]侍祠, 衣冠車服, 如太常[79]祠, 行陵廟之禮. 順帝母, 故云, '姓李,' 或'姓張.' 高祖得天下, 而父在上, 尊號曰太上皇, 不言帝, 非天子也. 孝宣繼孝昭帝, 其父曰史皇孫, 祖父曰衛太子, 太子以罪廢, 及皇孫皆死. 宣帝但起園陵, 長承奉守, 不敢加尊號於祖父也. 光武繼孝元, 亦不敢加尊號於父祖也. 世祖父南頓[80]君曰皇考, 祖鉅鹿[81]都尉[82]曰皇祖, 曾祖鬱林[83]太守曰皇曾祖, 高祖春陵[84]節侯曰皇高祖, 起陵廟, 置章陵[85], 以奉祠之而已. 至殤帝崩, 無子, 弟安帝以和帝兄子從淸河[86]王子, 卽尊號, 依高帝尊父爲太上皇之義, 追號父

77) 殷祭(은제) : 한나라 때 5년마다 올리던 규모가 큰 제사를 이르는 말. '은殷'은 '대大'의 뜻.

78) 京兆尹(경조윤) : 도성으로부터 백 리 안의 경기 지역을 관장하는 벼슬 이름.

79) 太常(태상) : 예악禮樂과 천문天文에 관련된 업무를 관장하는 기관인 태상시太常寺나 그 장관인 태상경太常卿의 약칭. 태상경은 구경九卿 중에서도 서열이 가장 높은 고관高官이었다.

80) 南頓(남돈) : 춘추시대 때 작은 제후국인 돈頓나라에서 유래한 땅 이름으로 한나라 때 하남성에 설치한 속현屬縣 이름. 여기서는 광무제 부친의 봉호를 가리킨다.

81) 鉅鹿(거록) : 한나라 때 하북성에 설치한 속군屬郡 이름.

82) 都尉(도위) : 벼슬 이름. 전국시대 때는 장수의 속관이었고, 전한 경제景帝 이후로는 태수의 군무軍務를 보좌하는 속관이었으며, 당송唐宋 이후로는 훈관勳官이었다. 군위軍尉라고도 한다.

83) 鬱林(울림) : 한나라 때 광서성에 설치한 속군屬郡 이름으로 여기서는 봉호를 가리킨다.

84) 春陵(용릉) : 한나라 때 호남성 영원현寧遠縣 북쪽에 두었던 제후국諸侯國에서 유래한 고을 이름. '용릉'은 봉호이고, 뒤의 '절節'은 시호이다.

85) 章陵(장릉) : 여러 왕릉에 대한 총칭으로 추정되나 불분명하다. 박물군자가 밝혀 주기를 기대한다.

86) 淸河(청하) : 한나라 때 하북성에 설치한 속군屬郡 이름으로 여기서는 봉호를 가

淸河王曰孝德皇. 順帝崩, 沖帝無子, 弟立樂安[87]王子, 是爲質帝. 帝偪[88]於順烈[89]梁后父大將軍梁冀[90], 未得尊其父而崩. 桓帝以蠡吾[91]侯子, 卽尊位, 追尊父蠡吾先侯曰孝崇皇, 母匽太夫人[92]曰孝崇后, 祖父河間[93]孝王曰孝穆皇, 祖母妃曰孝穆后. 桓帝崩, 無子, 今上[94]卽位, 追尊父解犢[95]侯曰孝仁皇, 母董夫人曰孝仁后, 祖父河間敬王曰孝元皇, 祖母夏妃曰孝元后.

○한나라 황실에서는 3년이나 5년마다 지내는 큰 규모의 제사에 대해 언급하지 않는 대신 5년마다 재차 '은제'를 지냈으니, 서한(전한) 때 황제를 모신 종묘에서는 혜제와 경제·소제를 모두 별도로 제사를 지냈다. 성제·애제·평제 등 세 황제는 (후한) 광무제가 계승한 대상이 아니기에 (섬서성) 장안 옛 고조의 사당에 신주를 모시고 사계절마다 동한(후한) 때 황제를 모신 종묘에서 제사를 올렸는데, 경조윤이 제사를 거들되 의관과 수레 등 제례용품은 태상성이 제사를 지낼 때와 똑같이 장만해서 황릉 사당에서의 예법대로 거행하였다. 황제의 모친을 받들 때는 원래대로

리킨다.

87) 樂安(낙안) : 한나라 때 산동성에 설치한 속군屬郡 이름으로 여기서는 봉호를 가리킨다.

88) 偪(핍) : 핍박하다, 위협하다. '핍逼'과 통용자.

89) 順烈(순열) : 후한 순제順帝의 부인인 양황후梁皇后의 시호.

90) 梁冀(양기) : 후한 사람(?-159). 자는 백탁伯卓. 황문시랑黃門侍郎과 대장군大將軍 등을 역임하였는데, 두 누이가 순제順帝와 환제桓帝의 황후皇后여서 그 후광을 믿고 온갖 악행을 저지르다가 환관 선초單超에 의해 궁지에 몰리자 자살하였다. ≪후한서·양기전≫권64 참조.

91) 蠡吾(이오) : 한나라 때 하북성에 설치한 속현屬縣 이름으로 여기서는 후한 환제桓帝의 부친의 봉호를 가리킨다.

92) 太夫人(태부인) : 제후나 고관의 모친에 대한 존칭. 그 부인은 '부인夫人'이라고 하고, 모친은 높여서 '태부인太夫人'이라고 하였다. 앞의 '언匽'은 성씨.

93) 河間(하간) : 한나라 때 하북성에 설치한 속군屬郡 이름. '하간'은 후한 환제의 조부의 봉호이고, 뒤의 '효孝'는 시호.

94) 上(상) : 후한 말엽의 황제인 영제靈帝를 가리킨다.

95) 解犢(해독) : 한나라 때 하북성에 설치한 땅 이름인 '해독解瀆'의 오기로 여기서는 후한 영제靈帝의 부친인 유장劉萇의 봉호를 가리킨다. ≪후한서·영제본기≫권8 참조.

'이씨' 혹은 '장씨'라고 불렀다. (전한) 고조는 천하를 통일하긴 했지만 부친이 항렬상 높기에 존호를 정해 '태상황'이라고 하였는데, 부친을 '제'라고 칭하지 않은 것은 천자가 아니기 때문이다. 선제는 소제의 뒤를 이어 즉위하면서 자신의 부친을 '사황손'이라고 하고 조부를 '위태자'라고 하였는데, 위태자가 죄를 지어 폐위당하고 황손까지도 모두 죽고 말았다. 그래서 선제는 단지 왕릉을 만들어 조상을 받들어 모시면서도 조부와 부친에게 감히 존호를 올리지 않았다. (후한) 광무제는 (전한) 원제의 뒤를 이어 즉위하면서 역시 부친과 조부에게 감히 존호를 올리지 않았다. 그래서 세조(광무제)는 부친인 남돈군을 '황고'라고 하고, 조부인 거록도위를 '황조'라고 하고, 증조부인 울림태수를 '황증조'라고 하고, 고조부인 용릉절후를 '황고조'라고 칭하고서 왕릉을 만들어 장릉을 설치해서 제사를 올리는 데 그쳤다. 상제가 죽으면서 아들이 없자 동생인 안제는 화제의 조카이자 사촌인 청하왕의 아들의 신분으로서 황제에 올랐는데, 고제(고조)가 부친을 존대하여 태상황이라고 한 뜻을 따라 부친인 청하왕에게 존호를 올려 '효덕황'이라고 하였다. 순제가 죽고 충제에게도 아들이 없자 순서상 낙안왕의 아들을 옹립하니 이 사람이 바로 질제이다. 질제는 순열황후 양씨의 부친인 대장군 양기의 핍박을 받아 부친에게 존호를 올리지 못 하고 사망하였다. 환제는 이오후의 아들의 신분으로서 황제에 올라 부친 이오선후에게 존호를 올려 '효종황'이라고 하고, 모친 언태부인을 '효숭후'라고 하고, 조부 하간효왕을 '효목황'이라고 하고, 조모인 왕비 모씨를 '효목후'라고 하였다. 환제가 죽으면서 아들이 없자 지금의 황상(영제靈帝)은 즉위한 뒤 부친 해독후解瀆侯에게 존호를 올려 '효인황'이라고 하고, 모친 동부인을 '효인후'라고 하고, 조부 하간경왕을 '효원황'이라고 하고, 조모인 왕비 하씨를 '효원후'라고 하였다.

●天子太社96), 以五色97)土爲壇. 皇子封爲王者, 受天子之社土, 以所封之方色98), 東方受靑, 南方受赤. 他如其方色, 苴以白茅授之. 各以其所封方之色, 歸國以立社, 故謂之受茅土. 漢興, 以皇子封爲王者得茅土, 其他功臣及鄕亭99)他姓公侯, 各以其戶數租入爲限, 不受茅土, 亦不立社也.

○천자가 토지신에게 제사 지내는 곳인 태사는 오색을 띤 흙으로 제단을 만든다. 황제의 아들도 왕에 봉해지면 천자의 제단에 있는 흙을 하사받는데, 봉해지는 곳의 방향을 상징하는 색깔의 것을 활용하기에 동방에 봉해지면 청색의 흙을 받고, 남방에 봉해지면 적색의 흙을 받는다. 나머지도 그 방향에 걸맞는 색을 따르는데 흰 띠풀을 깔아서 하사한다. 각기 자신이 봉해진 방향의 색깔을 띤 흙을 받아서 봉국으로 돌아가 토지신을 위한 제단을 세우기에 이를 (띠풀과 흙을 받는다는 의미에서) '수모토'라고 부른다. 한나라가 건국하고 나서 황제의 아들들 가운데 왕에 봉해진 자들에게는 띠풀과 흙을 받게 하였지만, 나머지 공신 및 각 고을에 봉해진 타성의 제후들은 각기 식읍의 수치와 세입을 기준으로 하되 띠풀과 흙은 하사하지 않았고, 토지신을 위한 제단도 세우지 못 하게 하였다.

●漢制, 皇子封爲王者, 其實古諸侯也. 周末諸侯或稱王, 而漢天子自以皇帝爲稱, 故以王號加之, 總名諸侯王. 子弟封爲侯者, 謂之諸侯.

---

96) 太社(태사) : 천자가 토지신에게 제사를 지내는 제단을 이르는 말.

97) 五色(오색) : 정색正色인 청・적・황・백・흑색의 다섯 가지. 상서로운 징조를 상징한다.

98) 方色(방색) : 각 방향을 상징하는 색. 오행五行과 오시五時・오방五方・오색五色은 상생相生 관계에 입각하여 목木-봄-동방-청색, 화火-여름-남방-적색, 토土-늦여름-중앙-황색, 금金-가을-서방-백색, 수水-겨울-북방-흑색으로 배합된다.

99) 鄕亭(향정) : 중국 고대의 행정 단위. 10리마다 설치한 행정 구역을 '정亭'이라고 하고, 10정亭을 '향鄕'이라고 하며, 10향鄕을 '현縣'이라고 하였다. 따라서 '현縣'은 사방 100리에 해당하므로 '백리百里'라고도 하였다.

群臣異姓有功封者, 謂之徹侯, 後避武帝諱[100], 改曰通侯, 法律家
皆曰列侯. 功德優盛, 朝廷所異者, 賜位特進[101], 位在三公[102]下.
其次朝侯, 位次九卿[103]下, 皆平冕[104]文衣[105], 侍祠郊廟[106], 稱
侍祠侯. 其次下士[107], 但侍祠, 無朝位. 次小國侯, 以肺腑[108]宿衛
親公主子孫, 奉墳墓, 在京者亦隨時見會, 謂之猥朝侯也.

○한나라 때 제도에 의하면 황제의 아들들 가운데 왕에 봉해진 자
는 실상 옛날의 제후에 해당한다. 주나라 말엽에는 제후들도 간
혹 왕이라고 칭하였지만, 한나라 때 천자는 스스로 황제를 칭호
로 삼았기에 왕이란 호칭을 보태면 총칭하여 (제후국의 군주라

---

100) 武帝諱(무제휘) : 전한 무제武帝 유철劉徹의 이름인 '철徹'자를 피휘避諱하는 것
　　을 말한다.
101) 特進(특진) : 한나라 때 처음 설치되었는데, 열후列侯 가운데 특별한 지위에 있
　　는 자를 임명하였고 품계는 삼공三公의 아래였다. 수당隋唐 이후로는 산관散官이
　　되었고, 당송 때는 문산관文散官 가운데 종1품인 개부의동삼사開府儀同三司 다음
　　가는 서열 2위인 정2품의 최고위 산관이었다.
102) 三公(삼공) : 세 명의 재상을 일컫는 말. 시대마다 차이가 있는데, 주周나라 때
　　는 태사太師·태부太傅·태보太保를 삼공이라고 하다가, 진秦나라와 전한 초에는
　　승상丞相·어사대부御史大夫·태위太尉를 삼공이라고 하였고, 전한 말엽에는 대사
　　마大司馬(태위太尉)·대사도大司徒·대사공大司空을 삼공이라고 하였으며, 후대에
　　는 태위太尉·사도司徒·사공司空을 삼공이라고 하였다.
103) 九卿(구경) : 중국 고대 조정에서 삼공三公 다음 가는 최고위 관직을 이르는 말.
　　시대마다 명칭과 서열에 차이가 있는데, 한나라 때는 태상太常·광록훈光祿勳·위
　　위衛尉·태복太僕·정위廷尉·홍려鴻臚·종정宗正·대사농大司農·소부少府를 '구
　　경'이라 하였고, 수당隋唐 이후로는 구시九寺, 즉 태상太常·광록光祿·위위衛尉·
　　종정宗正·태복太僕·대리大理·홍려鴻臚·사농司農·태부太府의 장관을 '구경'이
　　라고 하였다.
104) 平冕(평면) : 황제가 교제郊祭를 지낼 때나 황태자가 제사를 모실 때, 백관百官
　　이 제사를 도울 때 쓰는 면류관을 이르는 말.
105) 文衣(문의) : 화려한 옷을 이르는 말.
106) 郊廟(교묘) : 제단이나 종묘에 대한 총칭. 천제와 지신에게 제사지내는 곳을 '교
　　郊'라고 하고, 조상신에게 제사지내는 곳을 '묘廟'라고 한다.
107) 下士(하사) : 주周나라 때 신분 구분인 공공·경卿·대부大夫·사士의 하나. 삼
　　공三公과 구경九卿 아래로 상대부上大夫·중대부中大夫·하대부下大夫가 있고, 그
　　밑으로 다시 상사上士와 중사中士·하사下士가 있었다. 후대에는 벼슬아치에 대한
　　범칭汎稱으로 쓰기도 하였다.
108) 肺腑(폐부) : 허파, 또는 인체의 모든 기관에 대한 총칭. 측근이나 심복을 비유
　　한다.

는 의미에서) '제후왕'이라고 하였다. 자제들이 후작에 봉해지면 '제후'라고 한다. 신하로서 성씨가 다른 사람 가운데 공을 세워 봉해지면 '철후'라고 하다가 뒤에는 무제의 이름자를 피하여 '통후'로 개명하였다. 법률가들은 모두 '열후'라고 부른다. 공적이 탁월하여 조정에서 달리 대우하는 이들은 '특진'이란 지위를 하사하는데 지위가 삼공의 아래이다. 그 다음으로 조후는 지위가 구경 다음 가는데 모두 평면을 쓰고 화려한 옷을 입고서 교묘에서 제사를 모시기에 '시사후'로 불린다. 그 다음으로 하사는 단지 제사를 모시되 조정에서의 지위가 없다. 다음으로 소국의 제후는 측근이자 경호원으로서 공주의 자손들을 가까이서 지키고 무덤을 돌보는데, 도성에 있을 때는 그들 역시 수시로 조회에 참여하기에 이들을 '외조후'라고 부른다.

●巡狩[109]校獵[110]還, 公卿以下, 陳洛陽都亭前街上. 乘輿[111]到, 公卿下拜, 天子下車, 公卿親識顔色, 然後還宮. 古語曰, "在車則下, 惟此時施行."

○황제가 순시나 사냥을 마치고 돌아오면 공경 이하 고관들은 (하남성) 낙양 도성 앞의 대로 위에 도열한다. 황제의 수레가 도착해 삼공과 구경 등이 허리 숙여 공손히 절을 하면, 천자는 수레에서 내리고 공경은 몸소 안색을 살핀 연후에 궁궐로 돌아간다. 그래서 옛 말에서도 "천자가 수레에 있다가 내리는 것은 오직 이때만 시행한다"고 하였다.

●正月朝賀, 三公奉璧上殿, 向御座北面[112]. 太常贊曰, "皇帝爲君

---

109) 巡狩(순수) : 천자가 제후를 시찰하는 것을 이르는 말. '순수巡守'로도 쓴다.

110) 校獵(교렵) : 나무로 울짱(校)을 만들어 짐승들의 도주로를 차단하고 사냥하는 (獵) 것을 이르는 말. 황제의 사냥을 가리킨다.

111) 乘輿(승여) : 황제의 수레. 황제의 대칭代稱으로도 쓰였다.

112) 北面(북면) : 북쪽을 향하다. 매우 공경하는 것을 비유하는 말. 천자나 스승은

興." 三公伏, 皇帝坐, 乃進璧. 古語曰, "御座則起," 此之謂也. 舊
儀, 三公以下月朝, 後省, 常以六月朔·十月朔旦朝, 後又以盛暑省
六月朝. 故今獨以爲正月·十月朔朝也. 冬至陽氣始起, 麋鹿解
角[113]. 故寢兵鼓[114], 身欲寧, 志欲靜, 不聽事, 送迎五日. 臘者,
歲終大祭. 縱吏民宴飲, 非迎氣[115], 故但送不迎. 正月歲首[116], 亦
如臘儀. 冬至陽氣起, 君道長, 故賀. 夏至陰氣起, 君道衰, 故不賀.
鼓以動衆, 鐘以止衆. 夜漏[117]盡, 鼓鳴則起, 晝漏盡, 鐘鳴則息也.

○정월에 조회에 참여하여 하례를 올릴 때면 삼공은 구슬을 받들
고 내전에 올라 어좌를 향해 북쪽으로 황제를 마주한다. 그러면
태상경이 "황제께서 그대들을 위해 일어나실 것이오"라고 거든
다. 삼공이 엎드리고 황제가 좌정하면 그제서야 구슬을 바친다.
옛 말에 "어좌에서 곧 일어나실 것이오"라고 한 것도 이를 두고
한 말이다. 오랜 의식에 의하면 삼공 이하 문무백관은 달마다 황
제를 조알하다가 뒤에 이를 생략하고 늘 6월 초하루와 10월 초
하루 아침에 조알하였는데, 뒤에 다시 무더위 때문에 6월의 조
회를 생략하였다. 그래서 지금은 단지 정월과 10월 초하루의 조
회만 거행한다. 동지는 양기가 일어나기 시작하여 사슴이 뿔이
빠진다. 그래서 전쟁을 삼간 채 몸을 편히 하고 마음의 안정을

남향으로 앉고 신하나 제자는 북향으로 시립하기에 신하나 제자 노릇하는 것을 비
유한다.
113) 解角(해각) : 뿔이 빠지다. 전한 유안劉安의 ≪회남자淮南子·천문훈天文訓≫권
3에 "동지나 하지가 되면 큰사슴과 사슴의 뿔이 빠진다(日至而麋鹿解)"라는 말이
있는데, 후한 고유高誘는 주에서는 "날이 동지가 되면 큰사슴의 뿔이 빠지고, 날이
하지가 되면 사슴의 뿔이 빠진다(日冬至, 麋角解, 日夏至, 鹿角解)"고 풀이하였다.
114) 兵鼓(병고) : 병기와 북. 전쟁을 비유한다.
115) 迎氣(영기) : 입춘·입하·입추·입동과 입추 18일 전에 오제五帝인 청제靑帝·
적제赤帝·백제白帝·흑제黑帝·황제黃帝에게 풍년을 기원하기 위해 제사를 지내
는 일을 이르는 말.
116) 歲首(세수) : 정월 초하루. 설날. '원단元旦' '원삭元朔' '원신元辰' '원일元日' '원
정元正' '원조元朝' '정단正旦' '정삭正朔' '정일正日' '정조正朝' '세단歲旦' '세일歲
日' '세조歲朝' '초세初歲' '초절初節' 등 다양한 명칭으로도 불린다.
117) 夜漏(야루) : 야간 시간대를 알리는 물시계. 밤을 비유한다.

찾으며 정사를 돌보지 않고 5일 동안 송구영신의 절차를 밟는다.
'납'이란 한해를 마치며 지내는 큰 제사이다. 설사 관리와 백성
들이 연회를 열고 술을 마시기는 하지만 풍년을 비는 제사가 아
니기에 단지 묵은 해를 보낼 뿐 새해를 맞이하지는 않는다. 정월
초하루 역시 납일 때 의식과 같이 한다. 동지는 양기가 일어나
군주의 도가 생장하기에 하례를 올린다. 하지는 음기가 일어나
군주의 도가 쇠약해지기에 하례를 올리지 않는다. 북을 쳐서 사
람들을 움직이게 하고 종을 울려 사람들을 멈추게 한다. 밤시간
이 다 지나 북이 울리면 잠자리에서 일어나고, 낮시간이 다 지나
종이 울리면 휴식을 취한다.

●天子出, 車駕118)次第, 謂之鹵簿, 有大駕, 有小駕, 有法駕. 大駕則
公卿奉引, 大將軍參乘, 太僕119)御, 屬車120)八十一乘, 備千乘萬騎.
在長安時出, 祠天於甘泉121), 備之百官, 有其儀注122), 名曰甘泉鹵
簿. 中興123)以來, 希用之. 先帝時時備大駕, 上原陵也. 不常用, 唯
遭大喪124), 乃施之. 法駕, 公卿不在鹵簿中, 唯河南尹125)·執金
吾126)·洛陽令奉引, 侍中127)參乘, 奉車郎128)御, 屬車三十六乘. 北

---

118) 車駕(거가) : 황제의 수레를 가리키는 말로 황제의 대칭代稱으로도 쓰였다.
119) 太僕(태복) : 황제의 의복과 자리 따위를 관장하고 황제의 측근에서 중요한 명
　　령의 출납을 담당하던 벼슬로서 구경九卿의 하나.
120) 屬車(촉거) : 황제를 수행하기 위해 뒤따르는 수레를 일컫는 말.
121) 甘泉(감천) : 섬서성에 있는 산 이름. 피서용 궁궐이나 궁중의 전각 이름을 가리
　　킬 때도 있다.
122) 儀注(의주) : 의전 절차를 기록한 책. '전장典章' '의전儀典' '예주禮注'라고도 한
　　다.
123) 中興(중흥) : 한 왕조가 세력이 약해진 뒤 동일 왕조가 부흥하는 시기를 통칭하
　　는 말. 후한後漢·동진東晉·남송南宋 등의 시기에 상용되었는데, 여기서는 후한을
　　가리킨다.
124) 大喪(대상) : 국상國喪의 별칭. 보통은 천자나 황후·세자의 상사를 가리키나 부
　　모상을 가리킬 때도 있다.
125) 河南尹(하남윤) : 전한 때 동도東都이자 후한 때 수도인 하남성 낙양洛陽 일대
　　를 관장하던 부윤府尹을 이르는 말.
126) 執金吾(집금오) : 한나라 때 금오봉金吾棒을 들고 경사京師를 순찰하거나 천자

郊129)明堂, 則省諸副車. 小駕, 祠宗廟用之. 每出, 太僕奉駕, 上鹵
簿於尚書中, 　中常侍130)・侍御史131)・主者132)・郎133)・令史134),
皆執注以督整諸軍車騎. 春秋上陵, 令又省於小駕, 直事尚書一人, 從
令以下, 皆先行.

○천자가 출타할 때 거느리는 수레의 등급을 '노부'라고 하는데,
(그 규모에 따라) '대가'가 있고 '소가'가 있고 '법가'가 있다. '대
가'의 경우는 삼공과 구경이 황제를 모시고 인도하고, 대장군이
수레에 함께 타고, 태복경이 수레를 모는데, 바로 뒤따르는 수레
81대를 거느리면서 수천 대의 전차와 수만 명의 기병을 갖춘다.
장안에서 때맞춰 출타하여 감천산에서 천제에게 제사를 지낼 때
는 문무백관을 동원하고 법전을 소지하는데, 이를 명명하여 '감

를 호위하는 일을 주관하던 벼슬. '금오金吾'로 약칭하기도 한다. '오吾'가 '막다
(衛)'라는 뜻이어서 무기(金)를 들고 비상사태를 막는다(吾)는 의미에서 유래하였
다.
127) 侍中(시중) : 황제의 측근에서 기거起居를 보살피고 정령政令을 집행하는 일을
관장하는 벼슬. 진晉나라 이후로 재상의 지위에까지 오르고, 수나라 때 납언納言
혹은 시내侍內라고 하였으며, 당송 이후로는 조정의 주요 행정 기관인 삼성三省
가운데 문하성門下省의 수장首長이 되었다.
128) 奉車郎(봉거랑) : 한나라 때 황제의 수레를 관장하던 낭관郎官을 이르는 말.
129) 北郊(북교) : 도성의 북쪽 교외를 가리키는 말로 황제가 지신地神에게 제사를
올리던 곳이나 그러한 행사를 가리킨다. 반면에 천제에게 제를 올리는 곳이나 그
러한 행사는 '남교南郊'라고 한다.
130) 中常侍(중상시) : 진한秦漢 때 황제를 시종하는 근신近臣을 일컫는 말. 위진魏晉
이후의 산기상시散騎常侍, 수당隋唐 때 내시성內侍省의 내상시內常侍와 함께 모두
'상시'라고 약칭하기도 하였다.
131) 侍御史(시어사) : 주周나라 때 주하사柱下史에서 유래한 벼슬로서 위진魏晉 이
후로는 주로 관리들의 비리를 규찰하였다. 당송唐宋 때는 어사대御史臺 소속으로
어사대부御史大夫・어사중승御史中丞 다음 가는 벼슬이었다.
132) 主者(주자) : 모종의 일을 책임지고 주관하는 위치에 있는 관원을 가리키는 말.
133) 郎(낭) : 황제의 호위와 시종・자문 등을 맡은 시종관侍從官에 대한 총칭. 의랑
議郎・중랑中郎・상서랑尚書郎・시랑侍郎・낭중郎中・원외랑員外郎 등 다양한 직
책이 생겼다.
134) 令史(영사) : 한나라 때 처음 설치된 난대상서蘭臺尚書의 속관으로 문서 처리를
담당하던 벼슬을 이르는 말. 뒤에는 상서성이나 문하성・중서성의 하급관리를 두
루 칭하였다.

천노부'라고 한다. 후한 이래로는 이를 거의 채택하지 않았다. 선왕은 수시로 대가를 준비하여 (광무제의 무덤인) 원릉에 올랐다. 그뒤로 상용하지 않다가 오직 국상을 당했을 때만 이를 시행하였다. '법가'의 경우는 삼공과 구경은 '노부'에 참여하지 않고 오직 하남윤과 집금오·낙양현령만이 황제를 모시고 인도하고, 봉거랑이 수레를 몰며, 바로 뒤따르는 수레를 36대 거느린다. 북쪽 교외에서 지신에게 제사를 지내거나 명당에서 전례를 펼칠 때는 모든 부속 수레를 생략한다. '소가'의 경우는 종묘에서 제사를 지낼 때 사용한다. 매번 출타할 때마다 태복경이 황제의 수레를 모시면서 상서의 수레에 '노부'를 맡기고, 중상시·시어사·주재 관원·낭관·하급관리인 영사가 모두 법전을 손에 들고서 모든 군대의 수레와 기병을 감독한다. 봄과 가을에 황릉에 오르면 '소가'도 생략할 것을 명하고, 업무를 담당한 상서 한 명이 영사 이하 하급관리들을 거느리고 모두 앞서 길에 오른다.

●法駕, 上所乘, 曰金根車, 駕六馬. 有五色安車[135]·五色立車各一, 皆駕四馬. 是爲五時[136]副車[137]. 俗人名之, 曰五帝車, 非也. 又有戎立車, 以征伐. 三蓋車, 名耕根車, 一名芝車, 親耕籍田[138], 乘之. 又有蹋猪車[139], 慢輪有畫, 田獵乘之. 綠車, 名曰皇孫車, 天子孫乘之以從.

---

135) 安車(안거) : 연로한 고관이나 귀부인이 안락하게 탈 수 있도록 제작한 수레를 이르는 말.

136) 五時(오시) : 오행五行에 따라 봄·여름·늦여름·가을·겨울을 아우르는 말.

137) 副車(부거) : 제왕이나 고관의 행차 때 여벌로 따라다니는 수레. 후에는 '황제 옆에 따라다니는 수레'라는 의미에서 황제의 사위, 즉 '부마駙馬'와 같은 뜻으로 쓰이기도 하였다.

138) 籍田(적전) : 제사에 쓰는 곡식을 공급하기 위해 임금이 농민의 도움으로 직접 경작하는 농지를 일컫는 말. '적籍'은 '백성의 힘을 빌린다'는 뜻으로 '적藉' 혹은 '적耤'으로도 쓴다.

139) 蹋猪車(답저거) : 황제가 사냥할 때 타는 수레를 이르는 말. '답호거蹋虎車'라고도 한다. '답蹋'은 '답踏'으로도 쓴다.

○법가는 황제가 타는 수레로서 '금근거'라고 하는데, 여섯 마리 말을 몬다. 또 '오색안거'와 '오색입거' 각 한 대가 있는데, 모두 네 마리 말을 몬다. 이것이 '오시부거'라는 것이다. 속인들이 이를 명명하여 '오제거'라고 부르는 것은 틀린 말이다. 또 '융립거'가 있는데 정벌에 사용한다. 삼중으로 덮개를 씌운 수레는 이름하여 '경근거'라고도 하고 일명 '지거'라고도 하는데, 황제가 몸소 적전을 경작할 때 탄다. 또 '탑저거'가 있는데, 느리게 구르는 바퀴에 그림이 새겨져 있고 사냥할 때 탄다. '녹거'는 일명 '황손거'라고도 하는데, 천자의 손자가 타고서 천자를 호종한다.

●凡乘輿140)車, 皆羽蓋141)·金華142)爪·黃屋143)·左纛144)·金鑁145)·方釳146)·繁纓147)·重轂148)·副牽149).

○무릇 황제가 타는 수레에는 모두 깃털로 만든 덮개와 금화조·황옥·좌독·금종·방흘·번영·중곡·부견을 설치한다.

---

140) 乘輿(승여) : 황제의 수레. 황제의 대칭代稱으로도 쓰였다.
141) 羽蓋(우개) : 깃털로 만든 수레덮개. 신선이 타는 수레를 상징한다.
142) 金華(금화) : 금 장식을 이르는 말. '금화조'는 금으로 만든 발톱 모양의 장식품을 이르는 말로 추정되나 불분명하다. 박물군자가 밝혀주기를 기대한다.
143) 黃屋(황옥) : 천자가 타는 수레의 지붕을 이르는 말. 빛깔이 황색인 데서 유래하였다.
144) 左纛(좌독) : 쇠꼬리나 꿩의 깃털로 만든 제왕의 수레 장식물. 당송 때는 절도사節度使의 깃발로도 사용하였다.
145) 金鑁(금종) : 금으로 만든 말머리 장식품을 이르는 말. '종鑁'은 '종鑁' '종鍐'으로도 쓴다.
146) 方釳(방흘) : 쇠로 만든 말머리 장식품을 이르는 말. 말의 충돌을 막기 위해 수레 끌채 양 끝에 다는 장치를 뜻하는 말로 보는 설도 있다.
147) 繁纓(반영) : 천자나 제후가 타는 말의 띠 장식을 일컫는 말. '반繁'은 '반鞶', '반樊'으로도 쓰며 말의 뱃대끈을 가리키고, '영纓'은 말의 가슴걸이 장식을 뜻한다.
148) 重轂(중곡) : 황제의 수레에 설치하는 이중으로 된 바퀴통을 이르는 말.
149) 副牽(부견) : 황제의 수레에 설치하는 장치를 뜻하는 말로 보이나 의미가 불분명하다. 박물군자가 밝혀주기를 기대한다.

●黃屋者, 蓋以黃爲裏也.

○'황옥'이란 수레 덮개에 황색 천으로 안감을 댄 것이다.

●左纛者, 以氂牛尾爲之, 大如斗, 在最後左騑馬騣上. 金鑁者, 馬冠
也, 高廣各四寸, 如玉華150)形, 在馬騣前. 方釳者, 鐵, 廣數寸, 在
騣後, 有三孔, 揷翟尾其中. 繁纓, 在馬膺前, 如索帬151)者, 是也.

○'좌독'은 얼룩소 꼬리로 만드는데, 크기는 말 만하고 맨끝 왼쪽
곁말의 말갈기 위에 설치한다. '금종'은 말머리에 씌우는 덮개로
서 높이와 너비가 각기 네 치이고 옥으로 만든 꽃 모양을 본떠
말갈기 앞에 설치한다. '방흘'은 쇠로 만드는데, 너비는 몇 치 가
량 되고 말갈기 뒤에 설치하며 구멍이 세 개 있어 그속에 꿩의
꼬리깃을 꽂는다. '번영'은 말 가슴 앞에 설치하는데, 말 가슴 앞
에 다는 이삭 모양의 장식품처럼 생긴 것이 바로 그것이다.

●重轂者, 轂外復有一轂, 施牽其外, 乃復設牽, 施銅金鑁形, 如緹
亞152). 飛軨153)以緹油154), 廣八寸, 長注地, 左畫蒼龍, 右白虎, 繫
軸頭. 今二千石155)亦然, 但無畫耳.

---

150) 玉華(옥화) : 옥으로 만든 꽃 모양의 장식품을 이르는 말. 불로장생의 선약仙藥
을 가리킬 때도 있다.

151) 索帬(삭군) : 말의 가슴 앞에 다는 이삭 모양의 장식품을 이르는 말.

152) 緹亞(제아) : 비단으로 만든 장식물의 일종으로 추정되나 《독단》 외의 문헌에
는 보이지 않아 구체적으로 무엇을 가리키는지 불분명하다. 박물군자가 밝혀주기
를 기대한다.

153) 飛軨(비령) : 수레 굴대에 매다는 장식품을 이르는 말.

154) 緹油(제유) : 수레가로나무 앞에 설치하는 기름을 먹인 붉은 색 흙받이를 이르
는 말.

155) 二千石(이천석) : 한나라 때 봉록제도로 중이천석中二千石・이천석二千石・비이
천석比二千石이 있었다. '중이천석'은 실제로 이천석이 넘는 반면, '이천석'은 성수
成數로서 근접한 양을 뜻하며, '비이천석'은 '이천석에 근접한다'는 뜻으로 그보다
적은 양을 의미한다. 이에 대해 《한서・평제기平帝紀》권12의 당나라 안사고顏師
古(581-645) 주에서는 "그중 '중이천석'이라고 하는 것은 월 180휘를 뜻하고, '이
천석'은 월 120휘를 뜻하며, '비이천석'은 월 100휘라고 한다(其稱中二千石者, 月
百八十斛, 二千石者, 百二十斛, 比二千石者, 百斛云云)"고 설명하였다. 이를 '석石

○'중곡'은 바퀴 바깥에 다시 바퀴를 하나 더 달고 그 밖에서 잡아
당길 수 있도록 다시 끌개를 설치한 뒤 구리와 금으로 만든 말
머리 장식품과 같은 장치를 달아 '제아'처럼 만든 것이다. (수레
굴대에 다는 장치인) '비령'은 적색 흙받이를 다는데, 너비는 여
덟 치이고 길게 땅에 닿도록 드리웠으며 왼쪽에는 창룡을 그려
넣고 오른쪽에는 백호를 그려넣어 굴대 끝에 연결한다. 오늘날
연봉이 2천석인 벼슬아치들도 그러한 수레를 사용하지만 단지
그림이 없을 따름이다.

●前驅有九斿[156]·雲罕[157]·闒戟[158]·皮軒[159]·鸞旗車[160], 皆大
夫載鸞旗者, 編羽毛, 引繫橦旁. 俗人名之, 曰鷄翹車, 非也. 後有金
鉦[161]·黃越[162]·黃門[163]·鼓車. 古者諸侯貳車[164]九乘, 秦滅九

으로 환산하면 '중이천석'은 2160석이 되고, '이천석'은 1440석이 되며, '비이천석'
은 1200석이 된다. 예를 들어 구경九卿과 장수將帥는 봉록이 중이천석이고, 태수
太守는 이천석이었다.

156) 九斿(구유) : 아홉 가닥의 술을 단 깃발을 이르는 말. '九斿'는 '유旒'와 통용자.
    여기서는 이를 설치한 수레인 '구유거'를 가리킨다.
157) 雲罕(운한) : 깃발의 일종이나 상세한 내용은 알려지지 않았다. 남조南朝 양梁나
    라 소통蕭統(501-531)의 ≪문선文選·경도하京都下≫권2에 수록된 후한 장형張衡
    (78-139)의 <(하남성 낙양) 동경을 읊은 부(東京賦)>의 삼국 오吳나라 설종薛綜
    주에서도 "'운한'은 깃발의 별칭이다.(雲罕, 旌旗之別名也)"라고만 설명하였다. '한
    罕'은 '한𥲅'과 통용자.
158) 闒戟(답극) : 황제가 사냥할 때 타는 수레를 이르는 말. '답저거蹹猪車' '답호거
    蹹虎車'라고도 한다.
159) 皮軒(피헌) : 호랑이 가죽으로 만든 수레 휘장을 이르는 말. 여기서는 이를 설치
    한 수레인 '피헌거'를 가리킨다. 고관高官을 상징적으로 표현할 때도 있다.
160) 鸞旗(난기) : 천자의 수레에 세우던 난새가 새겨진 깃발을 이르는 말. 여기서는
    이를 설치한 수레인 '난기거'를 가리킨다.
161) 金鉦(금정) : 고대 타악기의 일종으로 쇠로 만든 징을 이르는 말. 여기서는 이를
    설치한 '금정거'를 가리킨다.
162) 黃越(황월) : 황금으로 만들고 자루가 긴 도끼를 뜻하는 말인 '황월黃鉞'의 오기.
    천자의 의장儀仗에 쓰였다.
163) 黃門(황문) : 궁중에서 잡무를 총괄하는 부서인 황문성黃門省을 가리키는 말. 장
    관인 황문령黃門令에 주로 환관宦官을 임명하여 환관의 별칭으로도 쓰였다. 여기
    서는 환관이 타는 수레를 가리킨다.

國165), 兼其車服, 故大駕屬車八十一乘也. 尙書・御史166)乘之. 最後一車懸豹尾, 以前皆皮軒, 虎皮爲之也.

○(황제의 수레) 앞에서 달리는 수레에는 '구유거' '운한거' '답극거' '피헌거' '난기거'가 있는데, 모두 대부가 깃발을 탑재한 것으로 날짐승이나 들짐승의 깃털을 엮어서 수레기둥 옆에 매단 것이다. 속인들은 이를 일컬어 '계교거'라고 부르지만 틀린 말이다. (황제의 수레) 뒤에는 '금정거' '황월거' '황문거' '고거'가 있다. 옛날에 제후들의 여벌 수레가 아홉 대였으나 진나라가 천하를 통일하면서 거복을 겸병하였기에 '대가'의 부속 수레가 81대 되었다. 상서와 어사가 이를 탔다. 마지막 한 대의 수레에는 표범 꼬리를 걸고 앞은 모두 '피헌거'를 두면서 호랑이 가죽으로 휘장을 만들었다.

●永安167)七年, 建金根168)・耕根169)諸御車, 皆一轅, 或四馬, 或六馬. 金根箱輪170), 皆以金鑄171)正黃, 兩臂前後刻金, 以作龍・虎・

---

164) 貳車(이거) : 보좌관이 타는 여벌 수레를 뜻하는 말로 '부거副車' '좌거佐車'라고도 하는데, 자사刺史의 보좌관인 별가別駕나 태수太守의 보좌관인 군승郡丞 등을 비유적으로 가리킬 때도 있다.

165) 九國(구국) : 전국시대를 대표하는 아홉 개의 큰 제후국인 제齊・초楚・연燕・조趙・위魏・한韓・송宋・위衛・중산국中山國을 아우르는 말. 결국 천하통일을 비유한다.

166) 御史(어사) : 탄핵을 전담하는 기관인 어사대御史臺 소속의 벼슬에 대한 총칭. 당나라 때는 어사대를 헌대憲臺・숙정대肅正臺라 부르기도 하였다. 시대마다 다소 차이는 있으나, 보통 장관은 어사대부御史大夫, 버금 장관은 어사중승御史中丞이라고 하였으며, 휘하에 시어사侍御史・전중시어사殿中侍御史・감찰어사監察御史・어사승御史丞 등의 속관이 있었다.

167) 永安(영안) : 삼국 오吳나라 경제景帝의 연호(258-264)이자 진晉나라 혜제惠帝의 연호(304)이기도 하고, 북위北魏 효장제孝莊帝의 연호(528-530)이기도 하다. 따라서 이는 후인이 첨기한 기록이거나 아니면 후한後漢 명제明帝의 연호(58-75)인 '영평永平'의 오기인 듯하다. 여기서는 후자를 따른다.

168) 金根(금근) : 황제의 의장용 수레 가운데 하나인 '법가法駕'의 별칭.

169) 耕根(경근) : 황제가 친히 적전籍田을 경작할 때 타던 수레인 '경근거耕根車'의 준말.

170) 箱輪(상륜) : 수레의 본채와 바퀴를 아우르는 말.

鳥·龜形. 上但以靑繡爲蓋, 羽毛爲後戶.

○(후한 명제) 영평永平 7년(64)에 '금근거'와 '경근거' 등 여러 어거를 제정하였는데, 모두 끌채를 하나 설치하고서 네 마리 말을 달기도 하고 여섯 마리 말을 달기도 하였다. '금근거'의 본채와 바퀴는 모두 금박을 사용하여 정색인 황색으로 만들고, 양쪽 난간 전후로는 금을 깎아 용·호랑이·새·거북의 형상을 세운다. 윗 부분은 단지 푸른 비단으로 덮개를 씌우고 날짐승의 깃털이나 들짐승의 털로 뒷 출입구를 장식한다.

●冕冠, 周曰爵弁, 殷曰冔, 夏曰收, 皆以三十升¹⁷²⁾漆布爲殼, 廣八寸, 長尺二寸, 加爵冕其上. 周黑而赤, 如爵頭之色, 前小後大. 殷黑而微白, 前大後小. 夏純黑而赤, 前小後大, 皆有收以持笄. 詩曰, "常服黼冔¹⁷³⁾." 禮¹⁷⁴⁾, "朱干玉戚¹⁷⁵⁾, 冔而舞大武¹⁷⁶⁾." 周書曰, "王與大夫盡弁." 古皆以布, 中古以絲. 孔子曰¹⁷⁷⁾, "麻冕, 禮也. 今也純¹⁷⁸⁾, 儉." 漢雲翹¹⁷⁹⁾冠樂, 祠天地五郊¹⁸⁰⁾, 舞者服之, 冕冠垂旒. 周禮¹⁸¹⁾, 天子冕前後垂延朱綠藻¹⁸²⁾, 有十二旒, 公侯大夫,

---

171) 金鑮(금박) : 금박을 씌우는 일. '박鑮'은 '부敷'의 뜻으로 '박箔' '박薄'과 통용자.

172) 升(승) : 피륙의 단위인 새. 베 여든 올을 가리킨다.

173) 黼冔(보후) : 은殷나라 때 아름다운 문양을 넣은 예모禮帽 이름.

174) 禮(예) : 예법과 관련한 기본 정신을 서술한 책인 ≪예기禮記≫의 본명. 전한 선제宣帝 때 대덕戴德이 정리한 85편의 ≪대대예기大戴禮記≫와 대덕의 조카인 대성戴聖이 정리한 49편의 ≪소대예기小戴禮記≫가 있는데, 오늘날 '예기'라고 하는 것은 후자를 가리킨다. ≪주례周禮≫ ≪의례儀禮≫와 함께 '삼례三禮'라고 한다.

175) 玉戚(옥척) : 옥으로 만든 도끼. '척戚'은 '척鏚'와 통용자.

176) 大武(대무) : 주周나라 때의 악곡 이름.

177) 曰(왈) : 공자의 이 말은 ≪논어·자한子罕≫권9에 수록되어 전한다.

178) 純(순) : 실.

179) 雲翹(운교) : 천자가 교사郊祀 때 사용하던 악무樂舞의 이름.

180) 五郊(오교) : 제왕이 오행五行의 신에게 제를 올리기 위해 마련한 다섯 곳의 제단, 즉 동교東郊·남교南郊·중교中郊·서교西郊·북교北郊를 아우르는 말.

181) 周禮(주례) : 주周나라의 관제官制를 정리한 경서經書로 13경 가운데 하나. 후한 정현鄭玄(127-200)이 주注를 달고, 당나라 가공언賈公彦이 소疏를 단 ≪주례주소周禮注疏≫가 널리 통용되었다. ≪사고전서간명목록·경부·예류禮類≫권2 참

各有差別. 漢興, 至孝明帝永平二年, 詔有司183), 採尙書184)皋陶篇
及周官185)・禮記, 定而制焉, 皆廣七寸, 長尺二寸, 前圓後方, 朱綠
裏而玄上, 前垂四寸, 後垂三寸, 係白玉珠於其端. 是爲十二旒. 組
纓186)如其綬之色. 三公及諸侯之祠者, 朱綠九旒靑玉珠, 卿大夫七
旒黑玉珠, 皆有前無後, 組纓各視其綬之色, 旁垂黈纊187)當耳. 郊
天地, 祠宗廟, 祀明堂, 則冠之, 衣黼衣188)・佩玉・佩履189)・絇
履190). 孔子曰, "服周之冕," 鄙人不識, 謂之平天冠.

○면류관을 주나라 때는 '작변爵弁'이라고 하고, 은나라 때는 '후
冔'라고 하고, 하나라 때는 '수收'라고 하였는데, 모두 30새 분량
의 검은 베로 표피를 만들면서 너비를 여덟 치, 길이를 한 자 두
치로 하고 그 위에 작면을 덧보탰다. 주나라 때 것은 검고 붉은
색을 띠어 마치 참새의 머리 빛깔과 같으면서 앞이 작고 뒤가
컸으며, 은나라 때 것은 검고 옅은 백색을 띠면서 앞이 크고 뒤
가 작았으며, 하나라 때 것은 순정하게 검고 붉으면서 앞이 작고
뒤가 컸는데, 모두 한곳으로 모아 쪽비녀로 지탱케 하였다. ≪시
경・대아大雅・문왕文王≫권23에 "늘 아름다운 갓을 썼네"라고
하였고, ≪예기・명당위明堂位≫권31에 "붉은 방패와 옥 도끼를

조. 그러나 이하 내용은 현전하는 ≪주례≫에 보이지 않고, 대신 ≪예기・예기禮器
≫권23에 전하기에 이를 따른다.
182) 藻(조) : 오색실을 이르는 말.
183) 有司(유사) : 모종의 업무를 전담하는 담당관에 대한 범칭. '소사所司'라고도 한
다.
184) 尙書(상서) : ≪서경≫의 별칭. '상尙'은 '고古'의 뜻이므로 '오래된 역사책'이란
의미에서 유래하였다.
185) 周官(주관) : ≪주례≫의 원명. 전한 때 유흠劉歆(?-23)이 ≪주관≫을 처음으로
≪주례≫라고 명명하면서 별칭으로 쓰이게 되었다.
186) 組纓(조영) : 비단으로 만든 갓끈을 이르는 말.
187) 黈纊(주광) : 황색의 솜으로 만든 작은 방울을 이르는 말. 면류관 양쪽에 달아
귀 밑으로 늘어뜨려서 간신의 말을 듣지 않겠다는 것을 상징적으로 나타냈다.
188) 黼衣(보의) : 삼색실로 짠 도끼 문양이 수놓아진 제복祭服을 이르는 말.
189) 佩履(패리) : 패옥을 장식한 신발을 이르는 말. '패佩'는 '패珮'와 통용자.
190) 絇履(구리) : 신발코를 장식한 신발을 이르는 말. '구구絇屨'라고도 한다.

들고 '후'를 쓰고서 <대무>를 춘다"고 하였으며, ≪서경·주서·금등金滕≫권12에서는 "왕과 대부는 모두 고깔을 쓴다"고 하였다. 옛날에는 모두 베로 만들다가 중고시대 때는 비단실로 만들었다. (춘추시대 노魯나라) 공자는 "베로 만든 면류관이 예법에 맞는다. 요즈음은 실로 짜서 더 검소하다"라고 하였다. 한나라 때 <운교무>는 갓을 쓰고 연주하는 음악으로 천제와 지신·오행신에게 제사를 올릴 때 춤꾼이 이를 착용하는데, 면류관에 술을 드리웠다. ≪예기·예기禮器≫권23에 의하면 천자의 면류관은 앞뒤로 붉고 푸른 오색실을 드리우면서 열두 가닥의 술을 다는데, 제후와 대부는 각기 차별이 있었다. 후한이 건국되고 나서 명제 영평 2년(59)에 이르러 담당관에게 조서를 내려 ≪서경·우서虞書·고요모皐陶謨≫권3 및 ≪주례≫ ≪예기≫의 기록을 채택하여 확정을 짓고 제도화하였는데, 모두 너비가 일곱 치이고 길이가 한 자 두 치로 하면서 앞쪽은 둥글고 뒤쪽은 네모지게 하였으며, 붉고 푸른 빛깔의 안감을 대면서 윗 부분은 검게 하고, 앞쪽으로는 네 치 가량을 드리우고 뒤쪽으로는 세 치 가량을 드리운 뒤 그 끝에 백옥 구슬을 매달게 하였다. 이것이 열두 가닥의 술을 단 것이다. 비단 갓끈은 인끈의 빛깔과 동일하게 하였다. 삼공이나 제후가 제사 지낼 때는 붉고 푸른 빛깔의 술 아홉 가닥과 청옥 구슬이 달린 것을 착용하고, 경이나 대부가 제사 지낼 때는 술 다섯 가닥과 흑옥 구슬이 달린 것을 착용하는데, 모두 앞 부분은 있으나 뒷 부분이 없고 비단 갓끈은 각기 인끈의 빛깔에 맞추면서 옆으로 황색 솜방울을 드리워 귀를 막게 하였다. 천제와 지신에게 제사 지내거나 종묘에서 조상신에게 제사 지낼 때, 그리고 명당에서 제사 지낼 때도 이를 착용하고, 예복·패옥·패리·구리를 착용하였다. 공자가 "주나라의 면류관을 착용하였다"고 하였으나 무지한 이들이 알아보지 못 하고 이를 '평천관'이라고 불렀다.

●天子冠, 通天冠, 諸侯王冠, 遠遊冠, 公侯冠, 進賢冠. 公王[191]三梁[192], 卿·大夫·尚書·二千石·博士冠兩梁, 千石·六百石以下至小吏[193]冠一梁. 天子·公·卿·特進·朝侯祀天地·明堂, 皆冠平冕.

○천자가 쓰는 갓은 '통천관'이라고 하고, 제후국의 왕이 쓰는 갓은 '원유관'이라고 하고, 공작이나 후작 등 고관이 쓰는 갓은 '진현관'이라고 한다. 삼공이나 친왕이 쓰는 갓은 골이 셋인 '삼량관'이고, 경이나 대부·상서·연봉 2천석의 관원·박사가 쓰는 갓은 골이 둘인 '이량관'이며, 연봉이 1천석에서 6백석까지와 그 이하로 하급관리에 이르기까지의 관원이 쓰는 갓은 골이 하나인 '일량관'이다. 천자와 삼공·구경·특진·조정의 제후들이 천제와 지신·명당에서 제사 지낼 때는 모두 '평면관'을 쓴다.

●大子十二旒, 三公九, 諸侯卿七. 其纓與組, 各如其綬之色. 衣玄上纁下, 日·月·星·辰·山·龍·華蟲[194]. 祠宗廟, 則長冠[195]楊玄[196]. 其武官太尉[197]以下及侍中·常侍[198], 皆冠惠文冠[199], 侍

---

191) 公王(공왕) : 재상인 삼공三公과 제후인 친왕親王을 아우르는 말. 고관대작을 가리킨다.

192) 三梁(삼량) : 관리가 조복朝服이나 제복祭服을 입을 때 갖추어 쓰는 양관梁冠의 하나로 앞에 세로로 세 줄의 골이 있는 것을 '삼량관三梁冠'이라고 한다. 지위에 따라 '삼량관' '이량관' '일량관'으로 구분하였다.

193) 小吏(소리) : 지위가 낮은 하급관리를 이르는 말. 구실아치, 아전.

194) 華蟲(화충) : 아름다운 깃털을 가진 조류鳥類를 뜻하는 말로 꿩의 별칭.

195) 長冠(장관) : 전한 고조高祖 유방劉邦이 정장亭長을 지낼 때 대나무 껍질로 만들어 즐겨 쓴 데서 유래한 갓 이름. 고조의 성씨를 따서 '유씨관劉氏冠'이라고도 하였다.

196) 楊玄(양현) : ≪후한서·여복지興服志≫권40에 의하면 검은 색 제복祭服을 뜻하는 말인 '균현袀玄'의 오기인 듯하다.

197) 太尉(태위) : 진한秦漢 이래 군정軍政을 총괄하는 벼슬로, 대사마大司馬로 불리기도 하였다. 후에는 사도司徒·사공司空과 함께 삼공三公으로 불렸는데, 태위가 삼공 가운데 서열이 가장 높았다.

198) 常侍(상시) : 황제의 곁에서 잘못을 간언하고 자문에 대비하는 직책인 산기상시散騎常侍의 준말. 실질적인 권한은 없었으나 대신으로 겸직시키던 존귀한 벼슬이

中·常侍加貂蟬200). 御史冠法冠, 謁者201)冠高山冠. 其鄕射202)行
禮, 公卿冠委貌203), 衣玄端204). 執事者205)皮弁服. 宮門·僕
射206)冠却非207). 大樂208)郊社209), 祝舞者, 冠建華210), 其狀如婦
人縷簏211). 迎氣五郊, 舞者所冠, 亦爲冕, 車加出212). 後有巧士
冠213), 其冠似高山冠而小.

다. 좌·우산기상시를 설치하여 각각 문하성門下省과 중서성中書省에 나누어 소속
    시켰다.

199) 惠文冠(혜문관) : 진한秦漢 때 법률과 형벌을 관장하는 법관法官이나 어사御史
    가 쓰던 갓 이름인 '주후혜문관柱後惠文冠'의 준말. 갓 뒤에 철심鐵心(柱)을 세우고
    매미 날개(惠)처럼 얇은 천으로 만든 데서 유래하였다. '주후관柱後冠'으로 약칭하
    기도 하고, '해태관獬豸冠'이라고도 하였다. '혜惠'는 '매미 혜蟪'와 통용자.
200) 貂蟬(초선) : 한나라 이후로 시종관侍從官이 쓰던 모자인 초선관貂蟬冠의 약칭.
    매미(蟬) 모양의 장식품과 담비(貂) 꼬리를 꽂은 데서 유래한 말로 '선면蟬冕'이라
    고도 한다.
201) 謁者(알자) : 진한秦漢 때 빈객을 맞아 천자에게 인도하는 일을 맡아 보던 벼슬
    이름.
202) 鄕射(향사) : 향에서 활을 쏘며 술을 마시던 의례儀禮. 주나라 때는 주州의 장관
    이 봄·가을에 실시하던 의례와 향대부鄕大夫가 3년에 한 번 실시하던 의례가 있
    었다.
203) 委貌(위예) : 주周나라 때 검은 천으로 만든 갓 이름인 '위모委貌'의 오기. 자형
    의 유사성으로 인한 필사 과정상의 단순 오기로 보인다.
204) 玄端(현단) : 천자나 관원들이 입던 검은 색의 제복祭服을 이르는 말.
205) 執事者(집사자) : 모종의 업무를 관장하는 관원을 지칭하는 말.
206) 僕射(복야) : 진秦나라 때 처음 설치되었고, 한나라 때는 5상서尙書 가운데 한
    명을 복야에 임명하여 조정의 핵심 행정 기관인 상서성尙書省의 업무를 총괄하게
    하였는데, 뒤에 권한이 막강해지자 좌·우복야를 두면서 당송唐宋 때까지 지속되
    었다. 보통 승상丞相의 지위를 겸하였다.
207) 却非(각비) : 궁문을 관장하는 관리나 복야僕射가 쓰던 갓 이름. '비리를 물리친
    다'는 의미에서 유래하였다.
208) 大樂(대악) : 궁중의 전례典禮에서 사용하는 전아한 음악을 이르는 말.
209) 郊社(교사) : 교외에서 천제天帝와 지신地神에게 지내는 제사와 봄 가을 토지신
    土地神에게 지내는 제사를 아우르는 말.
210) 建華(건화) : 한나라 때 제례에서 쓰던 예관禮冠 이름.
211) 縷簏(누록) : 한나라 때 제례에서 쓰던 예관禮冠 이름. '록簏'은 '록鹿'으로도 쓴
    다.
212) 車加出(거가출) : 아마도 오기가 있는 듯하나 불분명하기에 위의 예문을 그대로
    따른다.
213) 巧士冠(교사관) : 한나라 때 천제에게 제를 올릴 경우 황문성黃門省 소속 관원
    들이 쓰던 갓을 이르는 말. '교사巧士'는 전문적 지식이나 기술을 가진 관원을 뜻

○천자의 면류관은 술이 열두 가닥이고, 삼공의 것은 술이 아홉 가닥이고, 구경과 제후의 것은 술이 일곱 가닥이다. 갓끈과 띠는 각기 인끈의 빛깔과 동일하게 만든다. 옷의 경우 상의는 검은 색으로 하고 하의는 분홍색으로 하며, 해·달·별·산·용·꿩의 무늬를 수놓는다. 종묘에서 조상신에게 제사 지낼 때는 '장관'을 쓰고 검은 색 제복을 입는다. 그중 무관으로서 태위 이하의 관원 및 시중·상시는 모두 '혜문관'을 쓰고, 시중과 상시는 '초선관'을 덧보태 쓴다. 어사는 '법관'을 쓰고, 알자는 '고산관'을 쓴다. 향사례에서 예식을 거행할 때 삼공과 구경은 '위모관'을 쓰고 검은 예복을 착용한다. 집정관은 피변 복장을 한다. 궁문을 지키는 관원이나 복야는 '각비관'을 쓴다. 궁중의 전례나 주요 제사 때 축문을 읽고 춤을 추는 자는 '건화관'을 쓰는데, 그 모양새는 부녀자의 '누록관'과 흡사하다. 오행신에게 제사 지낼 때 춤을 추는 사람이 쓰는 갓 역시 면류관인데 수레에 싣고서 출타한다. 뒤에는 '교사관'이란 것이 생겼는데, 그 모양새는 '고산관'과 흡사하면서도 크기가 작다.

●幘者, 古之卑賤執事不冠者之所服也. 孝武帝幸館陶公主[214]家, 召見董偃[215], 偃傅靑褠[216]綠幘, 主贊曰, "主家庖人臣偃昧死[217], 再拜謁上." 爲之起, 乃賜衣冠, 引上殿. 董仲舒, 武帝時人, 其上兩書曰, "執事者皆赤幘," 知皆不冠者之所服也. 元帝額有壯髮[218], 不

한다.
214) 館陶公主(관도공주) : 전한 문제文帝의 딸이자 무제武帝의 고모의 봉호. '관도'는 하북성의 속현屬縣 이름으로 관도공주의 봉토를 가리킨다. 후한 광무제光武帝의 딸의 봉호를 가리킬 때도 있다.
215) 董偃(동언) : 전한 무제武帝의 부마駙馬. 무제와 무제의 고모인 관도공주館陶公主의 총애를 받았으나 동방삭東方朔(B.C.154-B.C.93)에게 '음수淫首'라는 비난을 받아 논죄를 당한 뒤 요절하였다. ≪한서·동언전≫권65 참조.
216) 靑褠(청구) : 청색의 토시를 이르는 말. '구褠'는 '구韝'로도 쓴다.
217) 昧死(매사) : 죽음을 무릅쓰다, 죽을 죄를 범하다. 주로 상주문에 쓰던 상용어로서 경외의 뜻을 나타낸다.

欲使人見, 始進幘服之, 群臣皆隨焉. 然尙無巾, 如今半幘而已. 王莽無髮, 乃施巾. 故語曰, "王莽禿, 幘施屋." 冠進賢者宜長耳, 冠惠文者宜短耳, 各隨所宜.

○(머리띠의 일종인) '책'은 옛날에 신분이 낮은 집정관 가운데 갓을 쓰지 못 하는 사람이 착용하던 것이다. (전한) 무제가 (고모인) 관도공주의 집에 행차하여 동언을 불러서 접견했을 때 동언이 청색 토시와 녹색 머리띠를 착용하고 있자, 관도공주가 이를 칭찬하며 말했다. "저의 집안의 주방장인 신하 동언이 삼가 황공하옵게도 재배를 올리고 주상을 알현코자 합니다." 그래서 무제가 몸을 일으켜 의관을 하사하고 그를 이끌어 전각에 오르게 하였다. 동중서는 무제 때 사람인데, 그가 두 차례 상소문을 올려 "집정관은 모두 붉은 머리띠를 쓰는 법이옵니다"라고 아뢴 것으로 보아 갓을 쓰지 못 하는 사람이 착용하는 것임을 알 수 있다. 원제는 이마에 머리털이 더부룩이 자라 남들이 보기를 원치 않았는데, 처음으로 머리띠를 바치게 해 이를 착용하자 다른 신하들도 모두 이를 따라하였다. 그러나 여전히 두건이 없이 오늘날 반토막 짜리 머리띠와 같았을 뿐이다. 왕망은 머리카락이 없어 처음으로 두건을 썼다. 그래서 당시 시중에 "왕망은 대머리라서 머리띠에 지붕을 얹었다네"라는 말이 돌았다. 진현관을 쓰는 것은 장발에 어울리고, 혜문관을 쓰는 것은 단발머리에 어울리기에 각기 적절한 것을 따르게 되었다.

●通天冠, 天子常服, 漢服受之秦, 禮無文. 遠遊冠, 諸侯王所服, 展筩219)無山, 禮無文. 高山冠, 齊冠也, 一曰側注, 高九寸, 鐵爲卷梁, 不展筩, 無山. 秦制, 行人使官所冠. 今謁者服之, 禮無文. 太傅220)

---

218) 壯髮(장발) : 이마에 더부룩하게 자란 머리털을 이르는 말.

219) 筩(통) : 모자를 떠받치기 위해 대통 모양의 곡선으로 만든 틀을 이르는 말.

220) 太傅(태부) : 재상의 지위인 삼공三公, 즉 태사太師·태부太傅·태보太保 가운데 하나. 그러나 후에는 태위太尉·사도司徒·사공司空을 삼공으로 설치하고, '큰 스

胡公221)說曰, "高山冠, 蓋齊王冠也. 秦滅齊, 以其君冠賜謁者."

○'통천관'은 천자가 늘상 착용하는 것인데, 한나라 때 복장으로 진나라로부터 물려받은 것이라서 ≪예기≫에는 이에 관한 기록이 없다. '원유관'은 제후국의 왕이 착용하는 것으로 대통은 있으나 산처럼 세운 틀은 없고 ≪예기≫에 이에 관한 기록이 없다. '고산관'은 제나라 사람들이 쓰던 갓으로 일명 '측주관'이라고도 하는데, 높이는 아홉 치이고 쇠로 곡선 모양의 골을 만들되 대통을 설치하지 않고 산처럼 세운 틀도 없다. 진나라 때 제도에 의하면 행인이나 사신이 쓰던 것이다. 지금은 알자가 이를 착용하는데, ≪예기≫에 이에 관한 기록이 없다. (후한 때) 태부를 지낸 호광胡廣은 "'고산관'은 아마도 제나라 임금이 쓰던 갓일 것이다. 진나라가 제나라를 멸망시키면서 그들 군주의 갓을 알자에게 하사하였다"고 설명하였다.

●進賢冠, 文官服之, 前高七寸, 後三寸, 長八寸. 公侯三梁, 卿・大夫・尙書・博士兩梁, 千石・六百石以下一梁. 漢制, 禮無文.

○'진현관'은 문관이 쓰는 것으로 앞은 높이가 일곱 치이고, 뒤는 높이가 세 치이며, 길이는 여덟 치이다. 공작이나 후작 등 고관이 쓰는 것은 골이 세 개이고, 경이나 대부・상서・박사가 쓰는 것은 골이 두 개이며, 연봉이 1천석에서 6백석보다 이하인 관원들이 쓰는 것은 골이 하나이다. 한나라 때 제도라서 ≪예기≫에는 이에 관한 기록이 없다.

●法冠, 楚冠也, 一曰柱後惠文冠, 高五寸, 以纚裹鐵柱卷222). 秦制,

승'이란 의미에서 삼공보다 높여 별도로 '상공上公'이라고 하면서 '삼사三師'로 세우기도 하였다.

221) 胡公(호공) : 후한 때 학자인 호광胡廣을 가리킨다. 그가 '고산관'에 대해 해설한 내용은 ≪후한서・여복지輿服志≫권40의 주에 인용되어 전한다.

222) 鐵柱卷(철주권) : 어사御史가 쓰는 법관法冠의 뒷부분 상단에 두 가닥으로 구부

執法服之, 今御史·廷尉監223)平服之, 謂之獬豸. 獬豸, 獸名, 蓋一角. 今冠兩角, 以獬豸爲名, 非也. 太傅胡公說曰, “左氏傳224)有'南冠225)而縶者,' 國語226)曰, '南冠以如夏姬227).' 是知南冠蓋楚之冠, 秦滅楚, 以其君冠賜御史.”

○'법관'은 초나라 사람들이 쓰던 갓으로 일명 '주후혜문관'이라고도 하는데, 높이가 다섯 치이고 천으로 (두 가닥으로 구부린 쇠막대인) 철주권을 감싼 것이다. 진나라 때 제도에 의하면 법을 집행하는 관리가 이것을 착용하였는데, 오늘날에는 어사나 정위감이 평소에 이를 착용하면서 '해태관'이라고 부른다. 해태는 짐승 이름으로 대개 뿔이 하나이다. 오늘날 해태관은 뿔이 둘이므로 '해태'로 명명하는 것은 잘못이다. (후한 때) 태부를 지낸 호광胡廣은 "≪좌전·성공成公9년≫권26에 '남방 사람들 갓을 쓰고 묶여 있는 자'란 말이 있고, ≪국어·주어중周語中≫권2에도 '(진陳나라 영공靈公과 공영孔寧·의행보儀行父 등이) 남방 사람

려 내려뜨린 쇠막대를 가리키는 말로 '철주鐵柱' '주권柱卷'으로 약칭하기도 한다. 이 때문에 '법관'을 '철관鐵冠'이라고도 한다.

223) 廷尉監(정위감) : 진秦나라 이후로 옥사獄事와 형벌을 관장하는 기관인 정위시廷尉寺의 속관屬官 이름.

224) 左氏傳(좌씨전) : 노魯나라 은공隱公 원년元年(B.C.722년)부터 애공哀公 27년(B.C.468년)까지 약 250년 간의 춘추시대 역사를 기록한 ≪춘추경春秋經≫에 대한 좌구명左丘明의 해설서인 ≪춘추좌씨전春秋左氏傳≫의 약칭. 진晉나라 두예杜預(222-284)가 주를 달았다.

225) 南冠(남관) : 남방 초楚나라 사람의 모자를 가리키는 말로 죄수를 비유한다. ≪좌전·성공成公9년≫권26에서 진晉나라 경공景公이 초나라 출신 죄수 종의鍾儀를 가리키며 한 말에서 유래하였다.

226) 國語(국어) : 춘추시대春秋時代의 역사를 주周나라와 제후국 별로 나누어 기술한 역사책. 총 21권. 저자에 대해서는 여러 가지 설이 있으나 전한 이후로 좌구명左丘明이 지었다는 것이 통설로 되었다. 후한 때 정중鄭衆·가규賈逵(30-101)·우번虞翻·당고唐固 등 여러 사람의 주注가 있었다고 하나 모두 실전되고, 지금은 삼국 오吳나라 위소韋昭의 주만이 전한다. ≪사고전서간명목록·사부·잡사류雜史類≫권5 참조.

227) 夏姬(하희) : 춘추시대 정鄭나라 목공穆公의 딸인데, 진陳나라 대부大夫 하어숙夏御叔에게 시집을 갔기에 '하희'로 불렸다. 진陳나라 군주 영공靈公 및 경卿인 공영孔寧·의행보儀行父 등과 간통을 하였기에 음탕한 여인의 대명사가 되었다.

의 갓을 쓰고서 하희의 집을 찾아갔다'는 기록이 보인다. 이로써 '남관'이 아마도 초나라 사람이 쓰던 갓이었는데, 진나라가 초나라를 멸망시킨 뒤 그 군주의 갓을 어사에게 하사하였으리란 것을 알 수 있다"고 설명하였다.

●武冠, 或曰繁冠. 今謂之大冠, 武官服之. 侍中・中常侍加黃金, 附貂蟬之飾. 太傳胡公說曰, "趙武靈王效胡服, 始施貂蟬鼠尾飾之. 秦滅趙, 以其君冠賜侍中." 齊冠, 或曰長冠, 竹裏以纚, 高七寸, 廣三寸, 形制如板.

○(무인이 쓰는 모자인) '무관武冠'을 혹자는 '번관'이라고도 한다. 지금은 이를 '대관'이라고 하는데 무관武官이 이를 착용한다. 시중이나 중상시는 황금을 보태고 담비 꼬리와 매미 모양의 장식품을 부착한다. (후한 때) 태부를 지낸 호광胡廣은 "(전국시대 때) 조나라 무령왕이 호족의 복장을 본떠 처음으로 담비 꼬리와 매미 모양의 장식품 및 쥐꼬리로 이를 장식하였다. 진나라가 조나라를 멸망시킨 뒤 그 군주의 갓을 시중에게 하사하였다"고 설명하였다. '제관'을 혹자는 '장관'이라고도 하는데, 대나무통을 천으로 싼 것으로 높이는 일곱 치이고, 너비는 세 치이며, 모양새는 판자처럼 생겼다.

●高祖冠以竹皮爲之, 謂之劉氏冠. 楚制, 禮無文. 鄙人不識, 謂之鵲尾冠.

○(전한) 고조가 쓰던 갓은 대나무 껍질로 만들었는데, 이를 '유씨관'이라고 한다. (전국시대) 초나라 제품이라서 ≪예기≫에는 이에 관한 기록이 없다. 무지한 사람들이 이를 알아보지 못 하고 '작미관'이라고 부른다.

●建華冠, 以鐵爲柱卷, 貫大珠九枚. 今以銅爲珠, 形制似縷簁. 記

曰228), "知天文者服之." 左傳229)曰, "鄭子臧230)好聚鷸冠231), 前
圖(一作徒)以爲此," 則是也. 天地・五郊・明堂・月令, 舞者服之. 方
山冠, 以五采縠爲之. 漢祀宗廟大享, 八月樂五行, 舞人服之, 衣冠
各從其行之色, 如其方色232)而舞焉.

○'건화관'은 쇠로 (두 가닥으로 구부린 쇠막대인) 주권을 만들고서
큰 구슬 아홉 알을 꿰어넣은 것이다. 지금은 구리로 구슬을 대신
하고 모양새는 '누록관'과 흡사하게 만든다. ≪예기≫에서 "천문
학을 잘 아는 사람이 이것을 쓴다"고 하고, ≪좌전・희공僖公24
년≫권14에서 "정나라 자화는 도요새 깃털을 모아서 만든 갓을
좋아하여 전대의 도록('도圖'는 '도徒'로 적힌 판본도 있다)대로 이렇게
만들었다"고 한 것도 이를 두고 한 말이다. 천제와 지신・오행신
・명당에서 제사를 지내거나 월령을 반포할 때 춤을 추는 사람
이 이것을 착용한다. '방산관'은 오색 비단으로 만든다. 한나라
때는 종묘에서 대규모 제사를 올릴 때나 8월에 오행신을 위해
음악을 연주할 때 춤을 추는 사람이 이것을 착용하였는데, 다른
벼슬아치들도 각기 그 행렬의 빛깔을 따라 자신들의 방색과 같
은 복장을 하고서 춤을 췄다.

●術士冠前圓. 吳制, 邐迤233)四重. 趙武靈王好服之. 今者不用, 其說

228) 曰(왈) : 다른 문헌에 의하면 지금은 실전된 ≪예기≫의 기록을 가리킨다.
229) 左傳(좌전) : 노魯나라 은공隱公 원년元年(B.C.722년)부터 애공哀公 27년(B.C.4
    68년)까지 약 250년 간의 춘추시대 역사를 기록한 ≪춘추경春秋經≫에 대한 전국
    시대 노魯나라 좌구명左丘明의 해설서인 ≪춘추좌씨전≫의 약칭.
230) 子臧(자장) : 춘추시대 정鄭나라 문공文公의 세자世子로서 형인 자화子華와 함
    게 피살당했다.
231) 聚鷸冠(취휼관) : 도요새 깃털을 모아서 만든 갓을 이르는 말로 예법에 어긋나
    는 복장을 상징한다. 자장子臧은 이 때문에 부친에 의해 살해당했다고 전한다.
232) 方色(방색) : 각 방향을 상징하는 색. 오행五行과 오시五時・오방五方・오색五色
    은 상생相生 관계에 입각하여 목木-봄-동방-청색, 화火-여름-남방-적색, 토土-늦
    여름-중앙-황색, 금金-가을-서방-백색, 수水-겨울-북방-흑색으로 배합된다.
233) 邐迤(이이) : 구불구불한 모양.

末聞.

○'술사관'은 전면이 둥글다. 오 지방 제품은 구불구불하면서 네 겹으로 되어 있다. (전국시대 때) 조나라 무령왕이 이것을 즐겨 착용하였다. 지금은 사용하지 않기에 그에 관한 해설이 전하지 않는다.

●巧士冠, 高五寸, 要後相通. 埽除從官服之, 禮無文.

○'교사관'은 높이가 다섯 치이고, 허리 부분이 뒤로 통해 있다. 청소를 담당하는 하급관리가 이것을 착용하기에 ≪예기≫에는 이에 관한 기록이 없다.

●却非冠, 宮門僕射者服之, 禮無文.

○'각비관'은 궁문을 지키는 관리나 복야가 착용하기에 ≪예기≫에 이에 관한 기록이 없다.

●樊噲冠, 漢將軍樊噲造次[234]所冠, 以入項籍[235]營. 廣七寸, 前出四寸. 司馬[236]·殿門大護衛士服之.

○'번쾌관'은 한나라 장군인 번쾌가 다급한 상황에 처했을 때 쓰던 것이 (초나라 왕) 항적의 군영으로 들어간 것이다. 너비는 일곱 치이고 앞이 네 치 가량 튀어나왔다. 사마나 궁문을 지키는 주요 호위병이 이것을 착용한다.

---

234) 造次(조차) : 매우 다급하고 당황스러운 때를 일컫는 말.

235) 項籍(항적) : 진秦나라 말엽 초왕楚王(B.C.232-B.C.202). 본명보다는 자로 널리 알려져 '항우項羽'로 불렸고, '항왕項王'이라고도 하였다.

236) 司馬(사마) : 벼슬 이름. 주周나라 때는 육경六卿의 하나인 하관夏官으로서 군사를 관장하였고, 한나라 때는 삼공三公의 하나로서 승상이 되기도 하였다. 한나라 이후로는 왕부王府나 승상부丞相府·장군부將軍府 등에서 병마兵馬를 관장하던 벼슬이 되었고, 당나라 이후로는 주로 별가別駕·장사長史·녹사참군사錄事參軍事·참군사參軍事·녹사錄事·승丞·문학文學 등과 함께 자사刺史의 속관이 되었다.

●却敵冠, 前高四寸, 通長237)四寸, 後高三寸. 監門衛士服之, 禮無
文.

○'각적관'은 앞의 높이가 네 치이고, 전체 길이가 네 치이며, 뒤의
높이가 세 치이다. 궁문을 감독하는 호위병이 이를 착용하기에
≪예기≫에는 이에 관한 기록이 없다.

●珠冕・爵・㷆・收・通天冠・進賢冠・長冠・緇布冠・委貌冠・皮
弁・惠文冠, 古者天子冠所加者, 其次在漢禮.

○주면・작・후・수・통천관・진현관・장관・치포관・위모관・피
변・혜문관 등은 옛날에 천자의 예관에다가 보태어 쓰던 것이고,
그 다음은 모두 한나라 때 예법에서 착용하던 것이다.

◇帝謚(황제의 시호 2)

●違拂238)不成曰隱, 靖民則法曰黃.

○법도를 어기고 공을 못 이룬 황제의 시호는 '은'이라고 하고, 백
성을 안정시키고 법도를 지킨 황제의 시호는 '황'이라고 한다.

●翼善傳聖曰堯, 仁聖盛明曰舜.

○선행을 돕고 성덕을 전수한 황제의 시호는 '요'라고 하고, 어질
고 성스러우며 태평성대를 이루고 현명한 황제의 시호는 '순'이
라고 한다.

●殘人多壘239)曰桀, 殘義損善曰紂.

○사람을 잔인하게 대하고 해악을 많이 저지른 황제의 시호는 '걸'

---

237) 通長(통장) : 전체 길이를 이르는 말.
238) 違拂(위불) : 어기다, 순종하지 않다.
239) 多壘(다루) : 보루가 많다는 뜻에서 유래한 말로 도둑이 우굴대거나 해악을 많
이 끼치는 것을 비유한다.

이라고 하고, 도의를 망치고 선한 풍습을 해친 황제의 시호는
'주'라고 한다.

●慈惠愛親曰孝, 愛民好與曰惠.
○은혜를 널리 베풀고 부모를 사랑한 황제의 시호는 '효'라고 하고,
백성을 사랑하고 베풀기를 좋아한 황제의 시호는 '혜'라고 한다.

●聖善同文240)曰宣, 聲聞宣遠曰昭.
○성인의 덕을 베풀어 천하를 통일한 황제의 시호는 '선'이라고 하
고, 명성을 널리 떨치고 공덕을 멀리 알린 황제의 시호는 '소'라
고 한다.

●剋定禍亂曰武, 聰明睿智曰獻.
○재앙이나 반란을 잘 진정시킨 황세의 시호는 '무'라고 하고, 총
명하면서 지혜로운 황제의 시호는 '헌'이라고 한다.

●溫柔聖善曰懿, 布德執義曰穆.
○성품이 온유하고 선량한 황제의 시호는 '의'라고 하고, 덕업을
퍼뜨리고 도의를 지킨 황제의 시호는 '목'이라고 한다.

●仁義說民曰元, 安仁立政曰神.
○어질고 정의로우면서 백성들을 즐겁게 해준 황제의 시호는 '원'
이라고 하고, 어진 마음을 유지하여 정사를 잘 펼친 황제의 시호
는 '신'이라고 한다.

●布綱治紀曰平, 亂而不損曰靈.

---

240) 同文(동문) : 문자를 통일하다. 왕조를 열면 우선 문자와 도량형을 통일하는 데
서 유래한 말로 천하 통일을 비유하기도 한다.

○기강을 바로세운 황제의 시호는 '평'이라고 하고, 난세를 맞이하
  고서도 몸을 해치지 않은 황제의 시호는 '영'이라고 한다.

●保民耆艾241)曰明, 辟士有德曰襄.
○백성을 잘 보호하고 노인을 공경한 황제의 시호는 '명'이라고 하
  고, 덕이 있는 인재를 잘 초빙한 황제의 시호는 '양'이라고 한다.

●貞心大度曰匡, 大慮慈民曰定.
○마음을 곧게 가져 법도를 지킨 황제의 시호는 '광'이라고 하고,
  사려깊게 생각하고 백성을 잘 돌본 황제의 시호는 '정'이라고 한
  다.

●知改能改曰恭, 不生其國242)曰聲.
○잘못을 잘 고칠 줄 알고 실제로 개혁을 잘 한 황제의 시호는
  '공'이라고 하고, 본국에서 태어나지 않고서도 즉위한 황제의 시
  호는 '성'이라고 한다.

●一德不懈曰簡, 夙興夜寐曰敬.
○한 가지 덕업에도 태만을 부리지 않은 황제의 시호는 '간'이라고
  하고, 아침 일찍 일어나고 밤 늦게 잠자리에 들며 부지런한 황제
  의 시호는 '경'이라고 한다.

---

241) 耆艾(기애) : 스승이나 어른, 나이 든 노인을 두루 이르는 말. 50살을 '애艾', 60
   살을 '기耆'라고 한 데서 비롯되었다.
242) 不生其國(불생기국) : 본국에서 태어나지 않다. 즉 외가에서 태어나 황제의 자리
   에 오른 것을 말한다. 이에 대해 ≪사기≫에 부록으로 실린 <시법해(諡法解)>에서
   는 "외가에서 태어났다는 뜻이다(生於外家)"라고 풀이한 반면, 송나라 소순蘇洵의
   ≪시법諡法≫권3에서는 '생생'을 '주主'의 오자로 보아 "강한 신하가 나라를 좌지
   우지하여 군주의 권한이 이미 사라졌으므로 군주의 이름은 있으나 군주의 실권이
   없기에 '성'이라고 한다(强臣專國, 君權已去, 有君之名, 無君之實, 故曰聲)"고 풀이
   하였다. 여기서는 전자를 따른다.

●清白自守曰貞, 柔德好衆曰靖.

○청렴하면서 자신을 지킨 황제의 시호는 '정'이라고 하고, 부드러운 인품을 가지고서 민중을 사랑한 황제의 시호는 '정'이라고 한다.

●安樂治民曰康, 小心畏忌曰僖.

○안락한 상태를 유지하여 백성을 잘 다스린 황제의 시호는 '강'이라고 하고, 조심하고 신중을 기한 황제의 시호는 '희'라고 한다.

●中身243)早折曰悼, 慈仁和民曰順.(一曰傾)

○중년의 나이에 일찍 사망한 황제의 시호는 '도'라고 하고, 자애로운 인품으로 백성들과 조화를 잘 이룬 황제의 시호는 '순'이라고 한다.('경傾'으로 된 판본도 있다)

●好勇致力曰莊, 恭人短折244)曰哀.

○용기를 좋아하여 힘을 떨친 황제의 시호는 '장'이라고 하고, 사람들에게 공손한 태도를 취하다가 요절한 황제의 시호는 '애'라고 한다.

●在國逢難曰愍, 名實過爽曰繆.(立穆切245))

○본국에 있다가 재난을 당한 황제의 시호는 '민'이라고 하고, 명

---

243) 中身(중신) : 중년의 나이를 이르는 말.

244) 短折(단절) : 요절을 뜻하는 말. 후한 정현鄭玄(127-200)의 설에 의하면 젖니를 갈기도 전에 죽는 것을 '흉凶'이라고 하고, 약관이 되기 전에 죽는 것을 '단短'이라고 하며, 결혼도 하지 못 하고 죽는 것을 '절折'이라고 한다.

245) 切(절) : 중국 고대의 음운 표기법. 두 글자 가운데 앞의 글자에서 성모聲母를 따고 뒤의 글자에서 운모韻母를 따서 읽는 방법을 말한다. 예를 들어 '바라다'는 뜻의 '祈'의 반절음이 '渠志反'이므로 성모를 '강羌'에서 따 'ㄱ'으로 읽고 운모를 '지志'에서 따 'ㅣ'로 읽은 뒤 이를 합치면 '기'가 되는 것과 같은 경우를 말한다. '繆'는 '류謬'와 통용자이므로 반절음反切音 표기에 착오가 있는 듯하다. 여기서는 통상적인 음가인 '목'으로 표기한다.

분과 실제가 지나치게 어긋나게 행동한 황제의 시호는 '목'이라
고 한다.('繆'의 음은 '립'과 '목'의 반절음인 '록'이다)

●雍遏246)不通曰幽, 暴虐無親曰厲.
○꽉 막히어 융통성이 없는 황제의 시호는 '유'라고 하고, 포악하
여 가까운 사람이 없는 황제의 시호는 '여'라고 한다.

●致志大圖曰景, 辟土兼國曰桓.
○의지를 펼쳐 큰 일을 도모한 황제의 시호는 '경'이라고 하고, 국
토를 개척하고 다른 나라를 겸병한 황제의 시호는 '환'이라고 한
다.

●經天緯地曰文, 執義揚善曰懷.
○천하를 잘 경영한 황제의 시호는 '문'이라고 하고, 도의를 지키
고 선행을 펼친 황제의 시호는 '회'라고 한다.

●短折不成曰殤, 去禮遠衆曰煬.
○요절하여 성인이 되지 못 한 황제의 시호는 '상'이라고 하고, 예
법을 버리고 백성을 멀리한 황제의 시호는 '양'이라고 한다.

●怠政外交曰攜, 治典不敷曰祈(一曰震).
○내정을 게을리하고 외교에만 치중한 황제의 시호는 '휴'라고 하
고, 법전을 잘 닦아 잡다하게 확대하지 않은 황제의 시호는 '기'
라고 한다.('기祈'는 '진震'으로 된 판본도 있다)

■獨斷卷下■

---

246) 雍遏(옹알) : 꽉 막히다, 융통성이 없다. '옹알雍遏' '옹색雍塞' '옹알雍閼'이라고
도 한다.

■古今注卷上■

◇興服第一─(1 거복車服)

●大駕1)指南車, 起黃帝2)與蚩尤戰於涿鹿3)之野. 蚩尤作大霧, 兵士皆迷, 於是作指南車, 以示四方, 遂擒蚩尤, 而卽帝位. 故後常建焉. 舊說, 周公4)所作也. 周公治致太平, 越裳氏5)重譯6)來, 貢白雉一・黑雉二・象牙一, 使者迷其歸路, 周公錫以文錦二疋・軿車7)五乘, 皆爲司南之制, 使越裳氏載之以南, 緣扶南8)・林邑9)海際, 期年10)而至其國. 使大夫宴, 將送至國而還, 亦乘司南, 而背其所指, 亦期年而還至. 始制車, 轄轊11)皆以鐵. 還至, 鐵亦銷盡, 以屬巾車氏12), 收而載之, 常爲先導, 示服遠人, 而正四方. 車灋13)具在尙方故

---

1) 大駕(대가) : 황제가 행차할 때의 의장儀仗을 이르는 말. 한나라 이후로 그 규모에 따라 대가大駕・소가小駕・법가法駕가 있었다.

2) 黃帝(황제) : 전설상의 임금. 삼황三皇 가운데 마지막 세 번째 임금이란 설도 있고, 오제五帝 가운데 첫 번째 임금이란 설도 있다.

3) 涿鹿(탁록) : 하북성의 속현屬縣 이름이자 산 이름.

4) 周公(주공) : 주周나라 무왕武王 희발姬發의 동생이자 성왕成王 희송姬誦의 숙부인 희단姬旦에 대한 존칭. 성왕이 나이가 어려 섭정攝政을 하였고, 성왕이 성장한 뒤 물러나 노魯나라를 봉토封土로 받았다. ≪사기・노주공세가魯周公世家≫권33 참조.

5) 越裳氏(월상씨) : 고대 중국의 남해에 있었던 이민족 국가 이름.

6) 重譯(중역) : 두 번 이상 통역을 거치는 것을 뜻하는 말. 혹은 통역을 맡은 사신을 가리키기도 한다. 결국 여러 경로를 통해 어렵게 전파되는 것을 의미한다.

7) 軿車(병거) : 휘장을 친 수레를 이르는 말.

8) 扶南(부남) : 고대 중국 남부에 크메르족이 세운 나라 이름. 지금의 태국 동쪽 일대.

9) 林邑(임읍) : 중국 고대 때 베트남 중부에 있었던 이민족 국가 이름. '환왕環王' '점불로占不勞' '점파占婆'라고도 하였다.

10) 期年(기년) : 1년. '기期'는 돎을 뜻하는 '기朞'와 통용자.

11) 轄轊(할예) : 수레의 부품인 비녀장과 굴대를 아우르는 말. '예轊'는 '예轛'로도 쓴다.

12) 巾車氏(건거씨) : 주周나라 때 휘장을 두른 수레를 관장하던 춘관春官 소속 벼슬 이름.

13) 車灋(거법) : 수레를 제작하는 방법을 이르는 말. '법灋'은 '법法'의 고문자.

事14). 漢末喪亂, 其濘中絕, 馬先生紹而作焉. 今指南車, 馬先生之
遺濘也.(馬鈞, 曹魏15)時人.)

○(황제의 수레인) 대가 가운데 (남쪽 방향을 알기 위해 만든 수레
인) '지남거'는 황제黃帝가 치우와 (하북성) 탁록산의 들판에서
전투를 벌인 데서 유래하였다. 치우가 자욱한 안개를 일으켜 병
사들이 모두 길을 잃자 황제가 지남거를 만들어 네 방향을 알려
서 결국 치우를 사로잡고 제위에 올랐다. 그래서 뒤에는 늘 이를
제작하게 되었다. 옛 설에 의하면 (주周나라) 주공이 제작한 것
이라고도 한다. 주공이 정치를 잘 베풀어 태평성대를 이루자 월
상씨가 여러 차례 통역을 거쳐 찾아와서는 흰 꿩 한 마리와 검
은 꿩 두 마리·상아 한 개를 바쳤는데, (월상씨의) 사자가 돌아
가는 길을 혼동하자 주공이 아름다운 비단 두 필과 휘장 수레
다섯 대를 하사하면서 모두 남쪽을 가리키는 제품으로 만들어
월상씨의 사자에게 이것을 타고서 남쪽을 찾게 하니 부남국과
임읍국의 해변을 따라 1년만에 자신의 모국으로 돌아가게 해 주
었다. 그 나라에서도 대부에게 잔치를 베푼 뒤 그를 조정까지 배
웅하여 돌려보낼 때도 지남거에 올라타 그것이 가리키는 방향을
등지게 하니 그 역시 1년만에 조정으로 돌아왔다. 처음 지남거
를 제작할 때는 비녀장과 굴대에 모두 쇠를 사용하였다. 그러나
귀국했을 때 쇠가 다 마모되자 건거씨에게 명해 그것들을 거두
어 수레에 실은 뒤 늘 앞장서게 함으로써 먼 나라 사람들을 제
압하고 네 방향을 바로잡았다는 사실을 알리게 하였다. 수레를
제작하는 방법은 ≪상방고사≫에 상세히 갖춰져 있다. 후한 말엽

---

14) 尙方故事(상방고사) : 한나라 때 나온 기물 제작에 관한 저술로 추정되나 사서史
書나 서지書誌에 아무런 기록이 없어 상세한 내용은 알려지지 않았다. 서명에서
'상방尙方'은 궁중의 기물을 제작하고 관리하는 기관을 가리키는데, 한나라 때는
장관을 '상방령尙方令'이라고 하였고, 당송 때는 '상방감尙方監'이라고 하였다. '상
방上方'으로도 쓴다.

15) 曹魏(조위) : 삼국시대 때 조비曹丕가 세운 위나라를 이르는 말. 탁발珪拓跋珪가
세운 북위北魏와 구분하기 위한 명칭이다.

에 세상이 어지러워지면서 그 제작법이 중도에 끊겼으나 마선생(마균)이 뒤를 이어 이를 제작하였다. 오늘날 지남거는 마선생이 남긴 제작법에 의존하고 있다.(마균은 삼국 위나라 때 사람이다.)

●大章車, 所以識道里16)也, 起於西京17), 亦曰記里車. 車上爲二層, 皆有木人. 行一里, 下層擊鼓, 行十里, 上層擊鐲. 尙方故事, 有作車灋.

○'대장거'는 도로나 고을의 거리를 알기 위해 제작하는 것으로 전한 때부터 시작되었다. '기리거'라고도 한다. 수레 위를 2층으로 만들고 모두 나무 인형을 설치한다. 1리를 가면 아래층의 나무 인형이 북을 치고, 10리를 가면 윗층의 나무 인형이 징을 친다. ≪상방고사≫에 이 수레를 제작하는 방법에 관한 기록이 있다.

●辟惡車, 秦制也. 桃弓葦矢, 所以祓除18)不祥也.

○'벽악거'는 진나라 때 제품이다. 복숭아나무로 만든 활과 갈대로 만든 화살은 상서롭지 않은 것을 물리치기 위한 것이다.

●豹尾車, 周制也, 所以象君子豹變19). 尾, 言謙也. 古軍正20)建之, 今唯乘輿21)得建焉.

○'표미거'는 주나라 때 제품으로 군자의 고상한 인품을 상징하기 위한 것이다. '꼬리'는 겸허함을 말한다. 옛날에는 군법을 관장하

---

16) 道里(도리) : 도로와 고을을 아우르는 말.
17) 西京(서경) : 전한前漢이나 당나라 때 도읍지인 섬서성 장안長安의 별칭. 여기서는 결국 전한을 가리킨다. 송나라 때는 하남성 낙양洛陽이 개봉開封(변경汴京)의 서쪽에 있었기에 낙양을 지칭하기도 하였다.
18) 祓除(불제) : 제사를 올려 재앙이나 악귀를 물리치는 일을 이르는 말. '불계祓禊'라고도 한다.
19) 豹變(표변) : 표범의 무늬처럼 아름답게 변화하는 모습을 뜻하는 말로 고상한 인품을 비유한다.
20) 軍正(군정) : 군대에서 군법을 관장하는 벼슬을 이르는 말.
21) 乘輿(승여) : 황제의 수레. 황제의 대칭代稱으로도 쓰였다.

는 무관인 군정만이 이를 세웠으나, 지금은 오직 황제의 수레에
만 이를 세울 수 있다.

●金斧, 黃鉞[22]也. 鐵斧, 玄鉞[23]也. 三代[24]通用之, 以斷斬. 今以金
斧黃鉞爲乘輿之飾. 玄鉞, 諸王公[25]得建之. 武王以黃鉞斬紂, 故王
者以爲戒, 太公[26]以玄鉞斬妲己[27], 故婦人以爲戒. 漢制, 諸公亦建
玄鉞, 以太公秉之, 助武王斷斬, 故爲諸公之飾焉. 大將軍出征, 特
加黃鉞者, 以銅爲之, 黃金塗刃及柄, 不得純金也. 得賜黃鉞, 則斬
持節[28]將也.

○'금부'는 황금으로 만든 도끼를 가리키고, '철부'는 검은 빛이 도
는 쇠로 만든 도끼를 가리키는데, 하나라·상나라·주나라 때 모
두 죄인의 목을 베는 데 이를 통용하였다. 지금은 황금으로 만든
도끼를 황제가 타는 수레의 장식품으로 활용하고 있고, 검은 빛
이 도는 쇠로 만든 도끼는 친왕이나 재상이 수레에 세울 수 있
다. (주나라) 무왕이 황금으로 만든 도끼로 (상나라 마지막 폭군

22) 黃鉞(황월) : 황금으로 만들고 자루가 긴 도끼를 이르는 말. 천자의 의장儀仗에
　　쓰였다.
23) 玄鉞(현월) : 검은 빛이 도는 도끼. 참형斬刑에 쓰는 도구를 가리키는 말로 혹독
　　한 형벌을 상징한다.
24) 三代(삼대) : 하夏나라·상商나라·주周나라를 아우르는 말.
25) 王公(왕공) : 주周나라 때는 천자와 제후를 가리키는 말이었으나, 진秦나라 시황
　　제始皇帝가 천자를 '황제'라고 칭한 뒤로는 제후국에 봉한 친왕親王과 삼공三公 등
　　고위직에 대한 총칭으로 쓰였다.
26) 太公(태공) : 주周나라 문왕文王의 스승이자 무왕武王 때 재상인 여상呂尙의 별
　　칭. '태공'은 부친에 대한 존칭으로 문왕이 여상을 만나 "우리 선친께서 그대를 기
　　다린 지 오래되었소(吾太公望子, 久矣)"라고 말한 데서 '태공망太公望'이란 별칭이
　　생겼고, 무왕武王이 재상에 임명하고서 '부친처럼 모셨다'는 의미에서 여상의 성을
　　붙여 '강태공姜太公'으로도 불렀다. 제齊나라를 봉토로 받았다. 《사기·제태공세
　　가》권32 참조.
27) 妲己(달기) : 상商(은殷)나라 마지막 폭군인 주왕紂王의 총희寵姬.
28) 持節(지절) : 부절符節, 혹은 이를 행사하는 권한이나 벼슬을 가리키는 말. 위진
　　魏晉 이후로 지절·사지절使持節·가지절假持節·가절假節 등이 있었는데, 자사刺
　　史나 태수太守가 군대를 동원할 수 있는 권한을 나타낸다. 당나라 때 절도사節度
　　使가 생겨 폐지되면서 절도사의 별칭으로 쓰이기도 하였다.

인) 주왕을 참살하였기에 천자가 이를 경계거리로 삼고, (주나라) 강태공이 검은 빛이 도는 쇠로 만든 도끼로 (주왕의 애첩인) 달기를 참살하였기에 부녀자가 이를 경계거리로 삼는다. 한나라 때 제도에 의하면 재상들도 검은 빛이 도는 쇠로 만든 도끼를 세웠는데, (주나라 때) 강태공이 그것을 손에 쥐고서 무왕을 도와 주왕의 목을 베었기에 재상의 장식품으로 삼은 것이다. 대장군이 출정하면서 특별히 황색 도끼를 보탤 때는 구리로 그것을 만들고 황금으로 도끼날과 자루를 도금할 뿐 순금을 사용하지는 않는다. 황금으로 만든 도끼를 하사받는다면 부절을 지닌 장수도 참살할 수 있다.

● 鐀29), 秦改鐵鉞作鐀, 始皇制也. 一本云, "鐀, 秦制也." 今乘輿 · 諸公 · 王 · 妃 · 主30)通建之也.

○ '굉鐀'의 경우 진나라 때 쇠로 만든 도끼를 '굉'으로 개작하였는데 시황제 때 제품이다. 어떤 문헌에서는 "'굉'은 진나라 때 제품이다"라고 하였다. 지금은 황제와 재상 · 친왕 · 왕비 · 공주가 통상 이것을 수레에 세운다.

● 麾, 所以指麾. 武王右執白旄以麾, 是也. 乘輿以黃, 諸公以朱, 刺史 · 二千石31)以纁32).

---

29) 鐀(굉) : 날이 세 개 달린 검처럼 생긴 도끼를 이르는 말.
30) 妃主(비주) : 왕비와 공주를 아우르는 말. '비妃'는 정1품에 해당하는 천자의 첩실이나 제후의 적처를 가리킨다.
31) 二千石(이천석) : 한나라 때 봉록제도로 중이천석中二千石 · 이천석二千石 · 비이천석比二千石이 있었다. '중이천석'은 실제로 이천석이 넘는 반면, '이천석'은 성수成數로서 근접한 양을 뜻하며, '비이천석'은 '이천석에 근접한다'는 뜻으로 그보다 적은 양을 의미한다. 이에 대해 ≪한서 · 평제기平帝紀≫권12의 당나라 안사고顏師古(581-645) 주에서는 "그중 '중이천석'이라고 하는 것은 월 180휘를 뜻하고, '이천석'은 월 120휘를 뜻하며, '비이천석'은 월 100휘라고 한다(其稱中二千石者, 月百八十斛, 二千石者, 百二十斛, 比二千石者, 百斛云云)"고 설명하였다. 이를 '석石'으로 환산하면 '중이천석'은 2160석이 되고, '이천석'은 1440석이 되며, '비이천석'

○(지휘용 깃발인) '휘'는 사람들을 지휘하기 위해 사용하는 것이다. (주나라) 무왕이 오른손에 흰 깃발을 들고서 지휘했다고 하는 것도 이를 가리킨다. 황제는 황색의 것을 사용하고, 재상은 적색의 것을 사용하고, 자사나 연봉이 2천석인 관원은 분홍색의 것을 사용한다.

●五輅33)衡34)上金爵者, 朱雀35)也. 口銜鈴, 鈴謂鑾, 所謂和鑾36)也. 禮記云, "行, 前朱鳥," 鸞也. 前有鸞鳥, 故謂之鸞. 鸞口銜鈴, 故謂之鑾鈴. 今或爲鑾, 或爲鸞, 事一而義異也.

○황제의 수레 가로막대 위에 설치하는 '금작'은 주작의 형상으로 만든다. 입에 방울을 물리면서 방울을 '난'이라고 하는데, 이른바 '화란'이라는 것이다. ≪예기·곡례상曲禮上≫권3에서 "출행할 때는 주조를 앞에 세운다"고 한 것도 난새를 가리킨다. 앞에 난새를 세우기에 이를 '난'이라고 하고, 난새의 입에 방울을 물리기에 이를 '난영'이라고 하는 것이다. 지금은 '난鑾'으로도 쓰고, '난鸞'으로도 쓰는데, 고사는 동일하지만 의미하는 바가 다르다.

●車輻, 棒也. 漢朝執金吾37), 金吾, 亦棒也. 以銅爲之, 黃金塗兩末,

은 1200석이 된다. 예를 들어 구경九卿과 장수將帥는 봉록이 중이천석이고, 태수太守는 이천석이었다.
32) 纁(훈) : 분홍색이나 그러한 빛깔의 비단을 이르는 말.
33) 五輅(오로) : 천자가 타는 다섯 종류의 수레, 즉 옥로玉輅·금로金輅·상로象輅·혁로革輅·목로木輅를 말한다. '로輅'는 수레를 뜻하는 말로서 '로路'로도 쓴다.
34) 衡(형) : 수레에 설치하는 가로막대를 이르는 말. '형衡'은 '횡橫'과 통용자.
35) 朱雀(주작) : 전설상의 상서로운 동물이자 남방의 신. '주조朱鳥' '주봉朱鳳' '주작朱爵'이라고도 한다.
36) 和鑾(화란) : 수레에 단 방울을 뜻하는 말. '화和'와 '란鑾' 모두 방울을 뜻한다. '란鑾'은 '란鸞'으로도 쓴다.
37) 執金吾(집금오) : 한나라 때 금오봉金吾棒을 들고 경사京師를 순찰하거나 천자를 호위하는 일을 주관하던 벼슬 이름. '금오金吾'로 약칭하기도 한다. '오吾'가 '막다(衛)'라는 뜻이어서 무기(金)를 들고 비상사태를 막는다(吾)는 의미에서 유래하였다.

謂爲金吾. 御史大夫38)・司隷校尉39), 亦得執焉. 御史40)・校尉41)
・郡中42)・都尉43)・縣長44)之類, 皆以木爲吾焉, 用以夾車, 故謂
之車輻. 一曰, "形似輻, 故謂之車輻也."

○'거복'은 막대기를 뜻한다. 한나라 때 집금오는 '금오'를 손에 들
었는데, '금오' 역시 막대기이다. 구리로 만들면서 황금으로 양쪽
끝을 도금하였기에 '금오'라고 하였다. 어사대부・사례교위도 이
를 손에 들 수 있었다. 어사・교위・군수・도위・현장 등의 벼슬
아치는 모두 나무로 이를 만들어 수레에 끼고서 이를 '거복'이라
고 하였다. 일설에 의하면 "모양새가 수레바퀴살처럼 생겼기에
이를 '거복'이라고 부른다"고도 한다.

●棨戟, 殳45)之遺象也. 詩所謂"伯也執殳, 爲王前驅." 殳, 前驅之器
也, 以木爲之. 後世滋僞46), 無復典刑. 以赤油韜之, 亦謂之油戟,

---

38) 御史大夫(어사대부) : 관리들의 비행을 규찰하고 탄핵하는 업무를 관장하는 기관
   인 어사대御史臺의 주무 장관. 버금 장관으로 어사중승御史中丞이 있고, 휘하에 시
   어사侍御史와 전중시어사殿中侍御史・감찰어사監察御史・어사승御史丞 등을 거느
   렸다.
39) 司隷校尉(사례교위) : 한나라 때 순찰巡察과 치안 업무를 관장하던 고위직 벼슬
   이름.
40) 御史(어사) : 탄핵을 전담하는 기관인 어사대御史臺 소속의 벼슬에 대한 총칭. 당
   나라 때는 어사대를 헌대憲臺・숙정대肅正臺라 부르기도 하였다. 시대마다 다소
   차이는 있으나, 보통 장관은 어사대부御史大夫, 버금 장관은 어사중승御史中丞이라
   고 하였으며, 휘하에 시어사侍御史・전중시어사殿中侍御史・감찰어사監察御史・어
   사승御史丞 등의 속관이 있었다.
41) 校尉(교위) : 장군의 휘하에서 한 부대의 통솔을 담당하거나 변방의 이민족을 관
   할하던 벼슬 이름.
42) 郡中(군중) : 다른 판본에 의하면 '군수郡守'의 오기이다.
43) 都尉(도위) : 벼슬 이름. 전국시대 때는 장수의 속관이었고, 전한 경제景帝 이후
   로는 태수의 군무軍務를 보좌하는 속관이었으며, 당송唐宋 이후로는 훈관勳官이었
   다. 군위軍尉라고도 한다.
44) 縣長(현장) : 규모가 작은 현의 현령縣令을 가리키는 말. 현 가운데 만 호를 넘는
   곳의 장관을 '현령縣令'이라고 하고, 만 호가 안 되는 곳의 장관을 '현장縣長'이라
   고 하였다.
45) 殳(수) : 창의 일종인 미늘창.
46) 滋僞(자위) : 다른 판본에 의하면 경박하고 거짓됨을 뜻하는 말인 '요위澆僞'의

亦謂之棨戟. 公王以下通用之, 以前驅.

○'계극'은 미늘창에서 형상을 물려받아 생긴 제품이다. ≪시경·위풍衛風·백혜伯兮≫권5에서 말한 "맏형님이 손에 미늘창을 들고서 왕을 위해 앞에서 말을 달리네"라고 했을 때의 그것이다. '수'는 앞에서 길을 인도하는 호위병의 무기로서 나무로 만들었다. 후세에는 경박해지고 위조품이 난무하는 바람에 더 이상 전형성이 없게 되었다. 붉은 기름을 칠하기에 '유극'이라고도 하고, '계극'이라고도 한다. 친왕이나 재상 이하 모든 관원들이 통상적으로 이를 사용하여 길을 안내하는 호위병으로 삼는다

●信幡, 古之徽號[47]也, 所以題表官號, 以爲符信. 故謂爲信幡也. 乘輿則畫爲白虎, 取其義而有威信之德也. 魏朝有靑龍幡·朱鳥幡·玄武幡·白虎幡·黃龍幡五, 而以詔四方. 東方郡國[48], 以靑龍旛, 南方郡國, 以朱鳥旛, 西方郡國, 以白虎旛, 北方郡國, 以玄武旛, 朝廷畿內, 以黃龍旛, 亦以騏驎[49]旛. 高貴鄕公[50]討晉文王, 自秉黃龍旛以麾, 是也. 今晉朝唯用白虎旛. 信旛用鳥書[51], 取其飛騰輕疾也. 一曰, "以鴻鴈燕乙[52]者, 去來之信也."

오기이다.

47) 徽號(휘호) : 황제나 황후 등 귀인의 존호나 표지를 이르는 말.

48) 郡國(군국) : 한나라 때 행정 구역 명칭. '군郡'은 천자가 직접 관할하는 행정 구역을 말하고, '국國'은 친왕親王이나 공신을 봉한 각 제후국을 가리킨다. ≪후한서≫에서 '지리지地理志'를 '군국지郡國志'라고 칭한 것도 한나라 때 주요 행정 구역이 '군郡'과 '국國'으로 이루어졌기 때문이다. 여기서는 결국 전국 각지를 가리킨다.

49) 騏驎(기린) : 준마나 천리마를 뜻하는 말이나 전설상의 상서로운 동물인 기린麒麟의 통용자로 쓸 때도 있다.

50) 高貴鄕公(고귀향공) : 삼국 위魏나라 문제文帝 조비曹丕(187-226)의 손자인 조모曹髦의 봉호封號. 조모는 뒤에 황제에 등극했으나 스무 살의 나이에 진晉나라 무제武帝의 부친인 문왕文王 사마소司馬昭(211-265)에게 시해를 당했다. ≪삼국지·위지·고귀향공조모전高貴鄕公曹髦傳≫권4 참조.

51) 鳥書(조서) : 주周나라 때 붉은 참새와 붉은 까마귀가 출현하는 상서로운 징조가 나타나자 사일史佚이 이를 보고서 만들었다는 전서篆書의 변형 서체. 공자孔子 집의 벽에서 나왔다는 고문古文 경전經典이 이 서체로 되어 있었다고 전한다.

○'신번'은 고대의 휘호로서 관직명을 표기하여 부신으로 삼았던 것이다. 그래서 이를 '신번'이라고 한다. 수레에 백호를 그려넣는 것은 백호가 의로우면서 위엄을 갖추었다는 덕성을 취한 것이다. (삼국) 위나라 때는 '청룡번' '주조번' '현무번' '백호번' '황룡번' 등 다섯 종류를 마련하여 사방에 조서詔書를 내렸다. 동방의 군과 제후국에서는 '청룡번'을 사용하고, 남방의 군과 제후국에서는 '주조번'을 사용하고, 서방의 군과 제후국에서는 '백호번'을 사용하고, 북방의 군과 제후국에서는 '현무번'을 사용하고, 조정이 있는 경기지역에서는 '황룡번'을 사용하기도 하고 '기린번'을 사용하기도 하였다. 고귀향공이 진나라 문왕(사마소司馬昭)을 토벌할 때 손수 황룡번을 손에 들고서 지휘한 것이 그러한 예이다. 오늘날 진나라에서는 오직 백호번을 사용한다. '신번'에 조서鳥書를 사용하는 것은 새가 힘차게 날아올라 경쾌하게 나는 뜻을 취한 것이다. 한편으로는 "기러기나 제비를 활용하는 것은 오고가는 서신을 나타내기 위해서이다"라고도 한다.

●重耳, 古重較53)也. 文官靑耳, 武官赤耳. 或曰, "重較在軍車藩54)上, 重起如牛角, 故云重較耳."
○'중이'는 옛날에 죄수의 목에 씌우던 무거운 칼을 가리킨다. 죄를 지은 문관에게는 청색 칼을 씌우고, 죄를 지은 무관에게는 적색 칼을 씌운다. 어떤 문헌에서는 "'중교'는 군용 수레의 가리개에 설치하는 것으로 소의 뿔처럼 두 겹으로 세우기에 '중교'라고 하는 것이다"라고도 하였다.

●穰衣, 廝役55)之服也, 取其便於用耳. 乘輿進食者, 服穰衣. 前漢董

---

52) 燕乙(연을) : 제비. '을乙'은 '제비 을鳦'과 통용자.
53) 重較(중교) : 죄인의 목에 씌우는 무거운 칼을 이르는 말.
54) 車藩(거번) : 수레 좌우에 설치한 가리개를 이르는 말.
55) 廝役(시역) : 허드렛일을 하는 사람을 가리키는 말. 하인, 종. ≪공양전≫권16의

偃56)綠幘靑鞲57), 加穰衣, 以見武帝, 廚人之服也.

○'양의'는 허드렛일을 하는 하인들이 입는 복장으로 착용하기에
편한 데서 의미를 취한 것이다. 황제에게 음식을 바치는 이들이
'양의'를 입는다. 전한 때 동언은 녹색 머리띠를 두르고 청색 토
시를 찬 채 '양의'를 입고서 무제를 알현하였는데, 주방장의 복
장이었다.

●伍伯, 一伍之伯也. 五人曰伍, 五長爲伯. 故稱伍伯. 一曰戶伯. 漢
制, 兵吏五人一戶竈58), 置一伯. 故戶伯亦曰火伯, 以爲一竈之主也.
漢諸公行, 則戶伯率其伍, 以導引也. 古兵士服韋弁. 今戶伯服赤幘
・繚衣・素靺, 弁之遺法也.

○'오백'은 '오'를 거느리는 수장을 뜻한다. 다섯 명을 '오'라고 하
고, '오'의 수장을 '백'이라고 한다. 그래서 '오백'이라고 칭하는
것이다. 한편으로는 '호백'이라고도 한다. 한나라 때 제도에 의하
면 병졸 다섯 명이 한솥밥을 먹으면서 한 명의 수장을 두었다.
그래서 '호백'은 '화백'이라고 하여 하나의 부뚜막을 주재하는 사
람을 뜻한다. 한나라 때 재상들이 행차하면 '호백'이 다섯 명의
병졸을 이끌고 길을 인도하였다. 옛날에 병사들은 가죽 고깔을
썼다. 요즈음 '호백'은 붉은 머리띠를 두르고 분홍색 비단옷을
입고 흰 명주 버선을 신지만, 이것도 고깔에서 물려받은 제도이
다.

후한 하휴何休(129-182) 주에 "풀을 베고 둑을 만드는 사람을 '시'라고 하고, 물
을 긷는 사람을 '역'이라고 한다(艾草爲防者曰厮, 汲水漿者曰役)"고 하였다.
56) 董偃(동언) : 전한 무제武帝의 부마駙馬. 무제와 무제의 고모인 관도공주館陶公主
의 총애를 받았으나 동방삭東方朔(B.C.154-B.C.93)에게 '음수淫首'라는 비난을 받
아 논죄를 당한 뒤 요절하였다. ≪한서・동언전≫권65 참조.
57) 靑鞲(청구) : 청색의 토시를 이르는 말. '구鞲'는 '구褠'로도 쓴다.
58) 戶竈(호조) : 다섯 명의 군인이 한솥밥을 먹는 데서 유래한 군대 편제 단위를 이
르는 말.

●唱行, 所以促行徒也, 上鼓而行節也.

○'창행'은 행군하는 무리들을 재촉하기 위한 방법으로 상관이 북을 울려 행군의 박자를 조율하는 것이다.

●警蹕, 所以戒行徒也. 周禮59), "蹕而不警." 秦制, 出警入蹕, 謂出軍者皆警戒, 入國者皆蹕止也. 故云, '出警入蹕'也. 至漢朝梁孝王60), 王出稱警, 入稱蹕, 降天子一等焉. 一曰, "蹕, 路也." 謂行者皆警於塗路也.

○'경필'은 행군하는 무리들에게 경계심을 갖게 하기 위한 방법이다. ≪주례≫에 "수레를 멈추어도 길을 비키라고 경고하지 않는다"는 말이 있다. 진나라 때 제도에 의하면 출궁하면 길을 비키라고 경고하고 입궐하면 수레를 세우는데, 이는 군대를 출동하면 언제나 경고를 하고 도성에 들어서면 언제나 수레를 세운다는 말이다. 그래서 '출궁하면 길을 비키라고 경고하고 입궐하면 수레를 세운다'고 하는 것이다. 한나라 양효왕에 이르러 양효왕이 출타하면 '경'이라고 하고, 입궐하면 '필'이라고 한 것은 천자보다 한 등급 낮춘 것이다. 한편으로 "'필'은 길이란 뜻이다"라고도 하는데, 이는 길 가는 사람들이 모두 도로에서 조심한다는 말이다.

●華蓋61), 黃帝所作也, 與蚩尤戰於涿鹿之野, 常有五色雲氣, 金枝玉

---

59) 周禮(주례) : 이하 예문은 현전하는 ≪주례≫에 실리지 않은 것으로 보아 일문逸文인 듯하다.

60) 梁孝王(양효왕) : 전한 때 문제文帝(유항劉恒)와 두황후竇皇后 사이에서 태어난 종실 사람으로 경제景帝(유계劉啓)의 동생인 유무劉武(B.C.178-B.C.144). '양'은 봉호이고, '효'는 시호. 당시 명사인 사마상여司馬相如(?-B.C.117)·매승枚乘(?-B.C.141)·추양鄒陽 등과 함께 토원兎園에서 교유를 가졌다. '토원'은 '양원梁園' '양원梁苑'이라고도 한다. ≪한서·문삼왕전文三王傳·양효왕유무전≫권47 참조.

61) 華蓋(화개) : 제왕이 타는 수레 위에 설치하는 일산日傘이나 수레덮개를 이르는 말. 황제의 수레를 상징적으로 나타낼 때도 있다.

葉, 止於帝上. 有花葩之象, 故因而作華蓋也.

○'화개'는 황제黃帝가 만든 것으로 치우와 (하북성) 탁록산의 들판에서 전투를 벌일 때 늘 오색 구름이 나타나 금지옥엽의 형상으로 황제의 머리 위에 머물면서 꽃봉오리 같은 현상을 보였기에 그참에 '화개'를 만들었다.

●曲蓋62), 太公所作也. 武王伐紂, 大風折蓋, 太公因折蓋之形, 而制曲蓋焉. 戰國常以賜將帥. 自漢朝, 乘輿用四, 謂爲轓輗63). 蓋有軍號64)者, 賜其一也.

○'곡개'는 (주周나라) 강태공이 만든 것이다. 무왕이 (상商나라 마지막 폭군인) 주왕을 정벌할 때 강풍이 수레덮개를 부러뜨리자 강태공이 부러진 수레덮개의 모양을 본떠서 자루가 굽은 수레덮개를 만들었다. 전국시대 때는 늘 이를 장수에게 하사하였다. 한나라 때부터 황제의 수레에 네 개를 실치하고 이를 '비예'라고 하였는데, 아마도 군대에서 직위를 가지는 자에게도 그중 하나를 하사하였을 것이다.

●伺風烏65), 夏禹所作也.
○'사풍오'는 하나라 우왕이 만든 것이다.

●雉尾扇, 起於殷世. 高宗66)時, 有雊雉之祥67), 章服68)多用翟羽. 周

---

62) 曲蓋(곡개) : 사용하기 편하게 자루 부분을 곡선으로 굽힌 일산이나 수레덮개를 이르는 말.

63) 轓輗(비예) : 한나라 때 수레덮개를 지탱하는 장대를 설치한 수레를 이르는 말. '비轓'는 '비轐'의 이체자異體字.

64) 軍號(군호) : 군대에서의 직위나 계급을 이르는 말.

65) 伺風烏(사풍오) : 풍향을 살피는 데 사용하는 까마귀 모양의 기구를 이르는 말. '상풍오相風烏'라고도 한다.

66) 高宗(고종) : 상商나라 제23대 왕인 무정武丁의 묘호廟號.

67) 雊雉之祥(구치지상) : 상商나라 고종高宗 때 꿩이 세발솥 손잡이에 올라앉아 운 괴이한 현상을 가리키는 말. 괴이한 변고의 징조를 비유한다. '구치雊雉'는 꿩이

制以爲王后・夫人[69]之車服. 興車有翣[70], 即緝雉羽爲扇翣[71], 以障翳風塵也. 漢朝, 乘興服之, 後以賜梁孝王. 魏晉以來無常, 惟諸王皆得用之.

○'치미선'은 은(商)나라 때 처음으로 제작되었다. 고종 때 꿩이 세발솥 손잡이에 올라앉아 우는 괴이한 현상이 일어나자 예복에 꿩의 깃털을 많이 사용하게 되었다. 주나라 때 제도에서는 왕후와 부인의 수레 복장으로 삼았다. 수레에 운삽을 설치하면서는 꿩의 깃털을 모아 부채 모양의 운삽을 만들어서 바람과 먼지를 막았다. 한나라 때는 황제의 수레에 이를 설치하였다가 뒤에는 양효왕에게 하사하였다. (삼국) 위나라와 진나라 이후로는 통상적으로 사용하지 않고 오직 제후국의 군주들만 모두 이를 사용할 수 있게 되었다.

●障扇, 長扇也. 漢世多豪俠, 象雉尾扇, 而制長扇也.
○'장선'은 손잡이가 긴 부채를 가리킨다. 한나라 때 호족들이 많아지면서 '치미선'을 본떠 '장선'을 제작하였다.

●金根車, 秦制也. 秦幷天下, 閱三代之興服, 謂殷得瑞山車. 一曰金根車. 故因作金根[72]之車. 秦乃增飾而乘御焉. 漢因而不改.
○'금근거'는 진나라 때 제품이다. 진나라는 천하를 통일한 뒤 하나라・상나라・주나라 때 거복을 고찰하고서 은(상)나라 때 '서산거'가 있었다고 생각하였다. 이는 일명 '금근거'라고도 한다.

우는 것을 뜻하고, '상祥'은 괴이한 징조를 뜻한다.
68) 章服(장복) : 해・달・별 등의 문양을 수놓은 고관高官의 예복禮服을 가리키는 말.
69) 夫人(부인) : 황제의 후처後妻인 비빈妃嬪이나 제후의 적처嫡妻에 대한 존칭. 후에는 고관의 부인에 대한 존칭으로도 쓰였다.
70) 翣(삽) : 관 양쪽 옆에 세우는 장식물인 운삽雲翣.
71) 扇翣(선삽) : 의장용으로 만드는 부채 모양의 운삽雲翣을 이르는 말.
72) 金根(금근) : 황금을 장식한 것을 뜻하는 말.

그래서 그참에 황금을 장식한 수레를 만들었다. 진나라 때는 급기야 장식품을 늘려서 황제를 태웠다. 한나라도 이를 인습하면서 바꾸지 않았다.

●漢舊制, 乘輿黃赤綬四采, 黃赤縹紺, 淳黃爲圭73), 長二丈九尺九寸, 五百首. 諸侯王赤綬四采, 赤黃縹紺, 淳赤圭, 長二丈一尺, 三百首. 太皇太后74)‧皇太后75)‧皇后, 皆與乘輿同. 長公主76)‧天子貴人77), 與諸侯王同. 綬者(闕78))加也. 諸國貴人‧相國79), 皆綟綬80) 三采, 綠紫紺, 淳綠圭, 長二丈一尺, 二百四十首. 公侯‧將軍, 紫綬 二采, 紫白, 淳紫圭, 長一丈七尺, 百八十首. 公主‧封君81), 服紫 綬. 九卿82)‧中二千石83)‧二千石, 青綬三采, 青白紅, 淳青圭, 長

---

73) 圭(규) : 인끈의 뭉치를 이르는 말. 실 네 가닥을 '부扶'라고 하고, 5부를 '수首'라고 하고, 5수를 '문文'이라고 하고, '문'의 채색이 순일한 것을 '규圭'라고 한다.
74) 太皇太后(태황태후) : 황제의 조모에 대한 존칭.
75) 皇太后(황태후) : 황제의 모친에 대한 존칭. '태후太后'로 약칭하기도 한다.
76) 長公主(장공주) : 황제의 누이에 대한 존칭. 반면 황제의 딸은 '공주', 황제의 고모는 '대장공주大長公主'라고 한다.
77) 貴人(귀인) : 한나라 때 궁중의 내관內官으로서 황후皇后 다음 가는 지위였고, 미인美人‧궁인宮人‧채인采人보다 신분이 높았다. ≪후한서‧후기后紀≫권10 참조.
78) 闕(궐) : '특特'으로 된 판본이 있기에 이를 따른다.
79) 相國(상국) : 벼슬 이름. 춘추전국시대 때는 초楚나라를 제외한 모든 나라에 재상을 두어 상국相國‧상방相邦‧승상承相이라고 하였는데, 진한秦漢 때는 승상보다 높았고, 후대에는 재상宰相에 대한 존칭으로 쓰였다.
80) 綟綬(침수) : 실을 엮어서 짠 인끈을 이르는 말.
81) 封君(봉군) : 공적을 세운 신하의 부인에게 하사하는 봉호를 이르는 말.
82) 九卿(구경) : 중국 고대 조정에서 삼공三公 다음 가는 최고위 관직을 이르는 말. 시대마다 명칭과 서열에 차이가 있는데, 한나라 때는 태상太常‧광록훈光祿勳‧위위衛尉‧태복太僕‧정위廷尉‧홍려鴻臚‧종정宗正‧대사농大司農‧소부少府를 '구경'이라 하였고, 수당隋唐 이후로는 구시九寺, 즉 태상太常‧광록光祿‧위위衛尉‧종정宗正‧태복太僕‧대리大理‧홍려鴻臚‧사농司農‧태부太府의 장관을 '구경'이라고 하였다.
83) 中二千石(중이천석) : 한나라 때 봉록제도로 중이천석中二千石‧이천석二千石‧비이천석比二千石이 있었다. '중이천석'은 실제로 이천석이 넘는 반면, '이천석'은 성수成數로서 근접한 양을 뜻하며, '비이천석'은 '이천석에 근접한다'는 뜻으로 그보다 적은 양을 의미한다. 이에 대해 ≪한서‧평제기平帝紀≫권12 안사고顏師古(581-645) 주에서는 "그중 '중이천석'이라고 하는 것은 월 180휘를 뜻하고, '이

一丈七尺，百二十首. 自靑綬以上，緄[84]皆長三尺二寸，與綬同采，
而首半之.

○한나라 때 옛 제도에 의하면 황제의 인끈인 '황적수'는 네 가지
색채인 황색·적색·옥색·감색을 띠고 순정한 황색의 것을 '규'
라고 하는데, 길이가 두 장 아홉 자 아홉 치이고 500수로 되어
있다. 제후국 군주의 인끈인 '적수'는 네 가지 색채인 적색·황
색·옥색·감색을 띠고 순정한 적색의 것을 '규'라고 하는데, 길
이가 두 장 한 자이고 300수로 되어 있다. 태황태후와 황태후·
황후는 모두 황제와 동일하다. 장공주나 천자의 귀인은 제후국의
군주와 동일하다. 인끈은 특별히 덧보태는 것이다. 여러 제후국
의 귀인이나 상국은 모두 인끈을 세 가지 색채로 하여 녹색·자
색·감색을 띠고 순정한 녹색의 것을 '규'라고 하는데, 길이가
두 장 한 자이고 240수로 되어 있다. 공작이나 후작·장군의 인
끈인 '자수'는 두 가지 색채인 자색과 백색을 띠고 순정한 자색
의 것을 '규'라고 하는데, 길이가 한 장 일곱 치이고 180수로 되
어 있다. 공주와 봉군도 '자수'를 착용한다. 구경이나 연봉이 중2
천석·2천석인 관원이 차는 인끈인 '청수'는 세 가지 색채인 청
색·백색·홍색을 띠고 순정한 청색의 것을 '규'라고 하는데, 길
이가 한 장 일곱 자이고 120수로 되어 있다. '청수'를 차는 직급
이상의 관원은 패옥 끈이 모두 길이 세 자 두 치이고 인끈과 색
채가 동일한데, 실의 수치는 그 반으로 한다.

●緄者，古佩璲[85]也. 佩綬相迎授[86]，故曰緄. 紫綬以上，緄綬之間，

천석'은 월 120휘를 뜻하며, '비이천석'은 월 100휘라고 한다(其稱中二千石者，月
百八十斛，二千石者，百二十斛，比二千石者，百斛云云)"고 설명하였다. 이를 '석石'
으로 환산하면 '중이천석'은 2160석이 되고, '이천석'은 1440석이 되며, '비이천석'
은 1200석이 된다. 예를 들어 구경九卿과 장수將帥는 봉록이 중이천석이고, 태수
太守는 이천석이었다.

84) 緄(역): 도장이나 패옥을 차는 데 사용하는 끈을 이르는 말. 여기서는 뒤의 문장
에 의하면 후자를 가리킨다.

得施玉環, 止玉玦[87]云. 千石・六百石, 黑綬三采, 靑赤紺, 純靑圭, 長一丈六尺, 八十首. 四百石・三[88]百石, 長同. 四百石[89]・三百石・二百石, 黃綬一采, 淳黃圭, 長一丈五尺, 六十首. 自黑綬以下, 綟皆長三尺, 與綬同采, 而首半之. 百石, 靑綬一采, 婉轉繆織, 織長一丈二尺. 凡先合單紡[90]爲一系, 四系爲一扶, 五扶爲一首, 五首成一文, 文采淳爲一圭. 首多者系細, 首少者系麤, 皆廣一尺六寸也. 漢末喪亂, 玉佩之法, 絶而不傳. 魏侍中[91]王粲識古佩法, 始更制焉.

○'역'은 옛날에 허리에 차던 인끈의 일종이다. 허리에 차는 인끈이 그것과 맞물리기에 '역'이라고 한다. '자수'를 차는 직급 이상의 관원은 '역'과 인끈 사이에 동그란 패옥을 차되 한쪽이 터진 패옥을 차지 않아도 된다고 한다. 연봉이 1천석에서 6백석까지의 관원이 차는 인끈인 '흑수'는 세 가지 색채인 청색・적색・감색을 띠고 순정한 청색의 것을 '규'라고 하는데, 길이는 한 장 여섯 자이고 80수로 되어 있다. 연봉이 5백석이나 4백석인 관원의 것은 길이가 동일하다. 연봉이 3백석이나 2백석인 관원이 차는 인끈인 '황수'는 한 가지 색채이고 순정한 황색의 것을 '규'라고 하는데, 길이가 한 장 다섯 자이고 60수로 되어 있다. '흑수'를 차는 직급 이하 관원의 '역'은 모두 길이가 세 자인데, 인끈과 색채가 동일하지만 '수'는 인끈의 반으로 한다. 연봉이 1백석

---

85) 佩璲(패수) : 허리에 차는 패옥佩玉을 이르는 말.
86) 迎授(영수) : 신하를 맞이하여 하사하는 것을 이르는 말. '역綟'자 가운데 의부意符인 '역逆'이 '영迎'과 같은 뜻인 것과 관련이 있다는 말인 듯하다.
87) 玉玦(옥결) : 한쪽이 터진 고리 모양의 패옥을 이르는 말. 반면 터진 부분이 없는 원형의 패옥은 '옥환玉環'이라고 한다.
88) 三(삼) : 문맥상으로 볼 때 '오五'의 오기이고 앞의 말과 순서가 바뀐 듯하다.
89) 四百石(사백석) : 문맥상으로 볼 때 연자衍字인 듯하다.
90) 單紡(단방) : 홑실을 뜻하는 말.
91) 侍中(시중) : 황제의 측근에서 기거起居를 보살피고 정령政令을 집행하는 일을 관장하는 벼슬. 진晉나라 이후로 재상의 지위에까지 오르고, 수나라 때 납언納言 혹은 시내侍內라고 하였으며, 당송 이후로는 조정의 주요 행정 기관인 삼성三省 가운데 문하성門下省의 수장首長이 되었다.

인 관원의 인끈인 '청수'는 한 가지 색채를 띠는데, 비비 꼬아서 짠 것으로 그 길이가 한 장 두 자이다. 무릇 먼저 홑실을 모으면 이를 (한 가닥이란 의미에서) '1계'라고 하고, 4계를 '1부'라고 하고, 5부를 '1수'라고 하고, 5수를 '1문'이라고 하고, '문'의 색채가 순정하면 '1규'라고 한다. '수'가 많은 것은 가닥이 가늘어서이고, '수'가 적은 것은 가닥이 굵어서이지만, 모두 너비는 한 자 여섯 치이다. 한나라 말엽에 세상이 어지러워지면서 패옥에 관한 법령이 끊어져 전수되지 않았다. (삼국) 위나라 때 시중을 지낸 왕찬이 옛날 패옥에 관한 법령을 잘 알아 처음으로 제도를 고쳤다.

●帢[92], 魏武帝所制. 初以章申[93]服之輕便, 又作五色[94]帢, 以表方面[95]也.

○'겹'은 (삼국) 위나라 무제가 만든 것이다. 처음에는 군중에서 편리하게 착용하기 위한 것이었는데, 다시 오색의 모자를 만들어서 각 방면을 표시하기도 하였다.

●白筆, 古珥筆[96], 示君子有文武之備焉.

○'백필'은 옛날에 모자에 꽂고 다니던 붓으로 군자가 문관과 무관으로서의 재주를 겸비했다는 것을 나타낸다.

●兩漢京兆[97]・河南尹[98]及執金吾・司隷校尉, 皆使人導引傳呼[99],

---

92) 帢(겹) : 삼국 위魏나라 무제武帝 조조曹操가 간편하게 착용하기 위해 만들었다는 모자의 일종. '겹恰' '겹幍'으로도 쓴다.
93) 章申(장신) : 다른 판본에 의하면 '군중軍中'의 오기이다.
94) 五色(오색) : 정색正色인 청・적・황・백・흑색의 다섯 가지. 상서로운 징조를 상징한다.
95) 方面(방면) : 한 지방의 영역이나 그곳을 관장하는 장관을 이르는 말.
96) 珥筆(이필) : 붓을 꽂다. 사관史官이나 간관諫官이 수시로 기록하기 위해 늘 붓을 모자에 꽂고 다닌 데서 유래한 말로 '이동珥彤'이라고도 한다.

使行者止, 坐者起. 四人皆持角弓100), 違者則射之, 有乘高窺闞者,
亦射之. 魏晉設角弩101), 而不用也.

○전한과 후한 때 경조윤과 하남윤 및 집금오·사례교위는 모두
사람을 시켜 길을 인도하면서 명령을 전달하여 행인을 멈춰세우
고 앉아 있던 사람을 일어나게 하였다. 네 사람 모두 각궁을 손
에 들고서 위반하는 자는 쏘아 맞추고 높은 수레에 올라 힐끔거
리는 자도 쏘아 맞추었다. (삼국) 위나라와 진나라 때는 각노를
설치하였지만 실제로 사용하지는 않았다.

●青囊, 所以盛印也. 奏劾者, 亦以青布囊, 盛印於前, 示奉王法而行
也. 非奏劾日, 則以青繒爲囊, 盛印於後, 謂奏劾尙質直, 故用布, 非
奏劾日, 尙文明, 故用繒也. 自晉朝以來, 劾奏之官, 專以印居前, 非
劾奏之官, 專以印居後也.

○'청낭'은 도장을 담기 위한 것이다. 탄핵글을 올리는 자도 푸른
삼베 주머니를 이용하여 도장을 담아 앞에 참으로써 국법을 받
들어 집행한다는 뜻을 보인다. 탄핵글을 올리는 날이 아니면 푸
른 비단으로 주머니를 만들어 도장을 담아서 뒤에 차는데, 이는
탄핵글을 올리는 것이 사실에 근거해 정직하게 밝히는 것을 중
시하기에 삼베를 이용하는 것이고 탄핵글을 올리는 날이 아니면
문명을 중시하기에 비단을 이용한다는 것을 말한다. 진나라 이래
로 탄핵을 담당하는 관리는 단지 도장을 앞에 위치시키고, 탄핵
을 담당하는 관리가 아니면 단지 도장을 뒤에 위치시켜 왔다.

---

97) 京兆(경조) : 한나라 때 도성 일대를 가리키는 말인 경조부京兆府나 그 장관인 경
   조윤京兆尹의 약칭. 뒤에는 도성 일대의 속군屬郡으로 설치하기도 하였다.
98) 河南尹(하남윤) : 전한 때 동도東都이자 후한 때 수도인 하남성 낙양洛陽 일대를
   관장하던 부윤府尹을 이르는 말.
99) 傳呼(전호) : 소리쳐서 부르거나 명을 내리는 것을 이르는 말.
100) 角弓(각궁) : 짐승의 뿔을 장식한 강궁强弓을 이르는 말.
101) 角弩(각노) : 짐승의 뿔을 장식한 강노强弩을 이르는 말.

●文官冠進賢冠102), 古委兒103)之遺象也. 武官冠惠文冠104), 古緇布冠105)之遺象. 緇布冠, 上古之法, 武人尙質, 故取法焉.

○문관이 쓰는 갓인 진현관은 고대 '위모관委兒冠'에서 물려받은 형상이다. 무관이 쓰는 갓인 혜문관은 고대 '치포관'에서 물려받은 형상이다. '치포관'은 상고시대 때 법제로서 무인들이 질박함을 중시하기에 여기서 본보기를 취한 것이다.

●舃, 以木置履下, 乾腊不畏泥濕也. 天子赤舃, 凡舃色皆象於裳.

○'석'이란 신발은 나무를 신발 밑창에 깐 것인데, 이는 건포가 습기에 영향을 받지 않는 것을 취한 것이다. 천자는 붉은 '석'을 신는데, 무릇 '석'의 빛깔은 모두 치마(하의)의 빛깔을 따른다.

●履者, 屨之不帶者也.

○'이'는 신발 가운데 끈을 달지 않은 것이다.

●不借者, 草履也. 以其輕賤易得, 故人人自有, 不假借於人, 故名不借也. 又漢文帝履不借視朝.

○'불차'는 짚신을 뜻한다. 가볍고 값이 싸서 쉽게 장만할 수 있기에 사람들마다 누구나 가지면서 남에게 빌릴 필요가 없는 것이다. 그래서 '불차'라는 명칭이 붙었다. 또 전한 문제는 '불차'를 신고서 조회를 열었다.

---

102) 進賢冠(진현관) : 임금을 알현할 때 쓰는 예모禮帽의 일종.
103) 委兒(위아) : 주周나라 때 검은 천으로 만든 갓의 이름인 '위모委兒'의 오기. '모兒'가 '모貌'의 고문자이기에 자형의 유사성으로 인한 필사 과정상의 단순 오기로 보인다.
104) 惠文冠(혜문관) : 진한秦漢 때 법률과 형벌을 관장하는 법관法官이나 어사御史가 쓰던 갓 이름. 갓 뒤에 철심鐵心(柱)를 세우고 매미 날개(蟬)처럼 얇은 천으로 만든 데서 유래하였다. '주후관柱後冠' '해태관獬豸冠'이라고도 하였다. '혜惠'는 '혜蟪'와 통용자.
105) 緇布冠(치포관) : 검은 베로 만든 비교적 간편한 모자를 이르는 말.

●五明扇106), 舜所作也. 既受堯禪, 廣開視聽, 求賢人以自輔, 故作五明扇焉. 秦漢公卿107)士大夫108), 皆得用之. 魏晉非乘輿, 不得用.

○'오명선'은 (우나라) 순왕이 만든 것이다. (당나라) 요왕으로부터 왕위를 선양받고서 여론을 활짝 열어 현인을 구해서 자신을 보좌케 하였기에 '오명선'을 제작하였다. 진나라와 한나라 때 공경과 사대부들은 모두 이를 사용할 수 있었으나, (삼국) 위나라와 진나라 때는 황제가 아니면 이를 사용할 수 없었다.

●貂蟬109), 胡服也. 貂者, 取其有文采而不炳煥, 外柔易而內剛勁也. 蟬, 取其淸虛識變也. 在位者有文而不自耀, 有武而不示人, 淸虛自牧, 識時而動也.

○'초선'은 오랑캐 복장 가운데 하나이다. 담비는 그것이 문채를 지니고서도 화려하게 빛을 발하지 않고 겉이 부드러우면서도 속

---

106) 五明扇(오명선) : 의장용 부채의 하나. 우虞나라 순왕舜王이 당唐나라 요왕堯王에게 왕위를 선양받은 뒤 만든 부채로서 '시야를 넓혀 현신賢臣을 널리 구한다'는 의미에서 유래하였다고 한다.

107) 公卿(공경) : 중국 고대 조정의 최고위 관직인 삼공三公과 구경九卿. 결국은 모든 고관에 대한 총칭이다. '삼공'은 시대마다 차이가 있는데, 주周나라 때는 태사太師·태부太傅·태보太保를 지칭하였고, 진秦나라 때는 승상丞相·어사대부御史大夫·태위太尉를 지칭하였으며, 한나라 때는 진나라의 제도를 답습하다가 애제哀帝와 평제平帝 때에 대사마大司馬·대사도大司徒·대사공大司空을 지칭하였으며, 후대에는 태사太師·태부太傅·태보太保를 '삼사三師'로 승격시키고 대신 태위太尉·사도司徒·사공司空을 '삼공'이라고 하기도 하였다. '구경'의 칭호도 시대마다 명칭과 서열에 차이가 있는데, 한나라 때는 태상太常·광록훈光祿勳·위위衛尉·태복太僕·정위廷尉·홍려鴻臚·종정宗正·대사농大司農·소부少府를 '구경'이라 하였고, 수당隋唐 이후로는 구시九寺, 즉 태상太常·광록光祿·위위衛尉·종정宗正·태복太僕·대리大理·홍려鴻臚·사농司農·태부太府의 장관을 '구경'이라고 하였다.

108) 士大夫(사대부) : 주周나라 때 신분 구분인 공公·경卿·대부大夫·사士에서 유래한 말. 삼공三公과 구경九卿 아래로 상대부上大夫·중대부中大夫·하대부下大夫가 있고, 그 밑으로 다시 상사上士와 중사中士·하사下士가 있었다. 후대에는 벼슬아치나 선비에 대한 범칭으로 쓰였다.

109) 貂蟬(초선) : 한나라 이후로 시종관侍從官이 쓰던 모자인 초선관貂蟬冠의 약칭. 매미(蟬) 모양의 장식품과 담비(貂) 꼬리를 꽂은 데서 유래한 말로 '선면蟬冕'이라고도 한다.

이 단단한 의미를 취한 것이다. 매미는 그것이 청허하면서 변화를 잘 알아채는 의미를 취한 것이다. 고위직에 있는 사람은 문장력이 있어도 스스로 자랑하지 않고 무술이 있어도 남에게 과시하지 않으며, 청허한 마음으로 자신을 수양하며 시절을 잘 알고서 움직일 수 있어야 한다.

●劍, 漢世傳高祖斬白蛇劍, 長七尺. 漢高祖爲泗水亭長[110], 送徒驪山, 所提劍理應三尺耳. 後富貴, 則得七尺寶劍, 捨舊劍而服之. 後漢之世, 唯聞高祖以所佩之劍斬白蛇, 而高祖常佩此劍, 便謂此劍卽斬蛇之劍也.

○검과 관련해 전한 때는 고조가 백사를 벤 검이 전하였는데, 길이가 일곱 자였다. 전한 고조가 사수정의 정장을 맡아 여산에서 동료를 전송할 때는 들고 있던 검이 도리상 의당 세 자에 지나지 않았다. 뒤에 부귀해지자 일곱 자 되는 보검을 얻으면서 예전의 검을 버리고 그것을 착용하였다. 후한 때는 오직 고조가 차고 있던 검으로 백사를 베었다는 애기만 들렸지만, 고조는 늘 이 검을 차고 있었으므로 이 검이 바로 백사를 벤 검임을 말해 준다.

●吳大皇帝有寶刀三, 寶劍六. 一曰白虹, 二曰紫電, 三曰辟邪, 四曰流星, 五曰青冥, 六曰百里, 刀一曰百鍊, 二曰青犢, 三曰漏景.

○(삼국) 오나라 대황제 손권孫權에게는 보도가 세 자루, 보검이 여섯 자루 있었다. (보검은) 첫 번째를 '백홍검'이라고 하고, 두 번째를 '자전검'이라고 하고, 세 번째를 '벽사검'이라고 하고, 네 번째를 '유성검'이라고 하고, 다섯 번째를 '청명검'이라고 하고, 여섯 번째를 '백리검'이라고 하였다. 보도는 첫 번째를 '백련도'

---

110) 亭長(정장) : 진한秦漢 때 시골 마을에 10리마다 실치된 정정亭에서 치안과 여행객의 숙박을 관장하던 벼슬을 가리키는 말. '정리亭吏' '정원亭員'이라고도 한다. 중국 고대의 행정 체계에 의하면 10정亭을 '향鄕'이라고 하고, 10향鄕을 '현縣'이라고 하였다.

라고 하고, 두 번째를 '청독도'라고 하고, 세 번째를 '누경도'라고
하였다.

●孫文臺[111]獲靑玉馬鞍, 其光照衢.
○(후한) 문대文臺 손견孫堅은 청옥이 장식된 말안장을 얻었는데
그 빛이 거리를 환하게 비추었다.

◇**都邑第二(2 도읍)**

●封疆畫界者, 封土爲臺, 以表識疆境也. 畫界者, 於二封之間, 又爲
堳埒[112], 以畫分界域也.
○'봉강획계'란 말은 흙을 쌓아서 누대 형태로 만들어 경계를 표시
하는 것을 뜻한다. 경계를 획정한다는 것은 두 봉토 사이에 다시
나지막한 담장을 만들어 영역을 구분짓는 것이다.

●闤, 市垣也. 闠, 市門也.
○'환'은 저자에 있는 담장을 뜻하고, '궤'는 저자의 출입문을 뜻한
다.

●肆, 所以陳貨鬻之物也. 店, 所以置貨鬻之物也. 肆, 陳也. 店, 置也.
○'사'는 판매할 물품을 진열하기 위한 곳이고, '점'은 판매할 물품
을 비치하는 곳이다. '사'는 진열한다는 뜻이고, '점'은 비치한다
는 뜻이다.

●罘罳[113], 屛之遺象也. 塾, 門外之舍也. 臣來朝君, 至門外, 當就舍,

---

111) 孫文臺(손문대) : 후한 말엽 사람인 손견孫堅(155-191). '문대'는 자. 삼국 오나
라를 건국한 손권孫權(182-252)의 부친. ≪삼국지 · 오지 · 손견전≫권46 참조.
112) 堳埒(미랄) : 제단 따위의 주위에 쌓는 나지막한 담장을 이르는 말.
113) 罘罳(부시) : 새가 날아들어 건물을 더럽히는 것을 방지하기 위해 설치하는 그

更詳熟所應對之事也. 塾之言, 熟也. 行至門內屛外, 復應思惟. 罘
罳, 復思也. 漢西京罘罳, 合板爲之, 亦築土爲之. 每門闕殿舍前, 皆
有焉. 於今郡國廳前, 亦樹之.

○'부시'는 병풍에서 물려받은 형상을 한 것이다. '숙'은 문 밖의
숙소를 말한다. 신하가 군주를 조알하러 찾아오면 문 밖에 도착
해 응당 숙소를 찾아서 다시 응대할 일에 대해 숙지하기 마련이
다. '숙'이란 말은 숙고한다는 뜻이다. 길에 올라 문 안이자 병풍
밖에 도착하면 다시 깊이 생각해야 한다. '부시'는 다시 생각한
다는 뜻이다. 전한 때 서경에서 '부시'를 설치할 때는 판자를 모
아서 그것을 만들기도 하고 흙을 쌓아서 그것을 만들기도 하였
다. 각 궐문과 건물 앞에는 모두 그것이 있었다. 오늘날 전국 행
정구역의 청사 앞에도 역시 그것을 세운다.

●城門皆築土爲之. 累土曰臺, 故亦謂之臺門也.
○성문은 모두 흙을 쌓아서 만든다. 흙을 쌓은 것을 '대'라고 하기
에 이를 '대문'이라고도 한다.

●長安御溝, 謂之楊溝, 謂植高楊於其上也. 一曰羊溝, 謂羊喜觝觸垣
牆. 故爲溝以隔之, 故曰羊溝也.
○(섬서성) 장안의 궁중 도랑을 '양구楊溝'라고 하는데, 이는 그 주
변으로 키가 큰 버드나무를 심었다는 말이다. 한편으로 '양구羊
溝'라고도 하는 것은 양이 담장을 들이받는 것을 좋아한다는 말
이다. 그래서 도랑을 만들어 이를 막기에 '양구'라고 하는 것이
다.

●闕, 觀也. 古每門樹兩觀於其前, 所以標表門宮也. 其上可居, 登之
則可遠觀, 故謂之觀. 人臣將至此, 則思其所闕, 故謂之闕. 其上皆

물 모양의 시설물을 이르는 말.

丹堊, 其下皆畵雲氣·仙靈·奇禽·怪獸, 以昭示四方焉.

○'궐'은 관망한다는 뜻이다. 옛날에 문마다 그 앞에 두 개의 관망
대를 세운 것은 문이나 궁을 표시하기 위해서였다. 그 위로는 사
람이 머물 수도 있고, 그곳을 오르면 멀리 관망할 수 있었기에
이를 '관'이라고 하였다. 신하가 이곳에 도착하면 자신의 부족함
을 생각하였기에 '궐'이라고 하였다. 그 위는 모두 붉은 석회를
칠하고, 그 아래로는 모두 구름·신령·기이한 날짐승·괴이한
들짐승을 그려넣어서 사방을 표시하였다.

●蒼龍闕畵蒼龍, 白虎闕畵白虎, 玄武[114]闕畵玄武, 朱雀[115]闕上有朱
雀二枚.

○창룡궐에는 창룡을 그리고, 백호궐에는 백호를 그리고, 현무궐에
는 현무를 그리고, 주작궐 위에는 주작 두 마리를 설치한다.

●城者, 盛也, 所以盛受大物也.

○'성'이란 채운다는 뜻으로 큰 사물을 가득 수용하기 위한 것이다.

●廟者, 貌也, 所以髣髴先人之靈貌也.

○'묘'는 모양이란 뜻으로 선조의 영령을 비슷하게 표현하기 위한
곳이다.

●隍者, 城池之無水者也.

○'황'이란 성의 해지에 물이 없는 것이다.

●紫塞, 秦築長城, 土色皆紫, 漢塞亦然. 故稱紫塞焉.

---

114) 玄武(현무) : 전설상의 동물이자 북방의 신. 거북과 뱀을 합쳐 놓은 듯한 형상을
하였다.
115) 朱雀(주작) : 전설상의 상서로운 동물이자 남방의 신. '주봉朱鳳' '주작朱爵'이라
고도 한다.

○'자새'는 진나라 때 만리장성을 쌓을 때 흙의 빛깔이 자색을 띠었고, 한나라 때 변새도 그러하였다. 그래서 '자새'라고 칭하는 것이다.

●丹徼, 南方徼色赤. 故稱丹徼, 爲南方之極也. 塞者, 塞也, 所以擁塞戎狄116)也. 徼者, 繞也, 所以繞遮蠻夷, 使不得侵中國也.
○'단요'는 남방의 요새가 붉은 빛깔을 띤다는 뜻이다. 따라서 '단요'라고 칭하는 것은 남방의 극지를 말한다. '새'는 막는다는 뜻으로 서방과 북방의 이민족을 막기 위한 것이다. '요'는 에워싼다는 뜻으로 남방과 동방의 이민족을 에워싸 그들이 중원을 침범하지 못 하게 하기 위한 것이다.

●拘攔117), 漢成帝顧成廟118), 有三玉鼎・二眞金鑪・槐樹, 悉爲扶老119)拘攔, 畵飛雲龍角於其上也.
○'구란'과 관련해 전한 성제 때 (문제의 신위를 모신) 고성묘에는 옥 세발솥 세 개와 진짜 금으로 만든 화로 두 개 및 홰나무가 있었는데, 모두 지팡이나 울타리 역할을 하면서 그 위로는 구름이나 용의 뿔이 그려져 있었다.

■古今注卷上■

---

116) 戎狄(융적) : 이민족에 대한 총칭. 동방의 이민족을 '이夷', 남방의 이민족을 '만蠻', 서방 이민족을 '융戎', 북방 이민족을 '적狄'이라고 한 데서 비롯되었다.
117) 拘攔(구란) : 가로막다. 여기서는 일종의 차단막을 가리키는 것으로 보인다.
118) 顧成廟(고성묘) : 전한 문제文帝의 신위를 모신 사당 이름.
119) 扶老(부로) : 노인을 부축하기 위한 지팡이나 새 이름인 무수리의 별칭을 뜻하는데, 여기서는 전자를 가리키는 듯하다.

■古今注卷中■

◇音樂第三(3 음악)

● 雉朝飛者, 牧犢子[1]所作也. 齊處士[2], 湣宣[3]時人, 年五十, 無妻, 出薪於野, 見雉雄雌相隨而飛, 意動心悲, 乃作朝飛之操, 將以自傷焉, 其聲中絶. 魏武帝宮人有盧女者, 故冠軍將軍[4]陰叔之妹, 年七歲, 入漢宮, 學鼓琴, 琴特鳴, 異於諸妓, 善爲新聲, 能傳此曲. 盧女至明帝崩[5]後, 放出嫁, 爲尹更生之妻.

○('꿩이 아침에 날다'란 의미의 노래인) <치조비>는 목독자가 지은 것이다. 그는 제나라 때 처사로서 선왕(B.C.319-B.C.301 재위)과 민왕(B.C.300-B.C.284 재위) 때 사람인데, 나이 쉰 살이 되어서도 아내가 없이 들판에 나가 땔감을 하다가 꿩이 암수가 서로 어울려 날아다니는 모습을 보고서 마음에 슬픔이 일어 마침내 <치조비>란 곡조를 지었으나 스스로 마음 아파하는 바람에 소리가 중간에 끊기고 말았다. (삼국) 위나라 무제의 궁인 가운데 노씨 여인은 원래 관군장군 음숙의 여동생으로 나이 일곱 살에 한나라 궁중으로 들어가 금 연주를 배웠는데, 금 소리가 독특하여 다른 기녀들과 달리 새로운 음악을 잘 연주함으로써 이 악

---

1) 牧犢子(목독자) : 전국시대 제齊나라 선왕宣王 때 은자로 신상에 대해서는 알려진 바가 없다.
2) 處士(처사) : 벼슬하지 않은 선비를 이르는 말.
3) 湣宣(민선) : 전국시대 제齊나라 군주인 선왕宣王(B.C.319-B.C.301 재위)과 민왕湣王(B.C.300-B.C.284 재위)을 아우르는 말. 따라서 순서상으로 볼 때 '선민宣湣'으로 적는 것이 적절할 듯하다.
4) 冠軍將軍(관군장군) : 삼국 위魏나라 때 무관武官 이름. 당송 때는 품계가 정3품상에 해당하는 무산관武散官이 되었다.
5) 崩(붕) : 황제나 황후의 죽음을 이르는 말. 《예기·곡례하曲禮下》권5에 의하면 천자의 죽음은 '붕崩'이라고 하고, 공경公卿의 죽음은 '훙薨'이라고 하며, 대부大夫의 죽음은 '졸卒'이라고 하고, 사士의 죽음은 '불록不祿'이라고 하며, 평민의 죽음은 '사死'라고 하여, 신분에 따라 죽음에 대한 표현에도 차이를 두었다.

곡을 제대로 전파하였다. 노씨 여인은 명제가 사망한 뒤 궁인의 신분에서 풀려나 출가해서 윤갱생의 아내가 되었다.

●別鶴操, 商陵牧子[6]所作也. 娶妻五年而無子, 父兄將爲之改娶. 妻聞之, 中夜起, 倚戶而悲嘯. 牧子聞之, 愴然而悲, 乃歌曰, "將乖比翼[7]隔天端, 山川悠遠路漫漫[8], 攬衣不寢食忘餐." 後人因爲樂章焉.

○('헤어진 학을 읊은 곡조'란 의미의) <별학조>는 상릉목자가 지은 것이다. 그가 장가든 지 5년이 되어도 아들을 보지 못 하자 부친과 형이 그를 위해 다시 아내를 구하려고 하였다. 그의 본처가 이 얘기를 듣고서는 한밤중에 일어나 창문에 기댄 채 슬피 울었다. 상릉목자는 이 얘기를 듣고서 처연한 심경으로 슬픔에 젖어 다음과 같은 노래를 불렀다. "비익조의 처지와 달리 서로 하늘 끝으로 갈려, 산천은 아득하고 길은 멀기만 하니, 옷을 손에 쥔 채 잠 못 이루고 음식을 앞에 두고서도 먹지를 못 하네." 후인들이 그참에 이를 악장으로 만들었다.

●走馬引, 樗里牧恭[9]所作也. 爲父報寃, 殺人而亡, 藏於山谷之下. 有天馬夜降, 圍其室而鳴. 夜覺, 聞其聲, 以爲吏追, 乃犇[10]而亡去. 明視之, 馬跡也, 乃愓然大悟曰, "豈吾居之處將危乎!" 遂荷衣糧而去, 入於沂澤, 援琴鼓之, 爲天馬之聲, 號曰走馬引焉.

○('말을 달리며 읊은 노래'란 의미의) <주마인>은 저리목공이 지

---

6) 商陵牧子(상릉목자) : 상릉 출신의 목동을 의미하는 말로 보이나 신원은 미상. '목牧'은 '목穆'으로 표기된 문헌도 있다.
7) 比翼(비익) : 전설상의 새 이름. 각기 눈과 날개가 하나씩 있어 같이 짝을 지어야만 날 수 있는 새. 금슬 좋은 부부나 우정이 두터운 친구를 상징한다.
8) 漫漫(만만) : 길이 먼 모양. 시간이 오랜 모양을 뜻할 때도 있다.
9) 樗里牧恭(저리목공) : 명나라 매정조梅鼎祚(1549-1615)는 ≪고악원연록古樂苑衍錄≫권3에서 신원 미상으로 어느 시대 사람인지 불분명하다고 하였다. '저리'는 복성複姓.
10) 犇(분) : 달아나다, 도주하다. '분奔'의 고문자古文字.

은 것이다. 그는 부친을 위해 원한을 갚으려고 사람을 죽이고서
도망쳐 골짜기 아래에 숨었다. 그러자 천마가 밤에 강림하여 그
의 거처를 맴돌며 울어댔다. 밤에 잠에서 깨 그 소리를 듣고서는
관리가 추적해 온 것으로 생각해 서둘러 도망쳐 그곳을 떠나려
고 하였다. 날이 밝아 살펴보니 말의 발자국이었기에 근심에 젖
다가 깨우침을 얻어 "아마도 내 거처가 앞으로 위험에 처할 듯
하구나!"라고 하였다. 결국 옷과 식량을 짊어지고 그곳을 떠나
기택으로 들어가서 금을 당겨 연주하여 천마의 울음소리를 내고
는 이름하여 '천마인'이라고 하였다.

●淮南子[11], 淮南小山[12]之所作也. 淮南服食求仙, 遍禮方士, 遂與八
公[13]相攜, 俱去, 莫知所在. 小山之徒, 思戀不已, 乃作淮南王之曲
焉.

○('회남왕'을 대상으로 한 노래인) 〈회남자〉는 (전한) 회남소산이
지은 것이다. 회남왕은 선약을 복용하며 신선이 되기를 갈구하고
방사들을 두루 예우하다가 급기야 팔공과 손을 잡고 그곳을 떠
났는데, 어디로 갔는지는 알려지지 않았다. 회남소산 등이 한없
이 그리움에 젖어 결국 회남왕을 대상으로 한 악곡을 지었다.

●武溪深, 乃馬援[14]南征之所作也. 援門生爰寄生善吹笛, 援作歌以和

---

11) 淮南子(회남자) : 전한 회남왕淮南王 유안劉安(B.C.179-B.C.122)의 저서. 총 21
권. 원명은 '회남홍렬淮南鴻烈'로 내편內篇 21권만 전하고 외편外篇 33편은 실전
되었다. 후한 고유高誘가 주를 달았다. 《사고전서간명목록·자부·잡가류雜家類》
권13 참조. 여기서는 노래 이름을 가리키는데, '회남왕'으로 표기된 문헌도 있다.

12) 淮南小山(회남소산) : 회남대산淮南大山과 함께 전한 회남왕 유안의 문객 가운데
한 사람.

13) 八公(팔공) : 전한 때 회남왕淮南王 유안劉安(B.C.179-B.C.122)의 문객인 좌오左
吳·이상李尚·소비蘇飛·전유田由(혹은 진유陳由)·모피毛被(혹은 모주毛周)·뇌
피雷被·진창晉昌·오피伍被를 가리킨다.

14) 馬援(마원) : 후한 때 명장(B.C.14-A.D.49). 자는 문연文淵. 광무제光武帝에게 귀
의하여 농서태수隴西太守와 복파장군伏波將軍을 지내며 외효隗囂의 반란을 진압하

之, 名曰武溪深. 其曲曰, "滔滔武溪一何深? 鳥飛不度, 獸不能臨, 嗟哉! 武溪多毒淫!"

○('무계가 깊다'란 의미의 노래인) <무계심>은 바로 (후한) 마원이 남방을 정벌하면서 지은 것이다. 마원의 문객인 원기생이 피리를 잘 불자 마원이 노래를 지어 그에게 화답하고는 이름하여 '무계심'이라고 하였다. 그 곡에는 "도도히 흐르는 무계는 그 얼마나 깊던가? 새는 날아서 건너지 못 하고, 짐승은 굽어보지 못 하나니, 아! 무계에는 해로운 것이 많아라!"라는 가사가 들어 있다.

● 吳趨曲, 吳人以歌其地也.

○('오나라의 장단을 담은 노래'인) <오추곡>은 오나라 사람들이 자기 지역을 노래하기 위해 지은 것이다.

● 箜篌15)引, 朝鮮津卒霍里子高妻麗玉所作也. 子高晨起, 刺船16)而櫂, 有一白首狂夫, 被髮17)提壺, 亂流18)而渡. 其妻隨呼, 止之不及, 遂墮河水, 死. 於是援箜篌而鼓之, 作'公無渡河'之歌, 聲甚悽愴. 曲終, 自投河而死. 霍里子高還, 以其聲語妻麗玉. 玉傷之, 乃引箜篌, 而寫其聲, 聞者莫不墮淚飮泣焉. 麗玉以其聲傳鄰女麗容, 名曰箜篌引焉.

○('공후로 연주하는 노래'인) <공후인>은 조선의 나룻터지기인 곽리자고의 아내 여옥이 지은 것이다. 곽리자고가 새벽에 일어나

고, 교지交趾・흉노匈奴・오환烏桓을 정벌하는 데 큰 공을 세웠다. ≪후한서・마원전≫권54 참조.

15) 箜篌(공후) : 춘추시대 위衛나라 악사樂師 연연涓이 만들었다고 전하는 관악기의 일종. 전한 무제武帝 때 악사인 후조侯調가 만들었다는 설도 있다.

16) 刺船(척선) : 배를 젓다. '刺'의 음은 '척'.

17) 被髮(피발) : 머리를 풀어헤치다. 즉 상투를 하지 않은 것을 말한다. '피被'는 '피披'와 통용자.

18) 亂流(난류) : 물을 가로지르다. ≪이아爾雅・석고釋詁≫권1에 "물에서 곧장 물줄기를 가로지르는 것을 '란'이라고 한다(水, 正絶流, 曰亂)"고 하였는데, 진晉나라 곽박郭璞 주에 "곧장 가로질러 건넌다는 뜻이다(直橫渡也)"라고 하였다.

배를 젓느라 노를 움직이는데, 어느 백발의 미친 사내가 머리를 풀어헤치고 술병을 든 채 물을 가로질러 건넜다. 그의 아내가 쫓아와 소리치며 만류하였지만 미치지 못 하여 결국 강물에 빠져 죽고 말았다. 그러자 그의 아내가 공후를 당겨 연주하면서 '그대여 강을 건너지 마세요'라는 노래를 불렀는데, 소리가 처량하기 그지없었다. 곡을 마치자 그녀 역시 스스로 강물에 투신자살하였다. 곽리자고가 집으로 돌아와 그 소리를 아내인 여옥에게 들려주자 여옥이 가슴 아파하더니 공후를 당겨 그 소리를 묘사하였는데, 듣는 이들이 모두 눈물을 떨구며 울음을 삼켰다. 여옥이 그 소리를 이웃집 여인인 여용에게 전수하면서 이름을 〈공후인〉이라고 하였다.

●平陵[19]東, 翟義門人所作也. 王莽殺義, 義門人作歌以怨之.

○('평릉의 동쪽을 소재로 한 노래'인) 〈평릉동〉은 (전한) 책의의 문인이 지은 것이다. 왕망이 책의를 살해하자 책의의 문인이 노래를 지어서 이를 원망한 것이다.

●薤露蒿里, 並喪歌也, 出田橫門人. 橫自殺, 門人傷之, 爲之悲歌. 言人命如薤上之露, 易晞滅也. 亦謂人死, 䰟魄歸乎蒿里[20]. 故有二章. 一章曰, "薤上朝露何易晞? 露晞明朝還復滋, 人死一去何時歸?" 其二曰, "蒿里誰家地? 聚斂䰟魄無賢愚. 鬼伯[21]一何相催促? 人命不得少蚰躕[22]." 至孝武時, 李延年乃分爲二曲. 薤露, 送王公[23]貴人,

---

19) 平陵(평릉) : 섬서성에 있는 전한 소제昭帝의 무덤 이름이자 그곳을 관장하기 위해 설치한 현 이름.

20) 蒿里(호리) : 한나라 때 산동성 태산泰山 남쪽에 있었던 공동묘지 이름.

21) 鬼伯(귀백) : 염라대왕.

22) 蚰躕(지주) : 우물쭈물하는 모양을 뜻하는 말인 '지주踟躕'의 오기. 자형의 유사성으로 인한 필사 과정상의 단순 오기로 보인다.

23) 王公(왕공) : 주周나라 때는 천자와 제후를 가리키는 말이었으나, 진秦나라 시황제始皇帝가 천자를 '황제'라고 칭한 뒤로는 제후국에 봉한 친왕親王과 삼공三公 등

蒿里, 送士大夫[24]庶人. 使挽柩者歌之, 世呼爲挽歌.

○<해로>와 <호리>는 모두 상례 때 부르는 노래로 (전한 고조 때 사람) 전횡의 문인으로부터 나왔다. 전횡이 자살하자 문인이 이를 가슴 아파하여 그를 위해 슬픈 노래를 불렀다. 내용은 사람의 목숨은 부추에 맺힌 이슬이 쉽게 말라버리듯이 부질없다는 말이다. 또 사람이 죽으면 혼백이 (공동묘지인) 호리로 돌아간다는 말이기도 하다. 그래서 두 편의 악장이 생겨났다. 제1장에서는 "부추 위의 아침 이슬 그 얼마나 쉽게 마르던가? 이슬은 말랐다가도 이튿날 아침에 다시 맺히건만, 사람은 죽어서 이승을 떠나면 언제나 돌아오려나?"라고 하였고, 제2장에서는 "호리는 누가 있는 곳일까? 혼백이 모여드는데 현명한 자나 어리석은 자나 할 것 없다네. 염라대왕이 그 얼마나 재촉하던가? 사람의 목숨은 조금도 지체하지 않는다네"라고 하였다. 효무제 시기에 이르러 이연년이 두 개의 악곡으로 분리시켰다. <해로>는 왕공이나 귀인의 영혼을 전송하는 노래이고, <호리>는 사대부나 서민의 영혼을 전송하는 노래이다. 영구를 끄는 사람에게 이를 부르게 하기에 세간에서는 <만가>라고 부른다.

●長歌・短歌, 言人生壽命, 長短定分, 不可妄求也.

○<장가>와 <단가>는 사람의 수명은 길이에 일정한 몫이 있기에 함부로 추구할 수 없다는 내용을 담고 있다.

●陌上桑, 出秦氏女子. 秦氏, 邯鄲人, 有女名羅敷, 爲邑人千乘[25]王

고위직에 대한 총칭으로 쓰였다.

24) 士大夫(사대부) : 주周나라 때 신분 구분인 공公・경卿・대부大夫・사士에서 유래한 말. 삼공三公과 구경九卿 아래로 상대부上大夫・중대부中大夫・하대부下大夫가 있고, 그 밑으로 다시 상사上士와 중사中士・하사下士가 있었다. 후대에는 벼슬아치나 선비에 대한 범칭으로 쓰였다.

25) 千乘(천승) : 산동성의 속현屬縣 이름.

仁妻. 王仁後爲越王26)家令27). 羅敷出, 採桑於陌上, 趙王登臺, 見而悅之, 因飮酒, 欲奪焉. 羅敷乃彈箏, 作陌上歌, 以自明焉.

O('밭두렁의 뽕나무를 읊은 노래'인) <맥상상>은 진씨 가문의 여인으로부터 나왔다. 진씨는 (하북성) 한단군 사람으로 '나부'라는 이름의 딸이 있었는데, 고을 사람인 (산동성) 천승현 출신 왕인의 아내가 되었다. 왕인은 뒤에 조왕의 가령을 맡았다. 진나부가 집을 나서 밭두렁에서 뽕잎을 따는데, 조왕이 누대에 올랐다가 그녀를 발견하고서 그녀에게 반하더니 술을 마신 김에 그녀를 겁탈하려고 하였다. 그러나 진나부는 쟁을 연주해 <맥상상>이란 노래를 지어서 자신의 지조를 밝혔다.

●杞梁妻, 杞植28)妻妹明月之所作也. 杞植戰死, 妻嘆曰, "上則無父, 中則無夫, 下則無子, 生人之苦至矣." 乃抗聲29)長哭. 杞都城感之而頹, 遂投水而死. 其妹悲其姊之貞操, 乃爲作歌, 名曰杞梁妻焉. 梁, 植字也.

O('기양의 아내를 읊은 노래'인) <기양처>는 (춘추시대 제齊나라 사람) 기식의 아내의 여동생인 명월이 지은 것이다. 기식이 전사하자 아내가 탄식하며 "위로는 부친이 없고, 중간으로는 남편이 없고, 아래로는 자식이 없으니, 산 사람의 고통이 막심하구나"라고 하고는 목청을 높여 길게 통곡을 하였다. 그러자 기나라의 도성이 이에 감응을 받아 무너졌고, 그녀는 급기야 물에 몸을 던져 자살하였다. 그녀의 여동생이 언니의 정조를 동정하여 그녀를 위해 노래를 짓고서 이름하여 <기양처>라고 하였다. '양'은 기식의

---

26) 越王(월왕) : 문맥상으로 볼 때 뒤에 나오는 '조왕'의 오기인 듯하다.
27) 家令(가령) : 집안의 창고·곡식·음식 등을 관장하던 벼슬. 예를 들어 태자궁에 있으면 '태자가령太子家令'이라고 하였다.
28) 杞植(기식) : 춘추시대 제齊나라 대부大夫. 제나라 장공莊公이 거莒나라를 공격할 때 선봉에 섰다가 전사하였다. ≪좌전左傳·양공襄公23년≫권35 참조.
29) 抗聲(항성) : 목청을 높이다. 소리를 높이다.

자이다.

●釣竿, 伯常子[30]妻所作也. 伯常子避仇河濱, 爲漁父, 其妻思之, 每
至河側, 作釣竿之歌. 後司馬相如[31]作釣竿之詩, 今傳爲古曲也.

○('낚시대'를 소재로 읊은 노래인) <조간>은 백상자의 아내가 지
은 것이다. 백상자가 황하 물가에서 원수를 피해 어부가 되자 그
의 아내는 그가 그리워 매번 황하 물가로 찾아가서 <조간>이란
노래를 불렀다. 뒤에 (전한 때) 사마상여가 <조간>이란 시를 지
었는데 오늘날에도 옛 악곡으로 전한다.

●董逃歌, 後漢游童所作也. 後有董卓作亂, 卒以逃亡, 後人習之, 以
爲歌章. 樂府[32]奏之, 以爲炯戒也.

○('동탁의 도주를 읊은 노래'인) <동도가>는 후한 때 놀이하던 아
이가 지은 것이다. 뒤에 동탁이 반란을 일으켰다가 결국 도망치
자 후인이 이를 익혀두었다가 노래로 만들었다. 악부에서 이를
연주하며 큰 경계거리로 삼았다.

●短簫鐃歌, 軍樂也. 黃帝[33]使岐伯[34]所作也, 所以建武揚德, 風勸戰
士也. 周禮[35]所謂'王大捷, 則令凱樂, 軍大獻[36], 則令凱歌'者也.

---

30) 伯常子(백상자) : '백상'이란 복성을 가진 사람에 대한 존칭. 시대는 미상.
31) 司馬相如(사마상여) : 전한 때 사부辭賦를 잘 짓기로 유명했던 문인(?-B.C.117).
자는 장경長卿. 진위 여부를 떠나 본명이 '견犬'이었는데 전국시대 조趙나라 현자
인 인상여藺相如를 흠모하여 '상여'로 개명하였다고 한다. ≪한서‧사마상여전≫권
57참조.
32) 樂府(악부) : 전한 무제武帝 때 처음으로 설치되었던 음악을 관장하던 기관 이름.
뒤에는 이곳에서 모은 민가民歌나 이를 모방한 사대부층의 시가詩歌를 지칭하기도
하고, 송사宋詞나 원곡元曲의 대칭으로도 쓰였다.
33) 黃帝(황제) : 전설상의 임금. 삼황三皇 가운데 마지막 세 번째 임금이란 설도 있
고, 오제五帝 가운데 첫 번째 임금이란 설도 있다.
34) 岐伯(기백) : 염제炎帝 신농神農의 손자로 알려진 전설상의 인물. '백릉伯陵'이라
고도 하였다.
35) 周禮(주례) : 주周나라의 관제官制를 정리한 경서經書로 13경 가운데 하나. 후한

漢樂有黃門鼓吹, 天子所以宴樂羣臣. 短簫鐃歌, 鼓吹[37]之一章耳,
亦以賜有功諸侯.

○('피리와 징으로 연주하는 노래'인) <단소요가>는 군대 음악이다.
(전설상의 임금인) 황제黃帝가 기백에게 짓게 한 것으로 무덕을
고양하여 전사들을 권면하기 위한 것이다. ≪주례·춘관春官≫권
22에서 말한 '왕이 크게 승리하면 개선을 알리는 음악을 연주케
하고, 군대가 승전보를 알리면 개선을 알리는 노래를 부르게 한
다'는 것도 이러한 예이다. 한나라 때 음악으로 <황문고취>가 있
었는데, 천자가 신하들에게 연회를 베풀 때 사용하던 것이다.
<단소요가>는 고취곡 가운데 한 악장일 뿐으로 역시 공을 세운
제후에게 하사하기 위한 것이기도 하다.

●上留田, 地名也. 其地人有父母死, 兄不字[38]其孤弟者, 鄰人爲其弟
作悲歌, 以諷其兄. 故曰上留田.

○<상류전>은 지명이다. 그곳 주민 가운데 누군가 부모가 사망하
였는데도 형이 고아가 된 동생을 돌보지 않자 이웃 사람이 그
동생을 위해 슬픈 노래를 지어서 그 형을 풍자하였다. 그래서
<상류전>이라고 한 것이다.

●日重光·月重輪, 羣臣爲漢明帝所作也. 明帝爲太子, 樂人作歌詩四
章, 以贊太子之德. 其一曰日重光, 其二曰月重輪, 其三曰星重輝,
其四曰海重潤. 漢末喪亂後, 其二章亡. 舊說云, "天子之德, 光明如

정현鄭玄(127-200)이 주注를 달고, 당나라 가공언賈公彦이 소疏를 단 ≪주례주소
周禮注疏≫가 널리 통용되었다. ≪사고전서간명목록·경부·예류禮類≫권2 참조.
위의 예문은 ≪주례·춘관春官·대사악大司樂≫권22의 기록과 ≪주례·춘관·악
사樂師≫권22의 기록을 종합하여 재구성한 것으로 보인다.

36) 獻(헌) : 승전보를 알리는 일.
37) 鼓吹(고취) : 타악기와 관악기를 아우르는 말. 여기서는 이러한 악기로 연주하는
민가를 가리킨다.
38) 字(자) : 키우다, 돌보다.

日, 規輪如月, 衆輝如星, 霑潤如海." 太子皆比德焉, 故云重爾.

○<일중광>과 <월중륜>은 신하들이 후한 명제를 위해 지은 것이다. 명제가 태자였을 때 악사가 시가 4장을 지어 태자의 덕을 찬양하고는 첫 번째를 '일중광', 두 번째를 '월중륜', 세 번째를 '성중휘', 네 번째를 '해중윤'이라고 하였다. 후한 말엽 세상이 혼란에 빠진 뒤 그중 두 편의 악장이 실전되었다. 예로부터 전하는 말에 의하면 "천자의 덕은 해처럼 밝고, 달처럼 둥글고, 별처럼 빛나고, 바다처럼 은혜를 베푼다"고 하였다. 태자도 늘 그러한 덕에 버금갔기에 그래서 '중'이라고 말한 것이다.

●橫吹, 胡樂也. 張博望39)入西域, 傳其法於西京, 唯得摩訶40)·兜勒二曲. 李延年因胡曲, 更造新聲二十八解41), 乘輿42)以爲武樂. 後漢以給邊將軍. 和帝時, 萬人將軍得用之. 魏晉以來, 二十八解, 不復具存. 世用者黃鶴·隴頭·出關·入關·出塞·入塞·折楊柳·黃華子·赤之陽·望行人等十曲. 後漢蔡邕益琴, 爲九弦, 後還用七弦.

○<횡취곡>은 오랑캐 음악이다. (전한) 박망후博望侯 장건張騫이 서역으로 들어갔다가 (섬서성 장안) 서경에 그 연주법을 전하였는데, 오직 <마가곡>과 <두륵곡> 두 곡만 얻었을 뿐이다. (무제 때 악사인) 이연년이 오랑캐 음악을 근거로 다시 새로운 악곡 28해를 짓자 황제는 이를 무악으로 삼았다. 후한 때는 이를 변방의 장수들에게 공급하였다. 화제 때는 만 명의 군대를 거느리는

---

39) 張博望(장박망) : 전한 사람 장건張騫. '박망'은 그의 봉호인 박망후博望侯를 가리킨다. 무제武帝의 명을 받아 서역에 사신으로 갔다가 흉노족에게 13년 동안 억류당했고, 뒤에 탈출하여 대중대부大中大夫를 배수받았다. 서역과의 교류에 물꼬를 트는 공헌을 하였다. ≪한서·장건전≫권61

40) 摩訶(마가) : 범어梵語 'Kāśyapa'의 음역音譯으로 석가모니의 10대 제자 중 한 사람인 마가가섭摩訶迦葉의 약칭. 인도 선종禪宗의 제1대 조사로 추존되었다. '대가섭大迦葉'으로도 불린다. 여기서는 뒤의 '두륵兜勒'과 함께 악곡 이름을 가리킨다.

41) 解(해) : 악곡을 세는 양사.

42) 乘輿(승여) : 황제의 수레. 황제의 대칭代稱으로도 쓰였다.

장군이 이를 활용할 수 있었다. (삼국) 위나라와 진나라 이래로 28해는 더 이상 보존되지 않았다. 세간에서 쓰이던 것은 <황학> <농두> <출관> <입관> <출새> <입새> <절양류> <황화자> <적지양> <맹행인> 등 10편이다. 후한 채옹이 금에 줄을 보태 9현으로 만들었으나 뒤에는 다시 7현금을 사용하였다.

◇鳥獸第四(4 조수)

●楊43), 白鷢也, 似鷹, 尾上白.
○'양楊'은 흰 빛깔을 띤 물수리로 솔개처럼 생겼으면서 꼬리 윗부분이 하얗다.

●扶老, 禿秋44)也. 狀如鶴而大. 大者頭高八尺, 善與人鬪, 好啖蛇.
○'부로'는 무수리를 가리킨다. 모양새는 학처럼 생겼으면서 몸집이 크다. 몸집이 큰 것은 머리 높이가 여덟 자나 되고, 사람과 잘 싸우며, 뱀을 즐겨 잡아먹는다.

●鴈自河北渡江南, 瘦瘠, 能高飛, 不畏繒繳45). 江南沃饒, 每至, 還河北, 體肥, 不能高飛, 恐爲虞人46)所獲. 嘗銜蘆, 長數寸, 以防繒繳焉.
○기러기는 황하 북쪽으로부터 날아와 장강 이남으로 건너가는데, 몸집이 야위어 높이 잘 날기에 주살을 두려워하지 않는다. 장강 이남은 먹이가 풍부하기에 매번 찾아왔다가 황하 북쪽으로 돌아

---

43) 楊(양) : 새 이름으로 '양鸉'과 통용자. '백궐白鷢' '백요자白鷂子'라고도 한다.
44) 禿秋(독추) : 맹금류의 일종인 무수리. '부로扶老'라고도 하고, '독추鵚鶖'로도 쓴다.
45) 繒繳(증격) : 줄을 단 화살. 즉 주살을 뜻한다.
46) 虞人(우인) : 주周나라 때 제왕의 산림과 사냥터를 관장하는 벼슬을 이르는 말. 여기서는 결국 사냥꾼을 가리킨다.

갈 때면 몸에 살이 쪄 높이 날 수 없기에 사냥꾼에게 잡힐까 봐
두려워한다. 그래서 늘 길이가 몇 치 되는 갈대를 입에 물어서
주살을 막는다.

●鳧鴈在江邊沙上食沙石, 悉皆銷爛. 唯食海蛤, 不消, 隨其糞出, 用
以爲藥, 倍勝餘者.

○물오리나 기러기는 강가 백사장에서 모래나 돌을 먹어도 모두
소화시킨다. 다만 바다조개를 먹으면 소화시키지 못 해 대변과
함께 나오는데, 이를 가져다 약으로 쓰면 약효가 다른 것보다 배
나 뛰어나다.

●鶴千歲, 則變蒼. 又二千歲, 變黑, 所謂玄鶴也.

○학은 천 년을 살면 창색으로 변한다. 또 2천 년을 살면 흑색으
로 변하는데, 이른바 '현학'이라는 것이다.

●猿五百歲, 化爲玃.

○원숭이는 5백 년을 살면 큰 원숭이로 변한다.

●鷓鴣出南方, 鳴常自呼. 常向日而飛, 畏霜露, 早晚希出. 有時夜飛.
夜飛, 則以樹葉覆其背上.

○자고새는 남방에 출현하는데 울 때는 늘 자기 이름을 부른다. 항
상 해를 향해 날면서 서리와 이슬을 두려워하기에 아침과 저녁
으로는 잘 나오지 않는다. 어떤 때는 밤에 날기도 한다. 밤에 날
면 나뭇잎으로 자신의 등 위를 덮는다.

●吐綬鳥, 一名功曹[47].

---

47) 功曹(공조) : 보통은 군郡에서 서사書史를 관장하는 속관屬官인 공조참군功曹參軍
의 약칭을 뜻하나 여기서는 새 이름을 가리킨다.

○칠면조는 일명 공조새라고도 한다.

●驢爲牡, 馬爲牝, 生騾. 騾爲牝, 馬爲牡, 生驢.

○나귀가 수컷이고 말이 암컷이면 노새를 낳는다. 노새가 암컷이고 말이 수컷이면 나귀를 낳는다.

●秦始皇有七名馬, 追風・白兔48)・躡景49)・犇電50)・飛翮・銅爵51)・神梟.

○진나라 시황제에게는 일곱 마리의 명마가 있었는데, 각기 '추풍마' '백토마' '섭경마' '분전마' '비핵마' '동작마' '신부마'라고 하였다.

●鴛鴦, 水鳥, 梟類也. 雌雄未嘗相離. 人得其一, 則一思而至死. 故曰疋鳥.

○원앙은 물새로서 물오리와 비슷하다. 암수가 늘 서로 떨어지지 않는다. 사람이 그중 한 마리를 잡으면 나머지 한 마리가 그리움에 젖어 죽고 만다. 그래서 ('짝을 짓는 새'란 의미에서) '필조'라고도 한다.

●兔, 口有缺, 尻有九孔.

○토끼는 입이 언청이처럼 생겼고, 궁둥이에 구멍이 아홉 개 있다.

●羷有牙而不能噬. 鹿有角而不能觸. 羷一名麖. 靑州人謂麖爲羷.

---

48) 白兔(백토) : 흰 토끼. 상서로운 동물을 상징하기에 이에 관한 얘기가 사서史書에 자주 등장한다.

49) 躡景(섭경) : 햇빛을 쫓다. 말이 매우 빨리 달리는 것을 비유한다.

50) 犇電(분전) : 번개를 쫓다. 말이 매우 빨리 달리는 것을 비유한다. '분犇'은 '분奔'의 고문자古文字.

51) 銅爵(동작) : 구리로 만든 새의 동상. 여기서는 말이 매우 빠른 것을 비유한다. '작爵'은 '작雀'과 통용자.

○노루는 이빨이 있으나 잘 씹지 못 한다. 사슴은 뿔이 있으나 잘 들이받지 못 한다. 노루는 일명 '균'이라고도 한다. (산동성) 청주 사람들은 노루를 '장'이라고 부른다.

●雀, 一名嘉賓, 言常棲集人家, 如賓客[52]也.

○참새는 일명 '가빈'이라고도 하는데, 이는 늘 인가에 머물며 손님 행새를 한다는 말이다.

●鵞, 一名天女, 又名鷙鳥.

○거위는 일명 '천녀'라고도 하고, 또 '지조'라고도 한다.

●鵲, 一名神女.

○까치는 일명 '신녀'라고도 한다.

●鴝鵒[53], 一名鳲鳩.

○구관조는 일명 '시구'라고도 한다.

●烏, 一名孝鳥, 一名玄鳥.

○까마귀는 (나중에 새끼가 어미를 먹여살리기에) 일명 '효조'라고도 하고, (빛깔이 검기에) '현조'라고도 한다.

●鷄, 一名燭夜.

○닭은 ('밤을 밝힌다'는 의미에서) 일명 '촉야'라고도 한다.

●狗, 一名黃耳.

---

52) 賓客(빈객) : 손님에 대한 총칭. '빈賓'은 신분이 높은 손님을 가리키고, '객客'은 수행원과 같이 신분이 낮은 손님을 가리키는 데서 유래하였다.

53) 鴝鵒(구욕) : 구관조의 별칭. '팔가八哥'라고도 하고, '구욕鸜鵒'으로도 쓴다.

○개는 (귀가 노랗기에) 일명 '황이'라고도 한다.

●猿, 一名參軍[54].
○원숭이는 (사람과 유사하기에) 일명 '참군'이라고도 한다.

●羊, 一名髥鬚主簿[55].
○양은 ('수염이 많은 주부'라는 의미에서) 일명 '수염주부'라고도
한다.

◇魚蟲第五(5 어충)

●螢火, 一名耀夜, 一名景天, 一名熠燿, 一名丹良, 一名燐, 一名丹
鳥, 一名夜光, 一名宵燭.(一作燈) 腐草爲之, 食蚊蚋[56].
○반딧불이는 일명 '요야'라고도 하고, '경천'이라고도 하고, '요요'
라고도 하고, '단량'이라고도 하고, '인'이라고도 하고, '단조'라고
도 하고, '야광'이라고도 하고, '소촉'('촉燭'은 '등燈'으로도 쓴다)이라
고도 한다. 썩은 풀이 반딧불이가 되는데, 모기를 잡아먹고 산다.

●螻蛄[57], 一名天螻, 一名螜,(胡卜切[58]) 一名碩鼠. 有五能而不成伎術.

---

54) 參軍(참군) : 한나라 이후로 왕부王府나 장수·사신·자사·태수 휘하에서 군무軍
務를 참모參謀하던 벼슬에 대한 통칭. 시대와 기관에 따라 자의참군諮議參軍·기
실참군記室參軍·기병참군騎兵參軍·사사참군司士參軍·공조참군功曹參軍·법조참
군法曹參軍·녹사참군사錄事參軍事 등 다양한 이름의 참군이 있었다.
55) 主簿(주부) : 한나라 이후로 문서 처리를 관장하는 속관屬官을 이르던 말. 중앙
및 지방의 각 행정 기관에 모두 설치하였다.
56) 蚊蚋(문예) : 모기에 대한 총칭. 남방에서는 '문蚊'이라고 하고, 북방에서는 '예蚋'
라고 한 데서 유래하였다. '예蚋'는 '예蜹'로도 쓴다.
57) 螻蛄(누고) : 땅강아지.
58) 切(절) : 중국 고대의 음운 표기법. 두 글자 가운데 앞의 글자에서 성모聲母를 따
고 뒤의 글자에서 운모韻母를 따서 읽는 방법을 말한다. 예를 들어 '바라다'는 뜻
의 '覬'의 반절음이 '羌志反'이므로 성모를 '강羌'에서 따 'ㄱ'으로 읽고 운모를 '지
志'에서 따 'ㅣ'로 읽은 뒤 이를 합치면 '기'가 되는 것과 같은 경우를 말한다.

一飛不能過屋, 二緣不能窮木, 三沒不能窮谷, 四屈不能覆身, 五走
不能絶人.

○땅강아지는 일명 '천루'라고도 하고, '혹'('螜'은 음이 '호'와 '복'의 반
절음인 '혹'이다)이라고도 하고, '석서'라고도 한다. 다섯 가지 재능
이 있으나 기교를 이루지는 못 하였다. 첫 번째는 날 수 있지만
지붕을 넘지 못 한다는 것이다. 두 번째는 지형을 잘 타지만 나
무를 끝까지 오르지 못 한다는 것이다. 세 번째는 잠수를 하지만
시냇물 깊숙이 들어가지 못 한다는 것이다. 네 번째는 몸을 구부
리기는 하지만 몸을 뒤집지는 못 한다는 것이다. 다섯 번째는 달
리지만 사람보다 빠르지 못 하다는 것이다.

●蟋蟀, 一名吟蛩, 一名蛩秋. 初生, 得寒則鳴. 一云, "濟南呼爲懶
婦."

○구뚜라미는 일명 '음공'이라고도 하고, '공추'라고도 한다. 처음
태어났을 때 추위를 만나면 울어댄다. 일설에 의하면 "(산동성)
제남 일대에서는 ('게으른 아낙'이란 의미에서) '나부'로 부른다"
고도 한다.

●蝙蝠, 一名仙鼠, 一名飛鼠. 五百歲則色白. 腦重, 集則頭垂. 故謂之
倒折. 食之, 神仙.

○박쥐는 일명 '선서'라고도 하고, '비서'라고도 한다. 5백 년을 살
면 빛깔이 하얗게 된다. 머리가 무거워서 모이면 머리를 아래로
드리운다. 그래서 '도절'이라고도 한다. 이것을 먹으면 신선이 될
수 있다.

●蟛蜞59), 小蟹, 生海邊泥中, 食土. 一名長卿. 其一有螯偏大者, 名
擁劍, 一名執火. 其螯赤, 故謂之執火云.

---

59) 蟛蜞(팽기) : 게의 일종인 방게.

○방게는 몸집이 작은 게로 바닷가 뻘에 살면서 흙을 먹는다. 일명 '장즉'이라고도 한다. 그중에 집게발이 유달리 큰 것은 '옹검'이라고 하고, 일명 '집화'라고도 한다. 집게발이 붉은 색을 띠기에 '집화'라고 하는 것이다.

●長蚑, 蠨蛸也. 身小, 足長, 故謂長蚑.
○'장기'는 갈거미를 가리킨다. 몸집이 작고 발이 길어서 '장기'라고 하는 것이다.

●蠅虎, 蠅狐[60]也. 形似蜘蛛, 而色灰白. 善捕蠅, 一名蠅蝗, 一名蠅豹.(一本作豹子.)
○'승호'는 깡충거미이다. 모양새는 거미처럼 생겼지만 회백색을 띠고 있다. 파리를 잘 잡기에 일명 '승황'이라고도 하고, '승표'라고도 한다.('표자'로 표기한 문헌도 있다.)

●莎雞[61], 一名促織, 一名絡緯, 一名蟋蟀. 促織, 謂鳴聲如急織. 絡緯, 謂其鳴聲如紡績也. 促織, 一曰促機, 一名紡緯.
○(베짱이를 뜻하는 말인) '사계'는 일명 '촉직'이라고도 하고, '낙위'라고도 하고, '실솔'이라고도 한다. '촉직'은 그 울음소리가 급히 베를 짤 때 나는 소리 같다는 말이다. '낙위'는 그 울음소리가 천을 짤 때 나는 소리 같다는 말이다. '촉직'은 일명 '촉기'라고도 하고, '방위'라고도 한다.

●蚯蚓[62], 一名蜿蟺, 一名曲蟺, 善長吟於地中. 江東謂之歌女. 或謂之鳴砌.

---

60) 蠅狐(승호) : 파리를 잘 잡는 것으로 이름난 깡충거미.
61) 莎雞(사계) : 귀뚜라미의 일종인 베짱이.
62) 蚯蚓(구인) : 지렁이.

○지렁이는 일명 '완선'이라고도 하고, '곡선'이라고도 하는데, 땅속에서 오래도록 울기를 잘 한다. 장강 동쪽 일대에서는 '가녀'라고 부른다. 어떤 지방에서는 '명체'라고도 부른다.

●飛蛾, 善拂燈. 一名火花, 一名慕光.

○나방은 등불을 스쳐서 날기를 잘 한다. 일명 '화화'라고도 하고, '모광'이라고도 한다.

●蝘蜓63), 一名龍子, 一名守宮, 善上樹, 捕蟬食之. 其長細五色64)者, 名爲蜥蜴. 短大者, 名蠑螈, 一曰蛇醫, 大者長三尺. 其色玄紺者, 善螫人, 一名玄螈. 一名綠螈也.

○도마뱀은 일명 '용자'라고도 하고 '수궁'이라고도 하는데, 나무를 잘 타기에 매미를 잡아 먹는다. 그중 몸이 길고 가늘면서 오색을 띤 것은 '석척'이라고 한다. 몸이 짧으면서 큰 것은 '영원'이라고도 하고 '사의'라고도 하는데, 큰 것은 길이가 세 자 가량 된다. 빛깔이 짙은 감색을 띤 것은 사람을 잘 쏘는데, 일명 '현원'이라고도 하고 '녹원'이라고도 한다.

●蜻蛉, 一名靑亭, 一名胡蝶, 色靑而大者, 是也. 小而黃者, 曰胡梨, 一曰胡離. 小而赤者, 曰赤卒, 一名絳騶, 一名赤衣使者. 好集水上, 亦名赤弁丈人.

○잠자리는 일명 '청정'이라고도 하고 '호접'이라고도 하는데, 빛깔이 푸르면서 몸집이 큰 것이 그것이다. 몸집이 작고 황색을 띠는 것은 '호리胡梨'라고도 하고, '호리胡離'라고도 한다. 몸집이 작으면서 적색을 띠는 것은 '적졸'이라고도 하고, '강추'라고도 하고,

---

63) 蝘蜓(언정) : 도마뱀의 일종.
64) 五色(오색) : 정색正色인 청·적·황·백·흑색의 다섯 가지. 상서로움을 상징한다.

'적의사자'라고도 한다. 물가에 모이기 좋아하는 것은 '적변장인'
이라고도 한다.

●蛺蝶65), 一名野蛾, 一名風蝶, 江東呼爲撻末. 色白背靑者, 是也.
其大如蝙蝠者, 或黑色, 或靑斑, 名爲鳳子, 一名鳳車, 名鬼車, 生江
南柑橘園中.

○호랑나비는 일명 '야아'라고도 하고 '풍접'이라고도 하는데, 장강
동쪽 일대에서는 '달말'이라고 부른다. 빛깔이 흰색을 띠고 등이
푸른 것이 그것이다. 그중 몸집이 박쥐만큼 큰 것은 흑색을 띠기
도 하고 청색 반점을 띠기도 하는데, '봉자'라고도 하고 '봉거'라
고도 하고 '귀거'라고도 하며, 장강 이남의 감귤 과수원에서 산
다.

●紺蝶66), 一名蜻蛉, 似蜻蛉而色玄紺. 遼東人呼爲紺幡, 亦曰童幡,
一曰天雞, 好以六月羣飛暗天. 海邊夷貊67)食之, 謂海中靑鰕化爲之
也.

○왕잠자리는 일명 '청령'이라고도 하는데, 일반 잠자리처럼 생겼
으면서도 짙은 감색을 띤다. 요동 일대 사람들은 '감번'이라고도
부르고 '동번'이라고도 하며 한편으로는 '천계'라고도 하는데, 늦
여름 6월에 흐린 하늘을 떼지어 날아다니기 좋아한다. 해안가에
사는 이맥족은 이것을 잡아먹으면서 바닷속 푸른 새우가 변한
것으로 생각한다.

●魚子曰鱴, 亦曰鯤, 亦曰鮇, 言如散稻米也.

○물고기 알은 '승'이라고도 하고, '곤'이라고도 하고, '말'이라고도

---

65) 蛺蝶(협접) : 호랑나비. 나비에 대한 총칭으로 쓸 때도 있다.
66) 紺蝶(감접) : 감색을 띤 왕잠자리를 이르는 말.
67) 夷貊(이맥) : 동방과 북방의 이민족에 대한 범칭.

하는데, 이는 쌀알을 흩뜨려 놓은 듯하다는 말이다.

●鯉之大者曰鱣, 鱣之大者曰鮪.

○잉어 가운데 몸집이 큰 것을 '전'이라고 하고, '전' 가운데 몸집이 큰 것을 '유'라고 한다.

●蜣蜋68)能以土苞糞, 推轉成丸, 圓正無斜角. 莊周曰69), "蛣蜣之智, 在於轉丸." 一曰蛣蜣, 一曰轉丸, 一曰弄丸.

○말똥구리는 흙으로 말똥을 싼 뒤 밀어 굴려서 알맹이를 잘 만드는데, 그 알맹이는 동그라면서 모난 데가 없다. ≪장자≫에 "말똥구리의 지혜는 알맹이를 굴리는 데 달려 있다"고 하였다. (말똥구리를 뜻하는 말인) '강랑'은 일명 '길강'이라고도 하고, '전환'이라고도 하고, '농환'이라고도 한다.

●蝸牛, 陵螺也. 形如蜑蝓70), 殼如小螺, 熱則自懸於葉下. 野人結圓舍, 如蝸牛之殼, 故曰蝸舍, 亦曰蝸牛之舍也. 蝸殼宛轉有文章, 絞轉爲結, 似螺殼文, 名曰螺縛. 童子結髮, 亦爲螺髻, 亦謂其形似螺殼.

○달팽이는 뭍에 사는 소라이다. 생김새는 소라를 닮았으면서 껍질은 자그마한 소라와 비슷한데, 날이 무더우면 스스로 잎사귀 아래에 거꾸로 매달린다. 농부들은 동그랗게 생긴 움막을 지으면 달팽이 껍질처럼 생겼다고 해서 '와사'라고도 하고 '와우지사'라고도 한다. 달팽이 껍질은 동그라면서 무늬가 있고 감아돌면서 결이 있어 소라 껍질의 무늬와 흡사하기에 이름하여 '나박'이라고 한다. 아이들의 묶은 머리 역시 '나계'라고 하는 것도 그 모

---

68) 蜣蜋(강랑) : 말똥구리나 쇠똥구리를 이르는 말.
69) 曰(왈) : 이하 예문은 현전하는 ≪장자≫에는 보이지 않는 것으로 보아 일문逸文인 듯하다.
70) 蜑蝓(이유) : 소라나 달팽이 같은 갑각류를 이르는 말. 도마뱀을 뜻할 때도 있다.

양새가 소라 껍질을 닮았다는 말이다.

●白魚[71]赤尾者曰魟,(魟) 一日魭. 或云, "雌者曰白魚, 雄者曰魟魚." 子好羣泳水上者, 名曰白萍.
○뱅어 가운데 꼬리가 붉은 것을 '홍'(음은 '홍')이라고 하는데, 일명 '항'이라고도 한다. 혹자는 "암컷을 '백어'라고 하고, 수컷을 '홍어'라고 한다"고 하였다. 새끼로서 물 위에서 떼지어 헤엄치기 좋아하는 것은 이름하여 '백평'이라고 한다.

●蝦蟆[72]子曰蝌蚪, 一日玄針, 一日玄魚. 形圓而尾大. 尾脫, 卽脚生.
○청개구리의 새끼를 '과두'라고 하는데, 일명 '현침'이라고도 하고 '현어'라고도 한다. 모양새는 둥글면서 꼬리가 크다. 꼬리가 떨어져나가면 다리가 자란다.

●烏賊魚[73], 一名河伯[74]度事小吏.(本草[75]作虫事小史.)
○오징어는 ('하백 휘하에서 사소한 일을 처리하는 하급관리'라는 의미에서) 일명 '하백탁사소리'라고도 한다.('탁사소리'가 ≪본초≫에

---

71) 白魚(백어) : 뱅어. 살치 혹은 잉어의 일종이란 설도 있는데, 어느 것이 맞는지는 불분명하다.
72) 蝦蟆(하마) : 청개구리나 두꺼비를 이르는 말. 달에 두꺼비가 산다고 하여 달을 비유할 때도 있다.
73) 烏賊魚(오적어) : 오징어. 까마귀가 죽은 줄 알고 잡아먹으려다가 도리어 잡아먹히기에 까마귀의 천적이란 의미에서 유래하였다.
74) 河伯(하백) : 황하를 주관하는 수신水神을 이르는 말.
75) 本草(본초) : 전설상의 황제인 신농씨神農氏가 지었다고 전하는 약초에 관한 저서. 위서僞書일 가능성이 높으나 이미 후한 채옹蔡邕(133-192) 등의 해설서가 있었던 것으로 보아 그 저작 시기는 전국시대戰國時代로 거슬러 올라갈 듯하다. 3권본·4권본·5권본·8권본 등 다양한 판본이 전해졌고, 지금은 송나라 당신미唐愼微가 정리한 ≪증류본초證類本草≫ 30권과 명나라 묘희옹繆希雍이 주석을 단 ≪신농본초경소神農本草經疏≫ 30권본, 이시진李時珍(1518-1593)의 ≪본초강목本草綱目≫ 52권본 등이 전한다. ≪수서·경적지≫권34, ≪구당서·경적지≫권47, ≪신당서·예문지≫권59, ≪사고전서간명목록·자부·의가류醫家類≫권10 등 참조.

는 '충사소사'로 되어 있다.)

●兗州人呼赤鯉爲赤驥, 謂靑鯉爲靑馬, 黑鯉爲玄駒, 白鯉爲白騏, 黃
鯉爲黃雉.

○(산동성) 연주 사람들은 붉은 잉어를 '적기'라고 부르고, 푸른 잉
어를 '청마'라고 일컫고, 검은 잉어를 '현구'라고 일컫고, 하얀 잉
어를 '백기'라고 일컫고, 노란 잉어를 '황치'라고 일컫는다.

●鯨魚者, 海魚也. 大者長千里, 小者數十丈. 一生數萬子76), 常以五
月六月就岸邊, 生子. 至七八月, 導從其子, 還大海中, 鼓浪成雷, 噴
沫爲雨, 水族驚畏, 皆逃匿, 莫敢當者. 其雌曰鯢, 大者亦長千里, 眼
爲明月珠.

○고래는 바다에 사는 물고기이다. 큰 것은 길이가 천 리에 달하
고, 작은 것도 수십 장이나 된다. 한번에 새끼를 수만 마리 낳는
데, 늘 한여름 5월이나 늦여름 6월에 바닷가로 접근하여 새끼를
낳는다. 초가을 7월이나 한가을 8월에는 새끼를 이끌고 대해로
돌아가 파도를 일으켜 우레를 만들고 수증기를 뿜어 비를 만들
기에, 어류들이 겁을 집어먹고 모두 도망쳐 숨으니 아무도 당해
내지 못 한다. 그중 암컷은 '예'라고 하는데, 큰 것은 역시 길이
가 천 리에 달하고, 눈은 명월주가 된다.

●水君77), 狀如人乘馬. 衆魚皆導從之, 一名魚伯, 大水乃有之. 漢末
有人, 於河際見之.

○'수군'은 생김새가 사람이 말을 타고 있는 것처럼 생겼다. 다른
물고기들이 모두 그것을 따르기에 일명 '어백'이라고도 하는데,

---

76) 一生數萬子(일생수만자) : 고래는 포유동물로 한번에 새끼를 한두 마리 낳지만 고
대 중국인들은 이에 대한 과학적 지식이 부족했던 듯하다.
77) 水君(수군) : '해마'처럼 생긴 물고기의 일종으로 보이나 구체적인 품종은 미상.
전설상의 수신水神으로 보는 설도 있다.

큰 물에나 그것이 산다. 한나라 말엽에 어떤 사람이 황하 물가에서 그것을 본 적이 있다.

●人馬[78]有鱗甲, 如大鯉魚. 但手足耳目鼻, 與人不異爾. 見人, 良久, 卽入水中.

○'인마'는 비늘이 있으면서 커다란 잉어처럼 생겼다. 그러나 손·발·귀·눈·코가 사람과 다르지 않다. 사람을 보아도 한참이 지나서야 물속으로 들어간다.

●龜名玄衣督郵[79], 鼈名河伯從事[80].

○거북은 '현의도독'이라고 부르고, 자라는 '하백종사'라고 부른다.

●江東呼靑衣魚[81]爲婢䱝, 呼童子魚[82]爲土父, 呼鼉爲河伯使者.

○장강 동쪽 일대에서는 (가자미의 일종인) '청의어'를 '비섭'이라고 부르고, (노랑횟대를 뜻하는 말인) '동자어'를 '토부어'라고 부르고, 악어를 '하백사자'라고 부른다.

●結草蟲, 一名結葦. 好於草末, 折屈草葉, 以爲巢窟, 處處有之.

○(도롱이벌레를 뜻하는 말인) '결초충'은 일명 '결위충'이라고도 한다. 풀 끝에 붙어서 풀잎을 말아 보금자리로 삼는 것을 좋아하기에 어디나 다 있다.

---

78) 人馬(인마) : 물고기의 일종이나 구체적인 품종은 미상.
79) 督郵(독우) : 속현屬縣을 감독하는 업무를 맡았던 태수太守의 보좌관을 이르는 말.
80) 從事(종사) : 한漢나라 이후로 승상丞相이나 자사刺史·태수太守 등이 개인적으로 기용하여 잡무를 처리하게 하던 속관屬官을 이르는 말.
81) 靑衣魚(청의어) : 가자미의 일종.
82) 童子魚(동자어) : 민물고기인 노랑횟대. '토부어土父魚' '토부어土附魚' '토포어吐哺魚' '두부어杜父魚'라고도 하는데, '두부杜父'는 '도부渡父'로 써야 한다는 설이 있다.

■古今注卷中■

■古今注卷下■

◇草木第六(6 초목)

●甘寶1), 形如石榴者, 謂之壺甘2).
○열매가 달면서 석류처럼 생긴 것을 '호감'이라고 한다.

●六駮3), 山中有木, 葉似豫章4), 皮多癬駁5).
○(녹나무의 일종인) 육박은 산속에 사는 나무로 잎사귀는 예장나무와 비슷하고 껍질에 옴처럼 생긴 알록달록한 무늬가 많다.

●白楊6)葉圓, 靑楊7)葉長, 柳葉亦長細.
○(버드나무의 일종인) 황철나무는 잎사귀가 둥글고, 수양버들은 잎사귀가 길며, 버드나무 잎사귀도 길고 가늘다.

●杨楊8), 圓葉弱蒂, 微風大搖, 一名高飛, 一名獨搖.
○(버드나무의 일종인) 이양나무는 잎사귀가 둥글고 꼭지가 여려 미풍에도 크게 흔들리기에 일명 '고비'라고도 하고, 일명 '독요'라고도 한다.

---

1) 寶(보) : 다른 문헌에 인용된 ≪고금주≫에 의하면 '실實'의 오기이다. 자형의 유사성으로 인한 필사 과정상의 단순 오기로 보인다.
2) 壺甘(호감) : 유자柚子의 일종.
3) 六駮(육박) : 녹나무의 일종으로 '재유梓楡'라고도 한다.
4) 豫章(예장) : 녹나무의 일종인 장목樟木의 별칭.
5) 癬駁(선박) : 옴처럼 생긴 알록달록한 무늬를 이르는 말.
6) 白楊(백양) : 황철나무. 무덤가에 심는 나무 가운데 하나로 우리나라에서는 사시나무를 일컫기도 한다.
7) 靑楊(청양) : 버드나무의 일종. 수양나무.
8) 杨楊(이양) : 버드나무의 일종.

●蒲柳[9]生水邊, 葉似靑楊, 一曰蒲楊.

○(버드나무의 일종인) 갯버들은 물가에서 자라는데, 잎사귀가 수양버들과 비슷해서 '포양'이라고도 한다.

●杝楊, 亦曰杝柳, 亦曰蒲杝.

○이양나무는 '이류'라고도 하고, '포이'라고도 한다.

●水楊, 蒲楊也, 枝勁細.(闕) 又有赤楊, 霜降則葉赤, 材理亦赤也.

○(버드나무의 일종인) '수양'은 갯버들의 일종으로 가지가 억세면서 가늘다.(궐문) 또 '적양'이란 나무가 있는데, 서리가 내리면 잎사귀가 붉어지고 줄기의 무늬도 붉은 색을 띤다.

●合歡[10], 樹似梧桐, 枝葉繁, 互相交結. 每風來, 輒身相解, 了不相牽綴. 樹之階庭, 使人不忿. 嵇康種之舍前.

○'합환'(자귀나무)이란 나무는 오동나무처럼 생겼는데, 가지와 잎사귀가 무척 무성하게 자라면서도 서로 얽히지 않는다. 매번 바람이 불어오면 늘 몸체가 서로를 배려해 전혀 서로 얽히지 않는다. 나무가 섬돌이나 마당에 있어도 사람들이 싫어하지 않는다. 그래서 (삼국 위魏나라 때 죽림칠현竹林七賢 가운데 한 사람인) 혜강은 이를 숙소 앞에 심었다.

●杜仲[11], 皮中有絲, 折之則見.

○두충나무는 껍질 안에 실 같은 것이 있는데, 그것을 꺾으면 나타난다.

---

9) 蒲柳(포류) : 갯버들. 가을이 되면 가장 먼저 낙엽이 떨어지는 초목이어서 노년이나 인생무상을 상징한다.

10) 合歡(합환) : 야생나무의 일종인 자귀나무.

11) 杜仲(두중) : 주周나라 목왕穆王 때 도사의 성명에서 유래한 말로 두충나무를 이르는 말. '두충杜沖' '목면木綿' '사선思仙' '사중思仲'이라고도 한다.

●木蜜12)生南方, 合體皆甛嫩, 枝及葉皆可生噉. 味如蜜, 解悶止渴. 其老枝及根幹, 堅不可食, 細破煮之, 煎以爲蜜, 味倍甛濃.

○허깨나무는 남방에서 자라는데 나무 전체가 모두 달콤하면서 부드럽다. 가지와 잎사귀는 모두 날로 먹을 수 있는데, 맛이 꿀처럼 달아서 고민을 풀어주고 갈증을 멈추게 해 준다. 오래된 가지와 뿌리 및 줄기는 단단해서 먹을 수 없지만, 그것을 잘게 부숴 달인 뒤 끓여서 꿀을 만들면 맛이 배나 달콤하고 진하다.

●糯棗13), 葉如柳, 實似柿而小, 味亦甘美.

○(대추의 일종인) '나조'는 잎사귀가 버드나무잎처럼 생겼는데, 열매는 감처럼 생겼지만 크기가 작고 맛도 감미롭다.

●蘇枋14)木出扶南15)・林邑16)外國, 取細破, 煮之以染色.

○소방나무는 크메르나 베트남 등의 외국에서 나는데, 그것을 가져다가 잘게 부순 뒤 불에 끓이면 염색을 할 수 있다.

●翳, 或作鷖. 翳木17)出交川18), 色黑而有文, 亦謂之烏文木也.

○'예翳'는 '의鷖'로도 쓴다. 예목은 (광서성) 교주에서 나는데 빛깔이 검고 무늬가 있어 '오문목'이라고도 한다.

---

12) 木蜜(목밀) : 허깨나무. '지구枳椇' '지거枳柜'라고도 한다.
13) 糯棗(나조) : 대추나무의 일종으로 추정되나 구체적인 내용은 미상.
14) 蘇枋(소방) : 열대지방에서 자라는 나무 이름. '소방蘇方' '소목蘇木'이라고도 한다.
15) 扶南(부남) : 고대 중국 남부에 크메르족이 세운 나라 이름. 지금의 태국 동쪽 일대.
16) 林邑(임읍) : 중국 고대 때 베트남 중부에 있었던 이민족 국가 이름. '환왕環王' '점불로占不勞' '점파占婆'라고도 하였다.
17) 翳木(예목) : 중국 남방에서 자라는 나무 이름.
18) 交川(교천) : 지금의 광서성 창오현蒼梧縣 일대를 가리키는 말인 교주交州의 오기. 자형의 유사성으로 인한 필사 과정상의 단순 오기로 보인다.

●紫枏19)木出扶南, 色紫, 亦謂之紫檀.

○자단목은 크메르에서 나는데, 빛깔이 자색을 띠고 있어 '자단'이
　라고도 한다.

●營豆20), 一名治營, 葉似葛, 而實長尺餘. 可蒸食, 一名營菽.

○'노두'는 일명 '치로'라고도 하는데, 잎사귀는 갈대와 비슷하고
　열매는 길이가 한 자가 넘는다. 쪄서 먹을 수 있기에 일명 '노숙'
　이라고도 한다.

●貍豆21), 一名貍沙, 一名獵沙. 葉似葛, 而實大如李核, 可啗食也.

○'이두'는 일명 '이사'라고도 하고, '납사'라고도 한다. 잎사귀는 갈
　대와 비슷하고 열매는 크기가 호두알 만한데 씹어 먹을 수 있다.

●虎豆, 一名虎沙, 似貍豆而大. 實如小兒拳, 亦可食.

○'호두'는 일명 '호사'라고도 하는데 '이두'와 비슷하지만 크기가
　더 크다. 열매는 어린아이 주먹 만하고 역시 식용이 가능하다.

●馬豆, 一名馬沙, 似虎豆而小. 實大如指, 亦可食也.

○'마두'는 일명 '마사'라고도 하는데 '호두'와 비슷하지만 크기가
　작다. 열매는 크기가 손가락 만하고 역시 식용이 가능하다.

●荊葵22), 一名戎葵, 一名芘芣. 華似木槿, 而光色奪目, 有紅, 有紫,
　有靑, 有白, 有赤. 莖葉不殊, 但花色異耳. 一曰蜀葵.

○(접시꽃의 일종인) '형규'는 일명 '융규'라고도 하고, 일명 '비부'

---

19) 紫枏(자전) : 고급 목재로 쓰이는 나무 이름. '자목紫木'이라고도 한다.
20) 營豆(노두) : 야생콩인 녹두의 별칭.
21) 貍豆(이두) : 반점이 있는 콩 이름. 살쾡이 같은 반점이 있는 데서 유래하였다.
　　'이두貍豆' '여두黎豆' '이사貍沙'라고도 한다.
22) 荊葵(형규) : 초 지방의 특산물인 접시꽃. '호규胡葵'라고도 한다.

라고도 한다. 꽃은 무궁화와 비슷하면서 빛깔이 눈이 부실 정도
인데, 홍색을 띤 것도 있고, 자색을 띤 것도 있고, 청색을 띤 것
도 있고, 백색을 띤 것도 있고, 적색을 띤 것도 있다. 줄기와 잎
사귀는 다르지 않고 단지 꽃만 빛깔이 다를 뿐이다. 일명 '촉규'
라고도 한다.

●芙蓉, 一名荷華, 生池澤中. 實曰蓮, 花之最秀異者. 一名水芝, 一名
水花. 色有赤・白・紅・紫・靑・黃, 紅白二色芳23)多. 花大者至百
葉.

○'부용'은 일명 '하화'라고도 하는데 연못에서 자란다. 열매는 '연'
이라고 하는데, 꽃 중에서도 가장 빼어나고 특이하다. 일명 '수
지'라고도 하고, '수화'라고도 한다. 빛깔은 적색・백색・홍색・
자색・청색・황색이 있지만, 홍색과 백색 두 가지 빛깔을 띤 것
이 좀더 많은 편이다. 꽃이 큰 것은 꽃잎이 백 장이나 된다.

●芡, 雞頭24)也, 一名鴈頭, 一名芰. 葉似荷而大. 葉上蹙皺25)如沸,
實有芒刺. 其中如米, 可以度饑也.

○'검'은 가시연밥으로 일명 '안두'라고도 하고, 일명 '기'라고도 한
다. 잎사귀는 연잎처럼 생겼으면서 크기가 크다. 잎사귀 위로는
마치 끓는 물처럼 생긴 주름살이 있고, 열매에는 가시가 있다.
그 안에 들어 있는 것은 쌀과 비슷하여 허기를 떼울 수 있다.

●萬連26), 葉如鳥翅, 一名鳥羽, 一名鳳翼. 花大者, 其色多紅綠. 紅
者紫點, 綠者紺點. 俗呼爲仙人花. 一名連緤花.

○(게발선인장을 가리키는) '만련'은 잎사귀가 새의 날개처럼 생겼

---

23) 芳(차) : 약간, 조금. '차差'와 통용자.
24) 雞頭(계두) : 가시연밥을 뜻하는 말인 '계두육雞頭肉'의 준말.
25) 蹙皺(축추) : 미간을 찌푸렸을 때의 주름살을 이르는 말.
26) 萬連(만련) : 게발선인장.

기에 일명 '조우'라고도 하고, '봉익'이라고도 한다. 꽃이 큰 것은 빛깔에 홍색과 녹색이 많다. 홍색을 띤 것은 자색 반점이 있고, 녹색을 띤 것은 감색 반점이 있다. 세간에서는 '선인화'로 부른다. 일명 '연힐화'라고도 한다.

●酒杯藤出西域. 藤大如臂, 葉似葛, 花實如梧桐. 實花堅, 皆可以酌酒, 自有文章, 暎徹可愛. 實大如指, 味如荳蔲[27], 香美消酒[28]. 土人提酒, 來至藤下, 摘花酌酒, 仍以實銷酲[29], 國人寶之, 不傳中土[30]. 張騫出大宛[31], 得之, 事出張騫出關志[32].

○('술잔으로 삼을 수 있는 덩굴'이란 의미의) '주배등'은 서역에서 난다. 덩굴은 크기가 팔뚝 만하고, 잎사귀는 칡과 비슷하며, 꽃과 열매는 오동나무와 유사하다. 열매와 꽃은 단단하여 모두 술을 따를 수 있는데, 자체에 무늬가 있어 영롱하니 사랑스럽다. 열매는 크기가 손가락 만하고, 맛은 '두구'와 비슷하여 향그럽고 달콤하기에 술기운을 없애준다. 원주민들은 술을 들고 덩굴 아래 도착하면 꽃을 따서 거기에다 술을 따랐다가 다시 열매로써 해장하는데, 그곳 사람들은 이를 소중하게 여겨 중원으로 전파하지 않는다. (전한 무제 때) 장건이 대원국으로 나섰다가 그것을 얻었는데, 그에 관한 고사는 장건의 ≪출관지≫에 나온다.

●烏孫[33]國有靑田核, 莫測其樹實之形. 至中國者, 但得其核耳. 得淸

---

27) 荳蔲(두구) : 부용꽃과 비슷하면서 붉은 꽃봉오리가 피는 식물 이름.

28) 消酒(소주) : 술기운을 없애다, 술이 깨게 하다.

29) 銷酲(소정) : 숙취를 없애다, 해장하다.

30) 中土(중토) : 중국, 중원의 별칭.

31) 大宛(대원) : 한나라 때 서역西域 36국 가운데 하나. 구소련 가운데 Ferghand 일대. 상세한 내용은 ≪사기・대원전大宛傳≫권123에 전한다.

32) 出關志(출관지) : 전한 장건張騫이 서역을 다녀와서 지은 지리지의 일종. 총 1권. ≪수서・경적지≫권33 참조.

33) 烏孫(오손) : 한나라 때 서역에 있던 소수민족 국가, 혹은 그 나라의 왕을 지칭하던 말.

水, 則有酒味出, 如醇美好酒. 核大如六升瓠, 空之以盛水, 俄而成酒. 劉章[34]得兩核, 集賓客[35], 設之, 常供二十人之飮. 一核盡, 一核所盛, 以復(闕)飮. 飮盡, 隨更注水, 隨盡隨盛, 不可久置. 久置, 則苦不可飮. 名曰靑田酒.

○오손국에는 '청전핵'이란 나무가 있는데, 그 나무 열매의 모양새를 뭐라 형용할 길이 없다. 중국을 찾은 사람은 단지 그 씨앗을 가져왔을 뿐이다. 맑은 물을 만나면 술맛이 나는데 순정하고 맛있는 양질의 술과 흡사하다. 씨앗은 크기가 여섯 되 크기의 표주박 만하여 그속을 비워서 물을 담으면 얼마 안 있어 술이 된다. (전한 때) 유장이 씨앗 두 개를 얻었는데, 손님을 모아서 이를 차리면 늘 20명 분의 음료를 공급하곤 하였다. 씨앗 하나에 술이 다 떨어지면 다른 씨앗에 담은 술로 다시(궐문) 마실 수 있었다. 다 마시고 나서 번갈아 물을 부면 다 비울 때마다 가득 차기에 오래 방치해서는 안 된다. 오래 그냥 두면 맛이 써서 마실 수가 없게 된다. 이름하여 '청전주'라고 한다.

●枳椇子, 一名樹蜜, 一名木餳. 實形拳曲, 核在實外, 味甜美如餳蜜. 一名白石, 一名白實, 一名木石, 一名木實, 一名枳椇.

○허깨나무의 열매는 일명 '수밀'이라고도 하고, '목당'이라고도 한다. 열매는 모양새가 주먹을 쥔 것처럼 생겼고, 씨앗은 열매 밖에 있으며, 맛은 엿이나 꿀처럼 감미롭다. 일명 '백석'이라고도 하고, '백실'이라고도 하고, '목석'이라고도 하고, '목실'이라고도 하고, '지구'라고도 한다.

---

34) 劉章(유장) : 전한 문제文帝 때 종실 사람(?-B.C.177)으로 여태후呂太后가 죽은 뒤 진평陳平(?-B.C.178)·주발周勃(?-B.C.169) 등과 함께 여태후의 외척들을 제거하고 대왕代王 유항劉恒(문제文帝)을 황제로 옹립하였다. 봉호는 성양왕城陽王이고, 시호는 경景. ≪한서·성양경왕유장전≫권38 참조.

35) 賓客(빈객) : 손님에 대한 총칭. '빈賓'은 신분이 높은 손님을 가리키고, '객客'은 수행원과 같이 신분이 낮은 손님을 가리키는 데서 유래하였다.

●棘實如36)棗, 杼實爲豫, 桑實爲椹, 楮實爲任37).

○(대추나무의 일종인) 산조나무의 열매는 '조棗'(대추)라고 하고, 상수리나무의 열매는 '예豫'(도토리)라고 하고, 뽕나무의 열매는 '심椹'(오디)이라고 하고, 닥나무의 열매는 '임任'(산딸기)이라고 한다.

●匏, 瓠也. 壺蘆, 瓠之無柄者也. 瓠有柄者懸瓠, 可以爲笙. 曲沃38)者尤善, 秋乃可用之, 則漆其裏. 瓢亦瓠也. 瓠其摠, 瓢其別也.

○'포匏'는 박이다. '호로'는 박 가운데 자루가 없는 것이다. 박으로서 자루가 있는 것을 '현포'라고 하는데 생황을 만들 수 있다. (하남성) 곡옥현에서 나는 것이 특히 좋은데, 가을이라야 그것을 사용할 수 있는 것은 그속이 까맣기 때문이다. '표瓢'도 박의 일종이다. '포'는 박의 총칭이고, '표'는 박의 별칭이다.

●羊躑躅, 花黃. 羊食之則死, 羊見之則躑躅39)分散, 故名羊躑躅.

○(철쭉나무의 일종인) '양척촉'은 꽃이 노랗다. 양이 그것을 먹으면 죽기에 양은 그것을 보면 갈팡질팡하며 흩어진다. 그래서 이름하여 '양척촉'이라고 하는 것이다.

●膝樹以剛斧斫其皮開, 以竹管承之, 汁滴管中, 卽成膝也.

○옻나무는 단단한 도끼로 껍질을 찍어서 뜯어낸 뒤 대롱으로 그것을 받으면 액체가 대롱에 고이면서 즉시 옻이 된다.

---

36) 如(여) : 문맥상으로 볼 때 '爲'의 오기인 듯하다.
37) 任(임) : 산딸기처럼 생긴 닥나무 열매를 이르는 말.
38) 曲沃(곡옥) : 전국시대 위魏나라 때 하남성에 설치한 현縣 이름. 생황笙簧의 재료가 되는 표주박의 생산지로 유명하여 이곳에서 생산되는 것을 '곡옥현포曲沃懸匏'라고 한다.
39) 躑躅(척촉) : 우물쭈물하는 모양.

●稻之黏者爲黍, 亦謂秫爲黍.

○쌀 중에 찰진 것을 찰기장이라고 하고, 또 찹쌀을 찰기장이라고
  도 한다.

●禾之黏者爲黍, 亦謂之稷, 亦曰黃黍

○벼 중에 찰진 것을 찰기장이라고 하는데, 또 이를 '제'라고도 하
  고 '황서'라고도 한다.

●九穀, 黍·稷·稻·粱·三豆40)·二麥41).

○아홉 가지 곡식은 찰기장·메기장·쌀·수수·세 가지 콩과 두
  가지 보리를 가리킨다.

●茶, 蓼也. 紫色者, 茶也, 靑色者, 蓼也. 其味辛且苦, 食明目. 或謂
  紫葉者爲香茶, 靑者爲靑茶. 亦謂紫色者爲紫蓼, 靑色者爲靑蓼. 其
  長大不苦, 爲高蓼.(高或作馬)

○'도茶'는 여귀를 가리킨다. 자색을 띤 것은 씀바귀라고 하고, 청
  색을 띤 것은 여귀라고 한다. 그 맛은 맵고도 쓰고, 먹으면 눈을
  밝게 해 준다. 혹자는 "잎사귀가 자색을 띤 것은 '향도'라고 하
  고, 잎사귀가 청색을 띤 것은 '청도'라고 한다"고 말한다. 또 "자
  색을 띤 것은 '자규'라고 하고, 청색을 띤 것은 '청규'라고 한다"
  고도 말한다. 그중 잎사귀가 길고 크면서 맛이 쓰지 않은 것은
  '고규'라고 한다.('고高'가 '마馬'로 된 문헌도 있다.)

●蒜, 卵蒜也. 俗人謂之小蒜. 胡國有蒜, 十許42)子共爲一株. 簞幕裹
  之, 名爲胡蒜, 尤辛於小蒜. 俗人亦呼之爲大蒜.

---

40) 三豆(삼두) : 세 종류의 콩을 이르는 말. 그러나 구체적인 내용은 알려지지 않았
   다. 박물군자가 밝혀주기를 기대한다.
41) 二麥(이맥) : 보리인 대맥大麥과 밀인 소맥小麥을 아우르는 말.
42) 許(허) : 가량, 쯤. 어느 정도를 헤아리는 말.

○‘산蒜’은 새알처럼 생긴 마늘을 뜻한다. 속인들은 이를 (‘작은 마늘’이란 의미에서) ‘소산’이라고 부른다. 호족 나라에서 나는 마늘은 열 개 가량의 알갱이가 자라는 것을 하나의 그루로 여긴다. 대껍질 같은 것이 감싸고 있는 것을 ‘호산’이라고 부르는데 ‘소산’보다 훨씬 맵다. 속인들은 이를 (‘큰 마늘’이란 의미에서) ‘대산’으로 부르기도 한다.

●揚州人謂蒻爲斑杖, 不知食之.
○(강소성) 양주 사람들은 부들을 ‘반장’이라고 부르는데, 그것을 먹을 수 있다는 것을 모른다.

●荊揚43)人謂菫爲蒫
○(호북성) 형주와 (강소성) 양주 일대 사람들은 미나리를 ‘즙蒫’이라고 부른다.

●蘘荷44), 似蓲苴而白. 蓲苴色紫, 花生根中, 花未散時可食. 久置則銷爛, 不爲實矣. 葉似薑, 宜陰翳地, 種之, 常依陰而生.
○(생강의 일종인) ‘양하’는 ‘복저’와 비슷하면서 빛깔이 하얗다. ‘복저’는 자색을 띠면서 꽃이 뿌리에서 자라는데 꽃잎이 흩어지기 전에 먹을 수 있다. 오래도록 그냥 두면 시들어버려서 열매를 맺지 못 한다. 잎사귀는 생강과 유사하면서 어둡고 가려진 땅에서 잘 자라기에 그것을 심으면 늘 그늘에 의지해 자란다.

●燕支, 葉似薊, 花似蒲公, 出西方. 土人以染, 名爲燕支, 中國人謂之紅藍, 以染粉爲面色, 謂爲燕支粉. 今人以重絳45)爲燕支, 非燕支花

---

43) 荊揚(형양) : 호북성 형주荊州와 강소성 양주揚州를 아우르는 말.
44) 蘘荷(양하) : 생강과에 속하는 여러해살이풀.
45) 重絳(중강) : 진晉나라 때 사람들이 사용하던 짙은 붉은 색의 화장품을 가리키는 말로 보이나 단정하기는 어렵다. 박물군자가 밝혀주기를 기대한다.

所染也. 燕支花所染, 自爲紅藍爾. 舊謂赤白之間爲紅, 卽今所謂紅藍也.

○'연지'는 잎사귀가 엉겅퀴 같고 꽃이 민들레와 비슷하면서 서방에서 난다. 토착민들은 그것을 가지고 물들이며 '연지'라 부르지만 중국인들은 '홍람'이라고 부르며, 이것으로 분을 물들여 얼굴을 단장하는 데 사용하면서 '연지분'이라고 부른다. 요즘 사람들은 '중강'을 '연지'라고 하지만 연지꽃으로 물들인 것은 아니다. 연지꽃으로 물들인 것은 절로 붉고 푸른 '홍람'색을 띤다. 옛날에 적색과 백색의 중간 정도를 홍색이라고 한 것도 바로 오늘날 말하는 '홍람'에 해당한다.

●苦葴46), 一名苦蘵. 子有裏, 形如皮弁. 始生靑, 熟則赤. 裏有實, 正圓如珠, 亦隨裏靑赤. 長安兒童謂爲洛神珠, 一曰王母47)珠, 一曰皮弁草.

○'고침'은 일명 '고적'이라고도 한다. 씨앗은 속이 비었고 모양새는 가죽 고깔처럼 생겼다. 처음에는 청색이 돌다가 익으면 적색을 띤다. 속에 열매가 있는데, 진주처럼 동그라면서 속에 따라 청색이나 적색을 띤다. (섬서성) 장안의 아이들은 이를 '낙신주'라고 부르는데, 일명 '왕모주'라고도 하고, '피변초'라고도 한다.

●沈釀者, 漢鄭弘爲靈文鄕嗇夫48), 行官京洛49), 未至, 宿一埭50). 埭

---

46) 苦葴(고침) : 쓴맛이 나는 마람馬藍풀의 별칭.

47) 王母(왕모) : 중국 전설에 나오는 불로장생不老長生을 상징하는 신녀神女 이름인 서왕모西王母의 약칭. 여신선들을 총괄하는 일을 관장하였다.

48) 嗇夫(색부) : 진한秦漢에서 남북조南北朝에 걸쳐 시골의 향리鄕里에서 마을의 송사와 부세賦稅를 관장하던 벼슬을 이르는 말. ≪한서·백관공경표百官公卿表≫권19에 의하면 10리마다 '정亭'을 설치하고서 10정亭을 '향鄕'이라고 하였고, 향마다 삼로三老·질질秩·색부嗇夫·유요游徼를 두었는데, 색부는 '청송聽訟'과 '부세賦稅'를 관장하였다고 한다.

49) 京洛(경락) : 후한 때 도성인 하남성 낙양을 이르는 말.

50) 埭(태) : 배가 다닐 수 있게 하기 위해 만든 물막이둑. 즉 보를 뜻하는 말.

名沈釀, 於堠逢故舊友人. 四顧荒郊, 村落絶遠, 酤酒無處, 情抱不伸, 乃以錢投水中, 依口而飮, 飮盡酣暢, 皆得大醉. 因更爲沈釀川. 明旦, 乃分首而去.

○'침양'이란 말은 다음과 같은 고사에서 유래하였다. 후한 때 정홍이 영문향의 색부를 지내다가 도성인 (하남성) 낙양에서 관리직을 맡게 되었는데, 도착하기 전에 한 둑방에서 묵게 되었다. 그 둑방은 '침양'으로 불렸는데, 둑방에서 오랜 친구를 만났다. 사방으로 황량한 교외를 돌아보니 촌락은 멀기만 하고 술을 파는 곳도 없어 회포를 풀 길이 없자 결국 동전을 물에 던지고 내키는 대로 마셨는데, 마실 때마다 모두 술기운이 나더니 모두 크게 취하고 말았다. 그래서 그참에 물 이름을 '침양천'으로 바꿨다. 이튿날 새벽이 되어서야 작별인사를 나누고 그곳을 떠났다.

◇雜注第七(7 잡주)

●孫亮[51)]作流離[52)]屛風, 鏤作瑞應圖[53)], 凡一百二十種.

○(삼국 오나라) 손양은 유리병풍을 만들어 서응도를 새겨넣었는데, 도합 120종이나 되었다.

●魏武以馬腦石[54)]爲馬勒, 硨磲[55)]爲酒梡.

○(삼국) 위나라 무제(조조曹操)는 마노석으로 말의 굴레를 만들고,

---

51) 孫亮(손양) : 삼국시대 오吳나라의 군주. 막내 아들이지만 손권孫權(182-252)이 각별히 총애하여 태자 손화孫和를 폐위시키고 손양을 대신 태자에 책립하였고, 뒤에 제제齊帝로 즉위하였다. ≪삼국지·오지·손양전≫권48 참조.
52) 流離(유리) : 유리琉璃와 통용자.
53) 瑞應圖(서응도) : 상서로운 징조를 새겨넣은 도록을 이르는 말. 남조南朝 양梁나라 때 손유지孫柔之가 지은 위서緯書를 가리킬 때도 있는데, 수隋나라 때 이미 실전되었다. 총 2권. ≪수서·경적지≫권34 참조.
54) 馬腦石(마노석) : 보석 이름인 마노석瑪瑙石의 다른 표기.
55) 硨磲(차거) : 심해深海에 사는 조개의 일종. 그 껍데기는 칠보七寶 가운데 하나로 꼽힌다.

차거조개 껍데기로 술잔을 만들었다.

●莫難珠, 一名木難, 色黃, 出東夷.
○(진귀한 구슬의 일종인) 막난주는 일명 '목난주'라고도 하는데, 빛깔은 황색을 띠고 동이족이 사는 땅에서 난다.

●陽燧56)以銅爲之, 形如鏡. 向日則火生, 以艾承之, 則得火也.
○(오목거울인) 양수는 구리로 만드는데 모양새는 거울과 같다. 해를 비추면 불이 일어나기에 쑥을 대면 불을 얻을 수 있다.

●長安婦人好爲盤桓57)髻, 到於今, 其法不絶, 墮馬髻58), 今無復作者. 倭墮髻, 一云, "墮馬之餘形也."
○(섬서성) 장안의 아낙들은 '반환계'를 좋아하는데, 오늘날까지도 그러한 유행이 사라지지 않아 '타마계'를 요즈음은 더 이상 아무도 하지 않는다. '위타계'에 대해 일각에서는 "말에서 떨어진 형세를 본받은 것이다"라고 한다.

●盤龍釵, 梁冀59)婦所制.
○(서린 용 모양의 비녀인) '반룡채'는 (후한) 양기의 아내가 만든 것이다.

---

56) 陽燧(양수) : 불을 일으키는 일종의 돋보기와 같은 오목거울인 화경火鏡의 별칭. '화수火燧' '감수鑑燧' '양수陽燧'라고도 한다.
57) 盤桓(반환) : 주위를 맴도는 모양, 왕래하는 모양. 여기서는 둥글게 말아올린 여자의 머리 모양을 가리킨다.
58) 墮馬髻(타마계) : 부녀자의 머리 모양새 가운데 하나. '타마장墮馬粧' '추마계墜馬髻'라고도 하고, '타마墮馬' '타계墮髻'라고 약칭하기도 한다.
59) 梁冀(양기) : 후한 사람(?-159). 자는 백탁伯卓. 황문시랑黃門侍郎과 대장군大將軍 등을 역임하였는데, 두 누이가 순제順帝와 환제桓帝의 황후皇后여서 그 후광을 믿고 온갖 악행을 저지르다가 환관 선초單超에 의해 궁지에 몰리자 자살하였다. ≪후한서·양기전≫권64 참조.

●梁冀改驚翠眉60)爲愁眉61).
○(후한) 양기의 아내가 '경취미'를 '수미'로 바꾸었다.

●魏宮人好畫長眉, 今多作翠眉·警鶴髻.
○(삼국) 위나라 때 궁인들은 눈썹을 길게 그리는 것을 좋아하였지만, (진晉나라 때인) 요즈음은 대부분 '취미'와 '경학계'로 치장한다.

●孫權時, 名舸爲赤馬, 言如馬之走陸也. 又以舟名馳馬.
○(삼국 오나라) 손권 때는 배를 '적마'라고 불렸는데, (배가 물 위를 가는 것이) 마치 말이 육지를 달리는 것과 같다는 말이다. 또 배를 '치마'로도 불렀다.

●驚帆. 曹眞62)有駃馬, 名爲驚帆, 言其馳驟如烈風之擧帆疾也.
○'경범'에 관한 고사이다. (삼국 위魏나라) 조진에게는 '경범'이란 이름의 쾌마가 있었는데, ('경범'은) 마치 강풍에 돛단배가 빠르게 나아가는 것처럼 말이 빨리 달린다는 말이다.

●魏文帝宮人絶所愛者, 有莫瓊樹·薛夜來·田尙衣63)·段巧笑四人, 日夕在側. 瓊樹乃制蟬鬢, 縹眇64)如蟬, 故曰蟬鬢. 巧笑始以錦緣絲履, 作紫粉, 拂面. 尙衣能歌舞. 夜來善爲衣裳. 一時冠絶.

---

60) 驚翠眉(경취미) : 뒤의 '수미愁眉'와 함께 눈썹 화장법의 일종. '수미愁眉'를 처음 창안한 이가 후한 양기梁冀(?-159)의 아내 손수孫壽이므로 앞에 '지처之妻'라는 말이 첨기되는 것이 적절해 보인다.

61) 愁眉(수미) : 초승달처럼 가늘게 그리는 눈썹 화장을 이르는 말.

62) 曹眞(조진) : 삼국 위魏나라 때 사람(?-231). 조조曹操의 조카로 명제明帝 때 대사마大司馬를 지냈다. ≪삼국지·위지·조진전≫권9 참조.

63) 尙衣(상의) : 의복을 관장하는 여관女官 이름. '상'은 '주主'의 뜻. 후대에는 전중감殿中監 소속 부서인 육국六局 가운데 하나로 황제의 의복을 관장하는 기관을 이르는 말로도 쓰였다.

64) 縹眇(표묘) : 아련한 모양, 신비한 모양. '표묘縹渺' '표묘縹緲'로도 쓴다.

○(삼국) 위나라 문제가 가장 사랑한 대상으로 막경수·설야래·전
상의·단교소 네 여인이 밤낮으로 문제의 곁을 지켰다. 막경수는
'선빈'을 만들었는데, 아련한 모습이 매미날개 같았기에 '선빈'이
라고 하였다. 막교소는 비단으로 신발에 테두리를 두르고, 자색
분을 만들어 얼굴을 화장하였다. 전상의는 가무를 잘 하였다. 설
야래는 옷을 잘 만들었다. 그들 모두 당시 솜씨가 으뜸갔다.

◇問答釋義第八(8 문답석의)

●程雅65)問董仲舒曰, "自古何謂稱三皇五帝?" 對曰, "三皇66), 三
才67)也. 五帝68), 五常69)也. 三王70), 三明71)也. 五霸72), 五嶽73)

---

65) 程雅(정아) : 진나라 최표崔豹의 ≪고금주≫에서 전한 동중서董仲舒에게 질의하는
　　인물로 등장하는데, 사서史書에 언급되지 않는 것으로 보아 우형牛亨과 함께 최표
　　崔豹가 설정한 가공의 인물인 듯하다.
66) 三皇(삼황) : 전설상의 세 임금. ≪주례周禮≫의 복희伏羲·신농神農·황제黃帝,
　　≪백호통白虎通≫의 복희伏羲·신농神農·축융祝融, ≪상서대전尙書大傳≫의 수인
　　燧人·복희伏羲·신농神農, ≪여씨춘추呂氏春秋≫의 복희伏羲·여와女媧·신농神
　　農, ≪예문류취藝文類聚≫의 천황天皇·지황地皇·인황人皇 등 시대마다 차이가
　　있어 설이 다양하다.
67) 三才(삼재) : 천지인天地人, 즉 하늘·땅·사람을 아우르는 말로 모든 자연의 이
　　치를 가리킨다. '삼극三極' '삼령三靈' '삼원三元' '삼의三儀' '삼재三材'라고도 한다.
68) 五帝(오제) : 전설상의 다섯 황제. 전한 사마천司馬遷(B.C.135-?)은 ≪사기史記·
　　오제본기五帝本紀≫권1에서 황제黃帝·전욱顓頊·제곡帝嚳·요堯·순舜을 가리킨
　　다고 한 반면, 진나라 황보밀皇甫謐(215-282)은 ≪제왕세기帝王世紀·오제≫권
　　2에서 소호少昊·전욱顓頊·제곡帝嚳·요堯·순舜을 가리킨다고 하는 등 설에 따
　　라 차이가 있다.
69) 五常(오상) : 사람이 갖추어야 할 다섯 가지 덕목. 인仁(木)·예禮(火)·신信(土)
　　·의義(金)·지智(水)로 풀이하기도 하고, 혹은 오륜五倫으로 풀이하기도 한다.
70) 三王(삼왕) : 하夏나라 우왕禹王·상商나라 탕왕湯王·주周나라 무왕武王을 아우
　　르는 말.
71) 三明(삼명) : 해·달·별을 아우르는 말.
72) 五霸(오패) : 춘추시대 때 제후국 가운데 다섯 강국의 군주를 아우르는 말. 제齊
　　나라 환공桓公·진晉나라 문공文公·초楚나라 장왕莊王·오吳나라 합려闔閭·월越
　　나라 구천句踐을 가리킨다는 ≪순자荀子≫의 설, 제나라 환공·진나라 문공·진秦
　　나라 목공穆公·초나라 장왕·오나라 합려를 가리킨다는 후한 반고班固의 ≪백호
　　통의白虎通義≫의 설, 제나라 환공·진나라 문공·진나라 목공·송宋나라 양공襄

也."
○(전한 때) 정아가 동중서에게 "예로부터 무엇을 '삼황오제'라고
　합니까?"라고 묻자, 동중서는 "'삼황'은 천·지·인을 상징하고,
　'오제'는 다섯 가지 인륜을 상징하고, '삼왕'은 해·달·별을 상
　징하고, '오패'는 다섯 군데 큰 산을 상징하네"라고 대답하였다.

●牛亨74)問曰, "將離別, 相贈以芍藥者, 何?" 答曰, "芍藥, 一名可
　離, 故將別以贈之. 亦猶相招召, 贈之以文無75), 文無, 亦名當歸也.
　欲忘人之憂, 則贈以丹棘, 丹棘, 一名忘憂草, 使人忘其憂也. 欲蠲
　人之忿, 則贈之靑堂, 靑堂, 一名合懽, 合懽則忘忿."
○(전한 때) 우형이 물었다. "이별할 즈음에 서로 작약을 선물하는
　것은 어째서입니까?" 그러자 (동중서가) 대답하였다. "작약은 일
　명 '가리'라고도 하기에 이별할 때 선물하는 것이네. 또한 상대
　방을 부를 때 '문무'를 선물하는 것과 같은데, '문무'는 '당귀'라
　고도 하네. 근심거리를 잊고자 할 때는 '단극'을 선물하는데, '단
　극'을 일명 '망우초'라고도 하는 것은 사람들에게 근심을 잊게
　해 주기 때문이라네. 분노를 가라앉히고자 할 때는 '청당'을 선
　물하는데, '청당'을 일명 '합환'이라고도 하는 것은 '합환'이 분노
　를 잊게 해 주기 때문이라네."

●程雅問, 拾櫨木, 一名無患者. "昔有神巫, 名曰寶(一本作實)耗, 能符

　公·초나라 장왕을 가리킨다는 ≪맹자≫의 설, 제나라 환공·송나라 양공·진나라
　문공·진나라 목공·오나라 부차夫差를 가리킨다는 당나라 안사고顏師古의 설 등
　여러 견해가 있다.
73) 五嶽(오악) : 중국을 대표하는 다섯 개의 산. 여러 가지 설이 있으나, 동악東嶽
　태산泰山·남악南嶽 형산衡山·서악西嶽 화산華山·북악北嶽 항산恒山·중악中嶽
　숭산嵩山의 후한 정현鄭玄(127-200) 설이 일반적이다. '악嶽'은 '악岳'으로도 쓴다.
74) 牛亨(우형) : 최표의 ≪고금주≫에 전한 동중서董仲舒(B.C.179-B.C.104)에게 질
　의하는 인물로 등장하는 것으로 보아 동중서의 제자인 듯하나 상세한 것은 알려지
　지 않았다. 가공의 인물일 가능성도 배제할 수 없을 듯하다.
75) 文無(문무) : 약초인 당귀當歸의 별칭.

劾百鬼, 得鬼則以此爲棒, 殺之. 世人相傳, 以此木爲衆鬼所畏, 競取爲器, 用以却厭邪鬼. 故號曰無患也."

○(전한 때) 정아가 '습로'라는 나무를 일명 '무환'이라고 하는 것에 대해 묻자, (동중서가) 대답하였다. "옛날에 '보이'('보寶'는 '실實'로 된 문헌도 있다)라는 이름의 신통한 무당이 온갖 귀신을 부적으로 잘 물리쳤는데, 귀신을 만나면 이것으로 몽둥이를 만들어 죽였네. 세간에 전하기로는 이 나무가 귀신들이 두려워하는 대상이라서 다투어 그것을 가져다가 도구를 만들어 악귀를 물리치는 데 사용하였다고 하네. 그래서 '무환'이라고 부르는 것일세."

●牛亨問曰, "自古有書契76)以來, 便應有筆. 世稱蒙恬造筆, 何也?" 答曰, "蒙恬始造, 卽秦筆耳. 以枯木爲管, 鹿毛爲柱77), 羊毛爲被78), 所謂蒼毫, 非兎毫竹管也." 又問, "彤管, 何也?" 答曰, "彤者, 赤漆耳. 史官載事, 故以彤管, 用赤心記事也."

○(전한 때) 우형이 물었다. "옛날에 문자가 생긴 이래로 분명 바로 붓이 있었을 터인데, 세간에서 (진나라) 몽염이 붓을 처음 제작했다고 말하는 것은 어째서입니까?" 그러자 (동중서가) 대답하였다. "몽염이 처음으로 만든 것은 어디까지나 진나라 때 붓일 뿐이네. 죽은 나무로 대롱을 만들고, 사슴 털로 붓털의 심을 만들고, 양 털로 붓털의 외피를 만든 것으로 이른바 '창호'라는 것이기에 토끼 털과 대나무 대롱으로 된 붓이 아니라네." 또 "동관이 무엇입니까?"라고 묻자 (동중서가) 대답하였다. "'동彤'은 붉은 칠이네. 사관이 사실을 기록할 때 일부러 붉은 대롱의 붓을 사용하는 것은 순수한 마음으로 사실을 기록한다는 뜻일세."

---

76) 書契(서계) : 나무에 새긴 글자를 뜻하는 말로 문자나 문서를 가리킨다.
77) 柱(주) : 붓에서 털 중심부의 딱딱한 부위를 이르는 말. 즉 붓의 심을 가리킨다.
78) 被(피) : 붓털 가운데 바깥쪽의 부드러운 부분을 이르는 말.

●孫興公[79]問曰, "世稱, '黃帝鍊丹於鑿硯山, 乃得仙, 乘龍上天, 羣臣援龍鬚, 鬚墜而生草, 曰龍鬚.' 有之乎?" 答曰, "無也. 有龍鬚草, 一名綹雲草, 故世人爲之妄傳. 至如今有虎鬚草, 江東亦織以爲席, 號曰西王母[80]席. 可復是西王母乘虎, 而墮其鬚也."

○(진晉나라) 흥공興公 손작孫綽이 물었다. "세인들이 말하길 '황제黃帝가 착연산에서 단약을 제련하더니 결국 신선이 되어 용을 타고서 승천하자 신하들이 용의 수염을 잡는 바람에 수염이 떨어져 『용수초』라는 풀로 자랐다'고 하는데, 그런 일이 있습니까?" 내가 대답하였다. "없습니다. 용수초를 일명 '진운초'라고도 하기에 세인들이 이 때문에 잘못 전한 것이지요. 오늘날에는 호수초가 있는데, 장강 동쪽 일대에서는 그것을 짜서 방석을 만들고는 '서왕모석'이라고 부른답니다. 아마도 서왕모가 호랑이를 타다가 수염을 떨어뜨렸을 것입니다."

●牛亨問曰, "冕旒以繁露[81], 何也?" 答曰, "綴珠垂下, 重如繁露也."

○(전한 때) 우형이 물었다. "면류관에 구슬꿰미를 사용하는 것은 어째서입니까?" 그러자 (동중서가) 대답하였다. "구슬을 꿰어서 아래로 늘어뜨리면 마치 이슬방울들처럼 겹쳐 보이기 때문이라네."

●程雅問曰, "堯設誹謗之木, 何也?" 答曰, "今之華表[82]木也. 以橫

---

79) 孫興公(손흥공) : 진晉나라 사람 손작孫綽(314-371). '흥공'은 자. 시문에 탁월하였고, 경안현령景安縣令과 정위경正尉卿 등을 역임하였다. ≪진서·손작전≫권56 참조.
80) 西王母(서왕모) : 중국 전설에 나오는 불로장생不老長生을 상징하는 신녀神女 이름. 여신선들을 총괄하는 일을 관장하였다.
81) 繁露(번로) : 면류관의 앞뒤로 늘어놓은 구슬꿰미를 뜻하는 말. 글을 조리있게 작성하는 것을 비유할 때도 있다.
82) 華表(화표) : 궁궐이나 성벽·성문·다리·능묘 앞에 세워 놓는 커다란 장식용 돌기둥을 뜻하는 말.

木交柱頭, 狀若花也. 形似桔橰[83], 大路交衢悉施焉. 或謂之表木, 以表王者納諫也, 亦以表識衢路也. 秦乃除之, 漢始復修焉. 今西京[84]謂之交午也."

○(전한 때) 정아가 물었다. "(당나라) 요왕이 비방하는 말을 적을 수 있는 목판을 설치한 것은 어째서입니까?" 그러자 (동중서가) 대답하였다. "오늘날 화표라는 목판이네. 횡목을 기둥에 교차하는데 모양이 꽃봉오리처럼 생겼다네. 형상은 두레박과 유사하고 큰 길이나 교차로에 모두 설치하네. 간혹 이를 '표목'이라고 부르는 것은 왕이 간언을 받아들인다는 뜻을 나타내기 위해서라네. 또 길의 표지를 알리는 데도 사용한다네. 진나라 때는 이를 없앴다가 한나라 때 다시 설치하기 시작했는데, 오늘날 (섬서성 장안) 서경에서는 이를 '교오'라고 부른다네."

●牛亨問曰, "籍者, 何也?" 答曰, "籍者, 尺二竹牒, 記人之年名字物色, 縣之宮門, 案省相應, 乃得入也."

○(전한 때) 우형이 물었다. "'적'이란 무엇입니까?" 그러자 (동중서가) 대답하였다. "'적'이란 한 자 두 치 되는 대나무조각으로 사람의 나이와 이름·자·신분을 적기 위한 것인데, 궁문에 걸어서 서로 들어맞는지를 잘 살핀 뒤라야 출입할 수 있다네."

●程雅問曰, "凡傳者, 何也?" 答曰, "凡傳皆以木爲之, 長五寸, 書符信於上. 又以一板封之, 皆封以御史[85]印章, 所以爲信也. 如今之過

---

83) 桔橰(길고) : 물을 긷는 데 사용하는 기계 장치를 이르는 말. 두레박의 일종.

84) 西京(서경) : 전한前漢과 당나라 때 도읍지인 섬서성 장안長安의 별칭. 여기서는 결국 전한을 가리킨다. 송나라 때는 하남성 낙양洛陽이 개봉開封(변경汴京)의 서쪽에 있었기에 낙양을 지칭하기도 하였다.

85) 御史(어사) : 탄핵을 전담하는 기관인 어사대御史臺 소속의 벼슬에 대한 총칭. 당나라 때는 어사대를 헌대憲臺·숙정대肅正臺라 부르기도 하였다. 시대마다 다소 차이는 있으나 보통 장관은 어사대부御史大夫, 버금 장관은 어사중승御史中丞이라고 하였으며, 휘하에 시어사侍御史·전중시어사殿中侍御史·감찰어사監察御史·어

所86)也.”

○(전한 때) 정아가 물었다. “무릇 ‘전’이란 무엇입니까?” 그러자 (동중서가) 대답하였다. “무릇 ‘전’은 모두 나무로 만드는데, 길이가 다섯 치 가량으로 위에 부신을 적네. 또 목판으로 이를 봉하고 모두 어사의 도장을 찍어서 신표로 삼기 위한 것이네. 오늘날 관문을 통과할 때 사용하는 증명서와 같다네.”

●牛亨問曰, “草木生類乎?” 答曰, “生類也.” 又曰, “有識乎?” 答曰, “無識也.” 又曰, “無識, 寧得爲生類也?” 答曰, “物有生而有識者, 有生而無識者, 有不生而有識者, 有不生而無識者. 夫生而有識者, 蟲類也. 生而無識者, 草木也. 不生而無識者, 水土也. 不生而有識者, 鬼神也.”

○(전한 때) 우형이 물었다. “초목이 동족를 낳습니까?” 그러자 (동중서가) 대답하였다. “동족을 낳는다네.” 또 물었다. “그러면 지각이 있습니까?” 대답하였다. “지각이 없다네.” 또 물었다. “지각이 없는데 어찌 동족을 낳을 수 있습니까?” 대답하였다. “사물 가운데는 태어나면서 지각이 있는 것이 있고, 태어나면서도 지각이 없는 것이 있으며, 태어나지 않으면서도 지각이 있는 것이 있고, 태어나지 않으면서 지각이 없는 것이 있다네. 무릇 태어나면서 지각이 있는 것은 벌레가 그러하네. 태어나면서도 지각이 없는 것은 초목이 그러하네. 태어나지 않으면서 지각이 없는 것은 물이나 흙이 그러하네. 태어나지 않으면서도 지각이 있는 것은 귀신이 그러하네.”

●牛亨問曰, “蟻名玄駒者, 何也?” 答曰, “河內87)人並河, 而見人馬

사승御史丞 등의 속관이 있었다.

86) 過所(과소) : 관문이나 나룻터 등의 장소를 통과할 때 제시하는 증명서를 이르는 말.

87) 河內(하내) : 하남성의 속군屬郡 이름.

數千萬, 皆如黍麥, 遊動往來, 從旦至暮. 家人以火燒之, 人皆是蚊
蚋[88], 馬皆是大蟻. 故今人呼蚊蚋曰黍民, 名蟻曰玄駒也."

○(전한 때) 우형이 물었다. "개미를 '현구'라고 부르는 것은 어째
서입니까?" 그러자 (동중서가) 대답하였다. "(하남성) 하내군 군
민들이 황하의 물줄기를 합치다가 사람과 말의 숫자가 수천 수
만에 달하는 것을 보았는데, 모두 기장이나 보리처럼 생긴 것이
여기저기를 돌아다니며 새벽부터 저녁까지 움직였다네. 주민들이
불로 그것들을 태우자 사람들은 모두 모기였고 말들은 모두 개
미였다네. 그래서 요즘 사람들이 모기를 '서민'이라고 부르고, 개
미를 '현구'라고 부르는 것이네."

●牛亨問曰, "蟬名齊女者, 何?" 答曰, "齊王后忿而死, 尸變爲蟬, 登
庭樹, 嘒唳[89]而鳴. 王悔恨, 故世名蟬曰齊女也."

○(전한 때) 우형이 물었다. "매미를 '제녀'라고 부르는 것은 어째
서입니까?" 그러자 (동중서가) 대답하였다. "제나라 왕의 부인이
화병으로 죽자 시신이 매미로 변해 정원 나무에 올라서 '맴맴!'
하고 울어댔다네. 왕이 후회를 하였기에 세간에서는 매미를 '제
녀'라고 부르는 것이네."

■古今注卷下■

---

88) 蚊蚋(문예) : 모기에 대한 총칭. 남방에서는 '문蚊'이라고 하고, 북방에서는 '예蚋'
라고 한 데서 유래하였다. '예蚋'는 '예蜹'로도 쓴다.
89) 嘒唳(혜려) : 매미가 우는 소리를 형용하는 말.

■中華古今注卷上■

◇宮(궁)

●宮謂之室, 室謂之宮, 皆所以通古今之語, 明同實而兩名之也. 秦始皇造阿房宮, 闕[1]五百步, 南北千丈, 上可坐萬人, 下可建五丈旗幟. 咸陽[2]二百里內, 爲宮觀二百七十所, 皆複道相連.

○'궁宮'을 '실室'이라고도 하고 '실'을 '궁'이라고도 하는데, 모두 고금의 언어를 통용하기 위한 것이므로 실체는 같지만 이름을 두 가지로 한 것이 분명하다. 진나라 시황제가 아방궁을 지으면서 돌기둥 사이를 5백 보로 하고 남북으로 길이가 1천 장에 이르게 한 뒤, 위로는 만 명을 수용하고 아래로는 5장 높이의 깃발을 세울 수 있게 하였다. (섬서성) 함양 땅 2백 리 안에 궁관 270개 소를 만들고는 모두 복도로 서로 연결시켰다.

◇闕(궐)

●闕者, 觀也. 古每門樹兩觀於其前, 所以標表宮門也. 其上可居, 登之則可遠觀, 故謂之觀. 人臣將朝, 至此則思其所闕, 故謂之闕. 其上皆丹堊, 其下皆畫雲氣・僊靈・奇禽・怪獸, 以昭示萬民焉. 蒼龍闕畫蒼龍, 白虎闕畫白虎, 玄武[3]闕畫玄武, 朱雀[4]闕上有朱雀二枚.

○'궐闕'이란 살핀다는 뜻이다. 옛날에 각 성문마다 그 앞에 두 개의 관망대를 세운 것은 궁문을 표시하기 위해서였다. 그 위로는 사람이 거주할 수 있는데, 그곳을 오르면 먼 곳을 살필 수 있기에 '관觀'이라고 한 것이다. 신하가 조회에 참석할 때 이곳에 도

---

1) 闕(궐) : 대문이나 사당・무덤 등 앞에 세우는 일종의 돌기둥을 이르는 말.
2) 咸陽(함양) : 진秦나라의 도읍으로 지금의 섬서성 장안시長安市 동쪽 일대.
3) 玄武(현무) : 전설상의 동물이자 북방의 신. 거북과 뱀을 합쳐 놓은 듯한 형상을 하였다.
4) 朱雀(주작) : 전설상의 상서로운 동물이자 남방의 신. '주봉朱鳳' '주작朱爵'이라고도 한다.

착하면 부족한 부분을 생각하기에 '궐'이라고 하는 것이다. 그 위는 모두 붉은 석회를 바르고, 그 아래로는 모두 구름·신령·기이한 날짐승·괴이한 들짐승을 그려넣어서 백성들에게 분명히 보여준다. (동쪽) 창룡궐에는 창룡을 그려넣고, (서쪽) 백호궐에는 백호를 그려넣고, (북쪽) 현무궐에는 현무를 그려넣고, (남쪽) 주작궐 위에는 주작 두 마리를 설치한다.

◇城(성)

●城者, 盛也, 所以盛受人物也. 城門皆築土爲之. 累土曰臺, 故亦謂之臺門也.

○'성城'은 가득하다는 뜻으로 사람과 사물을 가득 받아들이기 위한 곳이다. 성문은 모두 흙을 쌓아서 만든다. 흙을 쌓은 것을 '대臺'라고 하기에 성문을 '대문'이라고도 한다.

◇城隍(성황)

●隍者, 城池之無水者也.

○'황隍'이란 성에 만든 해자 가운데 물이 없는 것이다.

◇秦所築長城(진나라가 쌓은 장성)

●秦始皇三十二年, 得讖書云, "亡秦者胡也." 乃使蒙恬築長城, 以備之. 蓋秦終於二世帝[5]胡亥也, 非爲胡人所患. 秦所築城, 土色皆紫, 漢塞亦然. 故稱紫塞者焉.

○진나라 시황제가 즉위한 지 32년 되던 해(B.C.215)에 예언서를 얻었는데, 거기에는 "진나라를 망하게 할 자는 '호'이다"라고 적혀 있었다. 그래서 몽염을 시켜 장성을 쌓게 해 이에 대비하였

---

5) 二世帝(이세제) : 진秦나라 시황제始皇帝 영정嬴政의 아들인 이세황제二世皇帝 영호해嬴胡亥(B.C.230-B.C.207). 시황제가 2세·3세를 거쳐 만세까지 가기를 바란다는 유언을 남겼다고 하나 진나라는 이세황제에서 망하고 말았다.

다. 그러나 진나라는 이세황제인 호해에 의해 종지부를 찍었지 호족 사람들에 의해 망한 것이 아니다. 진나라가 쌓은 성은 흙빛이 자색이고, 한나라 때 요새 역시 마찬가지이다. 그래서 '자새'라고도 칭하는 것이다.

◇長安御溝(장안의 궁궐 도랑)

●謂之楊溝, 植高楊於其上也. 一曰羊溝, 謂羊喜觝觸垣墻, 故爲溝以隔之. 故曰羊溝. 亦曰禁溝, 引終南山水, 從宮內過, 所謂御溝.

○(섬서성 장안 궁궐의 도랑을) '양구楊溝'라고 하는 것은 그 주변으로 키가 큰 버드나무를 심어서이다. 일명 '양구羊溝'라고도 하는 것은 양이 담장을 들이받기 좋아하여 도랑을 만들어서 이를 막았다는 말이다. 그래서 '양구'라고 하는 것이다. 또한 '금구禁溝'라고도 하는데, 종남산의 물을 끌어들여 궁궐 안을 지나게 하였기에 이른바 '어구御溝'라는 말과 같다.

◇封疆(봉강)

●畫界者, 封土爲臺, 以表識疆境也. 畫界者, 於二封之間, 又爲壝埒6), 以畫界分城也.

○경계를 그을 때는 흙을 쌓아서 누대를 만들어 영역을 표시한다. 경계를 그을 때는 두 봉토 사이에 다시 나지막한 흙담을 만들어 경계를 나누고 성을 구분한다.

◇闤闠(저자의 담장과 출입문)

●闤者, 市墻也, 闠者, 市門也.

○'환闤'은 저자의 담장을 뜻하고, '궤闠'는 저자의 출입문을 뜻한다.

---

6) 壝埒(궤날) : 나지막한 흙담을 이르는 말.

◇肆店 (상점)

●肆者, 所以陳貨鬻7)之物也. 店者, 所以置貨鬻之物也.

○'사肆'는 판매할 물품을 진열하기 위한 곳이고, '점店'은 판매할 물품을 비치하기 위한 곳이다.

◇罘罳屏 (부시병)

●屏之遺象也. 塾, 門外之舍也. 臣來朝君, 至門外, 當就舍, 更詳其所應應對之事也. 塾之爲言, 熟也. 行至門內屏外, 復應思維也. 罘罳8), 復思也. 漢西京罘罳, 合板爲之, 亦築土爲之. 每門闕殿舍, 皆有焉. 如今郡國9)廳前, 亦樹之也.

○('부시'는) 병풍에서 물려받은 형상이다. '숙塾'은 문밖에 마련한 숙소이다. 신하가 군주를 조알하러 와서 문밖에 도착하면 숙소로 찾아가 다시 마땅히 응대해야 할 사안에 대해 상세히 살핀다. '숙'이란 말은 숙지한다는 뜻이다. 길에 올랐다가 문 안쪽이자 병풍 밖에 도착하면 다시 응당 심사숙고해야 한다. '부시'는 다시 생각한다는 뜻이다. 한나라 때 (섬서성 장안) 서경의 '부시'는 목판을 모아서 만들기도 하고 또 흙을 쌓아서 만들기도 하였다. 궁문과 건물마다 모두 그것을 두었다. 오늘날 전국 각지의 청사 앞에도 그것을 세운다.

◇宗廟 (종묘)

●宗者, 宗祀也, 廟者, 貌也, 所以髣髴先人之靈貌也. 天子七廟10),

---

7) 貨鬻(화육) : 팔다, 판매하다.
8) 罘罳(부시) : 새가 날아들어 건물을 더럽히는 것을 막기 위해 펼쳐놓는 그물 모양의 구조물. 병풍을 가리키는 말로 보는 설도 있다.
9) 郡國(군국) : 한나라 때 행정 구역 명칭. '군郡'은 천자가 직접 관할하는 행정 구역을 말하고, '국國'은 친왕親王이나 공신을 봉한 각 제후국을 가리킨다. ≪후한서≫에서 '지리지地理志'를 '군국지郡國志'라고 칭한 것도 한나라 때 주요 행정 구역이 '군郡'과 '국國'으로 이루어졌기 때문이다. 여기서는 결국 전국 각지를 가리킨다.
10) 七廟(칠묘) : 제왕의 종묘宗廟. 중앙에 태조太祖의 사당을 두고 좌우로 삼소三昭

諸侯五廟[11]), 大夫[12])三廟, 士二廟, 庶人無廟, 四時之饗也.

○‘종宗’은 조종에게 제사를 지낸다는 뜻이고, ‘묘廟’는 선영의 모습을 그린다는 뜻으로 선인의 영혼을 비슷하게 표현하기 위한 것이다. 천자는 일곱 명의 선조를 모신 사당을 마련하고, 제후는 다섯 명의 선조를 모신 사당을 마련하고, 대부는 세 명의 선조를 모신 사당을 마련하고, 사士는 두 명의 선조를 모신 사당을 마련하지만, 서민은 사당을 마련하지 않고 사계절에 제사를 지낸다.

◇漢成帝廟(전한 성제의 사당)

●顧成廟[13])有三玉鼎・二眞金鑪. 槐樹悉爲扶老[14])鉤欄[15]), 畫雲龍角虛[16])於其上也.

○(전한 문제의 신위를 모신) 고성묘에는 옥 세발솥 세 개와 진짜 금으로 만든 화로 두 개가 있었다. 홰나무로는 모두 지팡이나 울타리를 만드는데, 그 위로는 구름이나 용・각수・허수 등을 그려 넣었다.

◇堯誹謗木(요왕이 비방을 적게 하기 위해 설치한 목판)

●程雅[17])問曰, “堯設誹謗之木, 何也?” 答曰, “今之華木也. 以橫木

와 삼목三穆을 배치하여 모두 7대조를 모실 수 있도록 설치된 사당을 말한다.

11) 五廟(오묘) : 태조太祖와 이소二昭・이목二穆 등 다섯 명의 조상의 신위를 모신 사당을 이르는 말. 뒤의 ‘삼묘三廟’와 ‘이묘二廟’도 같은 이치이다.

12) 大夫(대부) : 주周나라 때 신분 구분인 공公・경卿・대부大夫・사士의 하나. 삼공三公과 구경九卿 아래로 상대부上大夫・중대부中大夫・하대부下大夫가 있고, 그 밑으로 다시 상사上士와 중사中士・하사下士가 있었다. 후대에는 벼슬아치에 대한 범칭汎稱으로 쓰기도 하였다.

13) 顧成廟(고성묘) : 전한 문제文帝의 신위를 모신 사당 이름.

14) 扶老(부로) : 노인을 부축하기 위한 지팡이나 새 이름인 무수리의 별칭을 뜻하는데, 여기서는 전자를 가리키는 듯하다.

15) 鉤欄(구란) : 가로막다. 여기서는 일종의 차단막을 가리키는 것으로 보이는데, ‘구란拘攔’으로도 쓴다.

16) 角虛(각허) : 이십팔수二十八宿 가운데 동방의 별인 각수角宿와 북방의 별인 허수虛宿를 아우르는 말. 위의 예문과 유사한 내용이 ≪고금주≫권상에도 전하는데, 문자상에 차이가 있으나 여기서는 위의 예문을 따른다.

交柱頭, 狀如華也. 形如桔槹[18], 大路交衢悉施焉. 或謂之表木, 以
表王者納諫也. 亦以表識衢路. 秦乃除之, 漢始復修焉. 今西京[19]謂
之交午柱也."

○(전한 때) 정아가 물었다. "(당나라) 요왕이 비방하는 말을 적을
수 있는 목판을 설치한 것은 어째서입니까?" 그러자 (동중서가)
대답하였다. "오늘날의 '화목'이네. 횡목을 기둥에 교차하는데 모
양이 꽃봉오리처럼 생겼다네. 형상은 두레박과 유사하고 큰 길이
나 교차로에 모두 설치하네. 간혹 이를 '표목'이라고 부르는 것
은 왕이 간언을 받아들인다는 뜻을 나타내기 위해서라네. 또 길
의 표지를 알리는 데도 사용한다네. 진나라 때는 이를 없앴다가
한나라 때 다시 설치하기 시작했는데, 오늘날 (섬서성 장안) 서
경에서는 이를 '교오주'라고 부른다네."

◇方徼[20] (방요)

●徼者, 繞也, 所以繞逆外國, 使不得侵入中國也. 方者, 方面[21]也.
南方徼色赤, 故稱丹徼焉.

○'요徼'는 에워싼다는 뜻으로 외국을 에워싸 막아서 중국으로 침
입할 수 없게 하기 위한 것이다. '방方'은 영역을 뜻한다. 남방의
'요'는 빛깔이 적색이라서 '단요'로 부른다.

◇關塞 (관새)

●關者, 長安之關門也, 函谷關·潼關之屬也. 塞者, 塞也, 所以擁塞

---

17) 程雅(정아) : 진나라 최표崔豹의 ≪고금주≫에서 전한 동중서董仲舒에게 질의하는
   인물로 등장하는데, 사서史書에 언급되지 않는 것으로 보아 우형牛亨과 함께 최표
   崔豹가 설정한 가공의 인물인 듯하다.
18) 桔槹(길고) : 물을 긷는 데 사용하는 기계 장치를 이르는 말. 두레박의 일종.
19) 西京(서경) : 전한前漢이나 당나라 때 도읍지인 섬서성 장안長安의 별칭. 여기서
   는 결국 전한을 가리킨다. 송나라 때는 하남성 낙양洛陽이 개봉開封(변경汴京)의
   서쪽에 있었기에 낙양을 지칭하기도 하였다.
20) 方徼(방요) : 변방의 요새를 이르는 말.
21) 方面(방면) : 한 지방의 영역이나 그곳을 관장하는 장관을 이르는 말.

夷狄, 不侵中國也.

○'관關'은 (섬서성) 장안의 관문을 뜻하는 말로 함곡관과 동관 등을 가리킨다. '새塞'는 막는다는 뜻으로 오랑캐가 중국에 침입하지 못 하도록 막기 위한 것이다.

◇孫亮金螭屛風(손양의 금리병풍)

●孫亮, 吳主權之子也, 作金螭[22]屛風, 鏤作瑞應圖[23]一百二十種之祥物也.

○손양은 (삼국) 오나라 군주인 손권孫權의 아들로 황금색 뱀 무늬가 그려진 병풍을 만들어 서응도에 실린 120종의 상서로운 동물들을 새겨넣었다.

◇孫權舸船(손권의 배)

●孫權, 吳之主也. 時號舸爲赤龍, 小船爲馳馬, 言如龍之飛于天, 如馬之走陸地也.

○손권은 (삼국) 오나라 군주이다. 당시에는 큰 배를 '적룡'이라고 부르고 작은 배를 '치마'라고 불렀으니, 이는 용이 하늘을 날고 말이 육지를 달리는 것처럼 빠르다는 말이다.

◇漢高祖斬白蛇劍(전한 고조가 백사를 벤 검)

●漢世傳, 高祖斬白蛇劍, 長七尺. 漢高祖自稱提三尺劍, 而取天下. 有問余者, 余告之曰, "漢高爲泗上亭長[24], 送徒驪山, 所提劍理應

---

22) 金螭(금리) : 뱀 모양의 황금색 무늬를 이르는 말.
23) 瑞應圖(서응도) : 상서로운 징조를 새겨넣은 도록을 이르는 말. 남조南朝 양梁나라 때 손유지孫柔之가 지은 위서緯書를 가리킬 때도 있는데, 수隋나라 때 이미 실전되었다. 총 2권. ≪수서·경적지≫권34 참조.
24) 亭長(정장) : 진한秦漢 때 시골 마을에 10리마다 실치된 정亭에서 치안과 여행객의 숙박을 관장하던 벼슬을 가리키는 말. '정리亭吏' '정원亭員'이라고도 한다. 중국 고대의 행정 체계에 의하면 10정亭을 '향鄕'이라고 하고, 10향鄕을 '현縣'이라고 하였다.

三尺耳. 後富貴, 別得七尺寶劍, 捨舊而服之. 漢之後世, 唯聞高祖
以所佩劍斬白蛇, 而高祖常佩此劍, 即斬蛇之劍也."

○한나라 때부터 전하는 말에 의하면 고조가 백사를 벤 검은 길이
가 일곱 자였다고 한다. 그러나 전한 고조는 스스로 세 자 짜리
검을 들고서 천하를 얻었다고 말한 적이 있다. 누군가 내게 묻기
에 나는 "전한 고조가 사수정의 정장을 맡아 여산에서 동료를
전송할 때는 들고 있던 검이 도리상 의당 세 자에 지나지 않았
지요. 뒤에 부귀해지자 달리 일곱 자 되는 보검을 얻으면서 예전
의 검을 버리고 그것을 착용한 것입니다. 한나라 후손들은 오직
고조가 차고 있던 검으로 백사를 베었다는 애기만 들었지만, 고
조는 늘 이 검을 차고 있었으므로 이 검이 바로 백사를 벤 검임
을 알 수 있습니다"라고 알려주었다.

◇魏武帝軍幓(위나라 무제의 군용 모자)

●魏武所制也, 以軍中服之輕便. 有[25]作五色[26]幓[27], 以表方面也.

○('군겹軍幓'은 삼국) 위나라 무제가 만든 것으로 군중에서 착용
하면 가볍고 편리하기 때문이었다. 또 오색을 띤 모자를 만들어
각 방면을 표시하였다.

◇吳大帝寶刀(오나라 대제의 보도)

●吳大帝[28]有寶刀三. 其一曰百鍊, 二曰靑犢, 三曰漏影.

○(삼국) 오나라 대제(손권孫權)는 보도를 세 자루 가지고 있었다.
그중 첫 번째를 '백련도'라고 하고, 두 번째를 '청독도'라고 하고,

---

25) 有(우) : 또. '又又'와 통용자.
26) 五色(오색) : 정색正色인 청·적·황·백·흑색의 다섯 가지를 색깔을 아우르는
말. 각기 동방·남방·중앙·서방·북방을 가리킨다.
27) 幓(겹) : 군인들이 착용하는 간편한 모자를 이르는 말. '갑帢'과 통용자.
28) 大帝(대제) : 삼국 오吳나라 임금 손권孫權(182-252)의 시호인 대황제大皇帝의
약칭.

세 번째를 '누영도'라고 하였다.

◇孫文臺青玉馬鞍(문대文臺 손견孫堅의 청옥 안장)

●孫文臺29)獲青玉馬鞍, 其光照於衢路也.

○(후한 말엽) 손견은 청옥이 장식된 말안장을 얻었는데 그 빛이 거리를 환하게 비추었다.

◇魏武帝馬勒酒椀(위나라 무제의 말 굴레와 술잔)

●魏武帝以馬勒30), 車渠31)石爲酒椀

○(삼국) 위나라 무제(조조曹操)는 마노석으로 말의 굴레를 만들고, 차거조개 껍데기로 술잔을 만들었다.

◇大駕32)指南車(황제의 대가 지남거)

●起於黃帝33)與蚩尤戰於涿鹿34)之野. 蚩尤作大霧, 皆迷四方, 於是乃作指南車, 以示四方, 遂擒蚩尤而卽位. 故後漢恒建. 舊說云, "周公35)所作也." 周公治致太平, 越裳氏36)重譯37)來, 獻白雉一·黑雉

---

29) 孫文臺(손문대) : 후한 말엽 사람인 손견孫堅(155-191). '문대'는 자. 삼국 오나라를 건국한 손권孫權(182-252)의 부친. ≪삼국지·오지·손견전≫권46 참조.

30) 以馬勒(이마륵) : 앞의 ≪고금주≫권하의 기록에 의하면 '마노석으로 말의 굴레를 만들다(以馬腦石爲馬勒)'의 오기이다.

31) 車渠(차거) : 심해深海에 사는 조개의 일종인 '차거硨磲'와 통용자. 그 껍데기는 칠보七寶 가운데 하나로 꼽힌다.

32) 大駕(대가) : 황제가 행차할 때의 의장을 이르는 말. 한나라 이후로 그 규모에 따라 대가大駕·소가小駕·법가法駕가 있었다.

33) 黃帝(황제) : 전설상의 임금. 삼황三皇 가운데 마지막 세 번째 임금이란 설도 있고, 오제五帝 가운데 첫 번째 임금이란 설도 있다.

34) 涿鹿(탁록) : 하북성의 속현屬縣 이름이자 산 이름.

35) 周公(주공) : 주周나라 무왕武王 희발姬發의 동생이자 성왕成王 희송姬誦의 숙부인 희단姬旦에 대한 존칭. 성왕이 나이가 어려 섭정攝政을 하였고, 성왕이 성장한 뒤 물러나 노魯나라를 봉토封土로 받았다. ≪사기·노주공세가魯周公世家≫권33 참조.

36) 越裳氏(월상씨) : 고대 중국의 남해에 있었던 이민족 국가 이름.

37) 重譯(중역) : 두 번 이상 통역을 거치는 것을 뜻하는 말. 혹은 통역을 맡은 사신

二·象牙一, 使者迷其歸路, 周公錫以文錦二疋·軿車38)五乘, 皆爲司南之制, 使越裳氏載之以南, 緣扶南39)·林邑40)海際, 期年41)而至. 其國使大夫宴, 將送至國而還至. 始制車, 轄轊42)皆以鐵. 還至, 鐵亦銷盡, 以屬巾車氏43), 攷44)而載之, 常爲先導, 示服遠人, 而正四方也. 車法在尙方故事45). 漢末喪亂, 其法中絶, 馬先生鈞46)紹而作焉. 今指南車, 馬先生之遺法也.

○(황제의 수레인 대가 가운데 남쪽 방향을 알기 위해 만든 수레인 '지남거'는) 황제黃帝가 치우와 (하북성) 탁록산의 들판에서 전투를 벌인 데서 유래하였다. 치우가 자욱한 안개를 일으켜 병사들이 모두 길을 잃자 황제가 지남거를 만들어 네 방향을 알려서 결국 치우를 사로잡고 제위에 올랐다. 그래서 뒤에 한나라 때는 늘 이를 세웠다. 옛 설에 의하면 "(주周나라) 주공이 제작한 것이다"라고 한다. 주공이 정치를 잘 베풀어 태평성대를 이루자

을 가리키기도 한다. 결국 여러 경로를 통해 어렵게 전파되는 것을 의미한다.

38) 軿車(병거) : 휘장을 친 수레를 이르는 말.

39) 扶南(부남) : 고대 중국 남부에 크메르족이 세운 나라 이름. 지금의 태국 동쪽 일대.

40) 林邑(임읍) : 중국 고대 때 베트남 중부에 있었던 이민족 국가 이름. '환왕環王' '점불로占不勞' '점파占婆'라고도 하였다.

41) 期年(기년) : 1년. '기期'는 돎을 뜻하는 '기朞'와 통용자.

42) 轄轊(할예) : 수레의 부품인 비녀장과 굴대를 아우르는 말. '예轊'는 '예轋'로도 쓴다.

43) 巾車氏(건거씨) : 주周나라 때 휘장을 두른 수레를 관장하던 춘관春官 소속 벼슬 이름.

44) 攷(공) : 앞의 ≪고금주≫권하의 기록에 의하면 '수收'의 오기이다. 자형의 유사성으로 인한 필사 과정상의 단순 오기로 보인다.

45) 尙方故事(상방고사) : 한나라 때 나온 기물 제작에 관한 저술로 추정되나 사서史書나 서지書誌에 아무런 기록이 없어 상세한 내용은 알려지지 않았다. 서명에서 '상방尙方'은 궁중의 기물을 제작하고 관리하는 기관을 가리키는데, 한나라 때는 장관을 '상방령尙方令'이라고 하였고, 당송 때는 '상방감尙方監'이라고 하였다. '상방上方'으로도 쓴다.

46) 馬先生鈞(마선생균) : 삼국 위魏나라 때 사람 마균馬鈞에 대한 존칭. 자는 덕형德衡. 박사博士와 급사중給事中을 지내며 명제明帝의 칙명으로 지남거指南車와 수차水車 등을 제작하였다. ≪삼국지·위지·두기전杜夔傳≫권29의 남조南朝 유송劉宋 배송지裴松之 주 참조.

월상씨가 여러 차례 통역을 거쳐 찾아와서는 흰 꿩 한 마리와 검은 꿩 두 마리·상아 한 개를 바쳤는데, (월상씨의) 사자가 돌아가는 길을 혼동하자 주공이 아름다운 비단 두 필과 휘장 수레 다섯 대를 하사하면서 모두 남쪽을 가리키는 제품으로 만들어 월상씨의 사자에게 이것을 타고서 남쪽을 찾게 하니 부남국과 임읍국의 해변을 따라 1년만에 자신의 모국으로 돌아가게 해 주었다. 그 나라에서도 대부에게 잔치를 베푼 뒤 그를 조정까지 배웅하여 돌려보냈다. 처음 지남거를 제작할 때는 비녀장과 굴대에 모두 쇠를 사용하였다. 그러나 귀국했을 때 쇠가 다 소모되자 건거씨에게 명해 그것들을 거두어 수레에 실은 뒤 늘 앞장서게 함으로써 먼 나라 사람들을 제압하고 네 방향을 바로잡았다는 사실을 알리게 하였다. 수레를 제작하는 방법은 ≪상방고사≫에 상세히 갖춰져 있다. 후한 말엽에 세상이 어지러워지면서 그 제작법이 중도에 끊겼으나 마균 선생이 뒤를 이어 이를 제작하였다. 오늘날 지남거는 마선생이 남긴 제작법에 의존하고 있다.

◇金根車(금근거)

●秦制也. 秦併天下, 閱三代之輿服, 謂殷得瑞山車. 一曰金根[47]. 故因作爲金根之車. 秦乃增飾, 而乘輿[48]焉. 漢因而不改.

○('금근거'는) 진나라 때 제품이다. 진나라는 천하를 통일한 뒤 하나라·상나라·주나라 때 수레를 고찰하고서 은(상)나라 때 '서산거'가 있었다고 생각하였다. 이는 일명 '금근거'라고도 한다. 그래서 그참에 황금을 장식한 수레를 만들었다. 진나라 때는 급기야 장식품을 늘려서 황제의 수레로 삼았다. 한나라도 이를 인습하면서 고치지 않았다.

---

47) 金根(금근) : 황제의 의장용 수레 가운데 하나인 '법가法駕'의 별칭.
48) 乘輿(승여) : 황제의 수레. 황제의 대칭代稱으로도 쓰였다.

◇辟惡車(벽악거)

●秦制也. 桃弓葦矢, 所以禳除49)不祥也. 春秋云50), "桃弓荊矢, 以 除其災," 所謂辟惡也.

○'벽악거'는 진나라 때 제품이다. 복숭아나무로 만든 활과 갈대로 만든 화살은 상서롭지 않은 것을 제거하기 위한 것이다. ≪춘추경≫에서 "복숭아나무로 만든 활과 갈대로 만든 화살은 재액을 없애기 위한 것이다"라고 한 것도 이른바 '벽악'을 가리킨다.

◇記里鼓(기리고)

●所以識道里51)也, 謂之大章車, 起於西京, 亦曰記里車. 車上有二層, 皆有木人焉. 行一里, 下一層擊鼓, 行十里, 上層擊鐘. 尙方故事有 作車法.

○도로나 고을의 거리를 알기 위해 제작하는 수레를 '대장거'라고 하는데, (섬서성 장안에 도읍을 정한) 전한 때부터 시작되었고 '기리거'라고도 한다. 수레 위를 2층으로 만들고 모두 나무 인형을 설치한다. 1리를 가면 아래층의 나무 인형이 북을 치고, 10리를 가면 윗층의 나무 인형이 종을 친다. ≪상방고사≫에 이 수레를 제작하는 방법에 관한 기록이 있다.

◇街鼓(가고)

●唐舊制, 京城內金吾52), 昏曉傳呼53), 以戒行者. 馬周請置六街54)

---

49) 禳除(양제) : 제사를 올려 재앙이나 악귀를 물리치는 일을 이르는 말. '불제祓除' '불계祓禊'라고도 한다.

50) 云(운) : 이하 예문은 현전하는 춘추삼전春秋三傳에 모두 실리지 않은 것으로 보아 일문逸文인 듯하다.

51) 道里(도리) : 도로와 고을을 아우르는 말.

52) 金吾(금오) : 한나라 때 금오봉金吾棒을 들고 경사京師를 순찰하거나 천자를 호위하는 일을 주관하던 벼슬 이름인 '집금오執金吾'의 약칭. '오吾'가 '막다(衛)'라는 뜻이어서 무기(金)를 들고 비상사태를 막는다(吾)는 의미에서 유래하였다.

53) 傳呼(전호) : 소리쳐서 부르거나 명을 내리는 것을 이르는 말.

54) 六街(육가) : 당나라 때 섬서성 장안長安이나 송나라 때 하남성 개봉開封에 있었

鼓, 號之曰鼕鼕55)鼓.

○당나라 때 옛 제도에 의하면 경성 내 집금오는 아침 저녁으로 소리쳐 명령을 전함으로써 행인들에게 경고를 보냈다. 마주가 도성의 각 대로에 북을 설치할 것을 주청하고는 이를 '동동고'라고 하였다.

◇華蓋(화개)

●黃帝所作也, 與蚩尤戰於涿鹿之野, 常有五色雲氣, 金枝玉葉, 止於帝上, 有花蕐之象, 故因而作華蓋焉.

○(아름다운 문양이 새겨진 수레덮개인 '화개'는) 황제黃帝가 만든 것으로 치우와 (하북성) 탁록산의 들판에서 전투를 벌일 때 늘 오색 구름이 나타나 금지옥엽의 형상으로 황제의 머리 위에 머물면서 꽃봉오리 같은 현상을 보였기에 그참에 '화개'를 만들었다.

◇曲蓋(곡개)

●太公56)所作也, 武王伐紂, 大風折蓋, 太公因折蓋之形, 制曲蓋焉. 戰國常以賜將帥. 自漢朝, 乘輿用, 謂曰軬輗57). 蓋有軍號58)者, 賜其一焉.

○(자루가 굽은 수레덮개인 '곡개'는 주나라) 강태공이 만든 것으로

던 여섯 개의 큰 거리. 도성의 큰길과 저자를 범칭한다.

55) 鼕鼕(동동) : 북소리를 형용하는 말.

56) 太公(태공) : 주周나라 문왕文王의 스승이자 무왕武王 때 재상인 여상呂尙의 별칭. '태공'은 부친에 대한 존칭으로 문왕이 여상을 만나 "우리 선친께서 그대를 기다린 지 오래되었소(吾太公望子, 久矣)"라고 말한 데서 '태공망太公望'이란 별칭이 생겼고, 무왕武王이 재상에 임명하고서 '부친처럼 모셨다'는 의미에서 여상의 성을 붙여 '강태공姜太公'으로도 불렀다. 제齊나라를 봉토로 받았다. ≪사기·제태공세가≫권32 참조.

57) 軬輗(비예) : 한나라 때 수레덮개를 지탱하는 장대를 설치한 수레를 이르는 말. '비軬'는 '비軿'의 이체자異體字.

58) 軍號(군호) : 군대에서의 직위나 계급을 이르는 말.

무왕이 (상商나라 마지막 폭군인) 주왕을 정벌할 때 강풍이 수레 덮개를 부러뜨리자 강태공이 부러진 수레덮개의 모양을 본떠서 '곡개'를 만들었다. 전국시대 때는 늘 이를 장수에게 하사하였다. 한나라 때부터 황제의 수레에 설치하고 이를 '비예개'라고 하였는데, 아마도 군대에서 직위를 가지는 자에게도 그중 하나를 하사하였을 것이다.

◇雉尾扇(치미선)

●起於殷世. 高宗59)有鴝雉之祥60), 服章61)多用翟羽. 周制以爲王后·夫人62)之車服. 輦車有翣63), 卽緝雉羽爲扇翣64), 以鄣翳風塵也. 漢朝, 乘輿服之, 後以賜梁孝王65). 魏晉已來, 以爲常准, 諸王皆得用之.

○('치미선'은) 은(상商)나라 때 처음으로 제작되었다. 고종 때 꿩이 세발솥 손잡이에 올라앉아 운 괴이한 현상이 일어나자 예복에 꿩의 깃털을 많이 사용하게 되었다. 주나라 때 제도에서는 왕후와 부인의 수레 복장으로 삼았다. 수레에 운삽을 설치하면서는 꿩의 깃털을 모아 부채 모양의 운삽을 만들어서 바람과 먼지를

---

59) 高宗(고종) : 상商나라 제23대 왕인 무정武丁의 묘호廟號.

60) 鴝雉之祥(구치지상) : 상商나라 고종高宗 때 꿩이 세발솥 손잡이에 올라앉아 운 괴이한 현상을 가리키는 말. 괴이한 변고의 징조를 비유한다. '구치鴝雉'는 꿩이 우는 것을 뜻하고, '상祥'은 괴이한 징조를 뜻한다.

61) 服章(복장) : 앞의 ≪고금주≫권하의 기록에 의하면 해·달·별 등의 문양을 수놓은 고관高官의 예복禮服을 가리키는 말인 '장복章服'의 오기로 보인다.

62) 夫人(부인) : 황제의 후처後妻인 비빈妃嬪이나 제후의 적처嫡妻에 대한 존칭. 후에는 고관의 부인에 대한 존칭으로도 쓰였다.

63) 翣(삽) : 관 양쪽 옆에 세우는 장식물인 운삽雲翣.

64) 扇翣(선삽) : 의장용으로 만드는 부채 모양의 운삽雲翣을 이르는 말.

65) 梁孝王(양효왕) : 전한 때 문제文帝(유항劉恒)와 두황후竇皇后 사이에서 태어난 종실 사람으로 경제景帝(유계劉啓)의 동생인 유무劉武(B.C.178-B.C.144). '양'은 봉호이고, '효'는 시호. 당시 명사인 사마상여司馬相如(?-B.C.117)·매승枚乘(?-B.C.141)·추양鄒陽 등과 함께 토원兎園에서 교유를 가졌다. '토원'은 '양원梁園' '양원梁苑'이라고도 한다. ≪한서·양효왕유무전≫권47 참조.

막았다. 한나라 때는 황제의 수레에 이를 설치하였다가 뒤에는
양효왕에게도 하사하였다. (삼국) 위나라와 진나라 이후로는 통
상적인 법제가 없어 제후국의 군주들이 모두 이를 사용할 수 있
게 되었다.

◇鄣扇(장선)

●長扇也. 漢世多豪俠, 象雉尾, 而制長扇也.

○('장선'은) 손잡이가 긴 부채를 가리킨다. 한나라 때 호족들이 많
아지면서 '치미선'을 본떠 '장선'을 제작하였다.

◇五明扇(오명선)

●舜所作也. 舜受堯禪, 廣開視聽, 求賢人以自輔, 故作五明扇[66]. 秦
漢公卿[67]士大夫[68], 皆得用之. 魏晉非乘輿, 不得用之也.

○('오명선'은 우虞나라) 순왕이 만든 것이다. 순왕은 (당唐나라)
요왕으로부터 왕위를 선양받고서 여론을 활짝 열어 현인을 구해

---

66) 五明扇(오명선) : 의장용 부채의 하나. 우虞나라 순왕舜王이 당唐나라 요왕堯王에
게 왕위를 선양받은 뒤 만든 부채로서 '시야를 넓혀 현신賢臣을 널리 구한다'는 의
미에서 유래하였다고 한다.

67) 公卿(공경) : 중국 고대 조정의 최고위 관직인 삼공三公과 구경九卿. 결국은 모든
고관에 대한 총칭이다. '삼공'은 시대마다 차이가 있는데, 주周나라 때는 태사太師
・태부太傅・태보太保를 지칭하였고, 진秦나라 때는 승상丞相・어사대부御史大夫
・태위太尉를 지칭하였으며, 한나라 때는 진나라의 제도를 답습하다가 애제哀帝와
평제平帝 때에 대사마大司馬・대사도大司徒・대사공大司空을 지칭하였으며, 후대
에는 태사太師・태부太傅・태보太保를 '삼사三師'로 승격시키고 대신 태위太尉・사
도司徒・사공司空을 '삼공'이라고 하기도 하였다. '구경'의 칭호도 시대마다 명칭과
서열에 차이가 있는데, 한나라 때는 태상太常・광록훈光祿勳・위위衛尉・태복太僕
・정위廷尉・홍려鴻臚・종정宗正・대사농大司農・소부少府를 '구경'이라 하였고,
수당隋唐 이후로는 구시九寺, 즉 태상太常・광록光祿・위위衛尉・종정宗正・태복
太僕・대리大理・홍려鴻臚・사농司農・태부太府의 장관을 '구경'이라고 하였다.

68) 士大夫(사대부) : 주周나라 때 신분 구분인 공公・경卿・대부大夫・사士에서 유래
한 말. 삼공三公과 구경九卿 아래로 상대부上大夫・중대부中大夫・하대부下大夫가
있고, 그 밑으로 다시 상사上士와 중사中士・하사下士가 있었다. 후대에는 벼슬아
치나 선비에 대한 범칭으로 쓰였다.

서 자신을 보좌케 하였기에 '오명선'을 제작하였다. 진나라와 한나라 때 공경과 사대부들은 모두 이를 사용할 수 있었으나, (삼국) 위나라와 진나라 때는 황제가 아니면 이를 사용할 수 없었다.

◇警蹕(경필)

●所以戒行徒也. 周禮69), "蹕而不警." 秦制, 出警入蹕, 謂出軍者皆警戒, 入國者皆蹕止也. 故曰, '出警入蹕'也. 至漢朝, 梁孝王稱警稱蹕, 降天子一等焉. 一曰, "蹕, 路也," 謂行者皆警於塗路也.

○('경필'은) 행군하는 무리들에게 경계심을 갖게 하기 위한 방법이다. ≪주례≫에 "수레를 멈추어도 길을 비키라고 경고하지 않는다"는 말이 있다. 진나라 때 제도에 의하면 출궁하면 길을 비키라고 경고하고 입궐하면 수레를 세우는데, 이는 군대를 출동하면 언제나 경고를 하고 도성에 들어서면 언제나 수레를 세운다는 말이다. 그래서 '출궁하면 길을 비키라고 경고하고 입궐하면 수레를 세운다'고 하는 것이다. 한나라에 이르러 양효왕이 '경'이라고 하고 '필'이라고 한 것은 천자보다 한 등급 낮춘 것이다. 한편으로 "'필'은 길이란 뜻이다"라고도 하는데, 이는 길 가는 사람들이 모두 도로에서 조심한다는 말이다.

◇唱(창)

●上所以促行徒也. 上鼓爲行節也.

○('창'은) 상관이 행군하는 무리들을 재촉하기 위한 방법이다. 상관은 북을 울려 행군의 박자를 조율한다.

---

69) 周禮(주례) : 주周나라의 관제官制를 정리한 경서經書로 13경 가운데 하나. 후한 정현鄭玄(127-200)이 주注를 달고, 당나라 가공언賈公彦이 소疏를 단 ≪주례주소周禮注疏≫가 널리 통용되었다. ≪사고전서간명목록·경부·예류禮類≫권2 참조. 그러나 이하 예문은 현전하는 ≪주례≫에 실리지 않은 것으로 보아 일문逸文인 듯 하다.

◇冕服(면복)

●牛亨問, "冕者繁露[70], 何也?" 答曰, "假玉而下垂, 如露而繁也." 文選云[71], "袞冕[72]垂旒, 所以蔽明, 黈纊[73]塞耳, 所以蔽聰." 尙書[74]云, "日・月・星・辰・山・龍・華蟲[75]作會[76], 宗彛[77]・藻・火・粉米・黼黻[78]・絺繡[79], 以五彩[80]彰施于五色也." 所謂天子袞冕之服也.

○(전한 때) 우형이 "면류관에 구슬꿰미를 사용하는 것은 어째서입니까?"라고 묻자 (동중서가) "구슬을 가져다 아래로 늘어뜨리면 마치 이슬방울이 많이 맺힌 것처럼 보이기 때문이네"라고 대답하였다. ≪문선≫권45에 (수록된 전한 동방삭의 〈손님의 질문에 대답하다〉란 글에) "제왕의 곤룡포와 면류관에 술을 늘어뜨리는 것은 (보지 말아야 할 것을 보지 않으려고) 시야를 가리기 위해서이고, 면류관의 양쪽에 솜방울로 귀를 막는 것은 (듣지 말아야 할 것을 듣지 않으려고) 청각을 가리기 위해서이다"라고 하였다.

---

70) 繁露(번로) : 면류관의 앞뒤로 늘어놓은 구슬꿰미를 뜻하는 말. 글을 조리있게 작성하는 것을 비유할 때도 있다.

71) 云(운) : 이하 예문은 전한 동방삭東方朔의 〈손님의 질문에 대답하다(答客難)〉에서 네 구절을 인용한 것으로 ≪문선・설론設論≫권45에 수록되어 전하는데, 현전하는 사고전서본 ≪문선≫의 기록과는 문자상에 약간의 차이가 있다.

72) 袞冕(곤면) : 예복의 일종인 곤룡포와 면류관을 일컫는 말. 제왕이나 상공上公이 입는다.

73) 黈纊(주광) : 황색의 솜으로 만든 작은 방울을 이르는 말. 면류관 양쪽에 달아 귀 밑으로 늘어뜨려서 간신의 말을 듣지 않겠다는 것을 상징적으로 나타냈다.

74) 尙書(상서) : ≪서경≫의 별칭. '상尙'은 '고古'의 뜻이므로 '오래된 역사책'이란 의미에서 유래하였다.

75) 華蟲(화충) : 아름다운 깃털을 가진 조류鳥類를 뜻하는 말로 꿩을 가리킨다.

76) 會(회) : 의복의 도안을 가리킨다. '회繪'와 통용자.

77) 宗彛(종이) : 종묘에서 사용하는 예기禮器에 새기는 호랑이 문양을 이르는 말.

78) 黼黻(보불) : '보黼'는 검은 실과 흰 실을 번갈아 수놓아 도끼 문양을 만든 것을 뜻하고, '불黻'은 검은 실과 푸른 실을 번갈아 수놓아 '아亞' 자(혹은 '궁弓' 자의 좌우 대칭) 문양을 만든 것을 뜻한다. 따라서 '보불黼黻'은 화려한 문양을 수놓은 제왕이나 고관의 예복을 가리킨다.

79) 絺繡(치수) : 예복禮服에 놓는 자수刺繡를 이르는 말.

80) 五彩(오채) : 다섯 가지 색깔의 안료顔料를 이르는 말.

≪서경·우서虞書·익직益稷≫권4에서 "해·달·별·산·용·꿩으로 웃옷의 아름다운 문양을 만들었고, 호랑이·물풀·불꽃·백미·보불·자수를 이용하면서 다섯 가지 안료로 상서로운 오색을 드러낸다"고 한 것도 이른바 천자의 곤룡포와 면류관 같은 복식을 두고 한 말이다.

◇金斧(금부)

●黃鉞[81]也. 鐵斧, 玄鉞[82]也. 三代[83]通用之, 以斷斬, 金[84]以黃鉞爲乘輿之飾, 玄鉞, 諸公王[85]得建之. 武王以黃鉞斬紂, 故王者以爲戒. 太公以玄鉞斬妲己[86], 故婦人以爲戒. 漢制, 諸公亦建玄鉞, 以太公秉之, 助武王斬斷, 故爲諸公之飾焉. 大將出征, 特加黃鉞者, 以銅爲之. 黃金塗刃及柄, 不得純金也. 得賜黃鉞, 則斬持節[87].

○('금부'는) 황금으로 만든 도끼를 가리키고, '철부'는 검은 빛이 도는 쇠로 만든 도끼를 가리킨다. 하나라·상나라·주나라 때는 모두 죄인의 목을 베는 데 이를 통용하였으나, 지금은 황금으로 만든 도끼를 황제가 타는 수레의 장식품으로 활용하고 있고, 검은 빛이 도는 쇠로 만든 도끼는 친왕이나 재상이 수레에 세울 수 있다. (주나라) 무왕이 황금으로 만든 도끼로 (상나라 마지막

---

81) 黃鉞(황월) : 황금으로 만들고 자루가 긴 도끼를 이르는 말. 천자의 의장儀仗에 쓰였다.

82) 玄鉞(현월) : 검은 빛이 도는 도끼. 참형斬刑에 쓰는 도구를 가리키는 말로 혹독한 형벌을 상징한다.

83) 三代(삼대) : 하夏나라·상商나라·주周나라를 아우르는 말.

84) 金(금) : 앞의 ≪고금주≫권하의 기록에 의하면 '금슥'의 오기이다.

85) 公王(공왕) : 주周나라 때 천자와 제후를 아우르던 말인 '왕공王公'의 오기. 진秦나라 시황제始皇帝가 천자를 '황제'라고 칭한 뒤로는 제후국에 봉한 친왕親王과 삼공三公 등 고위직에 대한 총칭으로 쓰였다.

86) 妲己(달기) : 상商(은殷)나라 마지막 폭군인 주왕紂王의 총희寵姬.

87) 持節(지절) : 부절符節, 혹은 이를 행사하는 권한이나 벼슬을 가리키는 말. 위진魏晉 이후로 지절·사지절使持節·가지절假持節·가절假節 등이 있었는데, 자사刺史나 태수太守가 군대를 동원할 수 있는 권한을 나타낸다. 당나라 때 절도사節度使가 생겨 폐지되면서 절도사의 별칭으로 쓰이기도 하였다.

폭군인) 주왕을 참살하였기에 천자가 이를 경계거리로 삼고, (주나라) 강태공이 검은 빛이 도는 쇠로 만든 도끼로 (주왕의 애첩인) 달기를 참살하였기에 부녀자가 이를 경계거리로 삼는다. 한나라 때 제도에 의하면 재상들도 검은 빛이 도는 쇠로 만든 도끼를 세웠는데, (주나라 때) 강태공이 그것을 손에 쥐고서 무왕을 도와 주왕의 목을 베었기에 재상의 장식품으로 삼은 것이다. 대장군이 출정하면서 특별히 황색 도끼를 보낼 때는 구리로 그것을 만들고 황금으로 도끼날과 자루를 도금할 뿐 순금을 사용하지는 않는다. 황금으로 만든 도끼를 하사받는다면 부절을 지닌 장수도 참살할 수 있다.

◇公王建鐸(공주와 왕비들은 '굉'을 세우다)

●秦改鐵作皇制也. 一本云, "鐸[88], 秦制也." 今諸王妃·公主與乘輿通建之.

○진나라 때는 쇠 도끼를 '굉'이란 제품으로 바꿨다. 어떤 문헌에서는 "'굉'은 진나라 때 제품이다"라고 하였다. 오늘날에는 왕비나 공주들도 황제와 함께 통상 이를 세운다.

◇信幡(신번)

●古之徽號[89]也, 所以題表官號, 以爲符信. 故謂之信幡. 乘輿則畫爲白虎, 取其義而有威信之德也. 魏朝有靑龍幡·朱雀幡·玄武·白虎幡·黃龍幡, 而五色以詔. 東方郡國, 以靑龍信, 南方郡國, 以朱雀信, 西方郡國, 以白虎信, 北方郡國, 以玄武信, 朝廷畿內, 則以黃龍信, 亦以麒麟幡. 高貴鄕公[90]討晉文王, 自秉黃龍幡以麾, 是. 令[91]

---

88) 鐸(굉) : 날이 세 개 달린 검처럼 생긴 도끼를 이르는 말.

89) 徽號(휘호) : 황제나 황후 등 귀인의 존호나 표지를 이르는 말.

90) 高貴鄕公(고귀향공) : 삼국 위魏나라 문제文帝 조비曹丕(187-226)의 손자인 조모曹髦의 봉호封號. 조모는 뒤에 황제에 등극했으나 스무 살의 나이에 진晉나라 무제武帝의 부친인 문왕文王 사마소司馬昭(211-265)에게 시해를 당했다. ≪삼국지

晉朝唯用白虎幡. 書信幡用鳥書92), 取其飛騰輕疾也. 一曰, "以鴻
鴈·鷰鳦93), 有去來之信也."

○('신번'은) 고대의 휘호로서 관직명을 표기하여 부신으로 삼았던
것이다. 그래서 이를 '신번'이라고 한다. 수레에 백호를 그려넣는
것은 백호가 의로우면서 위엄을 갖추었다는 덕성을 취한 것이다.
(삼국) 위나라 때는 '청룡번' '주조번' '현무번' '백호번' '황룡번'
등 다섯 종류를 마련하여 오색을 갖춰서 조서詔書를 내렸다. 동
방의 군과 제후국에서는 '청룡번'을 사용하고, 남방의 군과 제후
국에서는 '주조번'을 사용하고, 서방의 군과 제후국에서는 '백호
번'을 사용하고, 북방의 군과 제후국에서는 '현무번'을 사용하고,
조정이 있는 경기지역에서는 '황룡번'을 사용하기도 하고 '기린
번'을 사용하기도 하였다. 고귀향공이 진나라 문왕(사마소司馬昭)
을 토벌할 때 손수 황룡번을 손에 들고서 지휘한 것이 그러한
예이다. 오늘날 진나라에서는 오직 백호번을 사용한다. '신번'에
글을 쓸 때 조서鳥書를 사용하는 것은 새가 힘차게 날아올라 경
쾌하게 나는 뜻을 취한 것이다. 한편으로는 "기러기나 제비를 활
용하는 것은 오고가는 서신이 있기 때문이다"라고도 한다.

◇豹尾(표미)

●周制也, 所以象君子之豹變94)也. 尾, 言謙也. 右軍95)征建之. 今唯

· 위지魏志 · 고귀향공조모전高貴鄕公曹髦傳≫권4 참조.

91) 슈(령) : 앞의 ≪고금주≫권하의 기록에 의하면 '금슈'의 오기이다. 자형의 유사성
    으로 인한 필사 과정상의 단순 오기로 보인다.

92) 鳥書(조서) : 주周나라 때 붉은 참새와 붉은 까마귀가 출현하는 상서로운 징조가
    나타나자 사일史佚이 이를 보고서 만들었다는 전서篆書의 변형 서체. 공자孔子 집
    의 벽에서 나왔다는 고문古文 경전經典이 이 서체로 되어 있었다고 전한다.

93) 鷰鳦(연을) : 제비. '鳦'도 '鷰'의 뜻.

94) 豹變(표변) : 표범의 무늬처럼 아름답게 변화하는 모습을 뜻하는 말로 고상한 인
    품을 비유한다.

95) 右軍(우군) : 천자가 거느리는 군사 가운데 우측 군대를 가리키는 말. 중군中軍 ·
    좌군左軍과 더불어 삼군三軍이라고 하였다.

乘輿行建焉.

○(표범의 꼬리를 단 수레인 '표미거'는) 주나라 때 제품으로 군자의 고상한 인품을 상징하기 위한 것이다. '꼬리'는 겸허함을 말한다. 우군이 정벌에 나설 때 이를 세웠다. 지금은 오직 황제의 수레가 행차할 때만 이를 세운다.

◇馬前弓箭(말 앞에 활과 화살을 세우다)

●兩漢京兆96)及河南尹97)・執金吾98)・司隷校尉99),　皆使人導引傳呼, 使行100)者止, 坐者起. 四人持弓矢, 走者則射之, 有乘高窺闞者, 亦射之. 魏晉已來, 則用角弓101)設, 而不用焉.

○전한과 후한 때 경조윤 및 하남윤・집금오・사례교위는 모두 사람을 시켜 길을 인도하면서 명령을 전달하여 행인을 멈춰세우고 앉아 있던 사람을 일어나게 하였다. 네 사람 모두 활과 화살을 손에 들고서 길을 걷는 자는 쏘아 맞추고 높은 수레에 올라 힐끔거리는 자가 있어도 쏘아 맞추었다. (삼국) 위나라와 진나라 이래로는 각궁을 설치하였지만 실제로 사용하지는 않았다.

◇狸頭白首(의장대의 모자)

●昔秦始皇東巡狩, 有猛獸突於帝前, 有武士戴狸皮白首102), 獸畏而

---

96) 京兆(경조) : 도성으로부터 백 리 안의 경기 지역을 관장하는 벼슬 이름인 경조윤京兆尹의 약칭.

97) 河南尹(하남윤) : 전한 때 동도東都이자 후한 때 수도인 하남성 낙양洛陽 일대를 관장하던 부윤府尹을 이르는 말.

98) 執金吾(집금오) : 한나라 때 금오봉金吾棒을 들고 경사京師를 순찰하거나 천자를 호위하는 일을 주관하던 벼슬. '금오金吾'로 약칭하기도 한다. '오吾'가 '막다(衛)'라는 뜻이어서 무기(金)를 들고 비상사태를 막는다(吾)는 의미에서 유래하였다.

99) 司隷校尉(사례교위) : 한나라 때 순찰巡察과 치안 업무를 관장하던 고위직 벼슬 이름.

100) 行(행) : 앞의 ≪고금주≫권하의 기록에 의하면 이 글자가 누락되었기에 첨기한다.

101) 角弓(각궁) : 짐승의 뿔을 장식한 강궁强弓을 이르는 말.

102) 狸皮白首(이피백수) : 진나라 시황제 때 의장대가 썼던 살쾡이 모양의 모자를

遁. 遂軍仗義服, 皆戴作狸皮白首, 以威103)不虞104)也.

○옛날에 진나라 시황제가 동쪽을 순수할 때 한 맹수가 시황제 앞으로 돌진하였는데, 어느 무사가 '이피백수'를 쓰고 있자 맹수가 두려워서 도망쳤다. 그래서 급기야 의장대가 복장을 갖출 때는 모두 '이피백수'를 써서 비상사태에 대비하였다.

◇龍虎節(용호절)

●孝經云, "制節謹度105), 滿而不溢. 高而不危, 所以長守貴也." 唐節制皆從太府寺106), 准三禮107)定之. 周禮云, "山國用虎節, 土國用人節, 澤國用龍節." 紫檀木畵其形象, 御親金書, 以賜重臣. 碧油108)籠之, 歿而不用, 則倒進之. 漢蘇武使單于109), 不拜, 單于怒, 令武北海窖中牧羊. 擁襲節, 食雪, 臥節旄110)落. 還漢, 仗節而廻, 旄落盡也.

○《효경·제후장諸侯章》권2에 "비용을 절약하고 법도를 신중하게 시행할 때는 가득 차되 넘치지 않게 해야 한다. 높은 자리에 있을 때 위험한 행동을 하지 않는 것이 오래도록 귀한 신분을 유지할 수 있는 방법이다"라고 하였다. 당나라 때 부절에 관한

이르는 말.

103) 威(위) : 문맥상을 볼 때 '계戒'의 오기인 듯하다. 자형의 유사성으로 인한 필사 과정상의 단순 오기로 보인다.

104) 不虞(불우) : 예상치 못 한 일, 뜻밖의 일을 뜻하는 말.

105) 制節謹度(제절근도) : 당나라 현종玄宗의 주에 의하면 '비용을 절약하고 법도를 신중하게 시행하는 것'을 뜻한다.

106) 太府寺(태부시) : 궁중 창고의 회계에 관한 업무를 관장하는 기관을 이르는 말. 장관은 태부경太府卿이라고 하고, 속관으로 태부승太府丞이 있었다.

107) 三禮(삼례) : 예법에 관한 경전인 《주례》 《의례》 《예기》를 아우르는 말.

108) 碧油(벽유) : 청록색의 기름칠을 한 천. 보통 휘장이나 장막을 만드는 데 사용하였다.

109) 單于(선우) : 흉노족匈奴族의 왕을 일컫는 말.

110) 節旄(절모) : 부절에 다는 소꼬리 모양의 장식품을 이르는 말. 혹은 부절과 깃발을 뜻하기도 한다. 황명을 받고 지방에 파견되는 절도사節度使나 관찰사觀察使 같은 사신을 비유할 때도 있다.

제도는 모두 태부시를 따라 삼례에 준해서 정하였다. ≪주례·지관地官·장절掌節≫권15에 "산이 많은 나라는 호랑이 모양의 부절을 사용하고, 평지가 많은 나라는 사람 모양의 부절을 사용하며, 연못이 많은 나라는 용 모양의 부절을 사용한다"고 하였다. 자단목에 그 형상을 그린 뒤 천자가 몸소 금가루로 글씨를 써서 중신에게 하사한다. 청록색의 기름칠을 한 천으로 그것을 싸는데, 죽으면 사용하지 않고 도리어 천자에게 바친다. 전한 때 소무가 선우에게 사신으로 갔다가 절을 하지 않자 선우가 화가 나서 소무로 하여금 북해의 움집에서 양을 키우게 하였다. 소무는 양탄자로 부절을 싸고 눈을 먹으며 절모를 덮고 자는 바람에 해지고 말았다. 한나라로 돌아올 때 부절을 들고 돌아왔지만 소꼬리 모양의 장식품은 다 해져 있었다.

◇軍容袜額(군대의 말액)

●昔禹王集諸侯於塗山之夕, 忽大風, 雷震雲中, 甲馬及九十一千餘人中, 有服金甲及鐵甲不被甲者, 以紅絹袜其首額. 禹王問之, 對曰, "此袜額111), 蓋武士之首服." 皆佩刀, 以爲衛從, 乃是海神來朝也. 一云, "風伯112)·雨師113)." 自此爲用. 後至秦始皇, 巡狩至海濱, 亦有海神來朝, 皆戴袜額, 緋衫大口袴, 以爲軍容禮. 至今不易其制.

○옛날에 (하夏나라) 우왕이 (안휘성) 도산에서 제후들을 소집한 날 저녁에 갑자기 강풍이 불고 우레가 꽝꽝 치던 와중에 전투마와 9만1천여 명의 군사 가운데 금갑 및 철갑을 입어야 하는데도 갑옷을 입지 않은 사람이 붉은 비단으로 머리를 감싸고 있었다. 우왕이 묻자 그가 대답하였다. "이것은 머리에 두르는 두건으로 대개 무사의 머리 복장입니다." 모두 칼을 차고서 호위 노릇을

---

111) 袜額(말액) : 고대에 무사가 이마에 두건을 쓰거나 그러한 두건을 이르는 말.
112) 風伯(풍백) : 바람을 관장하는 신 이름.
113) 雨師(우사) : 비를 관장하는 신 이름.

하였는데, 바로 우왕을 조알하러 찾아온 해신이었다. 한편으로는 "풍백과 우신이다"라고도 한다. 이때부터 이를 군대용품으로 삼았다. 뒤에 진나라 시황제에 이르러 순수에 나서 바닷가에 도착하자 역시 해신이 조알하러 찾아왔는데, 모두 머리 두건을 쓰고 비색 적삼과 입구가 큰 바지를 입고 있었기에 이를 군대의 예법으로 삼았다. 오늘날까지도 이러한 제도를 바꾸지 않고 있다.

◇櫜鞬三仗(고건 삼장)

●起自周武王之制也. 武王代[114]紂, 散鹿臺[115]之財, 發巨橋[116]之粟, 歸馬于華山之陽, 放牛于桃林[117]之野, 鑄劍戟, 以爲農器, 示天下不復用兵. 武王以安必防危, 理必防亂. 故彀弓匣劍[118]以軍儀, 示不忘武也. 舊儀, 輯轆[119]三仗, 首袜額紅, 謂之櫜鞬[120]三仗也.

○(의장대의 세 가지 무기를 뜻하는 말인 '고건삼장'은) 주나라 무왕 때 제도에서 비롯되었다. 무왕이 (은나라 마지막 폭군인) 주왕을 정벌하고서 녹대의 재물을 나눠주고 거교의 곡식을 배분하고 말을 화산 남쪽으로 돌려보내고 소를 도림의 들판에 방목한 뒤, 검과 창을 녹여 농기구를 만들어서 천하에 다시는 군대를 동원하지 않겠다는 의지를 보여주었다. 또 무왕은 평화를 얻으려면 반드시 위험을 방지해야 하고, 정치를 잘 펼치려면 반드시 혼란을 막아야 한다고 생각하였다. 그래서 활을 메고 검을 차 군대 의전에 활용함으로써 무치를 잊지 않겠다는 의지를 보여주었다.

---

114) 代(대) : 문맥상으로 볼 때 '벌伐의 오기인 듯하다. 자형의 유사성으로 인한 필사 과정상의 단순 오기로 보인다.

115) 鹿臺(녹대) : 은殷나라 마지막 임금인 주왕紂王이 재물을 보관하기 위해 하남성에 지었다는 누대 이름.

116) 鉅橋(거교) : 은나라 주왕이 하남성에 설치했던 곡식 곳간 이름.

117) 桃林(도림) : 하남성에 있는 땅 이름.

118) 彀弓匣劍(구궁갑검) : 활을 당기고 검을 허리에 차다. 즉 무장을 말한다.

119) 輯轆(집록) : 의미하는 바가 불분명하다. 박물군자가 밝혀주기를 기대한다.

120) 櫜鞬(고건) : '고櫜'는 화살을 담는 화살집을 가리키고, '건鞬'은 활을 담는 활집을 가리킨다. 무장武裝을 갖추는 것을 말한다.

옛 의례에서는 '집록삼장'이라고 하다가 머리에 쓰는 두건을 붉은 색으로 하면서 이를 '고건삼장'이라고 하였다.

◇戈戟(과극)

●魯陽[121]以長戈指日, 日爲之退舍[122]. 戈由殳[123]也. 戟以木爲之. 後世刻爲無復典刑. 赤油韜之, 亦謂之廸戟, 亦謂之棨戟. 王公以下通用, 以爲前驅. 唐五品已上, 皆施棨戟於門.

○(전국시대 초楚나라) 노양이 긴 창으로 해를 가리키자 해가 그 때문에 삼사三舍로 돌아갔다. '과戈'는 미늘창에서 유래하였다. '극戟'은 나무로 만든 것이다. 후대에 만든 것은 더 이상 전형적인 것이 없게 되었다. 붉은 기름을 칠하기에 '적극'이라고도 하고 '계극'이라고도 한다. 친왕이나 삼공 이하 모두 통용하면서 안내자의 무기로 삼고 있다. 당나라 때는 5품 이하 관원들도 모두 대문에 '계극'을 설치하였다.

◇矛殳(모수)

●矛亦楯也. 殳亦戟之象也. 詩云, "伯也執殳, 爲王前驅." 其器也以木爲之.

○'모矛'는 방패를 뜻하기도 한다. '수殳'도 창의 형상을 한 것이다. ≪시경・위풍衛風・백혜伯兮≫권5에 "맏형님이 손에 미늘창을 들고서 왕을 위해 앞에서 말을 달리네"라는 구절이 있다. 그 도구도 나무로 만든다.

---

121) 魯陽(노양) : 전국시대 초楚나라 종실 사람. 평왕平王의 손자로 한韓나라 사람 한구韓搆와 전투를 벌이다가 창을 휘둘러 해를 되돌렸다는 고사가 ≪회남자淮南子・남명훈覽冥訓≫권6에 전한다.
122) 舍(사) : 세 별자리의 위치를 일컫는 말인 삼사三舍의 약칭. '사舍'는 '수宿'의 뜻. 해가 28수宿를 지나다가 쉬는 곳을 말한다.
123) 殳(수) : 창의 일종인 미늘창.

◇刀劍(도검)

●河圖[124]云, "黃帝攝政前, 有蚩尤兄弟八十一人, 並獸身人語, 銅頭鐵額, 食砂石子, 造立兵, 仗刀戟大弩, 威震天下, 誅殺無道, 不仁不慈, 萬民欲令黃帝行天子事. 黃帝仁義, 不能禁蚩尤, 遂不敵. 黃帝乃仰天而嘆, 天遣玄女[125], 授黃帝兵法符制, 以服蚩尤." 吳大帝有寶刀三, 見上注中. 吳大帝有寶劍六, 其一曰白蛇, 二曰紫電, 三曰辟邪, 四曰奔星, 五曰青冥, 六曰百里. 晉朝武帝時, 武庫火, 有智伯[126]頭(一曰王莽頭)·孔子履·高祖斬蛇劍, 二物皆爲火焚之, 唯劍飛上天而去也. 又晉時牛斗[127]間, 常有紫氣, 張華知非王者之氣, 乃是劍氣, 乃以雷煥爲豐城令. 張華知煥博識. 到縣, 乃掘縣獄, 深得劍兩枚, 一送與張華, 一煥自佩. 後華卒[128], 子韙佩, 過延平津, 躍入水. 使人尋之, 乃見化爲龍也. 雷煥卒, 子亦佩之, 於延平津, 亦躍入水, 化爲龍矣. 高祖斬白蛇劍, 見上注中.

○≪하도≫에 "황제黃帝가 섭정을 하기 전에 치우 형제 81명은 모두 짐승의 육신을 한 채 사람의 말을 하고 구리 머리에 쇠 이마

---

124) 河圖(하도) : 황하에서 나왔다고 전하는 전설상의 도서인 ≪용도龍圖≫의 별칭. ≪역경·계사상繫辭上≫권11의 "황하에서 ≪용도≫가 나오고, 낙수에서 ≪귀서龜書≫가 나와 성인이 이를 본받았다(河出圖, 洛出書, 聖人則之)"는 말에서 유래하였다.

125) 玄女(현녀) : 황제黃帝에게 병법을 전수하여 치우蚩尤를 제압하게 했다는 전설상의 천상신녀天上神女. 도가에서는 신으로 떠받들었으며, '구천현녀九天玄女'라고도 한다.

126) 智伯(지백) : 춘추시대 진晉나라 때 육경六卿 가운데 한 사람. 조趙·위魏·한韓에게 패하여 몰락하였다. ≪사기·조세가趙世家≫권43 참조.

127) 牛斗(우두) : 별 이름인 우수牛宿와 두수斗宿. 오吳나라가 망하고 진晉나라가 흥성할 때 붉은 기운이 두 별 사이에 서려 있자, 뇌환雷煥이 풍성豐城에 있는 보검의 기운이 하늘에 서린 것을 알고 장화張華(232-300)에게 청하여 풍성현령豐城縣令을 제수받아서 용천검龍泉劍과 태아검太阿劍을 얻어 장화와 나눠 가졌다는 고사가 ≪진서晉書·장화전≫권36에 전한다.

128) 卒(졸) : 사대부가 죽었을 때 쓰는 말. ≪예기·곡례하曲禮下≫권5에 의하면 천자의 죽음은 '붕崩'이라고 하고, 공경公卿의 죽음은 '훙薨'이라고 하며, 대부大夫의 죽음은 '졸卒'이라고 하고, 사士의 죽음은 '불록不祿'이라고 하며, 평민의 죽음은 '사死'라고 하여 신분에 따라 죽음에 대한 표현에도 차이를 두었다.

를 하고서 모래와 자갈을 삼켜 직립 병사를 만들고는 칼·창·
쇠뇌에 의지해 천하에 위세를 떨치며 무도한 자들을 주살하였지
만, 어질지도 않고 자애롭지도 않아 백성들이 황제가 천자의 정
사를 펼치기를 원하였다. 황제는 어질고 정의로웠지만 치우를 막
을 수 없어 결국 대적하지 못 했다. 황제가 이에 하늘을 우러러
탄식하자 천제가 현녀를 파견해 황제에게 병법과 부절을 주어서
치우를 굴복시켰다”는 기록이 있다. (삼국) 오나라 대제(손권孫
權)에게는 보도가 세 자루 있었는데 이미 앞의 주에 보인다. 또
오나라 대제에게는 보검이 여섯 자루 있었는데, 첫 번째는 ‘백사
검’이라고 하고, 두 번째는 ‘자전검’이라고 하고, 세 번째는 ‘벽사
검’이라고 하고, 네 번째는 ‘분성검’이라고 하고, 다섯 번째는 ‘청
명검’이라고 하고, 여섯 번째는 ‘백리검’이라고 하였다. 진晉나라
무제 때는 무기고에 화재가 발생하였는데, (춘추시대 진晉나라)
지백의 머리(전한 왕망의 머리라는 설도 있다)·(춘추시대 노魯나라)
공자의 신발·(전한) 고조의 참사검이 있다가 그중 앞의 두 가지
물건은 모두 불에 타고 오직 참사검만이 하늘로 날아올라 사라
졌다. 또 진나라 때는 견우성과 북두성 사이에 늘 자색 기운이
있었는데, 장화는 그것이 군왕의 기운이 아니라 바로 검의 기운
이란 것을 알고서 뇌환을 (강서성) 풍성현의 현령에 임명하였다.
장화는 뇌환이 박학다식하다는 것을 알았던 것이다. 뇌환은 풍성
현에 도착하자 현의 감옥을 발굴하여 깊숙한 곳에서 검 두 자루
를 찾아 한 자루는 장화에게 보내주고, 한 자루는 뇌환 자신이
허리에 찼다. 뒤에 장화가 죽자 그의 아들 장위張韙가 검을 찼는
데, 연평진을 지날 때 검이 물속으로 뛰어들었다. 사람을 시켜
찾았지만 이미 용으로 변한 것을 발견하였다. 뇌환이 죽자 그의
아들 역시 그 검을 찼는데, 연평진에서 그 검 역시 물속으로 뛰
어들어 용으로 변하고 말았다. 고조의 참백사검도 이미 앞의 주
에 보인다.

◇枷棒(가봉)

●易云, "何校[129]滅耳, 凶." 禮[130]云, "去桎梏[131]." 桎梏亦枷杻[132]
也. 六月盛暑, 去囚火[133]枷杻, 決斷刑獄, 放宥之也. 唐時則天[134]
朝, 周興, 來俊臣[135]羅告[136]天下, 衣冠[137]遇族者, 不可勝數. 俊
臣特制刑獄, 造十枚大枷, 一曰定百脈, 二曰喘不得, 三曰突地吼,
四曰著卽承,(棒號卽承) 五曰失魂魄, 六曰實同反, 七曰反是實, 八曰
死猪愁, 九曰求卽死, 十曰求破家. 遭此枷者, 宛轉于地, 斯須[138]悶
絶. 別有一枷, 名曰勴(普迷切[139])尾楡. 見卽承, 復有鐵圈籠頭, 名號
數十. 又招集告事者, 常數百人, 造立密[140]羅織[141]經一卷. 每栲訊

---

129) 何校(하교) : 칼을 쓰다. '하何'는 '하荷'와 통용자이고, '교校'는 '가枷'와 통용자.
130) 禮(예) : 예법과 관련한 기본 정신을 서술한 책인 ≪예기禮記≫의 본명. 전한 선
　　제宣帝 때 대덕戴德이 정리한 85편의 ≪대대예기大戴禮記≫와 대덕의 조카인 대
　　성戴聖이 정리한 49편의 ≪소대예기小戴禮記≫가 있는데, 오늘날 '예기'라고 하는
　　것은 후자를 가리킨다. ≪주례周禮≫ ≪의례儀禮≫와 함께 '삼례三禮'라고 한다.
131) 桎梏(질곡) : 족쇄와 수갑을 아우르는 말.
132) 枷杻(가추) : 죄인의 목에 씌우는 칼과 손에 채우는 수갑을 아우르는 말.
133) 囚火(수화) : 명나라 도종의陶宗儀(1316-약 1396)의 ≪설부說郛≫권12상에 인
　　용된 ≪중화고금주≫에는 '수인囚人'으로 되어 있어 이를 따른다. 자형의 유사성으
　　로 인한 필사 과정상의 단순 오기로 보인다.
134) 則天(측천) : 당나라 측천무후則天武后의 약칭. 본명은 무조武曌(624-705)이고
　　'측천'은 시호, '측則'은 '측測'과 통용자. 고종高宗의 황후皇后이자 중종中宗 및 예
　　종睿宗의 모후母后였지만, 뒤에 스스로 황제에 올라 국호를 '당唐'에서 '주周'로 개
　　칭하고 15년간 전횡을 일삼았으며, 외척인 무武씨 집안 사람들이 득세할 수 있는
　　빌미를 제공하였다. '측천황후則天皇后' '무측천武則天' '무후武后' '천후天后' 등
　　다양한 별칭으로도 불렸다. ≪신당서・측천황후무조기≫권4 참조.
135) 來俊臣(내준신) : 당나라 측천무후(624-705) 때 사람으로 어사중승御史中丞을
　　지내면서 형벌을 혹독하게 적용하기로 유명하였다. 뒤에 무씨 집안과 갈등을 빚
　　어 참형을 당했다. ≪신당서・혹리열전酷吏列傳・내준신전≫권209 참조.
136) 羅告(나고) : 죄명을 조작하여 관가에 고발하는 것을 뜻하는 말.
137) 衣冠(의관) : 관복官服과 갓. 벼슬아치를 비유한다.
138) 斯須(사수) : 매우 짧은 순간을 이르는 말. '수유須臾'라고도 한다.
139) 切(절) : 중국 고대의 음운 표기법. 두 글자 가운데 앞의 글자에서 성모聲母를
　　따고 뒤의 글자에서 운모韻母를 따서 읽는 방법을 말한다. 예를 들어 '바라다'는
　　뜻의 '觖'의 반절음이 '羌志反'이므로 성모를 '강羌'에서 따 'ㄱ'으로 읽고 운모를
　　'지志'에서 따 'ㅣ'로 읽은 뒤 이를 합치면 '기'가 되는 것과 같은 경우를 말한다.
140) 立密(입밀) : ≪구당서・형법지≫권50에 의하면 '고밀告密'의 오기이다. 자형의
　　유사성으로 인한 필사 과정상의 단순 오기로 보인다.

囚人, 先設枷棒, 破平人家, 不知其數.

○≪역경·서합괘噬嗑卦≫권4에 "칼을 써서 귀를 다치면 흉하다" 란 말이 있고, ≪예기·월령月令≫권14에 "족쇄와 수갑을 제거한다"는 말이 있는데, 족쇄와 수갑 역시 칼과 같은 것이다. 한창 무더운 6월 늦여름에는 죄수의 칼과 수갑을 벗겨주고 옥사를 중단하여 그를 방면해 준다. 당나라 측천무후 때 주나라가 건국하면서 내준신이 천하 사람들을 마구잡이로 고발하자 벼슬아치 가운데 족멸을 당한 사람이 헤아릴 수 없이 많았다. 내준신은 특별히 형벌 도구를 제작하면서 열 개의 큰 칼을 만들고는 첫 번째를 (모든 혈맥을 고정한다는 의미에서) '정백맥'이라고 하고, 두 번째를 (숨을 쉴 수 없다는 의미에서) '천부득'이라고 하고, 세 번째를 (칼이 무거워 바닥에 고꾸라지며 비명을 지른다는 의미에서) '돌지후'라고 하고, 네 번째를 (몽둥이를 붙였다는 의미에서) '착즉승'(몽둥이를 '즉승'이라고 한다)이라고 하고, 다섯 번째를 (혼백이 달아난다는 의미에서) '실혼백'이라고 하고, 여섯 번째를 (실제 효과가 뒤집는 것과 같다는 의미에서) '실동반'이라고 하고, 일곱 번째를 (뒤집어도 실제 효과가 난다는 의미에서) '반시실'이라고 하고, 여덟 번째를 (죽은 돼지도 못 견딘다는 의미에서) '사저수'라고 하고, 아홉 번째를 (즉시 사망하는 효과를 본다는 의미에서) '구즉사'라고 하고, 열 번째를 (가문을 망치는 효과를 본다는 의미에서) '구파가'라고 하였다. 이 칼을 쓴 사람은 땅바닥에서 뒹굴다가 순식간에 혼절하고 말았다. 또 달리 칼을 하나 더 만들고는 이름하여 '비미유'('勸'의 음은 '보'와 '미'의 반절음인 '비'이다)라고 하였다. 몽둥이를 보고서 다시 머리에 씌우는 쇠고리를 만들었는데 그 명칭이 수십 가지나 되었다. 또 사건을 고발한 사람을 불러들이면 늘 수백 명에 달하더니 ≪고밀라직경≫ 1 권을 지었다. 매번 죄수를 고문할 때마다 먼저 칼과 몽둥이를 마

---

141) 羅織(나직) : 죄를 날조하여 무고한 사람을 법망에 걸리게 하는 일.

런하였기에 평화가 깨진 인가가 얼마나 되는지 알 수 없었다.

◇棒(봉)

●棒者, 崔正熊[142]注, "車輻也." 漢朝執金吾, 金吾亦棒也. 以銅爲之, 黃金塗兩足, 故謂之金吾. 御史大夫・司隷校尉, 亦得執焉. 用以夾車, 故謂之車輻. 一曰, "形似輻, 故曰車輻." 魏曹操爲洛陽比部[143]尉[144], 乃懸五色棒於門, 以威豪猾也.

○'봉'에 대해 (진晉나라) 정웅正熊 최표崔豹는 ≪고금주≫권상에서 "수레바퀴살을 뜻한다"고 하였다. 한나라 때 집금오가 금오를 손에 들었는데, '금오' 역시 몽둥이를 뜻한다. 구리로 만들면서 황금으로 양쪽 끝을 도금하였기에 '금오'라고 하였다. 어사대부・사례교위도 이를 손에 들 수 있었다. 그것을 사용하여 수레에 끼기에 이를 '거복'이라고 하는 것이다. 일설에 의하면 "모양새가 수레바퀴살처럼 생겼기에 '거복'이라고 부른다"고도 한다. (삼국) 위나라 조조는 (하남성) 낙양현의 비부위를 맡게 되자 대문에 오색봉을 걸어 호족들에게 위세를 떨쳤다.

◇車輻(거복)

●棒形如車輻. 見上注中.

○몽둥이의 모양새는 수레바퀴살처럼 생겼다. 상세한 내용은 앞의 주에 보인다.

◇旌旆(정전)

●旌者, 旌也, 旌表賢人之德. 旆者, 善也, 以彰善人之德. 旌類旗之

---

142) 崔正熊(최정웅) : ≪고금주≫의 저자인 진晉나라 사람 최표崔豹의 별칭. '정웅'은 자.
143) 比部(비부) : 장부와 감찰 업무를 관장하는 기관을 이르는 말.
144) 尉(위) : 각 현의 현령縣令 휘하에서 현령의 업무를 도우는 보좌관인 현위縣尉를 이르는 말. 현의 수장인 현령縣令과 보좌관인 현승縣丞보다 아래의 직책이었다.

象, 旃類白旄之制. 書云, "旌別淑慝145)!"

○'정旌'은 표명한다는 뜻으로 현인의 덕을 표명하기 위한 것이다. '전旃'은 선하다는 뜻으로 선인의 덕을 드러내기 위한 것이다. '정'은 깃발의 형상을 닮았고, '전'은 흰 깃발의 제품을 닮았다. ≪서경·주서周書·필명畢命≫권18에 "선악을 식별하라!"는 말이 있다.

◇麾旌(지휘용 깃발)

●麾者, 所以指麾也. 武王執白旄以麾, 是也. 乘輿以黃, 諸公以朱, 刺史·二千石146)以纁也.

○'휘麾'는 지휘하기 위한 것이다. (주周나라) 무왕이 흰 깃발을 들고서 지휘했다는 것도 이를 두고 한 말이다. 황제는 황색을 사용하고, 제후는 주색을 사용하고, 자사나 태수처럼 봉록이 2천석의 벼슬은 분홍색을 사용한다.

◇文武車耳147)(문관과 무관의 수레에 설치하는 거이)

●古重較148)也. 文官靑耳, 武官赤耳. 或曰, "重較在車藩149)上, 重起

---

145) 淑慝(숙특) : 선과 악을 이르는 말.

146) 二千石(이천석) : 한나라 때 봉록제도로 중이천석中二千石·이천석二千石·비이천석比二千石이 있었다. '중이천석'은 실제로 이천석이 넘는 반면, '이천석'은 성수成數로서 근접한 양을 뜻하며, '비이천석'은 '이천석에 근접한다'는 뜻으로 그보다 적은 양을 의미한다. 이에 대해 ≪한서·평제기平帝紀≫권12의 당나라 안사고顔師古(581-645) 주에서는 "그중 '중이천석'이라고 하는 것은 월 180휘를 뜻하고, '이천석'은 월 120휘를 뜻하며, '비이천석'은 월 100휘라고 한다(其稱中二千石者, 月百八十斛, 二千石者, 百二十斛, 比二千石者, 百斛云云)"고 설명하였다. 이를 '석石'으로 환산하면 '중이천석'은 2160석이 되고, '이천석'은 1440석이 되며, '비이천석'은 1200석이 된다. 예를 들어 구경九卿과 장수將帥는 봉록이 중이천석이고, 태수太守는 이천석이었다.

147) 車耳(거이) : 먼지나 진흙을 막기 위해 수레 양쪽에 설치하는 귀 모양의 장치를 이르는 말.

148) 重較(중교) : 죄수의 목에 씌우는 무거운 칼을 이르는 말.

149) 車藩(거번) : 수레 좌우에 설치한 가리개를 이르는 말.

如牛角, 故曰重較."

○('거이'는 원래) 옛날에 죄수의 목에 씌우던 무거운 칼을 가리킨다. 죄를 지은 문관에게는 청색 칼을 씌우고, 죄를 지은 무관에게는 적색 칼을 씌운다. 어떤 문헌에서는 "'중교'는 군용 수레의 가리개에 설치하는 것으로 소의 뿔처럼 두 겹으로 세우기에 '중교'라고 하는 것이다"라고도 하였다.

◇青布囊(청포낭)

●所以盛印也. 劾奏之日, 則以靑布囊盛印於前, 示奉王法而行也. 非劾奏之日, 則以靑繒爲囊, 盛印於後, 謂劾奏尙其質直, 故用布, 非劾奏日, 文明, 故用繒. 自晉朝已來, 劾奏之官, 專以印居前, 非劾奏之官, 專以印居後.

○(푸른 삼베로 만든 주머니인 '청포낭'은) 도장을 담기 위한 것이다. 탄핵글을 올리는 자도 푸른 삼베 주머니를 이용하여 도장을 담아 앞에 참으로써 국법을 받들어 집행한다는 뜻을 보인다. 탄핵글을 올리는 날이 아니면 푸른 비단으로 주머니를 만들어 도장을 담아서 뒤에 차는데, 이는 탄핵글을 올리는 것이 사실에 근거해 정직하게 밝히는 것을 중시하기에 삼베를 이용하는 것이고 탄핵글을 올리는 날이 아니면 문명을 중시하기에 비단을 이용한다는 것을 말한다. 진나라 이래로 탄핵을 담당하는 관리는 단지 도장을 앞에 위치시키고, 탄핵을 담당하는 관리가 아니면 단지 도장을 뒤에 위치시켜 왔다.

◇簪白筆(흰 붓을 갓에 꽂다)

●古珥筆[150]之遺象也. 腰帶劍, 珥筆, 示君子有文武之備焉.

○이는 옛날에 붓을 모자에 꽂던 관습을 물려받은 현상이다. 허리

---

150) 珥筆(이필) : 붓을 꽂다. 사관史官이나 간관諫官이 수시로 기록하기 위해 늘 붓을 모자에 꽂고 다닌 데서 유래한 말로 '이동珥彤'이라고도 한다.

에 검을 차고 붓을 모자에 꽂는 것은 군자로서 문무를 갖추었다
는 것을 보이기 위해서이다.

◇文武冠(문관과 무관의 갓)

●文官進賢冠[151], 古委貌冠[152]之遺象也. 武官冠, 古緇布冠[153]之遺
象也. 緇布冠, 上古之法, 武人質木[154], 故須法焉.

○문관이 쓰는 갓인 진현관은 옛날 위모관에서 영향을 받아 생긴
것이다. 무관이 쓰는 갓은 옛날 치포관에서 영향을 받아 생긴 것이
다. 치포관은 상고시대 때 법제로서 무인이 질박함을 중시하기
에 이를 본받아야 했다.

◇鑾輅(방울 달린 천자의 수레)

●鑾者, 所謂和鑾[155]也. 禮云, "行前朱雀." 或謂朱鳥也. 鑾輅[156],
衡上金爵者, 朱鳥口銜鈴. 鈴謂之鑾, 所謂和鑾者也. 前有鷟鳥, 故
謂鸞. 鸞口銜鈴, 故謂之鸞. 或謂爲鑾, 事一而異義也."

○'난鑾'은 이른바 '화란'이라는 것이다. ≪예기·곡례상曲禮上≫권
3에 "출행할 때는 '주작'을 앞에 세운다"는 말이 있다. 어떤 문
헌에서는 '주조'라고도 하였다. 천자의 수레는 가로나무 위에 금
으로 만든 새를 세우는 것으로 '주조'가 입에 방울을 물고 있다.
방울을 '난鑾'이라고 하는데, 이른바 '화란'이란 것이다. 앞에 난
새가 있기에 '난鸞'이라고 하고, 또 난새가 입에 방울을 물고 있

---

151) 進賢冠(진현관) : 임금을 알현할 때 쓰는 예모禮帽의 일종.
152) 委貌冠(위모관) : 주周나라 때 검은 천으로 만든 갓 이름.
153) 緇布冠(치포관) : 검은 베로 만든 비교적 간편한 모자를 이르는 말.
154) 質木(질목) : 질박하다, 소박하다.
155) 和鑾(화란) : 수레에 단 방울을 뜻하는 말. '화和'와 '란鑾' 모두 방울을 뜻한다.
    '란鑾'은 '란鸞'으로도 쓴다. 이하 내용은 ≪고금주≫권상의 기록과 다소 차이가 있
    는 것으로 보아 이해하는 방법에서 차이가 있었던 듯하다.
156) 鑾輅(난로) : 천자가 타는 방울(鑾)을 장식한 수레를 이르는 말. '난가鑾駕'라고
    도 한다.

기에 '난鸞'이라고 한다. 간혹 '난鑾'으로도 쓰는데, 고사는 동일
하지만 의미하는 바가 다르다.

◇五輅157) (오로)

● 禮云158), "春乘靑輅, 駕蒼龍, 戴靑旂, 衣靑衣, 服蒼玉159). 夏乘朱
輅, 駕赤騮, 戴赤旂, 衣朱衣, 服赤玉. 秋乘白輅, 駕白駱, 戴白旂,
衣白衣, 服白玉. 冬乘玄輅, 駕鐵驪160), 戴玄旂, 衣玄衣, 服玄玉."
其制見三禮圖161).

○《예기·월령》에 "(천자가) 봄에는 청색 수레를 타고 푸른 말을
몰고 푸른 깃발을 달고 푸른 옷을 입고 푸른 옥을 착용한다. 여
름에는 주색 수레를 타고 붉은 말을 몰고 붉은 깃발을 달고 붉
은 옷을 입고 붉은 옥을 찬다. 가을에는 백색 수레를 타고 흰 말
을 몰고 흰 깃발을 달고 흰 옷을 입고 흰 옥을 찬다. 겨울에는
흑색 수레를 타고 검은 말을 몰고 검은 깃발을 달고 검은 옷을
입고 검은 옥을 찬다"고 하였다. 그에 관한 제도는 《삼례도》에
보인다.

---

157) 五輅(오로) : 천자가 타는 다섯 종류의 수레, 즉 옥로玉輅·금로金輅·상로象輅
·혁로革輅·목로木輅를 말한다. '로輅'는 수레를 뜻하는 말로서 '로路'로도 쓴다.

158) 云(운) : 이하 예문은 《예기·월령月令》권14~17까지의 기록을 발췌하여 인용
한 것인데, 현전하는 《예기》의 원문과 문자상에 약간의 차이는 있으나 문맥상
으로는 별 차이가 없기에 위의 예문을 따른다.

159) 蒼玉(창옥) : 고대 관리들이 몸에 장식하던 푸른 물빛의 옥인 수창옥水蒼玉의
준말.

160) 鐵驪(철려) : 검은 빛이 도는 말을 이르는 말.

161) 三禮圖(삼례도) : 《주례》 《의례》 《예기》 등 삼례三禮에 관한 도록圖錄으
로 후한 정현鄭玄·완심阮諶의 9권본, 하후복랑夏侯伏朗의 12권본, 장일張鎰의 9
권본, 양정梁正의 9권본, 수隋나라 문제文帝의 칙찬본勅撰本 등 여러 종류의 저술
이 있었다. 지금은 송나라 섭숭의聶崇義가 주를 단 《삼례도집주三禮圖集注》 20
권본이 사고전서에 전한다. 《사고전서간명목록·경부·예류》권2 참조.

◇貂蟬162) (초선)

●朝服也. 貂者, 須其文而不煥炳, 外柔易而內剛勁也. 蟬者, 淸虛識
變也. 在位者, 有文而不自耀, 有武而不示人, 淸虛自牧, 識時而動
也.

○('초선관'은) 조회 때 복장이다. 담비는 문채를 지니고서도 화려
하게 빛을 발하지 않고 외면은 부드러우면서도 내면이 강한 동
물이다. 매미는 청허하면서 변화를 잘 알아채는 동물이다. 고위
직에 있는 사람은 문장력이 있어도 스스로 자랑하지 않고 무술
이 있어도 남에게 과시하지 않으며, 청허한 마음으로 자신을 수
양하며 시절을 잘 알고서 움직일 수 있어야 한다.

◇部伍兵陣(부오와 병진)

●部伍者, 一伍之伯也. 五人曰伍, 長爲伯. 故稱伍伯. 一曰戶伯. 漢
制, 兵吏五人, 一戶一竈, 四直一伯, 故云戶伯, 亦曰大伯, 以爲一竈
之主也. 漢諸王公行, 戶伯各率其伍, 以道引也. 古兵士服韋弁.
令163)戶伯服赤幘・繡衣・常164)韎, 弁之遺法也.

○'부오'는 다섯 명의 군인을 거느리는 수장을 뜻한다. 다섯 명을
'오'라고 하고, 수장을 '백'이라고 한다. 그래서 '오백'이라고 칭하
는 것이다. 한편으로는 '호백'이라고도 한다. 한나라 때 제도에
의하면 병졸 다섯 명이 한 방에서 한솥밥을 먹고 네 방에 한 명
의 수장을 두었다. 그래서 '호백'이라고도 하고 '대백'이라고도
하면서 하나의 부뚜막을 주재하는 사람으로 삼았다. 한나라 때
친왕이나 재상들이 행차하면 '호백'이 각기 다섯 명의 병졸을 이

---

162) 貂蟬(초선) : 한나라 이후로 시종관侍從官이 쓰던 모자인 초선관貂蟬冠의 약칭.
매미(蟬) 모양의 장식품과 담비(貂) 꼬리를 꽂은 데서 유래한 말로 '선면蟬冕'이라
고도 한다.
163) 令(령) : 문맥상으로 볼 때 '금今'의 오기로 보인다.
164) 常(상) : 앞의 ≪고금주≫권상의 기록에 의하면 '소素'의 오기로 보인다. 자형의
유사성으로 인한 필사 과정상의 단순 오기로 보인다.

끌고 길을 인도하였다. 옛날에 병사들은 가죽 고깔을 썼다. 요즈음 '호백'이 붉은 머리띠를 두르고 분홍색 비단옷을 입고 흰 명주 버선을 신는 것도 고깔에서 물려받은 제도이다.

◇部者(부자)

●封部之屬也. 語云165), "千乘166)之邑, 百乘167)之家, 可使治其賦168)也."

○('부'는) 각 봉국의 부대와 같은 부류를 말한다. ≪논어·공야장公冶長≫권5에 "제후국이나 고관의 가문에서는 그(중유仲由)에게 군사업무를 맡길 만합니다"라는 말이 있다.

◇兵陳(병진)

●左傳169)云, "兵, 由170)火也, 不戢171), 將自焚." 老子云, "兵者, 不祥之器, 不得已而用之. 是以上將軍居右172), 偏將軍173)居左, 言喪禮處之."

○≪좌전·은공隱公4년≫권2에서는 "병사는 불과 같기에 통제하지

---

165) 云(운) : 이하 예문은 현전하는 ≪논어·공야장公冶長≫권5의 기록과 차이가 있으나, 여기서는 위의 예문을 따른다.

166) 千乘(천승) : 수레 천 대. 제후의 지위를 비유한다. 천자는 수레 만 대를 거느리고, 제후는 수레 천 대를 거느리는 데서 유래하였다.

167) 百乘(백승) : 수레 백 대. 구경九卿이나 대부大夫 등 고관의 신분을 가리킨다.

168) 賦(부) : 군대를 출동하는 데 필요한 세금이나 재정을 뜻하는 말로 결국 군사업무를 가리킨다. 원문에 의하면 공자의 제자인 중유仲由에게 군사업무를 맡길 만하다는 말이다.

169) 左傳(좌전) : 노魯나라 은공隱公 원년元年(B.C.722년)부터 애공哀公 27년(B.C.468년)까지 약 250년 간의 춘추시대 역사를 기록한 ≪춘추경春秋經≫에 대한 전국시대 노魯나라 좌구명左丘明의 해설서인 ≪춘추좌씨전≫의 약칭.

170) 由(유) : ~와 같다. '유猶'와 통용자. 현전하는 ≪좌전·은공4년≫권2에는 '유猶'로 되어 있다.

171) 戢(집) : 거두어들이다. 통제하다.

172) 居右(거우) : 우측에 위치하다. 상장군이 중요한 자리를 차지하여 살생을 신중하게 주관한다는 말이다.

173) 偏將軍(편장군) : 일부 군대를 관장하는 장군이나 부장군副將軍을 가리키는 말.

않으면 스스로 몸을 불사른다"고 하였고, ≪노자·언무偃武≫권
상에서는 "병기는 상서롭지 못 한 도구이므로 부득이할 때에만
사용해야 한다. 그래서 (지위가 높은) 상장군이 오른쪽에 위치하
고 (지위가 낮은) 편장군이 왼쪽에 위치하는 것은 상례에 참여하
듯이 신중하게 전쟁을 치른다는 말이다"라고 하였다.

◇陣(진)

● 陣者, 勝拒敵也, 類常山[174]之率然, 擊其首, 則尾應, 擊其尾, 則首
應, 擊其中, 則首尾俱應. 率然者, 常山之長蛇也. 唐朝, 高宗臨殿,
策問[175]員半千[176]曰, "兵書言天陣·地陣·人陣, 何也?" 半千對
曰, "天陣者, 是星辰孤虛[177], 地陣者, 是山川向背, 人陣者, 是偏
裨[178]彌縫. 以臣所見, 則不然. 夫師出以義, 有若時雨, 得天之時,
此天陣也. 兵在足食, 且戰且耕, 得地之利, 此地陣也. 卒乘輕利, 將
帥和睦, 此人陣也." 高宗大賞, 策爲上第.

○ '진'이란 적을 막을 수 있기 위한 것으로 (하북성) 상산의 '솔연'
의 경우 그 머리를 치면 꼬리가 반응하고, 그 꼬리를 치면 머리
가 반응하고, 그 몸통을 치면 머리와 꼬리가 함께 반응하는 것과
같다. '솔연'은 상산에 사는 긴 뱀을 가리킨다. 당나라 때 고종이
대전으로 나서 운반천에게 책문하기를 "병서에서 '천진' '지진'

---

174) 常山(상산) : 오악五嶽 가운데 북방을 대표하는 산인 항산恒山의 별칭. 전한 문
제文帝 유항劉恒의 휘諱 때문에 '항산'을 '상산'으로 고쳐 쓴 것이다.

175) 策問(책문) : 경전經典이나 정사政事에 관한 문제를 내고 답하게 하는 과거시험
을 이르는 말. '책시策試'라고도 한다.

176) 員半千(운반천) : 당나라 때 사람으로 본명은 여경餘慶이고 자는 영기榮期. 태자
유덕太子諭德·숭문관학사崇文館學士 등을 역임하였고, 평원군공平原郡公에 봉해
졌으며 청백리淸白吏로 이름이 났다. ≪신당서·운반천전≫권112 참조.

177) 孤虛(고허) : 천간天干인 십간十干과 지지地支인 십이지十二支가 배합할 때 남
는 두 지지(孤)와 그에 대칭하는 두 지지(虛)를 이르는 말. 이를테면 술해戌亥(고)
와 진사辰巳(허), 신유申酉(고)와 인묘寅卯(허)의 관계를 말한다. 여기서는 별자리
처럼 대칭적으로 배합하는 진법을 지칭하는 말로 보인다.

178) 偏裨(편비) : 편장偏將과 비장裨將. 주무 장관을 보좌하는 부관들을 가리킨다.

'인진'이라고 한 것은 무슨 말이오?"라고 하자, 운반천이 대답하기를 "'천진'은 별자리를 배합하듯이 짜는 것이고, '지진'은 산천의 향배를 잘 정하여 짜는 것이고, '인진'은 보좌관들이 틈새를 잘 봉합하는 것이라고 합니다. 그러나 신이 아는 바에 의하면 그렇지 않습니다. 무릇 군대는 명분을 가지고 출동하기에 마치 제철에 비가 흠뻑 내리듯이 적절한 시기를 얻는 것, 이것이 바로 '천진'입니다. 전쟁은 식량을 충분히 마련하는 데 달려 있기에 농사를 지으면서 전투를 수행하여 지리적 이점을 얻는 것, 이것이 바로 '지진'입니다. 병사와 전차가 경쾌하고 장수들이 화목을 유지하는 것, 이것이 바로 '인진'입니다"라고 하였다. 그래서 고종이 크게 칭찬하며 최상의 성적을 부여하라고 하명하였다.

◇武臣缺胯襖子(무신이 입는 결과오자)

●隋文帝征遼, 詔武官服缺胯179)襖子, 取軍用, 如服有所妨也. 其三品已上皆紫. 至武德180)元年, 高祖詔, 其諸衛將軍, 每至十月一日, 皆服缺胯襖子, 織成紫瑞獸襖子, 左右武衛將軍, 服豹文襖子, 左右翊衛將軍, 服瑞鷹文襖子, 其七品已上陪位散員181)官等, 皆服綠無文綾襖子. 至今不易其制. 又侍中182)馬周183)請, "於汗衫184)等上, 常以立冬日加服小缺襖子," 詔從之, 永以爲式.

---

179) 缺胯(결과) : 정강이의 덮개를 없애다. 아마도 움직이기 편하게 하기 위한 방편인 듯하다.
180) 武德(무덕) : 당唐 고조高祖의 연호(618-626).
181) 散員(산원) : 일정한 직무가 없는 산관散官을 이르는 말.
182) 侍中(시중) : 황제의 측근에서 기거起居를 보살피고 정령政令을 집행하는 일을 관장하는 벼슬. 진晉나라 이후로 재상의 지위에까지 오르고, 수나라 때 납언納言 혹은 시내侍內라고 하였으며, 당송 이후로는 조정의 주요 행정 기관인 삼성三省 가운데 문하성門下省의 수장首長이 되었다.
183) 馬周(마주) : 당나라 때 사람(601-648)으로 중서시랑中書侍郎과 중서령中書令 등을 역임하였고, 정사政事의 득실을 논한 상소문을 올려 태종太宗의 신임을 받았다. 《신당서·마주전》권98 참조.
184) 汗衫(한삼) : 땀받이 적삼. 즉 속옷을 가리킨다.

○수나라 문제가 요 땅을 정벌할 때 조서를 내려 무관들에게 (정강이 덮개가 없는 두루마기인) '결과오자'를 입으라고 하면서 군대용품으로 채택한 것은 복장에 거추장스러운 데가 있어서였던 듯하다. 그중 삼품 이상의 고관은 모두 자색 옷을 착용하였다. (당나라) 무덕 원년(618)에 이르러 고조는 조서를 내려 위장군들은 매년 10월 1일이 되면 모두 '결과오자'를 입되 상서로운 동물이 새겨진 자색 두루마기로 짜게 하고, 좌·우무위장군은 표범 문양이 새겨진 두루마기를 입고, 좌·우익위장군은 상서로운 새 매 문양이 새겨진 두루마기를 입고, 7품 이상으로 배석의 자격이 있는 산관 등은 모두 무늬 없는 비단으로 만든 녹색 두루마기를 입게 하였다. 오늘날까지도 이 제도를 바꾸지 않고 있다. 또 시중 마주는 "속옷 따위 위에다가는 항상 입동날이 되면 간편한 '결과오자'를 덧입게 하시옵소서"라고 주청한 일이 있다. 그래서 이를 따르라는 조서를 내리면서 오래도록 법제화하였다.

◇文武品階腰帶(문관과 무관의 품계에 따른 허리띠)

●蓋古革帶也. 自三代已來, 降至秦漢, 皆庶人服之, 而貴賤通以銅爲銙, 以韋爲鞓185). 六品已上, 用銀爲銙, 九品已上及庶人, 以鐵爲銙. 沿至貞觀186)二年, 高祖187)三品已上, 以金爲銙, 服綠, 庶人以鐵爲銙, 服白, 向下捶188)垂頭189)而取順, 合呼撻尾190). 漢中

---

185) 鞓(정) : 허리띠의 몸통인 가죽 부위를 이르는 말.
186) 貞觀(정관) : 당唐 태종太宗의 연호(627-649).
187) 高祖(고조) : 명나라 도종의陶宗儀(1316-약 1396)의 《설부說郛》권12상에 인용된 《중화고금주》에는 이 두 글자가 없다. 문맥상으로 볼 때도 연자衍字인 듯하다.
188) 捶(추) : 두드리다. 《설부》권12상에 인용된 《중화고금주》에 의하면 '삽揷'의 오기이다.
189) 垂頭(수두) : 허리띠에 달린 고리처럼 생긴 장식품을 가리키는 말인 듯하다. 아마도 머리를 숙이고 채우는 데서 명칭이 유래한 듯하다.
190) 撻尾(달미) : 허리띠 끝에 다는 장식품을 이르는 말. '타미鉈尾'로 된 문헌도 있다.

興191),　每以端午賜百僚烏犀腰帶．　魏武帝賜宮人192)金隱起193)師
子194)銙腰帶，以助將軍之勇也．　高祖195)貞觀中，端午賜文官黑玳
瑁196)腰帶，武官黑銀腰帶，示色不改更故也．

○(문관과 무관이 차는 허리띠는) 아마도 옛날 가죽 허리띠에서 유
래하였을 것이다. 하夏나라・상商나라・주周나라 이래로 진나라
와 한나라에 이르기까지 모두 서민이 이를 착용하였지만, 귀천을
막론하고 통상 구리로 고리를 만들고 가죽으로 띠를 만들었다.
6품 이상은 은으로 고리를 만들고, 9품 이상과 서민은 쇠로 고
리를 만들었다. (당나라 태종) 정관 2년(628)에 이르러 3품 이상
은 금으로 고리를 만들면서 녹색 띠를 착용하였고, 서민은 쇠로
고리를 만들면서 백색 띠를 착용하였는데, 아래를 향해 장식품을
달아 순종의 의미를 취하면서 이를 합쳐 '달미'라고 불렀다. 한
편 한나라가 중흥한 후한 때는 매년 단오절에 문무백관에게 무
소뿔이 장식된 검은 허리띠를 하사하였다. (삼국) 위나라 무제는
군인들에게 사자 모양이 돌기한 금 고리가 달린 허리띠를 하사
하여 장군의 용기를 북돋았다. (당나라) 태종 정관(627-649) 연
간에 단오절이 되면 문관에게 대모가 장식된 검은 허리띠를 하
사하고 무관에게 은이 장식된 검은 허리띠를 하사한 것은 빛깔
이 변치 않는다는 것을 보이기 위해서였을 것이다.

---

191) 中興(중흥) : 한 왕조가 세력이 약해진 뒤 동일 왕조가 부흥하는 시기를 통칭하
　　는 말. 후한後漢・동진東晉・남송南宋 등의 시기에 상용되었는데, 여기서는 후한을
　　가리킨다.
192) 宮人(궁인) : 《설부》권12상에 인용된 《중화고금주》에 의하면 군영 사람을
　　의미하는 '영인營人'의 오기이다. 문맥상으로도 '궁인'은 부적절해 보인다.
193) 隱起(은기) : 도드라지다, 튀어나오다.
194) 師子(사자) : 맹수인 '사자獅子'와 통용자.
195) 高祖(고조) : 태종太宗의 오기. 《설부》권12상에 인용된 《중화고금주》에는
　　'태종'으로 되어 있다.
196) 玳瑁(대모) : 바다거북의 일종. 등껍질을 장식용이나 약용으로 썼다. '대모瑇瑁'
　　로도 쓴다.

◇九環帶(구환대)

●唐革隋政, 天子用九環帶197), 百官士庶198)皆同.

○당나라가 수나라 때 정치제도를 혁신하면서 천자는 구환대를 착용하고, 문무백관과 백성들도 모두 같은 복장을 하였다.

◇靴笏(가죽신과 홀)

●靴者, 昉199)古西胡也. 昔趙武靈王好胡服, 常服之, 其制短鞠200)黃皮, 閒居之服. 至馬周, 改制長鞠以殺201)之, 加之以氈及條, 得著入殿省202)敷奏203), 取便乘騎也. 文武百僚咸服之. 至貞觀三年, 安西國204)進緋韋短鞠靴, 詔內侍省205), 分給諸司. 至大曆206)二年, 宮人錦鞠靴, 侍於左右. 笏者, 記其忽忘之心. 禮云207), “天子以圭208), 諸侯以球209), 大夫以魚須210).” 一品至五品, 皆以象爲之, 六品至九品, 以木爲之. 禮云, “端211), 畢212), 紳213), 搢笏.” 唐德

---

197) 九環帶(구환대) : 제왕이나 고관들이 차는 허리띠를 가리키는 말로 아홉 개의 금고리가 달리고 황금으로 장식된 데서 이런 명칭이 붙었다. '구환금대九環金帶'라고도 한다.
198) 士庶(사서) : 선비와 서민. 즉 일반 백성에 대한 총칭.
199) 昉(방) : 비롯되다, 시작되다. '始始'의 뜻.
200) 短鞠(단요) : 목이 짧은 가죽신의 일종.
201) 殺(살) : 덜다, 줄이다. 가죽의 양을 줄인 것을 말한다.
202) 殿省(전성) : 조정의 각종 기관을 아우르는 말. 결국 조정이나 궁중을 가리킨다.
203) 敷奏(부주) : 아뢰다, 상주하다.
204) 安西國(안서국) : 당나라 때 감숙성에 설치한 지방 행정 구역을 이르는 말.
205) 內侍省(내시성) : 황명의 전달·식사·청소 등 황제와 관련한 잡무를 처리하는 내시들의 관리 감독 기관을 이르는 말. 북제北齊 때 처음으로 내시중성內侍中省이 설치되었고, 수隋나라 때 내시성으로 개칭되었는데, 시대마다 명칭이나 규모에 변화가 심하였다.
206) 大曆(대력) : 당唐 대종代宗의 연호(766-779).
207) 云(운) : 이하 예문은 현전하는 ≪예기·옥조≫권30에는 “천자는 구옥을 사용하고, 제후는 상아를 사용하고, 대부는 상어 수염을 사용한다(天子以球玉, 諸侯以象, 大夫以魚須)”로 되어 있어 차이가 있으나 여기서는 위의 예문을 따른다.
208) 圭(규) : 위가 둥글로 아래가 네모진 최고급 옥을 이르는 말.
209) 球(구) : 아름다운 옥을 이르는 말.
210) 魚須(어수) : 상어 수염. '수須'는 '수鬚'와 통용자. 홀을 장식하는 데 사용하기에 홀을 비유하기도 한다. 상어의 가죽으로 보는 설도 있다.

宗朝, 太尉214)段秀實, 以笏擊逆臣朱泚215)不忠, 反遭其禍.

○가죽신은 옛날 서방 호족의 복장에서 비롯되었다. 옛날에 (전국시대) 조나라 무령왕은 호족의 복장을 좋아하여 늘 그것을 착용하였는데, 그 제품은 목이 짧고 황색 가죽으로 만든 것으로서 한가할 때 입는 복장이었다. (당나라) 마주에 이르러 목이 긴 가죽신으로 고치면서 가죽을 줄이고 양털과 실을 보태어 착용하고서 조정에 들어가 상주할 수 있도록 만들었으니 수레나 말을 타기 편한 용도를 채택한 것이었다. 그래서 문무백관이 모두 이를 착용하게 되었다. (태종) 정관 3년(629)에 이르러 안서국에서 비색 가죽으로 만든 목이 짧은 가죽신을 바치자 내시성에 조서를 내려 모든 기관에 이를 나눠주게 하였다. (대종) 대력 2년(767)에 이르러서는 궁인들이 비단이 섞인 목이 짧은 가죽신을 신고서 좌우에 시립하였다. 한편 홀은 갑자기 잊어버리기 쉬운 생각을 적기 위한 것이다. ≪예기·옥조玉藻≫권30에 "천자는 규옥을 사용하고, 제후는 구옥을 사용하고, 대부는 상어의 수염을 사용한다"고 하였다. 1품에서 5품까지의 고관은 모두 상아로 홀을 만들고, 6품에서 9품까지의 하급 관리는 모두 나무로 홀을 만든다. 또 ≪예기·내칙內則≫권27에 "선비의 정복을 입고 무릎덮개를 하고 허리띠를 매고 홀을 꽂는다"는 말이 있다. 당나라 덕종 때 태위 단수실은 홀을 가지고 역적 주차가 불충하다고 공격하였다가 도리어 화를 당한 일이 있다.

---

211) 端(단) : 고대 선비의 정복을 이르는 말.
212) 鞸(필) : 고대 선비의 복장 가운데 무릎덮개를 이르는 말. '필鞸'과 통용자.
213) 紳(신) : 고대 선비의 복장 가운데 허리띠를 이르는 말.
214) 太尉(태위) : 진한秦漢 이래 군정軍政을 총괄하는 벼슬로, 대사마大司馬로 불리기도 하였다. 후에는 사도司徒·사공司空과 함께 삼공三公으로 불렸는데, 태위가 삼공 가운데 서열이 가장 높았다.
215) 朱泚(주차) : 당나라 사람(742-784). 덕종德宗 때 요영언姚令言이 반란을 일으켰을 때 황제로 추대되어 국호를 대진大秦이라고 하였다가 뒤에 다시 한漢으로 바꿨다. 장안長安을 수복한 이성李晟(727-793)에게 패하여 도주하다가 살해당했다. ≪신당서·역신열전逆臣列傳·주차전≫권225 참조.

◇履舃(이석)

●履者, 屨之不帶也. 不借, 草屨也. 以其輕賤易得, 故人人自有, 不假借也. 漢文帝履不借, 以視朝, 是也. 舃者, 以木置履下, 乾腊不畏泥濕也. 天子赤舃. 凡舃色皆象裳也. 禮云, "解屨, 不敢當階, 就屨, 跪而擧之." 春申君216)客三千, 皆珠履也. 漢制, 功臣閣老217)四賜, 曰入朝不趨218), 贊拜不名219), 劍履上殿220), 肩輿221)入宮. 淳于髡諫楚王曰, "若堂上燭滅, 男女雜坐, 履舃交錯, 臣當此之時, 一飮一石." 晏子222)諫齊王曰, "今履賤而踊223)貴也." 言齊王好刖人之足, 微諫之也.

○'이履'는 신발 가운데 끈을 달지 않은 것이다. '불차不借'는 짚으로 만든 신발이다. 짚신은 값이 저렴해 구하기 쉽기 때문에 사람들마다 각자 소유하기에 빌리지 않는다. 전한 문제가 '불차'를 신고서 조회를 열었다는 것도 이를 두고 한 말이다. '석舃'은 나

---

216) 春申君(춘신군) : 전국시대 초楚나라 사람인 황헐黃歇의 호. 장왕莊王의 동생으로 20년이 넘게 재상을 지냈다. 제齊나라 맹상군孟嘗君·조趙나라 평원군平原君·위魏나라 신릉군信陵君과 함께 사공자四公子로 유명하다. ≪사기·춘신군황헐전春申君黃歇傳≫권78 참조.

217) 閣老(각로) : 조정의 고관에 대한 존칭. 당나라 때는 중서성中書省이나 문하성門下省의 속관에 대한 존칭으로 주로 중서사인中書舍人을 가리켰고, 송나라 이후로는 재상에 대한 존칭으로도 쓰였다.

218) 趨(추) : 종종걸음으로 걷다. '추趍'와 통용자. 부모나 어른 앞에서 공경의 뜻을 표하기 위해 빠르지도 느리지도 않게 걷는 걸음걸이를 뜻한다. ≪논어·계씨季氏≫권16에 공자의 아들인 '공이孔鯉가 종종걸음으로 뜨락을 지났다(鯉趨而過庭)"는 말이 보인다.

219) 贊拜不名(찬배불명) : 대신大臣이 천자를 배알拜謁할 때 집례자執禮者가 관직명만 부르고 이름을 부르지 않는 특별 예우를 일컫는 말.

220) 劍履上殿(검리상전) : '검을 차고 신발을 신은 채 내전에 오를 수 있다'는 말로 공신에게 내리는 최고의 예우이자 특권을 말한다.

221) 肩輿(견여) : 두 사람이 앞뒤에서 어깨에 메는 가마.

222) 晏子(안자) : 춘추시대 제齊나라에서 재상을 지낸 안영晏嬰에 대한 존칭. 시호가 평平이고 자가 '중仲'이어서 '안평중晏平仲'으로도 불렸다. 검소함을 중시하고 간쟁諫諍을 잘 하였는데, 그의 행적과 간쟁을 엮은 책으로 ≪안자춘추晏子春秋≫가 전한다. ≪사기·안영전≫권62 참조.

223) 踊(용) : 월형을 당한 사람이 신는 신발을 이르는 말로 목발의 일종을 가리킨다.

무릇 신발 밑창에 깐 것인데 말린 고기가 진흙이나 습기를 잘 제거하는 것과 같은 이치이다. 천자는 붉은 신발을 신는다. 무릇 '석'의 빛깔은 모두 의상에 맞춘다. ≪예기·곡례상曲禮上≫권2 에 "신발을 벗으면 감히 섬돌에 두어서 안 되고, 신발을 신을 때 는 무릎을 꿇고서 신발을 손으로 들어야 한다"는 말이 있다. (전 국시대 초楚나라 때) 춘신군의 식객 3천 명은 모두 진주가 장식 된 신발을 신었다. 한나라 때 제도에 의하면 공신이나 고관에게 네 가지 특혜가 있었으니 입조하면서 종종걸음으로 걷지 않아도 되는 것, 천자를 배알할 때 이름을 부르지 않는 것, 검을 차고 신발을 신은 채 내전에 오를 수 있는 것, 가마를 타고서 궁중으 로 들어가는 것을 말한다. (전국시대 때) 순우곤이 초나라 왕에 게 "만약 대청 위에 촛불이 꺼지고 남녀가 섞여 앉아 신발이 뒤 섞인다면 신은 그때 단번에 술 한 가마를 마실 수 있습니다"라 고 간언한 일이 있다. 또 (춘추시대 때) 안자는 제나라 왕에게 "(월형을 당한 사람이 너무 많아서) 지금은 신발이 싸고 목발이 비쌉니다"라고 간언하였는데, 이는 제나라 왕이 사람들의 발목을 자르는 월형을 집행하기 좋아하여 은밀히 이에 대해 간언했다는 말이다.

◇廚人襃衣(요리사가 입는 옷)

●廚人襃衣, 廝徒224)之服也, 取其便於用耳. 乘輿進食者, 有服襃衣. 前漢董偃225)綠幘靑褠226), 加襃衣, 以見武帝, 廚人之服也.

○요리사가 입는 '양의'는 허드렛일을 하는 사람의 복장으로 착용

---

224) 廝徒(시도) : 허드렛일을 하는 사람을 가리키는 말. 머슴, 하인. '시대廝臺' '시양 廝養' '시여廝輿' '시예廝隸'라고도 한다.
225) 董偃(동언) : 전한 무제武帝의 부마駙馬. 무제와 무제의 고모인 관도공주館陶公 主의 총애를 받았으나 동방삭東方朔(B.C.154-B.C.93)에게 '음수淫首'라는 비난을 받아 논죄를 당한 뒤 요절하였다. ≪한서·동언전≫권65 참조.
226) 褠(구) : 비의臂衣. 즉 토시를 가리킨다.

하기 편리한 데서 착안한 것이다. 황제에게 음식을 올리는 사람 가운데 '양의'를 착용하는 이가 있다. 전한 때 동언이 녹색 두건을 쓰고 청색 토씨를 끼고 '양의'를 입고서 무제를 알현한 것도 요리사의 복장이었다.

◇伺風烏[227] **(사풍오)**

● 夏禹所作也. 禁中置之, 以爲恒式.

○ (풍향계의 일종인 '사풍오'는) 하나라 우왕이 만든 것이다. 궁중에 이를 설치하는 것이 일상화되었다.

◇玉佩 **(옥패)**

● 玉佩之法, 漢末喪亂而不傳, 至魏, 侍中王粲識古佩之法, 更制焉.

○ 옥팔찌를 착용하는 방법은 후한 말엽 나라가 혼란에 빠지면서 전하지 않다가 (삼국) 위나라에 이르러 시중 왕찬이 옛날 옥팔찌를 착용하는 법제에 대해 잘 알면서 다시 제작하였다.

◇天子乘輿赤綬 **(천자의 복식인 적색 인끈)**

● 天子乘輿之制, 赤綬四采, 黃赤縹紺, (淳[228])黃爲圭, 長二丈九尺, 五百首[229]. 諸侯赤綬四采, 赤黃縹(紺), 淳赤圭, 長二丈一尺, 三百首.

○ 천자의 복식 제도에 의하면 황제의 인끈인 '적수'는 네 가지 색채인 황색 · 적색 · 옥색 · 감색을 띠고 순정한 황색의 것을 '규'라고 하는데, 길이는 두 장 아홉 자이고 500수로 되어 있다. 제후국 군주의 인끈인 '적수'는 네 가지 색채인 적색 · 황색 · 옥색 ·

---

227) 伺風烏(사풍오) : 바람의 방향을 살피기 위해 까마귀 모양으로 만든 기구인 일종의 풍향계를 이르는 말.

228) 淳(순) : 앞의 ≪고금주≫권상에 의하면 이 글자가 누락되었기에 첨기한다. 뒤의 '감紺' 역시 마찬가지이다.

229) 首(수) : 도장이나 패옥을 매는 실을 세는 단위를 이르는 말.

감색을 띠고 순정한 적색의 것을 '규'라고 하는데, 길이가 두 장
한 자이고 300수로 되어 있다.

◇公侯大將軍紫綬(제후와 대장군의 자색 인끈)

●紫綬二采紫白，淳紫圭，長一丈七尺，一百八十首．公王[230]·封
君[231]服紫綬．九卿[232]·中二千石[233]綠綬三采，青白紅，青圭，長
一丈七尺，一百二十首．一千石·六百石墨綬二采，青紺，淳青圭，
長一丈六尺，八十首．四百石·五百石之長，同前制也．三百石·二
百石黃綬，淳黃一采，圭，長一丈五尺，六十首．一百石青綬，青紺綸
一采，婉轉繆織，長一丈二尺．自青綬已上，皆長三尺二寸．綠綬同
采，而首半之．緺者，古佩後也．佩綬相迎受，故曰緺．紫綬已上，緺
綬之間，施玉環玦[234]．自墨綬已下，緺皆長三尺，與黃綬同采，而首
半之．凡先合單方爲一絲，四絲爲一扶，五扶爲一首，五(首[235])成一
文，文采淳爲一圭，皆廣一尺六寸．

○(제후나 대장군의 복장인) 자색 인끈에는 두 가지 채색실인 자색
과 백색을 섞는데, 순정한 자색의 '규'는 길이가 한 장 일곱 자
이고 180수로 되어 있다. 공주나 봉군도 자색 인끈을 착용한다.

---

230) 公王(공왕) : 문맥상으로 볼 때 '공주公主'의 오기인 듯하다. 자형의 유사성으로
인한 필사 과정상의 단순 오기로 보인다.

231) 封君(봉군) : 공적을 세운 신하의 부인에게 하사하는 봉호를 이르는 말.

232) 九卿(구경) : 중국 고대 조정에서 삼공三公 다음 가는 최고위 관직을 이르는 말.
시대마다 명칭과 서열에 차이가 있는데, 한나라 때는 태상太常·광록훈光祿勳·위
위衛尉·태복太僕·정위廷尉·홍려鴻臚·종정宗正·대사농大司農·소부少府를 '구
경'이라 하였고, 수당隋唐 이후로는 구시九寺, 즉 태상太常·광록光祿·위위衛尉·
종정宗正·태복太僕·대리大理·홍려鴻臚·사농司農·태부太府의 장관을 '구경'이
라고 하였다.

233) 中二千石(중이천석) : 한나라 때 봉록제도로 중이천석中二千石·이천석二千石·
비이천석比二千石이 있었는데, 구경九卿이나 장수將帥는 봉록이 중이천석이고 태
수太守는 이천석이었다. 여기서는 앞에서 구경을 언급하였으므로 장수를 가리키는
것으로 보인다.

234) 環玦(환결) : 장식용 패옥佩玉에 대한 총칭. '환環'은 동그란 고리 모양의 패옥
을 말하고, '결玦'은 한쪽 귀퉁이가 트인 패옥을 말한다.

235) 首(수) : 다른 문헌에 인용된 글에 의하면 이 글자가 누락되었기에 첨기한다.

구경이나 연봉이 중2천석인 관원의 녹색 인끈에는 세 가지 채색실인 청색·백색·홍색을 섞는데, 청색의 '규'는 길이가 한 장 일곱 자이고 120수로 되어 있다. 연봉이 1천석에서 6백석까지 관원의 흑색 인끈에는 두 가지 채색실인 청색과 감색을 섞는데, 순정한 청색 '규'는 길이가 한 장 여섯 자이고 80수로 되어 있다. 연봉이 4백석이나 5백석인 수장은 앞의 제도와 같다. 연봉이 3백석이나 2백석인 관원의 황색 인끈에는 순정한 황색 한 가지를 쓰는데, '규'의 길이가 한 장 다섯 자이고 60수로 되어 있다. 연봉이 1백석인 관원의 청색 인끈에는 청색과 감색의 실을 섞어 빙빙 돌려 얽어서 짜는데, 길이가 한 장 두 자이다. 청색 인끈 이상은 모두 길이가 세 자 두 치이다. 녹색 인끈의 경우 채색실을 같이 하지만 '수'의 수치는 반에 해당한다. '역'은 옛날에 허리에 차던 인끈의 일종이다. 허리에 차는 인끈이 그것과 맞물리기에 '역'이라고 한다. '역'과 인끈 사이에 패옥을 장식한다. 흑색 인끈 이하는 '역'이 모두 길이 세 자로 황색 인끈과 채색을 같이 하지만 '수'는 그 반에 해당한다. 무릇 먼저 단일 방향으로 모으면 '1사'라 하고, 4사를 '1부'라고 하고, 5부를 '1수'라고 하고, 5수를 '1문'이라고 하고, '문'의 채색이 순일한 것을 '1규'라고 하는데, 모두 너비는 한 자 여섯 치이다.

■中華古今注卷上■

■中華古今注卷中■

◇皇后太后印綬(황후와 태후의 인끈)

●太皇太后[1]・皇太后(・皇后)綬, 其制與天子乘輿[2]同. 赤綬四采, 黃赤縹紺, 淳黃爲圭, 長二丈九尺, 五百首[3]. 長公主[4]・天子貴人[5], 與諸侯王同制. 其赤綬四采, 赤黃縹紺, 赤圭, 長二丈一尺, 三百首. 諸國貴人・相國,[6]皆綠綬三采, 綠紫紺, 淳綠圭, 長二丈一尺, 三[7]百四十首.(緤[8]・綬・玉環缺[9]等, 已在天子乘輿綬門中, 見上卷注中.)

○태황태후와 황태후(・황후)의 인끈은 그 제도가 천자의 복식과 동일하다. '적수'는 네 가지 색채인 황색・적색・옥색・감색을 띠고 순정한 황색의 것을 '규'라고 하는데, 길이가 두 장 아홉 자이고 500수로 되어 있다. 장공주나 천자의 귀인은 제후국의 군주와 동일하게 제작된다. 그중 '적수'는 네 가지 색채인 적색・황색・옥색・감색을 띠고 적색의 것을 '규'라고 하는데, 길이가 두 장 한 자이고 300수로 되어 있다. 여러 제후국의 귀인이나 상국은 모두 '녹수'로서 세 가지 색채인 녹색・자색・감색을

---

1) 太皇太后(태황태후) : 황제의 조모에 대한 존칭. 한편 황제의 모친에 대한 존칭은 '황태후皇太后' 혹은 '태후太后'라고 한다. 문맥상 '황후'가 누락되었기에 첨가한다.
2) 乘輿(승여) : 황제의 수레. 황제의 대칭代稱으로도 쓰이는데, 여기서는 황제의 복식 服飾을 가리키는 것으로 보인다.
3) 首(수) : 도장이나 패옥을 매는 실을 세는 단위를 이르는 말.
4) 長公主(장공주) : 황제의 누이에 대한 존칭. 반면 황제의 딸은 '공주', 황제의 고모는 '대장공주大長公主'라고 한다.
5) 貴人(귀인) : 후한 때 궁중의 내관內官으로서 황후皇后 다음 가는 지위였고, 미인 美人・궁인宮人・채인采人보다 신분이 높았다. ≪후한서・후기后紀≫권10 참조.
6) 相國(상국) : 벼슬 이름. 춘추전국시대 때는 초楚나라를 제외한 모든 나라에 재상을 두어 상국相國・상방相邦・승상丞相이라고 하였는데, 진한秦漢 때는 승상보다 높았고, 후대에는 재상宰相에 대한 존칭으로 쓰였다.
7) 三(삼) : 문맥상으로 볼 때 '이二'의 오자인 듯하다.
8) 緤(역) : 도장이나 패옥을 차는 데 사용하는 끈을 이르는 말. 여기서는 뒤의 문장에 의하면 후자를 가리킨다.
9) 環缺(환결) : 장식용 패옥佩玉에 대한 총칭. '환環'은 동그란 고리 모양의 패옥을 말하고, '결缺'은 '결玦'과 통용자로 한쪽 귀퉁이가 트인 패옥을 말한다.

띠고 순정한 녹색의 것을 '규'라고 하는데, 길이가 두 장 한 자이고 240수로 되어 있다.(패옥끈과 인끈·패옥 등은 이미 천자의 복식 가운데 인끈 부문에 실려 있는데 상권의 주에 보인다.)

◇冪䍦(멱리)

●冪䍦[10]者, 唐武德[11]·貞觀[12]年中, 宮人騎馬, 多着冪䍦, 而全身障蔽. 至永徽[13]年中後, 皆用帷帽[14]施裙到頸, 漸爲淺露. 至明慶[15]年, 百官家口, 若不乘車, 便坐檐子[16]. 至神龍[17]末, 冪䍦始絶. 其冪䍦之象, 類今之方巾[18], 全身障蔽, 繒帛之爲. 若便於事, 非乘車輦及坐檐子. 卽此制誠非便於時也. 開元[19]初, 宮人馬上著胡帽, 靚粧露面, 士庶[20]咸效之. 至天寶[21]年中, 士人之妻, 著丈夫靴衫[22]鞭帽[23], 內外一體也.

○(전신을 가리는 두건인) '멱리'의 경우 당나라 (고조) 무덕(618-626)·(태종) 정관(627-649) 연간에 궁인들이 말을 탈 때 대부분 '멱리'를 착용하고서 전신을 가렸다. (고종) 영휘(650-656) 연간 이후로는 모두 망사 모자를 활용하여 치마에 붙이고서 목

---

10) 冪䍦(멱리) : 중국의 소수민족이 머리에 쓰던 두건으로 전신을 가릴 수 있게 비단으로 만들었다고 한다.
11) 武德(무덕) : 당唐 고조高祖의 연호(618-626).
12) 貞觀(정관) : 당唐 태종太宗의 연호(627-649).
13) 永徽(영휘) : 당唐 고종高宗의 연호(650-656).
14) 帷帽(유모) : 가장자리에 휘장(帷)처럼 망사를 드리워 얼굴을 볼 수 없게 만든 모자를 이르는 말. 당나라 때 부녀자들이 즐겨 썼고, 송나라 때는 남자들도 착용하였다고 한다.
15) 明慶(명경) : 당唐 고종高宗의 연호인 현경顯慶(656-661)의 오기인 듯하다.
16) 檐子(첨자) : 당나라 이후로 유행한 가마의 일종.
17) 神龍(신룡) : 당唐 중종中宗의 연호(705-706).
18) 方巾(방건) : 사각형 모양의 두건.
19) 開元(개원) : 당唐 현종玄宗의 연호(713-741).
20) 士庶(사서) : 선비와 서민. 즉 일반 백성에 대한 총칭.
21) 天寶(천보) : 당唐 현종玄宗의 연호(742-756).
22) 靴衫(화삼) : 당나라 때 부녀자들이 말을 탈 때 입던 적삼의 일종.
23) 鞭帽(편모) : 당나라 때 부녀자들이 말을 탈 때 쓰던 호모胡帽의 일종.

까지 이르게 하였다가 점차 몸을 드러내게 되었다. (고종) 현경顯慶(656-661) 연간에 이르러 문무백관의 가족들은 만약 수레를 타지 않으면 편히 가마를 탔다. (중종) 신룡(705-706) 말엽에 이르러서는 '멱리'가 거의 사라졌다. '멱리'의 생김새는 오늘날의 '방건'과 유사하여 전신을 가리게 되어 있고 비단으로 만들었다. 업무를 보기에는 편리하지만 수레를 타거나 가마에 오를 때 사용한 것은 아닌 듯하다. 다시 말해 이러한 제품은 시류상 편리했던 것은 아니라 하겠다. (현종) 개원(713-741) 초 궁인들이 말 위에서 호족의 모자를 착용하고 단장을 하고서 얼굴을 드러내면서 일반 백성들도 모두 이를 본받았다. (현종) 천보(742-756) 연간에 선비의 아내들이 사내들 복장인 '화삼'과 '편모'를 착용하면서 조정 안팎으로 한결같아졌다.

◇魏宮人長眉蟬鬢(위나라 궁인들의 긴 눈썹과 선빈)

● 魏宮人好畵長眉, 令作蛾眉[24]·驚鶴髻[25]. 魏文帝宮人絶所愛者, 有莫瓊樹·薛夜來·陳尙衣[26]·段巧笑, 皆日夜在帝側. 瓊樹始制爲蟬鬢, 望之縹緲[27]如蟬翼, 故曰蟬鬢, 巧笑始以錦衣絲履, 作紫粉拂面, 尙衣能歌舞, 夜來善爲衣裳, 皆爲一時之冠絶.

○ (삼국) 위나라 때 궁인들이 기다란 눈썹을 즐겨 그리면서 아미와 '경학계'를 꾸미게 하였다. 위나라 문제가 궁인들 가운데 무척 총애한 여인으로 막경수·설야래·진상의·단교소가 있었는데,

---

24) 蛾眉(아미) : 나방의 촉수처럼 생긴 눈썹. 미녀를 상징한다.
25) 驚鶴髻(경학계) : 삼국시대 때 유행한 상투의 일종. 놀란 학 모양을 한 데서 유래하였다.
26) 尙衣(상의) : 의복을 관장하는 여관女官 이름. '상'은 '주主'의 뜻. 후대에는 전중감殿中監 소속 부서인 육국六局 가운데 하나로 황제의 의복을 관장하는 기관을 이르는 말로도 쓰였다. 여기서는 위나라 문제 조비曹丕의 총희의 직책을 가리킨다. '진상의陳尙衣'가 '전상의田尙衣'로 된 문헌도 있는데, '진陳'과 '전田'이 동성동본이기 때문이다.
27) 縹緲(표묘) : 어렴풋이 보이는 모양.

모두 밤낮으로 문제의 곁을 지켰다. 막경수는 처음으로 '선빈'을 만들었는데 멀리서 바라보면 아련하니 마치 매미 날개처럼 생겼기에 '선빈'이라고 하였고, 단교소는 처음으로 비단으로 옷을 만들고 비단실로 신발을 만들고 자색 분을 만들어 얼굴에 발랐으며, 진상의는 가무에 뛰어났고, 설야래는 옷을 잘 제작하였는데, 모두 당시 최고의 솜씨를 자랑하였다.

◇頭髻(상투)

●自古之有髻, 而吉者繫也. 女子十五而笄, 許嫁於人, 以繫他族, 故曰髻而吉. 榛木爲笄, 笄以約髮也, 居喪, 以桑木爲笄, 表變孝也, 皆長尺有[28]二寸. 沿至夏后[29], 以銅爲笄, 於兩旁約髮也, 爲之髮笄. 殷后服盤龍步搖[30], 梳流蘇[31], 珠翠三服, 服龍盤步搖, 若侍, 去梳蘇. 以其步步而搖. 故曰步搖. 周文王又制平頭髻. 昭帝[32]又制小鬢雙裙髻. 始皇詔后, 梳凌雲髻, 三妃[33]梳望僊九鬟髻, 九嬪[34]梳參鸞髻. 至漢高祖, 又令宮人梳奉聖髻. 武帝又令梳十二鬟髻, 又梳墮馬髻[35]. 靈帝又令梳瑤臺[36]髻. 魏文帝令宮人梳百花髻·芙蓉歸雲髻. 梁天監[37]中, 武帝詔宮人, 梳廻心髻·歸眞髻, 作白粧[38], 靑黛

---

28) 有(우) : 또. '우又'와 통용자.
29) 夏后(하후) : 하夏나라 왕조나 건국자인 우왕禹王을 가리키는 말.
30) 步搖(보요) : 여자들이 머리에 꽂는 장신구의 일종. 걸을 때마다 장신구가 흔들리는 데서 이름이 유래하였다.
31) 流蘇(유수) : 휘장·수레·깃발 등에 장식한 술을 이르는 말. '유수流酥'라고도 한다. '수蘇'와 '수酥'는 통용자.
32) 昭帝(소제) : 문맥상으로 볼 때 소왕昭王의 오기인 듯하다.
33) 三妃(삼비) : 서열상 황후 다음 가는 세 왕비를 이르는 말.
34) 九嬪(구빈) : 후궁에 속하는 여관女官으로서 정1품인 비妃 다음 가는 정2품의 직책을 가리키는 말. 시대마다 명칭에 차이가 심하다.
35) 墮馬髻(타마계) : 부녀자의 머리 모양새 가운데 하나. '타마장墮馬粧' '추마계墜馬髻'라고도 하고, '타마墮馬' '타계墮髻'라고 약칭하기도 한다.
36) 瑤臺(요대) : 옥으로 쌓은 누대. 신선이 사는 곳이나 궁중을 비유한다.
37) 天監(천감) : 양梁 무제武帝의 연호(502-519).
38) 白粧(백장) : 옅은 화장을 이르는 말.

眉39), 有忽鬱髻. 隋有凌虛髻·祥雲髻. 隋大業40)中, 令宮人梳朝雲近香髻·歸秦髻·奉僊髻·節暈粧41). 貞觀中, 梳歸順髻. 又太眞42)偏梳朵子43), 作啼粧44). 又有愁來髻, 又飛髻, 又百合髻, 作白粧黑眉.

○옛날에 상투가 생긴 이래로 길례(혼례)가 있으면 머리를 묶어 상투를 틀었다. 여자는 열다섯 살이 되어 비녀를 꽂으면 남에게 시집가서 다른 집안에 묶이게 된다. 그래서 상투를 하고서 길례를 치른다고 말하는 것이다. 개암나무로 비녀를 만들고 비녀로 머리를 묶지만, 상례를 치를 때는 뽕나무로 비녀를 만들어 효심을 달리한다는 뜻을 표방하는데, 모두 길이는 한 자 두 치였다. 하나라에 이르러서는 구리로 비녀를 만들고 양쪽에서 머리카락을 묶은 뒤 거기에 머리카락을 고정할 비녀로 꽂았다. 은나라 때는 서린 용 모양의 보요를 착용하고 술을 달고 진주와 비취가 장식된 세 가지 의복을 착용하였는데, 서린 용 모양의 보요를 착용하면 시녀 같기에 술을 뗐다. 그것이 걸을 때마다 흔들리기에 '보요'라고 하는 것이다. 주나라 문왕 때는 다시 '평두계'를 하였다. 소왕 때는 다시 '소수쌍군계'를 하였다. (진나라) 시황제는 황후에게 조서를 내려 '능운계'를 하게 하고, 삼비에게는 '망선구환계'를 하게 하고, 구빈에게는 '참란계'를 하게 했다. 전한 고조에 이르러서는 다시 궁인들에게 '봉성계'를 하게 했다. 무제 때는 다시 '십이환계'를 하게도 하고, '타마계'를 하게도 하였다. (후한)

---

39) 靑黛眉(청대미) : 푸른 눈썹먹으로 눈썹을 그리는 일을 이르는 말.
40) 大業(대업) : 수隋 양제煬帝의 연호(605-617).
41) 節暈粧(절운장) : 화장법의 일종. 옅은 담홍색을 띠게 화장하는 것을 뜻하는 말인 듯하다.
42) 太眞(태진) : 당나라 때 양귀비楊貴妃(719-756)가 도사道士의 의복을 즐겨 입은 데서 붙여진 별호.
43) 朵子(타자) : 머리 장식품의 일종. 아마도 꽃망울 모양을 한 데서 유래한 듯하다.
44) 啼粧(제장) : 눈물을 흘린 것처럼 보이기 위해 눈 밑의 화장을 살짝 지우는 것을 이르는 말.

영제 때는 다시 '요대계'를 하게 했다. (삼국) 위나라 문제는 궁인들에게 '백화계'나 '부용귀운계'를 하게 했다. (남조南朝) 양나라 천감(502-519) 연간에 무제는 궁인들에게 조서를 내려 '회심계'나 '귀진계'를 하게 하였다가 옅은 화장을 하고 푸른 눈썹먹으로 눈썹을 그리면서 '총울계'를 갖추게 하였다. 수나라 때는 '능허계'와 '상운계'가 있었다. 수나라 (양제) 대업(605-617) 연간에는 궁인들에게 '조운근향계' '귀진계' '봉선계' '절운장'을 하게 했다. (당나라 태종) 정관(627-649) 연간에는 '귀순계'를 하게 했다. 또 (현종 때) 양태진(양귀비)은 한쪽에만 꽃망울 모양의 장식품을 꽂고 눈 밑의 화장을 살짝 지우는 화장법을 실시하였다. 또 '수래계'가 있었고, '비계'가 있었고, '백합계'가 있었으며, 옅은 화장과 짙은 눈썹을 그리기도 하였다.

◇冠子朶子扇子(갓과 머리 장식품과 부채)

●冠子者, 秦始皇之制也. 令三妃・九嬪當暑, 戴芙蓉冠子, 以碧羅爲之, 揷五色[45]通草蘇[46]朶子, 披淺黃叢羅衫, 把雲母[47]小扇子, 鞁蹲[48]鳳頭履, 以侍從. 令宮人當暑, 戴黃羅髻, 蟬冠子, 五花朶子, 披淺黃銀泥[49]飛雲帔[50], 把五色羅小扇子, 鞁金泥飛頭鞋. 至隋帝, 於江都宮水精殿, 令宮人戴通天[51]百葉冠子, 揷瑟瑟[52]鈿朶, 皆垂珠翠, 披紫羅帔, 把半月雉尾扇子, 鞁瑞鳩頭履子, 謂之儷飛. 其後改

---

45) 五色(오색) : 정색正色인 청・적・황・백・흑색의 다섯 가지. 상서로운 징조를 상징한다.
46) 通草蘇(통초소) : 두릅나무의 줄기로 만든 꽃 모양의 장식품을 이르는 말인 '통초화通草花'나 덩굴을 뜻하는 말인 '통초등通草藤'의 별칭인 듯하다.
47) 雲母(운모) : 돌비늘. '운영雲英'이라고 한다.
48) 鞁蹲(삽준) : 신발의 뒤축을 구부려 신는 것을 뜻하는 말인 듯하다.
49) 銀泥(은니) : 은가루가 섞인 물감의 일종을 이르는 말.
50) 飛雲帔(비운피) : 구름 문양이 수놓인 외투를 뜻하는 말인 듯하다.
51) 通天(통천) : 키가 큰 모자를 뜻하는 말인 듯하다. 황제가 쓰는 모자 이름인 '통천관通天冠'에서 유래한 듯하다.
52) 瑟瑟(슬슬) : 푸른 빛을 띠는 보석의 일종.

更實繁, 不可具紀.

○갓은 진나라 시황제 때 만들어진 제품이다. 삼비와 구빈에게는
더위를 맞으면 부용꽃이 장식된 모자를 쓰게 하면서 푸른 비단
으로 그것을 만들되 오색의 두릅나무 꽃망울 모양의 장식품을
꽂고, 옅은 황색의 비단 적삼을 걸치고, 운모가 장식된 작은 부
채를 들고, 봉황 머리 모양의 신발을 신고서 시종케 하였다. 또
궁인들에게는 더위를 맞으면 황색 비단으로 묶은 상투를 틀고,
매미 모양의 모자를 쓰고, 다섯 가지 꽃망울 모양의 장식품을 꽂
고, 옅은 황색을 띠면서 은가루 물감으로 물들인 외투를 걸치고,
오색 비단으로 만든 작은 부채를 들고, 금가루가 섞인 가죽신을
구부려 신게 하였다. 수나라 황실에서는 강도궁의 수정전에서 궁
인들에게 '통천백엽관자'를 쓰고 보석이 장식된 비녀를 꽂게 하
면서 모두 진주와 비취를 장식하고, 자색 비단으로 만든 외투를
걸치고, '반월치미선자'를 들고, 비둘기 머리 모양의 신발을 꺾어
신게 하면서 이를 '선비'라고 하였다. 그 뒤로는 변경이 너무 번
다하기에 일일이 다 기재할 수 없을 정도이다.

◇釵子(쌍갈래비녀)

●蓋古笄之遺象也. 至秦穆公, 以象牙爲之. 敬王以玳瑁[53]爲之. 始皇
又金銀作鳳頭, 以玳瑁爲脚, 號曰鳳釵. 又至東晉, 有童謠言, "織女
死時, 人揷白骨釵子, 白粧, 爲織女作孝[54]." 至隋煬帝, 宮人揷鈿頭
釵子, 常以端午日, 賜百僚玳瑁釵冠. 後漢書, "貴人助簪, 玳瑁釵."

○(쌍갈래비녀는) 아마도 옛날 쪽비녀에서 영향을 받은 형상일 것
이다. 진나라 목공에 이르러서는 상아로 그것을 만들었다. (주周
나라) 경왕은 대모로 그것을 만들었다. 시황제는 다시 금과 은으

---

53) 玳瑁(대모) : 바다거북의 일종. 등껍질을 장식용이나 약용으로 썼다. '대모瑇瑁'로
   도 쓴다.
54) 作孝(작효) : 효도를 행하다. 즉 상례를 치르는 것을 뜻한다.

로 봉황 머리 모양의 쌍갈래비녀를 만들면서 대모로 밑둥을 만들고는 '봉채'라고 불렀다. 다시 동진에 이르러서는 "직녀가 죽었을 때 사람들은 백골로 만든 쌍갈래비녀를 꽂고 옅게 화장하고서 직녀를 위해 상례를 치러주었네"라는 동요가 생겨났다. 수나라 양제에 이르러 궁인들은 비녀와 쌍갈래비녀를 꽂았는데, 늘 단오절이 되면 문무백관들에게 대모로 만든 쌍갈래비녀와 갓을 하사하였다. ≪후한서·여복지輿服志≫권40에 "(황제의 첩실인) 귀인은 대비녀와 대모로 만든 쌍갈래비녀를 꽂는다"고 하였다.

◇梁冀盤桓釵(양기 아내의 반환채)

●盤桓[55]釵, 梁冀[56]婦之所制也. 梁冀妻改翠眉爲愁眉[57], 長安婦女好爲盤桓髻, 到于今, 其法不絶. 墮馬髻, 今無復作者. 倭墮髻, 一云, "墮馬之餘形也."

○'반환채'는 (후한) 양기의 아내가 창안한 것이다. 양기의 아내가 비취빛 눈썹먹으로 화장한 눈썹을 초승달 모양의 눈썹으로 바꾸고 (섬서성) 장안의 부녀자들이 '반환채'를 유행시킨 뒤, 오늘날에 이르기까지도 그 방식이 사라지지 않고 있다. '타마계'는 오늘날 더 이상 꾸미는 사람이 없다. '위타계'에 대해 어떤 문헌에서는 "'타마계'에서 영향을 받은 형식이다"라고도 한다.

◇粉(분)

●自三代[58]以鉛爲粉, 秦穆公女弄玉有容德, 感僊人簫史[59], 爲燒水

---

55) 盤桓(반환) : 주위를 맴도는 모양, 왕래하는 모양. 여기서는 둥글게 말아올린 여자의 머리 모양을 가리킨다.
56) 梁冀(양기) : 후한 사람(?-159). 자는 백탁伯卓. 황문시랑黃門侍郎과 대장군大將軍 등을 역임하였는데, 두 누이가 순제順帝와 환제桓帝의 황후皇后여서 그 후광을 믿고 온갖 악행을 저지르다가 환관 선초單超에 의해 궁지에 몰리자 자살하였다. ≪후한서·양기전≫권64 참조.
57) 愁眉(수미) : 초승달처럼 가늘게 그리는 눈썹 화장을 이르는 말.
58) 三代(삼대) : 하夏나라·상商나라·주周나라를 아우르는 말.

銀, 作粉, 與塗, 亦名飛雲丹. 傳以簫曲終而同上昇.

○하나라・상나라・주나라 때 납으로 분을 만든 이래로 진나라 목
공의 딸인 농옥이 뛰어난 용모와 성품이 있어 신선 소사를 감동
시키자 소사가 그녀를 위해 수은을 끓여서 분을 만들어 그녀에
게 바르게 하면서 '비운단'이란 이름으로도 불렸다. 전하는 말에
의하면 소사가 통소 연주를 마치면서 함께 승천하였다고 한다.

◇燕脂 (연지)

●蓋起自紂以紅藍花[60]汁, 凝作燕脂. 以燕國所生, 故曰燕脂. 塗之,
作桃紅粧.

○아마도 (은나라) 주왕이 잇꽃으로 즙을 낸 뒤 응축하여 연지를
만든 데서 비롯되었을 것이다. 연나라에서 생겼기에 '연지'라고
부르는 것이다. 그것을 발라서 복사꽃처럼 붉은 화장을 한다.

◇花子(화자)

●秦始皇好神僊, 常令宮人梳僊髻, 帖五色花子[61], 畫爲雲鳳[62]虎飛
昇. 至東晉, 有童謠云, "織女死時, 人帖草油花子, 爲織女作孝." 至
後周[63], 又詔宮人, 帖五色雲母花子, 作碎粧[64], 以侍宴. 如供奉[65]

---

59) 蕭史(소사) : 춘추시대 진秦나라 목공穆公 때 사람. 통소를 잘 불었는데, 목공의
   딸과 결혼하여 그녀에게 봉황 울음소리 내는 법을 가르치고 봉황과 함께 하늘로
   올라갔다는 고사가 전한 유향劉向(약 B.C.77-B.C.6)의 ≪열선전列仙傳・소사전≫
   권상에 전한다.

60) 紅藍花(홍람화) : 풀꽃 이름. 잇꽃. 물감 재료로 쓰인다.

61) 花子(화자) : 부녀자들이 얼굴에 붙이던 꽃 모양의 장식품을 이르는 말.

62) 雲鳳(운봉) : 봉황에 대한 미칭. 문맥상으로 볼 때 뒤의 '호虎'는 연자衍字인 듯하
   다.

63) 後周(후주) : 북조北朝 북주北周의 별칭. 여기서는 오대五代 때 후주後周가 아닌
   북조北朝 때 북주北周를 가리킨다.

64) 碎粧(쇄장) : 북조 때 궁인들의 화장법의 일종이나 상세한 내용은 알려지지 않았
   다.

65) 供奉(공봉) : 임금을 주변에서 받들어 섬기는 업무나 혹은 그러한 직책을 이르는
   말. 당송 때는 주로 시어사侍御史나 한림학사翰林學士 등을 가리키는 말로 쓰였다.

者, 帖勝花子, 作桃花粧, 揷通草朶子, 著短袖衫子.

○진나라 시황제는 신선을 좋아하여 늘 궁인들에게 신선의 상투를 꾸미고 '오색화자'를 붙이고 봉황이 날아오르는 모양을 그려넣게 하였다. 동진 때에 이르러서는 "직녀가 죽었을 때 사람들은 풀 기름을 먹인 꽃 모양의 장식품을 붙이고서 직녀를 위해 상례를 치러주었네"라는 동요가 생겨났다. (북조北朝) 북주北周에 이르러서는 다시 궁인들에게 조서를 내려 오색의 운모로 만든 꽃 모양의 장식품을 붙이고 '쇄장'을 하고서 연회에서 시중을 들게 하였다. 임금 곁에서 모시는 이들의 경우는 예쁜 꽃 모양의 장식품을 붙이고 복사꽃 화장을 하고 두릅나무 꽃망울 모양의 장식품을 꽂고 소매가 짧은 적삼을 착용하였다.

◇衫子背子(적삼과 민소매옷)

●衫子, 自黃帝[66]制衣裳, 而女人有尊一之義. 故衣裳相連. 始皇元年, 詔宮人, 及近侍宮人, 皆服衫子, 亦曰半衣. 蓋取便於侍奉. 背子[67], 隋大業末, 煬帝宮人・百官母妻等, 緋羅蹙金[68]飛鳳背子, 以爲朝服及禮見賓客[69]舅姑[70]之長服也. 天寶年中, 西川[71]貢五色織成背子, 玄宗詔曰, "觀此一服, 費用百金[72]. 其往[73]金玉珍異, 並不許貢."

'한림학사'를 현종玄宗 때 '한림공봉翰林供奉'이라고 부른 것이 그러한 예이다.
66) 黃帝(황제) : 전설상의 임금. 삼황三皇 가운데 마지막 세 번째 임금이란 설도 있고, 오제五帝 가운데 첫 번째 임금이란 설도 있다.
67) 背子(배자) : 옛날의 민소매옷. '반비半臂'라고도 한다.
68) 蹙金(축금) : 금실로 수를 놓는 방법을 이르는 말.
69) 賓客(빈객) : 손님에 대한 총칭. '빈賓'은 신분이 높은 손님을 가리키고, '객客'은 수행원과 같이 신분이 낮은 손님을 가리키는 데서 유래하였다.
70) 舅姑(구고) : 시아버지와 시어머니. 시아버지를 '구舅'라고 하고, 시어머니를 '고姑'라고 한다. '공고公姑'라고도 한다.
71) 西川(서천) : 당나라 때 검남도劍南道 소속 행정 구역. 당나라 현종玄宗 때 사천성 일대인 검남劍南은 동천東川과 서천西川으로 분할되면서 절도사가 두 명으로 증원된 적이 있다.
72) 百金(백금) : 금 백 근斤. '금金'은 '근斤'이나 '일鎰'과 같은 말로, '백금'은 실수實數라기보다는 '천금千金'이란 말처럼 많은 양의 금이나 거액을 강조하기 위한 표현

○적삼은 (전설상의 임금인) 황제黃帝가 상의와 하의를 만들고 여자들이 한 사람만을 존대한다는 뜻을 품은 데서 비롯되었다. 그래서 상의와 하의가 서로 붙은 것이다. (진秦나라) 시황제 원년 (B.C.221)에 궁인들에게 조서를 내리면서 최측근 궁인들까지도 모두 적삼을 입게 하면서 '반의'라고도 불렀다. 아마도 임금을 곁에서 모시기에 편리하게 하기 위해서였을 것이다. 민소매옷의 경우 수나라 대업(605-617) 말엽에 양제의 궁인과 문무백관의 모친이나 아내들은 분홍색 비단에 금실로 봉황을 수놓은 민소매옷을 만들어 조복 및 예식에서 빈객이나 시부모를 알현할 때의 복장으로 삼았다. (당나라) 천보(742-756) 연간에는 (사천성 일대인) 서천에서 오색의 실로 만든 민소매옷을 바치자 현종이 조서를 내려 "이 옷을 살펴보니 거액을 낭비하는 것과 다름없노라. 앞으로는 금·옥·진귀한 물품들도 모두 공납을 불허하겠노라" 라고 하였다.

◇裙襯裙(치마에 치마를 덧입다)

●古之前制, 衣裳相連. 至周文王, 令女人服裙, 裙上加翟, 衣皆以絹爲之. 始皇元年, 宮人令服五色花羅裙. 至今, 禮席有短裙焉. 襯裙, 隋大業中, 煬帝制五色夾纈[74]花羅裙, 以賜宮人及百僚母妻. 又制單絲羅, 以爲花籠裙[75], 常侍宴供奉宮人所服. 後又於裙上剪絲, 鳳綴於縫上, 取象古之褕翟[76]. 至開元中, 猶有制焉.

○옛날 예전 제도에 의하면 상의와 하의는 서로 붙어 있었다. 주나

이다.

73) 其往(기왕) : 다른 문헌에 인용된 《중화고금주》에 의하면 '기후其後'의 오기로 보인다.

74) 夾纈(협힐) : 두 쪽의 판자에 같은 문양을 새기고 직물을 접어서 포개 넣어 같은 문양이 양쪽으로 새겨지게 하는 염색 공법을 이르는 말.

75) 籠裙(농군) : 비단 치마를 이르는 말.

76) 褕翟(요적) : 주周나라 때 선왕에게 제사를 올릴 때 입었던 왕후王后의 예복을 이르는 말. '적翟'은 '적狄'으로도 쓴다.

라 문왕에 이르러 여인들에게 치마를 입으면 치마 위에 꿩깃털을 붙이면서 옷을 모두 비단으로 만들게 하였다. (진秦나라) 시황제 원년(B.C.221)에는 궁인들에게 오색 꽃을 수놓은 비단 치마를 입게 하였다. 오늘날에 이르러서는 예의 석상에서 짧은 치마가 생겨났다. 치마를 덧입는 형식의 경우 수나라 대업(605-617) 연간에 양제는 오색을 띠면서 '협힐' 방식으로 제작한 꽃무늬 비단 치마를 제작하여 궁인 및 문무백관의 모친이나 아내에게 하사하였다. 또 단색 실로 짠 비단을 만들어 꽃무늬 치마를 제작하고는 늘 연회에서 시립하여 시중을 드는 궁인들이 입는 복장으로 삼았다. 뒤에 다시 치마에 실을 잘라서 재봉선에 봉황처럼 엮어 넣음으로써 고대의 '요적'에서 모양새를 취하였다. (당나라 현종) 개원(713-741) 연간에 이르러서도 여전히 그러한 제품이 있었다.

◇宮人披襖子(궁인들의 복장인 피오자)

● 蓋袍之遺象也. 漢文帝以立冬日賜宮侍承恩者, 及百官. 披襖子[77]多以五色繡羅爲之, 或以錦爲之, 始有其名. 煬帝宮中, 有雲鶴金銀泥披襖子, 則天[78]以赭黃羅上銀泥襖子, 以燕居[79].

○('피오자'는) 아마도 도포에서 영향을 받은 제품인 듯하다. 전한 문제는 입동날에 궁중 시녀 가운데 은혜를 입은 사람 및 문무백관에게 하사하였다. '피오자'는 대부분 오색실로 수놓은 비단으

---

77) 披襖子(피오자) : 어깨에 걸치도록 만든 소매 없는 외투를 이르는 말.

78) 則天(측천) : 당나라 측천무후則天武后의 약칭. 본명은 무조武曌(624-705)이고 '측천'은 시호. '측則'은 '측測'과 통용자. 고종高宗의 황후皇后이자 중종中宗 및 예종睿宗의 모후母后였지만, 뒤에 스스로 황제에 올라 국호를 '당唐'에서 '주周'로 개칭하고 15년간 전횡을 일삼았으며, 외척인 무武씨 집안 사람들이 득세할 수 있는 빌미를 제공하였다. '측천황후則天皇后' '무측천武則天' '무후武后' '천후天后' 등 다양한 별칭으로도 불렸다. ≪신당서·측천황후무조기≫권4 참조.

79) 燕居(연거) : 집에서 한가로이 지낼 때를 뜻하는 말. 평소, 평상시. '연거宴居'로도 쓰고, '연식宴息' '연좌宴坐'라고도 한다.

로 만들기도 하고, 아름다운 무늬의 비단으로 만들기도 하면서 처음으로 그러한 명칭이 생겼다. (수나라) 양제의 궁중에는 학이 수놓아지고 금가루와 은가루가 섞인 '피오자'가 있었고, (당나라) 측천무후 때는 적색과 황색이 섞인 비단 위에 은가루가 섞인 두루마기를 만들어 평상시에 입었다.

◇鞋子(미투리)

●自古卽皆有, 謂之履, 約繶80)皆畵五色. 至漢, 有伏虎頭, 始以布鞔81)繶, 上脫下加, 以錦爲飾. 至東晉, 以草木織成, 卽有鳳頭之履·聚雲履·五朵履. 宋有重臺履. 梁有笏頭履·分梢履·立鳳履, 又有五色雲霞履. 漢有繡鴛鴦履, 昭帝令冬至日上舅姑.

○옛날부터 누구나 소유하면서 이를 '이'라고 하였는데, 신발 장식품은 모두 오색의 문양을 그려넣었다. 한나라에 이르러 엎드린 호랑이 모양의 신코가 생기면서 처음 베를 장식품에 덧씌우면서 위는 트이게 하고 아래는 덧보태고 비단으로 장식하였다. 동진에 이르러 풀이나 나무로 짜면서 신코가 봉황 모양인 신발과 '취운리' '오타리'가 생겨났다. (남조南朝) 유송劉宋 때는 '중대리'가 있었다. 양나라 때는 '홀두리' '분소리' '입봉리'가 있었고, 또 '오색운하리'가 있었다. 한나라 때는 원앙을 수놓은 신발이 있었는데, 소제는 동짓날 시부모에게 바치라는 명을 내렸다.

◇靸鞋(삽혜)

●蓋古之履也. 秦始皇常靸望僊鞋, 衣叢雲短褐, 以對隱逸, 求神僊. 至梁天監年中, 武帝解脫靸鞋82), 以絲爲之. 今天子所履也.

○('삽혜'는) 아마도 고대 신발일 것이다. 진나라 시황제는 늘 (신

---

80) 約繶(구억) : 신코나 띠 등 신발 장식에 대한 총칭을 뜻하는 말로 보인다.
81) 鞔(만) : 덧씌우다, 깁다.
82) 靸鞋(삽혜) : 높은 곳을 오르기 편하게 만든 굽이 없는 신발을 이르는 말.

선을 소망하기를 바라는 마음에서 만든 신발인) '삽망선혜'를 신고, (구름 문양이 가득한 짧은 베옷인) '총운단갈'을 입고서 은자를 접대하고 도사를 찾았다. (남조南朝) 양나라 천감(502-519) 연간에 무제는 '삽혜'를 벗고서 비단실로 신발을 만들어 신었다. 오늘날에도 천자가 신는 신발이다.

◇女人披帛(여인의 복장인 피백)

●古無其制. 開元中詔, 令二十七世婦[83]及寶林[84]·御女·良人等, 尋常宴參侍, 令披畵披帛[85]. 至今然矣. 至端午日, 宮人相傳, 謂之奉聖巾, 亦曰續聖巾. 蓋非參從見之服.

○옛날에는 그러한 제품이 없었다. (당나라 현종) 개원(713-741) 연간에 조서를 내려 27명의 세부 및 보림·어녀·양인 등에게 평소 연회에 참여하여 시중을 들 때 그림이 새겨진 '피백'을 걸치게 하였다. 오늘날에 이르러서도 마찬가지이다. 단오절이 되면 궁인들은 서로 전하면서 '봉선건'이라고도 하고, '속성건'이라고도 한다. 아마도 함께 알현에 참여할 때의 복장은 아닌 듯하다.

◇麻鞋(마혜)

●起自伊尹[86]以草爲之. 草屩[87], 周文王以麻爲之, 名曰麻鞋. 至秦,

---

83) 世婦(세부) : 주周나라 때 후궁後宮에 속한 여관女官 가운데 하나. 주나라 때 내관內官으로 부인夫人·빈嬪·세부世婦·어처御妻가 있는 것은 마치 한나라 때 귀인貴人·미인美人·궁인宮人·채인采人이 있었고, 당송唐宋 때 비妃·빈嬪·첩여婕妤·미인美人·재인才人이 있는 것과 유사하다.

84) 寶林(보림) : 궁중 여관女官 가운데 하나. 당나라 때는 사비四妃와 구빈九嬪, 첩여婕妤·미인美人·재인才人 각 9명 도합 27명, 보림寶林·어녀御女·채녀采女 각 27명 도합 81명을 설치하였다.

85) 披帛(피백) : 진나라 때 여인들이 입던 복장 가운데 하나로 구체적인 내용은 알려지지 않았다.

86) 伊尹(이윤) : 상商나라 탕왕湯王 때의 명재상. 탕왕의 삼고초려三顧草廬로 출사하여 상나라의 건국을 도왔다.

87) 草屩(초교) : 짚신을 이르는 말.

以絲爲之, 令宮人侍從著之, 庶人不可. 至東晉, 又加其好, 公主及宮貴, 皆絲爲之. 凡娶婦之家, 先下絲麻鞋一輛, 取其和鞋之義.

○(짚신은 상나라 탕왕湯王 때 재상인) 이윤이 풀로 만든 데서 유래하였다. 짚신을 주나라 문왕 때는 베로 만들면서 '마혜'라고 이름 붙였다. 진나라에 이르러서는 비단실로 만들어 궁인이나 시종관에게 착용케 하였지만 서민들은 착용할 수 없었다. 동진에 이르러서는 다시 그중 좋은 제품을 보태주었고, 공주 및 궁중의 귀인들은 모두 비단실로 그것을 만들었다. 무릇 며느리를 맞이하는 가문에서는 먼저 비단실이나 베로 만든 신발 한 컬레를 내려주어 신발처럼 화목하게 짝을 이루라는 취지를 살린다.

◇襪(버선)

● 三代及周, 著角襪88), 以帶繫於踝. 至魏文帝, 吳妃乃改樣, 以羅爲之. 後加以綵繡畫, 至今不易. 至隋煬帝, 宮人織成五色立鳳朱錦襪靿89).

○하나라·상나라·주나라에서 주나라 말엽에 이르기까지는 '각말'을 착용하면서 띠를 복사뼈에 연결하였다. (삼국) 위나라 문제에 이르러서는 오나라 출신 왕비가 모양새를 바꾸면서 비단으로 그것을 만들었다. 뒤에 채색실로 수놓은 아름다운 그림을 보태면서 오늘날까지도 바뀌지 않고 있다. 수나라 양제에 이르러 궁인들은 오색을 띠고 곧추선 봉황 모양의 붉은 비단으로 만든 목이 긴 버선을 짰다.

◇席帽(석모)

● 本古之圍帽也. 男女通服之. 以韋之四周, 垂絲網之, 施以朱翠, 丈夫去飾. 至煬帝淫侈, 欲見女子之容, 詔去帽, 戴幞頭90)巾子幗91)

---

88) 角襪(각말) : 앞뒤가 이어져 있고 가운데에 띠를 단 고대 버선의 일종.
89) 襪靿(말요) : 목이 긴 버선을 뜻하는 말인 '요말靿襪'의 오기인 듯하다.

也. 以皀羅爲之, 丈夫藤席爲之, 骨鞹以繒, 乃名席帽. 至馬周[92],
以席帽油, 禦雨從事.

○('석모'는) 본래 옛날에 사방으로 천을 드리웠던 모자이다. 남녀
모두 통상 이를 착용하였다. 가죽을 사방에 대고 비단실을 드리
워 그물을 치고 비취를 장식하지만 장부들은 장식품을 제거하였
다. (수나라) 양제에 이르러서는 음탕한 기질이 있어 여자의 용
모를 보고 싶어서 조서를 내려 모자를 제거하고 복두와 건자괵
을 쓰게 하였다. 검은 비단으로 그것을 만들지만 장부들은 등나
무 덩굴로 만들면서 골격에 명주를 덧씌우고는 '석모'라고 이름
지었다. (당나라 태종) 마주에 이르러서는 '석모'에 기름을 칠하
여 비를 막게 해서 업무에 종사하였다.

◇大帽子(대모자)

●本嵩叟草野[93]之服也. 至魏文帝, 詔百官, 常以立冬日, 貴賤通戴,
謂之溫帽.

○(커다란 모자는) 본래 은자가 초야에서 지낼 때 착용하던 복장이
다. (삼국) 위나라 문제에 이르러서는 문무백관에게 조서를 내려
늘 입동날에 귀천을 떠나 모두 쓰게 하면서 이를 '온모'라고 불
렀다.

◇搭耳帽(탑이모)

●本胡服, 以韋爲之, 以羔毛絡縫. 趙武靈王更以綾絹[94], 皀色爲之,

---

90) 幞頭(복두) : 검은 명주로 머리를 싸면서 네 가닥의 띠 가운데 두 가닥은 아래로
늘어뜨리고 두 가닥은 뒤로 묶는 형태의 두건을 이르는 말. 북조北朝 북주北周 때
처음으로 생겼다고 전한다.
91) 巾子幗(건자괵) : 고대에 여인들이 머리에 쓰던 두건과 장식품을 일컫는 말.
92) 馬周(마주) : 당나라 때 사람(601-648)으로 중서시랑中書侍郎과 중서령中書令 등
을 역임하였고, 정사政事의 득실을 논한 상소문을 올려 태종太宗의 신임을 받았다.
≪신당서・마주전≫권98 참조.
93) 嵩叟(암수) : 바윗가 노인. 은자를 가리킨다.

始並立其名爪牙[95]帽子，蓋軍戎之服也．又隱太子[96]常以花搭耳帽子，以畋獵遊宴後，賜武臣及內侍從．

○(귀까지 덮는 ‘탑이모’는) 본래 호족의 복장으로서 가죽으로 만들면서 양털로 기운 것이다. (전국시대) 조나라 무령왕이 비단으로 바꾸면서 검은 천으로 만들고는 처음으로 그 이름을 ‘조아모자’라고 이름 지은 것으로 보아 아마도 군대 복장이었을 것이다. 또 (당나라 고조 때) 은태자(이건성李建成)는 항상 꽃 문양을 넣은 ‘탑이모’를 썼는데, 사냥이나 연회를 마친 뒤에는 무신 및 궁중 시종관에게 하사하였다.

◇烏紗帽(오사모)

●武德九年[97]十一月，太宗詔曰，“自今已後，天子服烏紗帽[98]，百官士庶，皆同服之.”

○(당나라) 무덕 9년(정관 원년 627) 11월에 태종은 조서를 내려 “지금 이후로 천자가 오사모를 착용할 터이니 문무백관과 일반 백성들도 모두 똑같이 이를 착용토록 하라”고 명하였다.

◇幞頭(복두)

●本名上巾，亦名折上巾. 但以三尺皂羅，後裹髮，蓋庶人之常服. 沿至後周武帝，裁爲四脚，名曰幞頭. 以至唐，侍中[99]馬周，更與羅代

---

94) 綾絹(능견) : 비단이나 명주에 대한 총칭.

95) 爪牙(조아) : 날카로운 발톱과 어금니. 용맹한 군인이나 무관을 비유한다.

96) 隱太子(은태자) : 당나라 고조高祖 이연李淵(566-635)의 맏아들인 이건성李建成(589-626). 황태자에 봉해졌으나 태종 이세민李世民(598-649)이 명망과 세력을 얻자 동생인 이원길李元吉(603-626)과 함께 그를 제거하려다 실패하고 오히려 이원길과 함께 살해당했다. ≪신당서・은태자건성전隱太子建成傳≫권79 참조.

97) 武德九年(무덕구년) : 결국 고조高祖가 사망하고 태종太宗이 즉위한 정관貞觀 원년(627)을 가리킨다.

98) 烏紗帽(오사모) : 검은 깁으로 만든 모자를 이르는 말.

99) 侍中(시중) : 황제의 측근에서 기거起居를 보살피고 정령政令을 집행하는 일을 관장하는 벼슬. 진晉나라 이후로 재상의 지위에까지 오르고, 수나라 때 납언納言 혹

絹, 又令重繫前後, 以象二儀[100], 兩邊各爲三撮[101], 取法三才[102], 百官及士庶爲常服.

○('복두'는) 본래 '상건'이라고도 하고, '절상건'이라고도 하였다. 단지 세 자 짜리 검은 비단을 사용하여 뒤쪽에서 머리카락을 묶은 것으로 보아 아마도 서민의 일상 복장이었을 것이다. (북조北朝) 북주北周 무제에 이르러서는 사방으로 밑둥을 만들고는 '복두'라고 불렀다. 당나라에 이르러 시중을 지낸 마주가 다시 비단으로 명주를 대신하고, 또 이중으로 앞뒤에 묶어 음양을 본뜨고, 양쪽 옆으로 각기 세 가닥의 끈을 달아 천·지·인을 본받았기에, 문무백관 및 일반 백성들도 이를 일상 복장으로 삼게 되었다.

◇巾子(건자)

●隋大業十年, 禮官[103]上疏, "裹頭者, 宜裹巾子, 與桐木爲之, 內外皆漆." 在外及庶人常服, 沿至證明[104]二年, 則天賜羣臣. 然葛巾子, 呼爲武家高巾子, 亦曰武氏內樣.

○수나라 (양제) 대업 10년(614)에 예관이 상소문을 올려 "머리를 감싸려면 의당 '건자'를 써야 하는데, 오동나무로 만들되 안팎에 모두 옻칠을 해야 합니다"라고 하였다. 재야인사나 서민들이 일상적으로 착용하다가 (당나라 예종) 증성證聖 2년(696)에 이르러 측천무후가 신하들에게도 하사하였다. 그러나 (칡베로 만든)

은 시내侍內라고 하였으며, 당송 이후로는 조정의 주요 행정 기관인 삼성三省 가운데 문하성門下省의 수장首長이 되었다.

100) 二儀(이의) : 천지, 음양陰陽, 일월日月 따위의 별칭.

101) 撮(촬) : 모자를 묶는 끈을 이르는 말.

102) 三才(삼재) : 천지인天地人, 즉 하늘·땅·사람을 아우르는 말로 모든 자연의 이치를 가리킨다. '삼극三極' '삼령三靈' '삼원三元' '삼의三儀' '삼재三材'라고도 한다.

103) 禮官(예관) : 예법과 교화를 담당하는 벼슬에 대한 범칭. 태상경太常卿과 태상소경太常少卿, 예부상서禮部尙書와 예부시랑禮部侍郎 등을 가리킨다.

104) 證明(증명) : 다른 문헌에 의하면 당唐 예종睿宗 때 연호인 증성證聖(695)의 오기이다.

갈건자는 '무가고건자'로도 불리고, '무후내양'으로도 불린다.

◇汗衫(한삼)

● 蓋三代之襯衣105)也. 禮106)曰中單. 漢高祖與楚交戰, 歸帳中, 汗透, 遂改名汗衫. 至今, 亦有中單, 但不緣而不開.

○ ('한삼'은) 아마도 하나라・상나라・주나라 때 속에 받쳐입는 저고리였을 것이다. ≪예기≫에서는 '중단'이라고 하였다. 전한 고조는 초왕(항우)와 교전하고서 막사로 돌아왔을 때 땀이 배었기에 급기야 '한삼'으로 명칭을 바꾸었다. 오늘날에 이르러서도 '중단'이 있지만 단지 가선을 두르지 않고 앞섶을 트지 않았을 뿐이다.

◇半臂(반비)

● 尙書上僕射107)馬周上疏云, "士庶服章108), 有所未通者. 臣請中單上加半臂, 以爲得禮. 其武官等諸服長衫, 亦謂之判餘, 以別文武." 詔從之.

○ (당나라 때) 상서우복야를 추증받은 마주가 상소문을 올려 "백성들 복식 가운데 아직 통용하지 않는 것이 있사옵니다. 신 청하옵건대 '중단' 위에 민소매옷을 덧입어 예법을 갖추게 하시옵소서.

---

105) 襯衣(츤의) : 겉옷 안에 받쳐입는 저고리의 일종을 이르는 말.

106) 禮(예) : 예법과 관련한 기본 정신을 서술한 책인 ≪예기禮記≫의 본명. 전한 선제宣帝 때 대덕戴德이 정리한 85편의 ≪대대예기大戴禮記≫와 대덕의 조카인 대성戴聖이 정리한 49편의 ≪소대예기小戴禮記≫가 있는데, 오늘날 '예기'라고 하는 것은 후자를 가리킨다. ≪주례周禮≫ ≪의례儀禮≫와 함께 '삼례三禮'라고 한다. 그러나 현전하는 ≪예기≫에는 '중단'에 관한 기록이 보이지 않는 것으로 보아 일문逸文인 듯하다.

107) 僕射(복야) : 진秦나라 때 처음 설치되었고, 한나라 때는 5상서尙書 가운데 한 명을 복야에 임명하여 조정의 핵심 행정 기관인 상서성尙書省의 업무를 총괄하게 하였는데, 뒤에 권한이 막강해지자 좌・우복야를 두면서 당송唐宋 때까지 지속되었다. 보통 승상丞相의 지위를 겸하였다. ≪신당서・마주전≫권98에 마주가 상서우복야를 추증받았다고 한 것으로 보아 앞의 '상上'은 '우右'의 오기로 보인다.

108) 服章(복장) : 의복의 장식품, 의관, 복식 등을 뜻하는 말.

무관들의 여러 복장 가운데 장삼은 '반여'라고 불러서 문관과 무
관을 구별토록 하시옵소서"라고 하자 황제가 조서를 내려 이를
따르게 하였다.

◇袜肚(말두)

●蓋文王所制也. 謂之腰巾, 但以繒爲之. 宮女以綵爲之, 名曰腰綵.
至漢武帝, 以四帶, 名曰袜肚. 至靈帝, 賜宮人魘金絲合勝袜肚, 亦
名齊襠.

○(수건의 일종인 '말두'는) 아마도 (주周나라) 문왕 때 만든 것인
듯하다. 이를 '요건'이라고 부르지만 명주로 만든다. 궁녀들은 채
색 비단으로 만들고는 '요채'라고 부른다. 전한 무제 때에 이르
러 네 가닥의 끈을 달고는 '말두'라고 불렀다. (후한) 영제 때에
이르러서는 궁인들에게 금실로 수를 놓고 아름다운 장식품을 모
아 놓은 '말두'를 하사하면서 '제당'으로도 불렀다.

◇裩(잠방이)

●裩, 三代不見所述. 周文王所製裩, 長至膝, 謂之弊衣. 賤人不下服,
曰良衣, 蓋良人之服也. 至魏文帝, 賜宮人緋交襠[109], 卽今之裩也.

○잠방이에 대해 하나라·상나라·주나라 세 왕조 때는 관련 서술
이 보이지 않는다. 주나라 문왕이 제작한 잠방이는 길이가 무릎
까지 이르기에 이를 '폐의'라고 하였다. 천민은 걸치지 않으면서
'양의'라고 한 것으로 보아 아마도 양민의 복장이었을 것이다.
(삼국) 위나라 문제 때에 이르러 궁인에게 비색의 '교당'을 하사
하였는데, 바로 오늘날의 잠방이이다.

◇袴(바지)

●蓋古之裳也. 周武王以布爲之, 名曰襠. 敬王以繒爲之, 名曰袴. 但

---

109) 交襠(교당) : 양쪽으로 가랑이가 나 있는 속옷의 일종을 이르는 말로 추정된다.

不縫口而已. 庶人衣服也. 至漢章帝, 以綾爲之, 加下緣, 名曰口. 常
以端午日, 賜百官水紋綾袴, 蓋取淸慢而理人. 若百官母及妻妾等承
恩者, 則別賜羅紋勝袴, 取其曰勝. 今太常[110]二人, 服紫絹袴褶・
緋衣, 執永籥以舞之. 又時黃帝[111]講武之臣近侍者, 朱韋袴褶. 已
下屬於鞋.

○(바지의 일종인 '고'는) 아마도 옛날 하의였을 것이다. 주나라 무
왕 때는 베로 만들고 '습習'이라고 불렸고, 경왕 때는 명주로 만
들고 '고袴'라고 불렸다. 단지 입구를 꿰매지 않았을 뿐이다. 서
민의 의복이었다. 후한 장제 때에 이르러서는 고급 비단으로 만
들면서 아래에 가선을 보태고 이름하여 '구口'라고 하였다. 항상
단오절에 문무백관에게 물결 무늬 비단으로 만든 바지를 하사한
것은 아마도 청결한 상태로 사람들을 다스린다는 뜻을 취한 것
일 게다. 오늘날에는 태상시 소속 두 관원이 자색 비단으로 만든
바지와 비색 상의를 입고 긴 피리를 들고서 춤을 춘다. 또 때로
황제 휘하에서 군사훈련을 담당하는 신하 가운데 측근은 붉은
가죽으로 만든 바지를 입기도 한다. 아래로는 신발에 닿는다.

◇布衫(포삼)

●三皇[112]及周末, 庶人服短褐襦, 服深衣[113]. 秦始皇以布開胯, 名曰
衫. 用布者, 尊女工之尙, 不忘本也. 侍中馬周取深衣之造, 加襴

---

110) 太常(태상) : 예악禮樂과 천문天文에 관련된 업무를 관장하는 기관인 태상시太
常寺나 그 장관인 태상경太常卿의 약칭. 태상경은 구경九卿 중에서도 서열이 가장
높은 고관高官이었다.

111) 黃帝(황제) : 문맥상으로 볼 때 보통명사인 '황제皇帝'의 오기인 듯하다.

112) 三皇(삼황) : 전설상의 임금. 《주례周禮》의 복희伏羲・신농神農・황제黃帝, 《
백호통白虎通》의 복희伏羲・신농神農・축융祝融, 《상서대전尙書大傳》의 수인燧
人・복희伏羲・신농神農, 《여씨춘추呂氏春秋》의 복희伏羲・여와女媧・신농神農,
《예문류취藝文類聚》의 천황天皇・지황地皇・인황人皇 등 시대마다 차이가 있어
설이 다양하다.

113) 深衣(심의) : 위아래가 하나로 이어진 옷으로서 제후나 사대부의 평상복이자 서
민의 예복을 뜻하는 말. 《예기》의 편명을 가리킬 때도 있다.

衫114), 爲庶人之禮, 見之表, 至仕官服之.

○(전설상의 임금인) 삼황 때부터 주나라 말엽에 이르기까지 서민들은 길이가 짧은 칡베옷을 입고 심의를 착용하였다. 진나라 시황제 때는 베를 가지고 가랑이를 터고서는 '삼'이라고 불렀다. 베를 사용한 것은 여자들 솜씨를 존중하여 근본을 잊지 않기 위해서이다. (당나라 때) 시중을 지낸 마주는 심의를 제작하면서 '난삼'을 보태서 서민들의 예복으로 삼고는 상소문에 이를 표현하였기에 심지어 벼슬아치들도 이를 착용하게 되었다.

◇袍衫(도포와 난삼)

●袍者, 自有虞氏115), 卽有之. 故國語116)曰, "袍以朝見也." 秦始皇三品以上綠袍深衣, 庶人白袍, 皆以絹爲之. 至貞觀年中, 左右尋常供奉, 賜袍, 丞相長孫無忌上儀, 於袍上加襴, 取象於緣, 詔從之.

○도포는 우나라 순왕 때부터 있었다. 그래서 ≪국어≫에 "도포를 입고서 조알하다"란 말이 있다. 진나라 시황제 때 삼품 이상 고관은 녹색 도포와 심의를 입었고, 서민은 백색 도포를 입었는데, 모두 비단으로 만들었다. (당나라 태종) 정관(627-649) 연간에 이르러서는 측근 신하들이 평소 황제를 모실 때 도포를 하사받아서 입다가 승상 장손무기가 의례에 관한 글을 올려 도포 위에 난삼을 덧입고 옷의 가선에서 모양을 취할 것을 주장하자 조서를 내려 이를 따르게 하였다.

---

114) 襴衫(난삼) : 중국 고대 사대부 계층이 입던 일종의 적삼. 하얀 가는 삼베실로 짜고 하단에 검은 천을 덧대어 치마 형태로 만들었다.

115) 有虞氏(유우씨) : 우虞나라 순왕舜王이나 그 왕조를 이르는 말.

116) 國語(국어) : 춘추시대春秋時代의 역사를 주周나라와 제후국 별로 나누어 기술한 역사책. 총 21권. 저자에 대해서는 여러 가지 설이 있으나 전한 이후로 좌구명左丘明이 지었다는 것이 통설로 되었다. 후한 때 정중鄭衆·가규賈逵(30-101)·우번虞翻·당고唐固 등 여러 사람의 주注가 있었다고 하나 모두 실전되고, 지금은 삼국 오吳나라 위소韋昭의 주만이 전한다. ≪사고전서간명목록·사부·잡사류雜史類≫권5 참조. 그러나 현전하는 ≪국어≫에 도포에 대한 기록이 없는 것으로 보아 일문逸文인 듯하다.

◇緋綾袍(분홍색 비단 도포)

●舊北齊, 則長帽・短靴・合胯襖子, 朱・紫・玄・黃, 各從所好. 天子多著緋袍, 百官士庶同服. 隋改江南117), 天子則曰帢帽118), 公卿119)則巾120)褐襦. 北朝121)雜以戎狄之制, 北齊貴臣多著黃文綾袍, 百官士庶同服之.

○옛날 (북조) 북제 때는 기다란 모자를 쓰고 짧은 가죽신을 신고 가랑이가 합쳐진 두루마기를 입었는데, 주색・자색・흑색・황색은 각기 각자의 기호를 따랐다. 천자는 분홍색 도포를 입는 일이 많았고, 문무백관이나 백성도 같은 복장을 걸쳤다. 수나라 때는 남조 때 복장을 바꿔 천자의 옷은 '겹첩'이라고 하고, 공경은 칡베 저고리를 입었다. 북조 때는 오랑캐 양식을 보태 북제 때 고관들은 대부분 황색 문양의 비단 도포를 입었고, 문무백관이나 백성들도 같은 복장을 하였다.

◇被(이불)

●語云, "必有寢衣122), 長一身有半."

---

117) 江南(강남) : 장강 이남 지역을 이르는 말로 여기서는 남조南朝 시기를 가리킨다.

118) 帢帽(겹첩) : 겹옷. '겹첩袷褶'과 통용자.

119) 公卿(공경) : 중국 고대 조정의 최고위 관직인 삼공三公과 구경九卿. 결국은 모든 고관에 대한 총칭이다. '삼공'은 시대마다 차이가 있는데, 주周나라 때는 태사太師・태부太傅・태보太保를 지칭하였고, 진秦나라 때는 승상丞相・어사대부御史大夫・태위太尉를 지칭하였으며, 한나라 때는 진나라의 제도를 답습하다가 애제哀帝와 평제平帝 때에 대사마大司馬・대사도大司徒・대사공大司空을 지칭하였으며, 후대에는 태사太師・태부太傅・태보太保를 '삼사三師'로 승격시키고 대신 태위太尉・사도司徒・사공司空을 '삼공'이라고 하기도 하였다. '구경'의 칭호도 시대마다 명칭과 서열에 차이가 있는데, 한나라 때는 태상太常・광록훈光祿勳・위위衛尉・태복太僕・정위廷尉・홍려鴻臚・종정宗正・대사농大司農・소부少府를 '구경'이라 하였고, 수당隋唐 이후로는 구시九寺, 즉 태상太常・광록光祿・위위衛尉・종정宗正・태복太僕・대리大理・홍려鴻臚・사농司農・태부太府의 장관을 '구경'이라고 하였다.

120) 巾(건) : '중中'으로 된 문헌도 있는데 이를 따른다.

121) 北朝(북조) : 위진魏晉 이후로 북방의 오호십육국五胡十六國・북위北魏・북제北齊・북주北周・수隋나라를 아우르는 말.

○≪논어・향당鄕黨≫권10에 "(공자는) 잠잘 때 반드시 길이가 신
　장의 1.5배 되는 이불을 덮었다"는 말이 있다.

◇燧銅鏡(수동경)

●以銅爲之, 形如鏡. 照物則影倒, 向日則火生, 與艾承之, 則火出矣.

○(돋보기는) 구리로 만들면서 형상은 거울과 같게 한다. 사물을
　비추면 그림자가 거꾸로 생기고, 해를 향하면 불이 생기는데, 쑥
　과 함께 햇빛을 받으면 불꽃이 일어난다.

◇莫難珠(막난주)

●一名木難珠, 色黃, 出東夷國也.

○('막난주'는) 일명 '목난주'라고도 하는데, 빛깔은 황색을 띠고 동
　이족 국가에서 생산된다.

◇程雅問三皇五帝(정아가 삼황오제에 대해 묻다)

●程雅[123]問董仲舒曰, "曷爲稱三皇五帝?" 對曰, "三皇者, 三才也,
　五帝[124]者, 五土[125]也, 三王[126]者, 三明[127]也, 五覇[128]者, 五

---

122) 寢衣(침의) : 잠잘 때 덮는 옷, 즉 이불을 뜻한다.

123) 程雅(정아) : 진나라 최표崔豹의 ≪고금주≫에서 전한 동중서董仲舒에게 질의하
　　는 인물로 등장하는데, 사서史書에 언급되지 않는 것으로 보아 우형牛亨과 함께
　　최표가 설정한 가공의 인물인 듯하다.

124) 五帝(오제) : 전설상의 다섯 황제. 전한 사마천司馬遷(B.C.135-?)은 ≪사기史記
　　・오제본기五帝本紀≫권1에서 황제黃帝・전욱顓頊・제곡帝嚳・요堯・순舜을 가리
　　킨다고 한 반면, 진晉나라 황보밀皇甫謐(215-282)은 ≪제왕세기帝王世紀・오제≫
　　권2에서 소호少昊・전욱顓頊・제곡帝嚳・요堯・순舜을 가리킨다고 하는 등 설에
　　따라 차이가 있다.

125) 五土(오토) : 다섯 종류의 땅. 즉 산림山林・천택川澤・구릉丘陵・분연墳衍(평
　　야)・원습原隰(습지)을 가리킨다. '오상五常'으로 된 문헌도 있다.

126) 三王(삼왕) : 하夏나라 우왕禹王・상商나라 탕왕湯王・주周나라 무왕武王을 아
　　우르는 말.

127) 三明(삼명) : 해・달・별을 아우르는 말.

128) 五覇(오패) : 춘추시대 때 제후국 가운데 다섯 강국의 군주를 아우르는 말. 제齊
　　나라 환공桓公・진晉나라 문공文公・초楚나라 장왕莊王・오吳나라 합려闔閭・월越

岳129)也.”

○(전한 때) 정아가 동중서에게 “무엇 때문에 ‘삼황오제’라고 합니
까?”라고 묻자 동중서는 “‘삼황’은 천·지·인을 상징하고, ‘오
제’는 다섯 가지 땅을 상징하고, ‘삼왕’은 해·달·별을 상징하
고, ‘오패’는 다섯 군데 큰 산을 상징하네”라고 대답하였다.

◇牛亨問將離草名(우형이 이별할 때 주는 풀의 이름에 대해 묻다)

●牛亨130)問曰, “將離, 相贈與(芍藥, 何也?” 答曰,) “芍藥, 一名可
離, 故曰, ‘相贈與芍藥.’ 相招召, 則以文無, 文無, 一名當歸也. 欲
忘人之憂, 則贈丹棘. 丹棘, 一名忘思, 使人忘憂也. 欲鐲人之忿, 則
贈以靑裳. 靑裳, 一名合歡, 則忘忿也.”

○(전한 때) 우형이 “이별할 때 상대방에게 작약을 주는 것은 어째
서입니까?”라고 묻자 (동중서는) “작약을 일명 ‘가리’라고도 하기
에 ‘상대방에게 작약을 준다’고 말하는 것일세. 상대방을 부를
때는 ‘문무’를 이용하는데 ‘문무’는 일명 ‘당귀’라고도 하네. 타인
의 근심을 잊게 하고 싶으면 ‘단극’을 준다네. ‘단극’은 일명 ‘망
사’라고도 하는데 근심을 잊게 해 주네. 타인의 분노를 삭이게
하고 싶으면 ‘청상’을 주네. ‘청상’은 일명 ‘합환’이라고도 하는데

나라 구천句踐을 가리킨다는 ≪순자荀子≫의 설, 제나라 환공·진나라 문공·진秦
나라 목공穆公·초나라 장왕·오나라 합려를 가리킨다는 후한 반고班固의 ≪백호
통의白虎通義≫의 설, 제나라 환공·진나라 문공·진나라 목공·송宋나라 양공襄
公·초나라 장왕을 가리킨다는 ≪맹자≫의 설, 제나라 환공·송나라 양공·진나라
문공·진나라 목공·오나라 부차夫差를 가리킨다는 당나라 안사고顏師古의 설 등
여러 견해가 있다.

129) 五岳(오악) : 중국을 대표하는 다섯 개의 산. 여러 가지 설이 있으나, 동악東嶽
태산泰山·남악南嶽 형산衡山·서악西嶽 화산華山·북악北嶽 항산恒山·중악中嶽
숭산嵩山의 후한 정현鄭玄(127-200) 설이 일반적이다. ‘악岳’은 ‘악嶽’으로도 쓴다.

130) 牛亨(우형) : 진晉나라 최표崔豹의 ≪고금주≫에 전한 동중서董仲舒(B.C.179-B.
C.104)에게 질의하는 인물로 등장하는 것으로 보아 동중서의 제자인 듯하나 상세
한 것은 알려지지 않았다. 가공의 인물일 가능성도 배제할 수 없을 듯하다.

분노를 잊게 해 준다네"라고 대답하였다.

◇程雅問拾擄鬼木(정아가 습로귀라는 나무에 대해 묻다)

●程雅問, "拾擄鬼木, 曰無患, 何也?" 答曰, "昔有神巫, 曰珤眊, 能符劾百鬼, 得鬼則以木爲棒, 棒殺之. 世人傳, 以此木爲衆鬼所畏, 取此木爲器用, 以厭却邪鬼, 故曰無患也."

○(전한 때) 정아가 "'습로귀'라는 나무를 '무환'이라고도 하는 것은 어째서입니까?"라고 묻자 (동중서는) "옛날에 '보모'라는 신통한 무당이 온갖 귀신을 잘 쫓아냈는데, 귀신을 만나면 나무로 몽둥이를 만들어 격살하였다네. 세인들 사이에 전하는 말에 의하면 이 나무가 귀신들이 두려워하는 대상이기에 이 나무를 가져다가 기물을 만들어 사악한 귀신을 쫓아낸다네. 그래서 '무환'이라고 부르는 것일세"라고 대답하였다.

◇牛亨問書契所造(우형이 문자의 창제에 대해 묻다)

●牛亨問曰, "自古有書契[131]以來, 便應有筆?" "世稱, '蒙恬作秦筆耳.' 以柘木[132]爲管, 以鹿毛爲柱[133], 以羊毛爲被[134], 所爲[135]蒼毫, 非爲兎毫竹管筆也."

○(전한 때) 우형이 "옛날에 문자가 생긴 이래로 분명 붓이 있었겠지요?"라고 묻자 (동중서는) "세간에서는 '몽염이 진나라 때 붓을 만들었다'고 하는데, 산뽕나무로 대롱을 만들고, 사슴 털로 붓털의 심을 만들고, 양 털로 붓털의 외피를 만든 것으로 이른바 '창호'라는 것이기에 토끼 털과 대나무 대롱으로 된 붓은 아닐

---

131) 書契(서계) : 나무에 새긴 글자를 뜻하는 말로 문자나 문서를 가리킨다.
132) 柘木(자목) : 산뽕나무. 유사한 내용이 ≪고금주≫권하에도 전하는데, 여기에는 '고목枯木'로 되어 있다.
133) 柱(주) : 붓에서 털 중심부의 딱딱한 부위를 이르는 말. 즉 붓의 심을 가리킨다.
134) 被(피) : 붓털 가운데 바깥쪽의 부드러운 부분을 이르는 말.
135) 爲(위) : '위謂'와 통용자.

세"라고 대답하였다.

◇孫興公稱黄帝龍鬚草(손작이 황제의 용수초에 대해 묻다)

●孫綽136), 字興公也, 作天台賦137), 擲地, 作金聲. 孫興公問曰, "世稱黄帝鑿峴山, 得僊, 乘龍上天, 羣臣援龍鬚, 鬚墜地而生草. 世名曰龍鬚, 有之乎?" 答曰138), "非也. 有龍鬚草, 一名縉雲草. 故世人爲之傳, 非也. 今草有龍鬚者, 江東亦織爲席, 曰西王母139)席, 可復是西王母騎虎, 而墮其鬚乎?"

○(진晉나라) 손작은 자가 흥공으로 〈천태산을 읊은 부〉를 지어 땅에 던지자 쇳소리가 났다. 손작이 "세간에서 말하길 황제黄帝가 (호북성) 현산을 뚫다가 신선을 만나 용을 타고 승천하자 신하들이 용의 수염을 잡아당기는 바람에 수염이 땅에 떨어져 풀로 자랐다고 합니다. 그래서 세간에서는 이 풀을 '용수초'라고 부르는데, 그런 일이 정말로 있었습니까?"라고 묻자, (최표崔豹는) "아닙니다. 용수초는 일명 '진운초'라고도 합니다. 따라서 세인들이 그렇게 전하는 것은 틀린 말입니다. 이제 풀 가운데 '용수초'라는 것을 장강 동쪽 일대에서 방석으로 짜면서 '서왕모석'이라고도 부른다고 해서, 다시 서왕모가 호랑이를 타다가 그 수염을 떨어뜨린 것이라고 할 수 있겠습니까?"라고 대답하였다.

◇牛亨問籍者何云(우형이 적이 무슨 말인지에 대해 묻다)

●答曰, "籍者, 一尺二寸竹牒, 記人之年名字物色, 懸之宮門. 案省相

---

136) 孫綽(손작) : 진晉나라 사람(314-371). 자는 '흥공興公'. 시문에 탁월하였고, 경안현령景安縣令과 정위경正尉卿 등을 역임하였다. ≪진서・손작전≫권56 참조.

137) 天台賦(천태부) : 절강성 천태산天台山을 소재로 읊은 부로 명나라 장보張溥(1602-1641)가 엮은 ≪한위육조백삼가집漢魏六朝百三家集・진손작집晉孫綽集≫권61에 전한다.

138) 曰(왈) : 원문이 진晉나라 최표崔豹의 ≪고금주≫권하에 전하므로 ≪고금주≫의 저자인 최표의 대답으로 보인다.

139) 西王母(서왕모) : 중국 전설에 나오는 불로장생不老長生을 상징하는 신녀神女 이름. 여신선들을 총괄하는 일을 관장하였다.

應, 乃得入也.”

○(그러자 전한 동중서는) “‘적籍’은 한 자 두 치 되는 대나무 명첩으로 사람의 나이·이름·자·용모에 대해 적어 궁문에 걸어둔다네. 이를 잘 살펴서 서로 들어맞아야 비로소 출입할 수 있다네”라고 대답하였다.

◇程雅問口[140]傳者何云(정아가 전이 무슨 말인지에 대해 묻다)

●答曰, “傳者, 以木爲之, 長一尺五寸, 書符信於其上. 又一板封以御史[141]印章, 所以爲期信, 卽如今之過所也.” 言經過所在爲證也.

○(그러자 전한 동중서는) “‘전傳’은 나무로 만들되 길이를 한 자 다섯 치로 하면서 그 위에 부신을 적는다네. 또 하나의 판목에 어사의 인장을 찍는 것은 신뢰를 표기하기 위한 것으로 바로 오늘날 일정한 장소를 통과할 때의 징표와 같다네”라고 하였다. (‘과소’는) ‘해당 장소를 지날 때 징표로 삼는다’는 말이다.

◇牛亨問草木(우형이 초목에 대해 묻다)

●牛亨問曰, “草木生類乎?” 答曰, “生類也.” “有識乎?” 曰, “亡識.” 問, “亡識, 寧爲生類也?” 答曰. “物有生而有識者, 有生而無識者, 有不生而有識者, 有不生而亡識者. 夫生而有識者, 蟲類是也. 生而無識者, 草木是也. 不生而有識者, 神鬼是也. 不生而無識者, 水土是也.”

○(전한 때) 우형이 물었다. “초목이 동족을 낳습니까?” 그러자

---

140) 口(구) : 본문의 내용에 비추어 볼 때 ‘연자衍字’로 보인다.

141) 御史(어사) : 탄핵을 전담하는 기관인 어사대御史臺 소속의 벼슬에 대한 총칭. 당나라 때는 어사대를 헌대憲臺·숙정대肅正臺라 부르기도 하였다. 시대마다 다소 차이는 있으나, 보통 장관은 어사대부御史大夫, 버금 장관은 어사중승御史中丞이라고 하였으며, 휘하에 시어사侍御史·전중시어사殿中侍御史·감찰어사監察御史·어사승御史丞 등의 속관이 있었다.

(동중서가) 대답하였다. "동족을 낳는다네." 또 물었다. "그러면 지각이 있습니까?" 대답하였다. "지각이 없다네." 또 물었다. "지각이 없는데 어찌 동족을 낳을 수 있습니까?" 대답하였다. "사물 가운데는 태어나면서 지각이 있는 것이 있고, 태어나면서도 지각이 없는 것이 있으며, 태어나지 않으면서도 지각이 있는 것이 있고, 태어나지 않으면서 지각이 없는 것이 있다네. 무릇 태어나면서 지각이 있는 것은 벌레가 그러하네. 태어나면서도 지각이 없는 것은 초목이 그러하네. 태어나지 않으면서도 지각이 있는 것은 귀신이 그러하네. 태어나지 않으면서 지각이 없는 것은 물이나 흙이 그러하네."

■中華古今注卷中■

■中華古今注卷下■

◇雉朝飛¹⁾(＜치조비＞)

●犢牧子所作也. 齊處士²⁾, 湣宣王³⁾時人, 年五十, 無妻, 出薪於野, 見雉雌雄相隨, 意動心悲, 乃作雉朝飛曲, 以自傷焉, 其聲中絶. 魏武帝宮人有靈女者, 故冠軍⁴⁾陰井⁵⁾之姊, 年七歲, 入漢宮, 學鼓琴. 琴特鳴, 異於餘妓, 善爲新聲, 能傳此曲. 靈女至明帝崩⁶⁾後, 出嫁, 爲尹更生妻.

○('꿩이 아침에 날다'란 의미의 노래인 ＜치조비＞는) 목독자가 지은 것이다. 그는 (전국시대) 제나라 때 처사로서 선왕(B.C.319-B.C.301 재위)과 민왕(B.C.300-B.C.284 재위) 때 사람인데, 나이 쉰 살이 되어서도 아내가 없이 들판에 나가 땔감을 하다가 꿩 암수가 서로 사이좋게 어울리는 모습을 보고서 마음에 슬픔이 일어 마침내 ＜치조비＞란 곡조를 지었으나 스스로 마음 아파하는 바람에 소리가 중간에 끊기고 말았다. (삼국) 위나라 무제의 궁인 가운데 영험한 능력을 지닌 여인은 원래 관군장군 음정의 누나로 나이 일곱 살에 한나라 궁중으로 들어가 금 연주를

---

1) 雉朝飛(치조비) : 이하 곡조에 관한 서술은 대체로 내용상 진晉나라 최표崔豹의 ≪고금주≫권중의 ＜음악편音樂篇＞과 유사하면서 문자상에 약간의 차이가 있을 뿐이다.

2) 處士(처사) : 벼슬하지 않은 선비를 이르는 말.

3) 湣宣王(민선왕) : 전국시대 제齊나라 군주인 선왕宣王(B.C.319-B.C.301 재위)과 민왕湣王(B.C.300-B.C.284 재위)을 아우르는 말. 따라서 순서상으로 볼 때 '선민宣湣'으로 적는 것이 적절할 듯하다.

4) 冠軍(관군) : 삼국 위魏나라 때 무관武官인 관군장군冠軍將軍의 약칭. 당송 때는 품계가 정3품상에 해당하는 무산관武散官이 되었다.

5) 陰井(음정) : 위의 예문과 유사한 내용이 진晉나라 최표崔豹의 ≪고금주≫권중에도 전하는데, 여기에는 '음숙陰叔'으로 되어 있다.

6) 崩(붕) : 황제나 황후의 죽음을 이르는 말. ≪예기·곡례하曲禮下≫권5에 의하면 천자의 죽음은 '붕崩'이라고 하고, 공경公卿의 죽음은 '훙薨'이라고 하며, 대부大夫의 죽음은 '졸卒'이라고 하고, 사士의 죽음은 '불록不祿'이라고 하며, 평민의 죽음은 '사死'라고 하여, 신분에 따라 죽음에 대한 표현에도 차이를 두었다.

배웠다. 금 소리가 독특하여 다른 기녀들과 달리 새로운 음악을 잘 연주함으로써 이 악곡을 제대로 전파하였다. 영험한 능력을 지닌 여인은 명제가 사망한 뒤 궁중을 나서 출가하여 윤갱생의 아내가 되었다.

◇別鶴操(별학조)

●商陵牧子[7]所作也. 娶妻五年無子, 父兄將爲改娶. 妻聞之, 終夜倚戶而悲嘯. 牧子聞之, 愴然而悲, 乃歌曰, "將乖比翼[8]隔天端, 山川悠遠路漫漫[9], 攬衣不寢食忘餐." 後人因爲樂章.

○('헤어진 학을 읊은 곡조'란 의미의 <별학조>는) 상릉목자가 지은 것이다. 그가 장가든 지 5년이 되어도 아들을 보지 못 하자 부친과 형이 그를 위해 다시 아내를 구하려고 하였다. 그러자 본처가 이 얘기를 듣고서는 밤새도록 창문에 기댄 채 슬피 울었다. 상릉목자는 이 얘기를 듣고서 처연한 심경으로 슬픔에 젖어 다음과 같은 노래를 불렀다. "비익조의 처지와 달리 서로 하늘 끝으로 갈려, 산천은 아득하고 길은 멀기만 하니, 옷을 손에 쥔 채 잠 못 이루고 음식을 앞에 두고서도 먹지를 못 하네." 후인들이 그참에 이를 악장으로 만들었다.

◇走馬引(주마인)

●樗里牧恭所作[10]也. 爲父報讐, 殺人而亡, 藏於山谷之下. 有天馬夜降, 圍其室而鳴. 夜覺, 聞其走聲, 以爲吏追, 乃犇[11]而亡. 明朝視

---

7) 商陵牧子(상릉목자) : 상릉 출신의 목동을 의미하는 말로 보이나 신원은 미상. '목牧'은 '목穆'으로 표기된 문헌도 있다.

8) 比翼(비익) : 전설상의 새 이름. 각기 눈과 날개가 하나씩 있어 같이 짝을 지어야만 날 수 있는 새. 금슬 좋은 부부나 우정이 두터운 친구를 상징한다.

9) 漫漫(만만) : 길이 먼 모양. 시간이 오랜 모양을 뜻할 때도 있다.

10) 樗里牧恭(저리목공) : 명나라 매정조梅鼎祚(1549-1615)는 ≪고악원연록古樂苑衍錄≫권3에서 신원 미상으로 어느 시대 사람인지 불분명하다고 하였다. '저리'는 복성複姓.

之, 乃天馬跡也, 遂惕然而悟曰, "豈吾所處之將危矣!" 遂荷衣糧而去, 入于沂澤, 援琴而鼓之, 爲天馬聲, 故曰走馬引.

○('말을 달리며 읊은 노래'란 의미의 <주마인>은) 저리목공이 지은 것이다. 그는 부친을 위해 원한을 갚으려고 사람을 죽이고서 도망쳐 골짜기 아래에 숨었다. 그러자 천마가 밤에 강림하여 그의 거처를 맴돌며 울어댔다. 밤에 잠에서 깨 그 소리를 듣고서는 관리가 추적해 온 것으로 생각해 서둘러 도망쳐 그곳을 떠나려고 하였다. 이튿날 아침에 살펴보니 바로 말의 발자국이었기에 급기야 근심에 젖다가 깨우침을 얻어 "아마도 내 거처가 앞으로 위험에 처할 듯하구나!"라고 하였다. 결국 옷과 식량을 짊어지고 그곳을 떠나 기택으로 들어가서 금을 당겨 연주하여 천마의 울음소리를 냈기에 노래 이름을 '천마인'이라고 하였다.

◇淮南王12)歌 (회남왕가)

●淮南小山13)所作也. 王服食求儒, 遍禮方士, 遂與八公14)相攜, 俱去, 莫知所在. 小山之徒, 思戀不已, 作淮南王歌焉.

○('회남왕'을 대상으로 한 노래인 <회남왕가>는 전한 때) 회남소산이 지은 것이다. 회남왕은 선약을 복용하며 신선이 되기를 갈구하고 방사들을 두루 예우하다가 급기야 팔공과 손을 잡고 함께 그곳을 떠났는데, 어디로 갔는지는 알려지지 않았다. 회남소산 등이 한없이 그리움에 젖어 <회남왕가>를 지었다.

---

11) 犇(분) : 달아나다, 도주하다. '분奔'의 고문자古文字.

12) 淮南王(회남왕) : 전한 유안劉安(B.C.179-B.C.122)의 봉호. 그의 저서로 ≪회남자淮南子≫ 21권이 전한다.

13) 淮南小山(회남소산) : 회남대산淮南大山과 함께 전한 회남왕 유안의 문객 가운데 한 사람.

14) 八公(팔공) : 전한 때 회남왕淮南王 유안劉安(B.C.179-B.C.122)의 문객인 좌오左吳·이상李尚·소비蘇飛·전유田由(혹은 진유陳由)·모피毛被(혹은 모주毛周)·뇌피雷被·진창晉昌·오피伍被를 가리킨다.

◇武溪歌(무계가)

●馬援南征所作也. 援門生爰寄生善吹笛, 援作歌以和之, 名曰武溪深. 其曲曰, "滔滔武溪一何深? 鳥飛不渡. 獸不能臨, 嗟哉! 武溪多毒淫!"

○(무계를 소재로 한 노래인 〈무계가〉는 후한 때) 마원이 남방을 정벌하면서 지은 것이다. 마원의 문객인 원기생이 파리를 잘 불자 마원이 노래를 지어 그에게 화답하고는 이름하여 '무계심'이라고 하였다. 그 곡에는 "도도히 흐르는 무계는 그 얼마나 깊던가? 새는 날아서 건너지 못 하고, 짐승은 굽어보지 못 하나니, 아! 무계에는 해로운 것이 많아라!"라는 가사가 들어 있다.

◇吳趨曲(오추곡)

●吳人以歌其地.

○('오나라의 장단을 담은 노래'인 〈오추곡〉은) 오나라 사람들이 자기 지역을 노래하기 위해 지은 것이다.

◇箜篌引(공후인)

●朝鮮津卒霍里子高妻麗玉所作也. 子高晨起, 刺船15)而櫂, 有一白首狂夫, 披髮提壺, 亂16)河流而渡. 其妻隨而止不及, 遂墮河水, 死. 於是援箜篌鼓之, 作'公無渡河,' 聲音悽愴. 曲終, 自投河而死. 霍里子高還, 以其聲授妻麗玉, 麗玉傷之, 乃引箜篌, 而寫其聲, 聞者莫不墮淚飲泣焉. 麗玉以其曲傳鄰女麗容, 名曰箜篌引.

○('공후로 연주하는 노래'인 〈공후인〉은) 조선의 나룻터지기인 곽리자고의 아내 여옥이 지은 것이다. 곽리자고가 새벽에 일어나 배를 젓느라 노를 움직이는데, 어느 백발의 미친 사내가 머리를

---

15) 刺船(척선): 배를 젓다. '刺'의 음은 '척'.

16) 亂流(난류): 물을 가로지르다. ≪이아爾雅·석고釋詁≫권1에 "물에서 곧장 물줄기를 가로지르는 것을 '란'이라고 한다(水, 正絶流, 曰亂)"고 하였는데, 진晉나라 곽박郭璞 주에 "곧장 가로질러 건넌다는 뜻이다(直橫渡也)"라고 하였다.

풀어헤치고 술병을 든 채 강물을 가로질러 건넜다. 그의 아내가
쫓아와 만류하였지만 미치지 못 하여 결국 강물에 빠져 죽고 말
았다. 그러자 그의 아내가 공후를 당겨 연주하면서 '그대여 강을
건너지 마세요'라는 노래를 불렀는데, 소리가 처량하기 그지없었
다. 곡을 마치자 그녀 역시 스스로 강물에 투신자살하였다. 곽리
자고가 집으로 돌아와 그 소리를 아내인 여옥에게 들려주자 여
옥이 가슴 아파하더니 공후를 당겨 그 소리를 묘사하였는데, 듣
는 이들이 모두 눈물을 떨구며 울음을 삼켰다. 여옥이 그 소리를
이웃집 여인인 여용에게 전수하면서 이름을 <공후인>이라고 하
였다.

◇悲歌(비가)

●平陵[17]東, 翟義門人之所作也. 王莽殺義, 門人作此歌以怨也.

○('평릉의 동쪽을 소재로 한 노래'인) <평릉동>은 (전한 말엽) 책
의의 문인이 지은 것이다. 왕망이 책의를 살해하자 책의의 문인
이 노래를 지어서 이를 원망한 것이다.

◇薤露蒿里歌(해로호리가)

●竝喪歌也, 出田橫門人. 橫自殺, 門人傷之, 爲悲歌, 言人命如薤上
之露, 易晞滅也. 亦謂人死, 魂精歸于蒿里[18]. 故有二章. 其一章曰,
"薤上朝露何易晞? 露晞明朝更復滋, 人死一去何時歸?" 其二章曰,
"蒿里誰家地? 聚斂精魄無賢愚. 鬼伯[19]一何相催促? 人命不得少踟
躕[20]." 至孝武帝時, 李延年乃分二章, 爲二曲. 薤露送公卿[21]貴人,

---

17) 平陵(평릉) : 섬서성에 있는 전한 소제昭帝의 무덤 이름이자 그곳을 관장하기 위
해 설치한 현 이름.
18) 蒿里(호리) : 한나라 때 산동성 태산泰山 남쪽에 있었던 공동묘지 이름.
19) 鬼伯(귀백) : 염라대왕.
20) 踟躕(지주) : 우물쭈물하는 모양.
21) 公卿(공경) : 중국 고대 조정의 최고위 관직인 삼공三公과 구경九卿. 결국은 모든
고관에 대한 총칭이다. '삼공'은 시대마다 차이가 있는데, 주周나라 때는 태사太師

蒿里歌送士夫[22]庶人. 使挽柩者歌之, 世亦呼挽歌.

○(<해로>와 <호리>는) 모두 상례 때 부르는 노래로 (전한 고조 때 사람) 전횡의 문인으로부터 나왔다. 전횡이 자살하자 문인이 이를 가슴 아파하여 그를 위해 슬픈 노래를 지었는데, 내용은 사람의 목숨은 부추에 맺힌 이슬이 쉽게 말라버리듯이 부질없다는 말이다. 또 사람이 죽으면 혼백이 (공동묘지인) 호리로 돌아간다는 말이기도 하다. 그래서 두 편의 악장이 생겨났다. 제1장에서는 "부추 위의 아침 이슬 그 얼마나 쉽게 마르던가? 이슬은 말랐다가도 이튿날 아침에 다시 맺히건만, 사람은 죽어서 이승을 떠나면 언제나 돌아오려나?"라고 하였고, 제2장에서는 "호리는 누가 있는 곳일까? 혼백이 모여드는데 현명한 자나 어리석은 자나 할 것 없다네. 염라대왕이 그 얼마나 재촉하던가? 사람의 목숨은 조금도 지체하지 않는다네"라고 하였다. 효무제 시기에 이르러 이연년이 두 개의 악장으로 분리하여 두 편의 노래로 만들었다. <해로>는 왕공이나 귀인의 영혼을 전송하는 노래이고, <호리>는 사대부나 서민의 영혼을 전송하는 노래이다. 영구를 끄는 사람에게 이를 부르게 하기에 세간에서는 <만가>라고도 부른다.

· 태부太傅 · 태보太保를 지칭하였고, 진秦나라 때는 승상丞相 · 어사대부御史大夫 · 태위太尉를 지칭하였으며, 한나라 때는 진나라의 제도를 답습하다가 애제哀帝와 평제平帝 때에 대사마大司馬 · 대사도大司徒 · 대사공大司空을 지칭하였으며, 후대에는 태사太師 · 태부太傅 · 태보太保를 '삼사三師'로 승격시키고 대신 태위太尉 · 사도司徒 · 사공司空을 '삼공'이라고 하기도 하였다. '구경'의 칭호도 시대마다 명칭과 서열에 차이가 있는데, 한나라 때는 태상太常 · 광록훈光祿勳 · 위위衛尉 · 태복太僕 · 정위廷尉 · 홍려鴻臚 · 종정宗正 · 대사농大司農 · 소부少府를 '구경'이라 하였고, 수당隋唐 이후로는 구시九寺, 즉 태상太常 · 광록光祿 · 위위衛尉 · 종정宗正 · 태복太僕 · 대리大理 · 홍려鴻臚 · 사농司農 · 태부太府의 장관을 '구경'이라고 하였다.

22) 士夫(사부) : 주周나라 때 신분 구분인 공公 · 경卿 · 대부大夫 · 사士에서 유래한 말인 사대부士大夫의 준말. 삼공三公과 구경九卿 아래로 상대부上大夫 · 중대부中大夫 · 하대부下大夫가 있고, 그 밑으로 다시 상사上士와 중사中士 · 하사下士가 있었다. 후대에는 벼슬아치나 선비에 대한 범칭으로 쓰였다.

◇長歌短歌(장가와 단가)

●言人壽命長短, 不可妄求.

○(<장가>와 <단가>는) 사람의 수명이 길기도 하고 짧기도 하기에 함부로 추구할 수 없다는 내용을 담고 있다.

◇陌上桑歌(맥상상가)

●出秦氏女子. 秦氏, 邯鄲人, 有女名羅敷, 爲邑人千乘[23)]王仁妻. 王仁後爲趙王家令[24)]. 羅敷出, 採桑於陌上, 趙王登臺, 見而悅之, 因飮酒, 欲奪之. 羅敷行[25)]彈箏, 乃作陌上桑歌, 以自明焉.

○('밭두렁의 뽕나무를 읊은 노래'인 <맥상상>은) 진씨 가문의 여인으로부터 나왔다. 진씨는 (하북성) 한단군 사람으로 '나부'라는 이름의 딸이 있었는데, 고을 사람인 (산동성) 천승현 출신 왕인의 아내가 되었다. 왕인은 뒤에 조왕의 가령을 맡았다. 진나부가 집을 나서 밭두렁에서 뽕잎을 따는데, 조왕이 누대에 올랐다가 그녀를 발견하고서 그녀에게 반하더니 술을 마신 김에 그녀를 겁탈하려고 하였다. 그러자 진나부는 쟁을 연주해 <맥상상>이란 노래를 지어서 자신의 지조를 밝혔다.

◇杞梁妻歌(기양의 아내를 읊은 노래)

●杞植[26)]妻妹朝月[27)]之所作也. 杞植戰死, 妻曰, "上無考, 中無夫, 下無子, 人之苦至矣." 乃抗聲[28)]長哭. 長城感之, 頹, 遂投水而死.

---

23) 千乘(천승) : 산동성의 속현屬縣 이름.

24) 家令(가령) : 집안의 창고·곡식·음식 등을 관장하던 벼슬. 예를 들어 태자궁에 있으면 '태자가령太子家令'이라고 하였다.

25) 行(행) : 바로, 곧. '내乃'로 된 문헌도 있는데 의미상에 차이는 없어 보인다.

26) 杞植(기식) : 춘추시대 제齊나라 대부大夫. 제나라 장공莊公이 거莒나라를 공격할 때 선봉에 섰다가 전사하였다. ≪좌전左傳·양공襄公23년≫권35 참조.

27) 朝月(조월) : 유사한 내용이 진晉나라 최표崔豹의 ≪고금주≫권하에도 전하는데, 여기에는 '명월明月'로 되어 있다.

28) 抗聲(항성) : 목청을 높이다, 소리를 높이다.

其妹悲其姊之貞操, 乃爲作歌, 名曰杞梁妻. 賢杞[29]. 梁, 植字也.

○('기양의 아내를 읊은 노래'인 <기양처>는 춘추시대 제齊나라 사람) 기식의 아내의 여동생인 조월이 지은 것이다. 기식이 전사하자 아내가 탄식하며 "위로는 부친이 없고, 중간으로는 남편이 없고, 아래로는 자식이 없으니, 내 고통이 막심하구나"라고 하고는 목청을 높여 길게 통곡을 하였다. 그러자 장성이 이에 감응을 받아 무너졌고, 그녀는 급기야 물에 몸을 던져 자살하였다. 그녀의 여동생이 언니의 정조를 동정하여 그녀를 위해 노래를 짓고서 이름하여 <기양처>라고 하였다. '양'은 기식의 자이다.

◇董逃歌(동도가)

●後漢遊童所作也. 後有董卓作亂, 卒以逃亡, 後人習之, 以爲歌章. 樂府[30]奏之, 以爲規戒.

○('동탁의 도주를 읊은 노래'인 <동도가>는) 후한 때 놀이하던 아이가 지은 것이다. 뒤에 동탁이 반란을 일으켰다가 결국 도망치자 후인이 이를 익혀두었다가 노래로 만들었다. 악부에서 이를 연주하며 경계거리로 삼았다.

◇短簫鐃歌(단소요가)

●軍樂也. 黃帝[31]岐伯[32]所作, 以建武揚德, 風動戰士也. 周禮[33]所

---

29) 賢杞(현기) : ≪고금주≫권하에 의하면 연자衍字이다.

30) 樂府(악부) : 전한 무제武帝 때 처음으로 설치되었던 음악을 관장하던 기관 이름. 뒤에는 이곳에서 모은 민가民歌나 이를 모방한 사대부층의 시가詩歌를 지칭하기도 하고, 송사宋詞나 원곡元曲의 대칭으로도 쓰였다.

31) 黃帝(황제) : 전설상의 임금. 삼황三皇 가운데 마지막 세 번째 임금이란 설도 있고, 오제五帝 가운데 첫 번째 임금이란 설도 있다.

32) 岐伯(기백) : 염제炎帝 신농神農의 손자로 알려진 전설상의 인물. '백릉伯陵'이라고도 하였다.

33) 周禮(주례) : 주周나라의 관제官制를 정리한 경서經書로 13경 가운데 하나. 후한 정현鄭玄(127-200)이 주注를 달고, 당나라 가공언賈公彦이 소疏를 단 ≪주례주소周禮注疏≫가 널리 통용되었다. ≪사고전서간명목록·경부·예류禮類≫권2 참조.

謂'王大獻[34]), 則令凱樂歌'也. 漢樂有黃門鼓吹, 天子所以宴樂羣臣. 短簫鐃歌, 鼓吹[35])之一章耳, 亦以賜有功諸侯也.

○('피리와 징으로 연주하는 노래'인 <단소요가>는) 군대 음악이다. (전설상의 임금인) 황제黃帝 때 기백이 지은 것으로 무덕을 고양하여 전사들을 권면하기 위한 것이다. ≪주례·춘관春官≫권22에서 말한 '왕이 크게 승리하면 개선을 알리는 음악을 연주케 한다'는 것도 이러한 예이다. 한나라 때 음악으로 <황문고취>가 있었는데, 천자가 신하들에게 연회를 베풀 때 사용하는 것이다. <단소요가>는 고취곡 가운데 한 악장일 뿐으로 역시 공을 세운 제후에게 하사하기 위한 것이기도 하다.

◇上雷(상류)

●地名也. 其地人有父母歿, 兄弟不字[36])孤弟, 有鄰人爲其弟作悲歌, 以諷其兄. 故曰上雷田曲也.

○('상류'는) 지명이다. 그곳 주민 가운데 누군가 부모가 사망하였는데도 형제들이 고아가 된 동생을 돌보지 않자 어느 이웃 사람이 그 동생을 위해 슬픈 노래를 지어서 그 형을 풍자하였다. 그래서 <상류전곡>이라고 한 것이다.

◇日重光月重輪(<일중광>과 <월중륜>)

●羣臣爲漢明帝所作也. 明帝爲太子, 樂人以歌詩四首, 以贊太子之德, 其一曰日重光, 其二曰月重輪, 其三曰星重耀, 其四曰海重潤. 漢末喪亂, 後二章亡. 舊說云, "天子之德, 光明如日, 規輪如月, 衆耀如

위의 예문은 ≪주례·춘관春官·대사악大司樂≫권22의 기록과 ≪주례·춘관·악사樂師≫권22의 기록을 종합하여 재구성한 것으로 보인다.

34) 獻(헌) : 승전보를 알리는 일.

35) 鼓吹(고취) : 타악기와 관악기를 아우르는 말. 여기서는 이러한 악기로 연주하는 민가를 가리킨다.

36) 字(자) : 키우다, 돌보다.

星, 霑潤如海." 光明皆比太子德賢, 故曰重爾.

○(<일중광>과 <월중륜> 두 노래는) 신하들이 후한 명제를 위해 지은 것이다. 명제가 태자였을 때 악사가 시가 4장을 지어 태자의 덕을 찬양하고는 첫 번째를 '일중광', 두 번째를 '월중륜', 세 번째를 '성중휘', 네 번째를 '해중윤'이라고 하였다. 후한 말엽 세상이 혼란에 빠지면서 뒤의 두 편의 악장은 실전되고 말았다. 예로부터 전하는 말에 의하면 "천자의 덕은 해처럼 밝고 달처럼 둥글고 별처럼 빛나고 바다처럼 은혜를 베푼다"고 하였다. 광명은 모두 태자의 덕이 어질다는 것을 비유한 것이기에 그래서 '중'이라고 말한 것이다.

◇橫吹(횡취곡)

●胡樂也. 張博望[37]入西域, 傳其法西京, 唯得摩訶[38]·兜勒二曲. 李延年因胡曲, 更造新聲二十八解[39], 乘輿[40]以爲武樂. 後漢以給邊將. 和帝時, 萬人將軍用之. 魏晉已來, 二十八解不復具存. 世用者, 黃鶴·隴頭·出關·入關·出塞·入塞·折楊柳·黃華子·赤之陽·望行人一十四[41]曲. 後漢蔡邕益琴, 爲九絃.

○(<횡취곡>은) 오랑캐 음악이다. (전한) 박망후博望侯 장건張騫이 서역으로 들어갔다가 (섬서성 장안) 서경에 그 연주법을 전하였

---

37) 張博望(장박망) : 전한 사람 장건張騫. '박망'은 그의 봉호인 박망후博望侯를 가리킨다. 무제武帝의 명을 받아 서역에 사신으로 갔다가 흉노족에게 13년 동안 억류당했고, 뒤에 탈출하여 대중대부大中大夫를 배수받았다. 서역과의 교류에 물꼬를 트는 공헌을 하였다. ≪한서·장건전≫권61 참조.

38) 摩訶(마가) : 범어梵語 'Kāsyapa'의 음역音譯으로 석가모니의 10대 제자 중 한 사람인 마가가섭摩訶迦葉의 약칭. 인도 선종禪宗의 제1대 조사로 추존되었다. '대가섭大迦葉'으로도 불린다. 여기서는 뒤의 '두륵兜勒'과 함께 악곡 이름을 가리킨다.

39) 解(해) : 악곡을 세는 양사.

40) 乘輿(승여) : 황제의 수레. 황제의 대칭代稱으로도 쓰였다.

41) 四(사) : 위의 내용과 유사한 내용이 ≪고금주≫권중에도 전하는데, 이에 의하면 연자衍字이다. 문맥상으로도 불필요하다.

는데, 오직 <마가곡>과 <두륵곡> 두 곡만 얻었을 뿐이다. (무제 때 악사인) 이연년이 오랑캐 음악을 근거로 다시 새로운 악곡 28해를 짓자 황제는 이를 무악으로 삼았다. 후한 때는 이를 변방의 장수들에게 공급하였다. 화제 때는 만 명의 군대를 거느리는 장군이 이를 사용하였다. (삼국) 위나라와 진나라 이래로 28해는 더 이상 보존되지 않았다. 세간에서 쓰이던 것은 <황학> <농두> <출관> <입관> <출새> <입새> <절양류> <황화자> <적지양> <맹행인> 등 10편이다. 후한 말엽에 채옹은 금에 줄을 보태 9현으로 만들었다.

◇鞞鼓(작은 북과 큰 북)

● 高陽氏[42]娶于陳豊氏女, 制鞞 · 鼓[43] · 鐘 · 磬 · 塤[44] · 篪[45].

○ (전설상의 임금인) 고양씨는 진풍씨의 딸에게 장가들어 작은 북 · 큰 북 · 쇠북 · 경쇠 · 질나발 · 대피리를 제작하였다.

◇問大琴大瑟(대금과 대슬에 대해 묻다)

● 答曰, "古者伏羲氏[46]造二十五絃瑟, 不聞二十絃之瑟. 廣雅[47]云, '瑟長三尺六寸六分, 五絃.' 舜之所造有琴, 卽有瑟云."

---

42) 高陽氏(고양씨) : 전설상의 임금인 오제五帝 가운데 두 번째 임금인 전욱顓頊의 성씨.

43) 鞞鼓(비고) : 북에 대한 총칭. '비鞞'는 작은 북을 뜻하고, '고鼓'는 큰 북을 뜻하는 데서 유래하였다.

44) 塤(훈) : 흙을 빚어서 만든 질나발.

45) 篪(지) : 대피리. '지竾'로도 쓴다.

46) 伏羲氏(복희씨) : 전설상의 임금인 삼황三皇 가운데 첫 번째 황제. '복희씨宓犧氏'로도 쓴다. 삼황은 복희 · 신농神農 · 황제黃帝를 가리킨다.

47) 廣雅(광아) : 북조北朝 북위北魏 장읍張揖이 《이아爾雅》를 본떠 지은 사전류의 책. 수隋나라 때 조헌曹憲이 음석音釋을 달면서 양제煬帝 양광楊廣(569-618)의 이름을 피휘避諱하기 위해 《박아博雅》라고 바꾸었다. 《광아》와 《박아》가 마치 별개의 책처럼 전해졌으나 실은 한 책이다. 총 10권. 《사고전서간명목록 · 경부 · 소학류小學類》권4 참조. 현전하는 《광아 · 석악》권8에는 '슬瑟'이 '금琴'으로 되어 있다.

○(대금과 대슬에 관한 질문에) "옛날에 (삼황三皇 가운데 첫 번째 임금인) 복희씨가 25현의 슬을 만들었지만, 20현의 슬을 만들었 다는 말은 듣지 못 했다. ≪광아·석악釋樂≫권8에 '슬은 길이가 세 자 여섯 치 여섯 푼이고 5현으로 되어 있다'고 하였다. (우虞 나라) 순왕이 만든 것으로 금이 있었기에 슬도 있었을 것이라고 한다"고 대답하였다.

◇問女媧笙簧(여와의 생황에 대해 묻다)

●問曰, "上古音樂未和, 而獨制笙簧. 其義云何?" 答曰, "女媧, 伏羲 妹, 蛇身人首, 斷鼇足而立四極, 欲人之生, 而制其樂, 以爲發生之 象. 其大者十九簧[48], 小者十二簧也."

○누군가 물었다. "상고시대 때 음악은 미처 화음을 이루지 못 했 는데도 유독 생황을 만들었습니다. 그 의미가 무엇인지요?" 그래 서 대답하였다. "여와는 복희씨의 여동생으로서 뱀의 몸에 사람 의 머리를 한 형상이었는데, 자라의 발을 잘라 사방 극지에 세우 더니 사람처럼 삶을 영위하고 싶어 악기를 만들어서 생기를 발 하는 상징물로 삼았습니다. 그중 큰 것은 혀가 열아홉 개이고, 작은 것은 혀가 열두 개랍니다."

◇釣竿歌(조간가)

●伯常子[49]妻所作也. 伯常子避仇河濱, 爲漁父, 其妻思之, 每至河, 則作釣竿之歌. 後司馬相如[50]作釣竿歌詩, 今傳爲古曲.

○('낚시대'를 소재로 읊은 노래인 <조간>은) 백상자의 아내가 지

---

48) 簧(황) : 피리의 혀 부분을 이르는 말.
49) 伯常子(백상자) : '백상'이란 복성을 가진 사람에 대한 존칭. 시대는 미상.
50) 司馬相如(사마상여) : 전한 때 사부辭賦를 잘 짓기로 유명했던 문인(?-B.C.117). 자는 장경長卿. 진위 여부를 떠나 본명이 '견犬'이었는데 전국시대 조趙나라 현자 인 인상여藺相如를 흠모하여 '상여'로 개명하였다고 한다. ≪한서·사마상여전≫권 57 참조.

은 것이다. 백상자가 황하 물가에서 원수를 피해 어부가 되자 그의 아내는 그가 그리워 매번 황하 물가로 찾아가서 <조간>이란 노래를 불렀다. 뒤에 (전한 때) 사마상여가 <조간가>란 시를 지었는데 오늘날에도 옛 악곡으로 전한다.

◇楊鳥51) (양조)

●白鷢, 似鷹, 而尾上白.

○('양조'는) 흰 빛깔을 띤 물수리로 솔개처럼 생겼으면서 꼬리 윗부분이 하얗다.

◇扶老52) (부로)

●禿鶖53)也, 狀如鶴而大. 大者高八尺, 善與人鬪, 好唼蛇.

○('부로'는) 무수리로 모양새는 학처럼 생겼으면서 몸집이 크다. 몸집이 큰 것은 키가 여덟 자나 되고, 사람과 잘 싸우며, 뱀을 즐겨 잡아먹는다.

◇鴈 (기러기)

●自河北渡江南, 瘠瘦, 能高飛, 不畏繒繳54). 江南沃饒, 每至, 還河北, 體肥, 不能高飛, 恐爲虞人55)所獲. 常銜蘆, 長數寸, 以防繒繳.

○(기러기는) 황하 북쪽으로부터 날아와 장강 이남으로 건너가는데, 몸집이 야위어 높이 잘 날기에 주살을 두려워하지 않는다. 장강 이남은 먹이가 풍부하기에 매번 찾아왔다가 황하 북쪽으로

---

51) 楊鳥(양조) : 새 이름으로 '양鷺'과 통용자. '백궐白鷢' '백요자白鷂子'라고도 한다.
52) 扶老(부로) : 노인을 부축하기 위한 지팡이나 새 이름인 무수리의 별칭을 뜻하는데, 여기서는 후자를 가리키는 듯하다.
53) 禿鶖(독추) : 맹금류의 일종인 무수리. '부로扶老'라고도 하고, '독禿'은 '독鵚'으로, '추秋'는 '추鶖'로도 쓴다.
54) 繒繳(증격) : 줄을 단 화살. 즉 주살을 뜻한다.
55) 虞人(우인) : 주周나라 때 제왕의 산림과 사냥터를 관장하는 벼슬을 이르는 말. 여기서는 결국 사냥꾼을 가리킨다.

돌아갈 때면 몸에 살이 쪄 높이 날 수 없기에 사냥꾼에게 잡힐까 봐 두려워한다. 그래서 늘 길이가 몇 치 되는 갈대를 입에 물어서 주살을 막는다.

◇鳧(물오리)

●常在海邊沙上食砂石, 皆消爛. 唯食海蛤, 不消, 隨其糞出, 用爲藥, 倍勝(餘56))者也

○(물오리는) 늘 바닷가 백사장에서 모래나 돌을 먹어도 모두 소화시킨다. 다만 바다조개를 먹으면 소화시키지 못 해 대변과 함께 나오는데, 이를 가져다가 약으로 쓰면 약효가 다른 것보다 배나 뛰어나다.

◇鶴(학)

●千載則變蒼. 又千歲變黑, 所謂玄鶴也.

○(학은) 천 년을 살면 창색으로 변한다. 또 2천 년을 살면 흑색으로 변하는데, 이른바 '현학'이라는 것이다.

◇馬(말)

●自識其駒, 非其駒, 則齧殺之.

○(말은) 스스로 자신의 망아지를 알아보기에 자신의 망아지가 아니면 물어 죽인다.

◇猿(원숭이)

●五百年化爲玃.

○(원숭이는) 5백 년을 살면 큰 원숭이로 변한다.

---

56) 餘(여) : 위의 예문과 유사한 내용이 ≪고금주≫권중에도 전하는데, 이에 의하면 이 글자가 누락되었기에 첨기한다.

◇鷓鴣(자고새)

●南方有鳥, 曰鷓鴣, 其名自呼. 常向日而飛, 畏霜露, 早晚稀出. 有時
夜飛. 飛則出, 以樹葉覆背上.

○남방에 '자고'란 새가 있는데 울 때 자신의 이름을 부른다. 항상
해를 향해 날면서 서리와 이슬을 두려워하기에 아침과 저녁으로
는 잘 나오지 않는다. 어떤 때는 밤에 날기도 한다. 밤에 날면
몸이 노출되기에 나뭇잎으로 자신의 등 위를 덮는다.

◇驢(나귀)

●爲牡則馬, 爲牝則駏57).

○수컷이면 말이라 하고, 암컷이면 버새라 한다.

◇秦始皇馬(진나라 시황제의 말)

●有七名馬, 一曰追風, 二曰白兎, 三曰躡景, 四曰追電, 五曰飛翮, 六
曰銅雀, 七曰神鳧.

○(진나라 시황제에게는) 일곱 마리의 명마가 있었는데, 첫 번째는
'추풍마'라고 하고, 두 번째는 '백토마'라고 하고, 세 번째는 '기
경마'라고 하고, 네 번째는 '추전마'라고 하고, 다섯 번째는 '비핵
마'라고 하고, 여섯 번째는 '동작마'라고 하고, 일곱 번째는 '신부
마'라고 한다.

◇曹眞駃馬(조진이 타던 준마)

●曹眞58)有駃馬, 名爲驚帆, 言其馳驟烈風舉帆之疾也.

---

57) 駏(거) : 버새. 숫말과 암노새 사이의 잡종을 이르는 말. 그러나 위의 예문은 전
사 과정에서 오류가 있는 듯하다. ≪고금주≫권중에는 "나귀가 수컷이고 말이 암
컷이면 노새를 낳는다. 노새가 암컷이고 말이 수컷이면 나귀를 낳는다(驢爲牡, 馬
爲牝, 生騾. 騾爲牝, 馬爲牡, 生驢)"로 되어 있다.
58) 曹眞(조진) : 후한 말엽 위왕魏王 조조曹操(155-220)의 신하(?-231). 조준曹遵·
주찬朱讚과 함께 조조를 측근에서 모신 가신家臣이다.

○(삼국 위魏나라) 조진에게는 '경범마'란 준마가 있었는데, 그것이 달리면 강풍에 돛단배가 달리듯이 빠르다는 말이다.

◇鴛鴦(원앙새)

●水鳥, 鳧類也. 雌雄未嘗相離. 人得其一, 則其一思而死. 故謂之匹鳥也.

○(원앙은) 물새로서 물오리와 비슷하다. 암수가 늘 서로 떨어지지 않는다. 사람이 그중 한 마리를 잡으면 나머지 한 마리가 그리움에 젖어 죽고 만다. 그래서 ('짝을 짓는 새'란 의미에서) '필조'라고도 한다.

◇兎(토끼)

●口有闕, 尻有九孔.

○(토끼는) 입이 언청이처럼 생겼고, 궁둥이에 구멍이 아홉 개 있다.

◇獐(노루)

●有牙而不噬. 一名麕. 獐見人, 懼, 謂之章慴.

○(노루는) 이빨이 있으나 잘 씹지 못 한다. 일명 '균'이라고도 한다. 노루는 사람을 보면 두려워하기에 '장습'으로도 부른다.

◇鹿(사슴)

●靑州人謂鹿爲獐也

○(산동성) 청주 사람들은 사슴을 '장'이라고도 한다.

◇鵲(까치)

●一名神女. 俗云, "七月塡河成橋." 詩云, "維鵲有巢, 維鳩居之." 言其鳩拙假鵲而成巢也.

○(까치는) 일명 '신녀'라고도 한다. 세간에서는 "(칠석날이 있는) 칠월이 되면 (견우와 직녀가 만나도록) 은하수를 메워 다리를 만든다"고 한다. ≪시경·소남召南·작소鵲巢≫권2에 "까치가 둥지를 마련하자 비둘기가 차지하였네"라고 한 것은 비둘기가 졸렬하게 까치인 척하며 둥지를 차지하였다는 말이다.

◇雀(참새)

●一名佳賓, 言常棲宿人家, 如賓客59)也. 詩云, "誰謂雀無角? 何以穿我屋?"

○(참새를) 일명 ('반가운 손님'이란 뜻에서) '가빈'이라고도 하는 것은 손님처럼 늘 민가에서 묵는다는 말이다. ≪시경·소남召南·행로行露≫권2에 "누가 참새에게 뿔이 없다고 하던가? 그렇다면 어떻게 내 지붕을 뚫었을까?"라고 하였다.

◇鷰(제비)

●一名神女, 一名天女, 一名鷙鳥. 詩云, "燕燕60)于飛, 差池61)其羽." 齊人呼爲鳦也.

○(제비는) 일명 '신녀'라고도 하고, '천녀'라고도 하고, '지조'라고도 한다. ≪시경·패풍邶風·연연燕燕≫권3에 "한 쌍의 제비가 날며 날개짓을 하네"라고 하였다. 제 지방 사람들은 제비를 '을鳦'이라고 부른다.

---

59) 賓客(빈객) : 손님에 대한 총칭. '빈賓'은 신분이 높은 손님을 가리키고, '객客'은 수행원과 같이 신분이 낮은 손님을 가리키는 데서 유래하였다.
60) 燕燕(연연) : 한 쌍의 제비를 이르는 말. 사랑하는 남녀를 비유한다.
61) 差池(치지) : 날개짓을 하는 모양. 혹은 제비 꼬리가 두 갈래로 나뉜 모양을 형용하는 말로 보는 설도 있다.

◇鳴鵒62) (구욕조)

●一名鷹鳩, 一名鵠鴝, 今之布穀63)也. 江東呼爲穫穀也.

○('구욕'은) 일명 '시구'라고도 하고, '길구'라고도 하는데, 오늘날 (뻐꾸기의 일종인) '포곡'이란 새이다. 장강 동쪽 일대에서는 '획곡'으로 부른다.

◇烏 (까마귀)

●一名孝鳥, 一名玄鳥64). 燕, 白脰烏65)也. 脰烏, 子須食母, 亦能自食其子也.

○(까마귀는) 일명 ('효성스런 새'란 의미에서) '효조'라고도 하고, ('검정색 빛깔을 띤 새'라는 의미에서) '현조玄鳥'라고도 한다. 제비는 목 부위가 흰색을 띤 갈가마귀의 일종이다. 갈가마귀는 새끼가 모름지기 어미를 먹여살리면서 또한 손수 자기 새끼를 먹여살리기도 한다.

◇雞 (닭)

●一名燭夜. 禮66)云, "雞曰翰音." 鸏67)雞赤羽. 逸周禮68)曰, "文翰

---

62) 鳴鵒(구욕) : 보통은 구관조의 별칭으로 보나 여기서는 뻐꾸기의 일종으로 본 듯하다. '팔가八哥'라고도 하고, '구욕鸜鵒'으로도 쓴다.

63) 布穀(포곡) : 뻐꾸기. 파종할 때가 되면 우는 새라는 데서 이름이 유래하였다. '시구鳲鳩' '길구鵠鴝' '길국鵠鶪' '길추鵠雛' '명구鳴鳩' '박곡博穀' '곽공郭公' 등 다양한 이름으로도 불렸다.

64) 玄鳥(현오) : 발이 셋이라는 전설상의 새를 이르는 말. 따라서 문맥상으로 볼 때 까마귀나 제비의 별칭인 '현조玄鳥'의 오기인 듯하다. ≪고금주古今注≫권중에는 '현조'로 되어 있다.

65) 白脰烏(백두오) : 목 부위가 흰색을 띤 갈가마귀를 이르는 말. ≪이아爾雅·석조釋鳥≫권10에도 "제비는 목 부위가 흰색을 띤 갈가마귀의 일종이다(燕, 白脰烏)"라는 기록이 있다.

66) 禮(예) : 예법과 관련한 기본 정신을 서술한 책인 ≪예기禮記≫의 본명. 전한 선제宣帝 때 대덕戴德이 정리한 85편의 ≪대대예기大戴禮記≫와 대덕의 조카인 대성戴聖이 정리한 49편의 ≪소대예기小戴禮記≫가 있는데, 오늘날 '예기'라고 하는 것은 후자를 가리킨다. ≪주례周禮≫ ≪의례儀禮≫와 함께 '삼례三禮'라고 한다.

67) 鸏(부) : 현전하는 자전字典이나 운서韻書에 보이지 않는다. 임시로 음은 '부'로

若雞維." 周成王時, 蜀人獻也.

○(닭은 '밤을 밝힌다'는 의미에서) 일명 '촉야'라고도 한다. ≪예기
·곡례하曲禮下≫권5에 "(종묘의 제사에 쓰는) 닭은 '한음'이라
고 한다"고 하였다. '부흘'는 닭 중에 붉은 깃털을 한 것이다. ≪
일주서逸周書≫에 "큰 깃털이 오색 무늬를 띤 꿩과 흡사하다"라
고 하였다. 주나라 성왕 때 (사천성) 촉 지방 사람들이 바쳤다.

◇狗(개)

●一名地羊. 犬曰羹獻[69].

○(개의 일종인 '구'는) 일명 '지양'이라고 한다. 개고기는 '갱헌'이
라고 한다.

◇貏犬(표견)

●周成王時, 渠搜[70]國獻貏犬[71], 能飛, 食虎豹.

○주나라 성왕 때 거수국에서 '표견'을 바쳤는데, 날아다니면서 호
랑이나 표범도 잡아먹었다.

◇猪(돼지)

●一名參軍[72], 一名豕. 豕曰剛鬣. 禮云, "豚曰腯肥[73]." 亦曰彘. 江

한다.

68) 逸周禮(일주례) : 다른 문헌에 의하면 '일주서逸周書'의 오기이다. 이하 예문은 현
   전하는 ≪일주서≫에는 실리지 않았다. 대신 후한 허신許慎의 ≪설문해자說文解字
   ≫권4에 인용되어 전하는데, 여기에는 "큰 깃털이 오색 무늬를 띤 꿩과 흡사하다
   (大翰若翬雉)"로 되어 있기에 이를 따른다.

69) 羹獻(갱헌) : 종묘의 제사에 사용하는 삶은 개고기를 이르는 말.

70) 渠搜(거수) : 서융족의 하나. 산 이름을 가리킬 때도 있다. '거수渠叟' 혹은 '거수
   渠廋'로도 쓴다.

71) 貏犬(표견) : 전설상의 짐승 이름.

72) 參軍(참군) : 한나라 이후로 왕부王府나 장수·사신·자사·태수 휘하에서 군무軍
   務를 참모參謀하던 벼슬에 대한 통칭. 여기서는 돼지의 별칭을 가리킨다.

73) 腯肥(돌비) : 종묘의 제사에 사용하는 돼지를 이르는 말.

東呼爲豨, 皆通名. 猪豕生子, 多謂之豵.

○(돼지는) 일명 '참군'이라고도 하고, '시'라고도 한다. '시'는 (갈기가 억세서) '강렵'이라고도 한다. ≪예기·곡례하曲禮下≫권5에 "(종묘의 제사에 사용하는) 돼지는 '돌비'라고 한다"고 하였는데, '체'라고도 한다. 장강 동쪽 일대에서는 '희'라고 부르는데, 모두 통하는 명칭이다. 돼지가 새끼를 낳으면 대부분 이를 '종'이라고 한다.

◇羊(양)

●一名髯鬚[74]參軍. 禮云, "羊曰柔毛." 易曰, "羝羊觸藩, 羸其角, 不能進, 不能退." 蓋羊好能舷觸[75]墙垣.

○양은 일명 '염수참군'이라고도 한다. ≪예기·곡례하曲禮下≫권5에 "(종묘의 제사에 사용하는) 양은 '유모'라고 한다"고 하였다. ≪역경·대장괘大壯卦≫권6에 "숫양이 울타리를 들이받으면 그 뿔이 걸려 앞으로 나가지도 못 하고 뒤로 물러나지도 못 한다"고 한 것으로 보아 아마도 양은 담장을 들이받기 좋아하는 듯하다.

◇鴯鵧(해오라기)

●似鳧, 脚高, 毛冠. 江東人家養之, 以厭水災.

○(해오라기는) 오리처럼 생긴 동물로 다리가 길고 볏에 털이 있다. 장강 동쪽 일대의 민가에서는 이것을 키워 수재를 막는다.

◇螢火(반딧불이)

●一名耀夜, 一名景天, 一名焜耀, 一名燐, 一名丹鳥, 一名夜光, 一名

---

74) 髯鬚(염수) : 수염을 뜻하는 말로 양을 일명 '염수주부髯鬚主簿' 혹은 '염수참군髯鬚參軍'이라고도 하였다.

75) 舷觸(곤촉) : '곤舷'은 인명에 쓰이는 글자인 '곤縣'의 이체자異體字이기에 의미하는 바가 불분명하다. '저촉抵觸'으로 된 문헌이 있기에 이를 따른다.

宵燭, 一名丹良. 腐草爲之, 食蚊蚋76).

○(반딧불이를 뜻하는 말인 '형화'는) 일명 '요야'라고도 하고, '경천'이라고도 하고, '혼요'라고도 하고, '인'이라고도 하고, '단조'라고도 하고, '야광'이라고도 하고, '소촉'이라고도 하고, '단량'이라고도 한다. 썩은 풀이 변해서 반딧불이가 되는데 모기를 잡아먹는다.

◇螻蛄(땅강아지)

●一名天螻, 一名螜, 一名石鼠. 有五能而不成伎術. 其一曰, "飛不過屋." 其二曰, "緣不過木." 其三曰, "泅不度谷." 其四曰, "掘不能覆其身." 其五曰, "走不能絶人."

○(땅강아지를 뜻하는 말인 '누고'는) 일명 '천루'라고도 하고, '혹'이라고도 하고, '석서'라고도 한다. 땅강아지에게는 다섯 가지 재주가 있지만 완벽한 기교까지는 되지 않는다. 그중 첫 번째는 "날아도 지붕을 넘지 못 한다"는 것이고, 두 번째는 "나무를 타도 뛰어넘지 못 한다"는 것이고, 세 번째는 "헤엄을 쳐도 골짜기를 건너지 못 한다"는 것이고, 네 번째는 "땅을 파도 자기 몸을 덮지 못 한다"는 것이고, 다섯 번째는 "도망을 쳐도 사람보다 뛰어나지 못 하다"는 것이다.

◇蟋蟀77) (베짱이)

●一名秋吟蟲. 秋初生, 得寒則鳴噪. 濟南人謂之懶婦. 一名靑蚖, 今之促織也.

○(베짱이는) 일명 '추음공'이라고도 한다. 가을에 막 태어나 추위를 만나면 울어댄다. 제수 남쪽 일대 사람들은 이를 ('게으른 며

---

76) 蚊蚋(문예) : 모기에 대한 총칭. 남방에서는 '문蚊'이라고 하고, 북방에서는 '예蚋'라고 한 데서 유래하였다. '예蚋'는 '예蜹'로도 쓴다.

77) 蟋蟀(실솔) : 보통은 귀뚜라미를 뜻하나 여기서는 베짱이를 가리키는 말로 쓰인 듯하다.

느리'란 의미에서) '나부'라고 부른다. 일명 '청열'이라고도 하는데, 오늘날 ('베를 짜라고 재촉하는 벌레'란 의미에서) '촉직'이라고 하는 것이다.

◇蝙蝠(박쥐)

●一名僊鼠, 一名飛鼠. 五百歳, 色白, 脛[78]重, 集物則頭垂. 故謂爲倒掛蝙蝠. 食之, 神僊.

○(박쥐는) 일명 '선서'라고도 하고, '비서'라고도 한다. 오백 살을 살면 빛깔이 하얗게 변하는데, 머리가 무거워서 먹이를 물면 머리가 처진다. 그래서 (거꾸로 매달린다는 의미에서) '도괘편복'이라고 한다. 이것을 먹으면 신선이 된다.

◇蟛蚏[79] (팽월)

●小蟹也. 生海邊塗中, 食土. 一名長卿. 其有一螯大者, 名爲擁劍, 一名執火.

○('팽월'은) 작은 게이다. 바닷가 갯벌에 살면서 흙을 먹는다. 일명 '장경'이라고도 한다. 그중 집게발 하나가 큰 것은 이름을 '옹검'이라고 하는데, 일명 '집화'라고도 한다.

◇長踑(장수갈거미)

●蠨蛸[80]也. 身小, 足長, 故謂長踑. 小蜘蛛, 長脚也, 俗呼爲蟢子

○('장기'는) 장수갈거미이다. 몸집이 작고 발이 길기에 '장기'라고 한다. 몸집이 작은 거미로 긴 다리를 하고 있는 것을 세간에서는 '희자'라고 부른다.

---

78) 脛(경) : 정강이. '뇌腦'로 된 판본도 있는데, 문맥상으로 볼 때 '뇌'가 타당할 듯하다.
79) 蟛蚏(팽월) : 작의 게의 일종. '월蚏'은 '월蚎' '월蠘' '활蟔'로도 쓴다.
80) 蠨蛸(소소) : 다리가 긴 거미인 장수갈거미를 이르는 말.

◇蠅虎(깡충거미)

●蠅狐[81]也. 形似蜘蛛, 而色灰白, 善捕蠅蝗. 一曰蠅虎子.

○('승호'는) 깡충거미이다. 모양새는 거미처럼 생겼지만 빛깔은 회백색을 띠고 있고 파리나 메뚜기를 잘 잡는다. 일명 '승호자'라고도 한다.

◇莎雞(베짱이)

●一名促織, 一名絡緯, 一名蟋蟀. 促織謂其鳴聲如急. 一曰促機. 絡緯, 一曰紡緯.

○(베짱이를 뜻하는 말인 '사계'는) 일명 '촉직'이라고도 하고, '낙위'라고도 하고, '실솔'이라고도 한다. '촉직'은 그 울음소리가 급히 베를 짤 때 나는 소리 같다는 말이다. 일명 '촉기'라고도 한다. '낙위'는 일명 '방위'라고도 한다.

◇蚯蚓[82] (지렁이)

●一名蜜蟺, 一名曲蟺, 善長吟於地中. 江東謂之歌女. 或謂鳴砌, 亦呼爲蹇蚓.

○(지렁이는) 일명 '밀선'이라고도 하고, '곡선'이라고도 하는데, 땅속에서 오래도록 울기를 잘 한다. 장강 동쪽 일대에서는 '가녀'라고 부른다. 어떤 지방에서는 '명체'라고도 하고, '한인'으로도 부른다.

◇飛蛾(나방)

●善拂燈. 一名火化, 一名慕光.

○(나방은) 등불을 스쳐서 날기를 잘 한다. 일명 '화화'라고도 하고, '모광'이라고도 한다.

---

81) 蠅狐(승호) : 파리를 잘 잡는 것으로 이름난 깡충거미.
82) 蚯蚓(구인) : 지렁이.

◇蝘蜓(언전)

●一曰守宮[83], 一曰龍子, 善於樹上捕蟬食之. 其長細五色[84]者, 名曰蜥蜴[85]. 其長大者, 名曰蠑蚖. (蛇[86])醫, 大者長三尺, 其色玄紺, 善魅人. 一曰玄蚖, 一名綠蚖.

○(도마뱀의 일종인 '언전'은) 일명 '수궁'이라고도 하고, '용자'라고도 하는데, 나무 위에서 매미를 잡아먹는 솜씨가 뛰어나다. 그중 길고 가늘면서 오색을 띤 것을 '석척'이라고 하고, 그중 몸집이 길면서 큰 것을 '영원'이라고 한다. (또 다른 도마뱀의 일종인) '사의' 중에 몸집이 큰 것은 길이가 세 자나 되고 짙은 감색을 띠며 사람을 잘 홀린다. 일명 '현원'이라고도 하고, '녹원'이라고도 한다.

◇蜻蛉[87] (잠자리)

●一名靑亭, 一名蝴蝶, 色靑而大, 是也. 小而黃者, 曰胡梨, 一曰胡離. 小而赤者, 曰赤卒, 一曰絳騶, 一曰赤衣使者. 好集大水上, 亦名赤弁丈人.

○(잠자리를 뜻하는 말인 '청령'은) 일명 '청정'이라고도 하고 '호접'이라고도 하는데, 빛깔이 푸르면서 몸집이 큰 것이 그것이다. 몸집이 작고 황색을 띠는 것은 '호리胡梨'라고도 하고, '호리胡離'라고도 한다. 몸집이 작으면서 적색을 띠는 것은 '적졸'이라고

---

83) 守宮(수궁) : 도롱뇽과 유사한 도마뱀의 일종. '갈호蝎虎' '벽호壁虎' '용자龍子'라고도 한다.

84) 五色(오색) : 정색正色인 청·적·황·백·흑색의 다섯 가지. 상서로운 징조를 상징한다.

85) 蜥蜴(석척) : 도마뱀의 일종. 꼬리를 자르고(蜥) 색깔을 바꾸는(蜴) 데서 유래하였다. '석역蜥易'이라고도 한다. 진晉나라 최표崔豹의 ≪고금주古今注·어충魚蟲≫권 중에서는 '몸통이 길고 가늘며 오색을 띤다(長細五色)'고 하였다.

86) 蛇(사) : 다른 문헌에 의하면 이 글자가 누락되었기에 첨기한다. '사의蛇醫'는 도마뱀의 일종을 가리키는 말.

87) 蜻蛉(청령) : 잠자리. '청정蜻蜓' '제승諸乘' '강이蟌蚜' '낭령蜋蛉'이라고도 한다. 냇물 이름을 가리킬 때도 있다.

도 하고, '강추'라고도 하고, '적의사자'라고도 한다. 강가에 모이기 좋아하는 것은 또한 '적변장인'이라고 한다.

◇蛺蝶(호랑나비)

●一名野蛾, 一名風蝶, 江東人謂之撻末. 色白而背青者也. 其有大如蝙蝠者, 或青班, 名曰鳳車, 一名鬼車, 生江南甘橘園中.

○(호랑나비를 뜻하는 말인 '협접'은) 일명 '야아'라고도 하고 '풍접'이라고도 하는데, 장강 동쪽 일대 사람들은 '달말'이라고 부른다. 빛깔이 흰색을 띠고 등이 푸른 것이 그것이다. 그중 몸집이 박쥐만큼 큰 것은 간혹 청색 반점을 띠기도 하는데, '봉거'라고도 하고 '귀거'라고도 하며, 장강 이남의 감귤 과수원에서 산다.

◇紺蝶88) (감접)

●一日青令, 似蜻蛉而色玄紺. 江東人爲紺蟠, 亦曰童蟠, 皆曰天雞, 好以七月羣飛暗天. 海邊夷貊89)食之, 謂海中青蝦化爲之也.

○(왕잠자리를 뜻하는 말인 '감접'은) 일명 '청령'이라고도 하는데, 일반 잠자리처럼 생겼으면서도 짙은 감색을 띤다. 장강 동쪽 일대 사람들은 '감번'이라고도 부르고 '동번'이라고도 하며 통상 '천계'라고도 하는데, 초가을 7월에 흐린 하늘을 떼지어 날아다니기 좋아한다. 해안가에 사는 이맥족은 이것을 잡아먹으면서 바닷속 푸른 새우가 변한 것으로 생각한다.

◇魚子(어자)

●魚子曰鱦, 亦曰鯤, 言如散稻米. 凡魚子總名鯤也.

○물고기 알은 '승'이라고도 하고, '곤'이라고도 하는데, 이는 쌀알을 흩뜨려 놓은 듯하다는 말이다. 무릇 물고기 알을 통칭하여

---

88) 紺蝶(감접) : 감색을 띤 왕잠자리를 이르는 말.
89) 夷貊(이맥) : 동방과 북방의 이민족에 대한 범칭.

‘곤’이라고 한다.

◇鯉魚(잉어)

●鯉魚之大者, 鱣魚, 卽今之赤鯉魚也. 兗州人謂赤鯉爲赤驥, 謂靑鯉爲靑馬, 謂黑鯉爲玄駒, 謂白鯉爲白旗, 謂黃鯉爲黃雉.

○잉어 가운데 몸집이 큰 것이 ‘전어’로 곧 오늘날 붉은 색을 띤 잉어를 가리킨다. (산동성) 연주 사람들은 붉은 잉어를 ‘적기’라고 하고, 푸른 잉어를 ‘청마’라고 하고, 검은 잉어를 ‘현구’라고 하고, 하얀 잉어를 ‘백기’라고 하고, 노란 잉어를 ‘황치’라고 한다.

◇鱣魚(전어)

●鱣[90]之大者, 曰鮪. 鮪, 鱣屬也. 大者名王鮪, 小者名鮛鮪. 今宜都郡自京門已上江中, 通出鱏[91]鱣之魚. 有一魚, 狀如鱣小. 庭平[92]人謂之鮥子[93], 卽此魚也.

○전어(철갑상어) 가운데 몸집이 큰 것을 ‘유’라고 한다. ‘유’는 철갑상어의 일종이다. 몸집이 큰 것을 ‘왕유’라고 하고, 몸집이 작은 것을 ‘숙유’라고 한다. 오늘날 (호북성) 의도군에서는 성문 위쪽의 장강에서 통상 드렁허리나 철갑상어 따위의 물고기가 난다. 어떤 종류의 물고기는 생김새가 철갑상어처럼 생겼으면서 몸집이 작다. (안휘성) 건평현建平縣 사람들이 ‘낙자’라고 부르는 것이 바로 이 물고기이다.

---

90) 鱣(전) : 철갑상어를 이르는 말. 가물치를 뜻하는 말인 ‘예鱧’로 표기한 문헌도 있으나 문맥상으로 볼 때 부적절해 보인다.

91) 鱏(선) : 물고기 이름. 드렁허리. ‘선鱓’ ‘선鮀’으로도 쓴다.

92) 庭平(정평) : 다른 문헌에 의하면 안휘성의 속현屬縣인 ‘건평建平’의 오기이다.

93) 鮥子(낙자) : 작은 다랑어의 일종.

◇蜣蜋(말똥구리)

●能以土苞屎, 轉而成丸團, 正無邪角. 莊周94)所謂‘蛣蜣95)之智, 在於轉丸’者也. 蜣蜋, 一名蛣蜣, 一名(轉96))丸, 一名弄丸.

○(말똥구리인 ‘강랑’은) 흙으로 말똥을 싼 뒤 굴려서 알맹이를 잘 만드는데, 그 알맹이는 반듯하면서 모난 데가 없다. (전국시대 송나라) 장주가 말한 ‘말똥구리의 지혜는 알맹이를 굴리는 데 달려 있다’고 한 것도 이를 가리킨다. ‘강랑’은 일명 ‘길강’이라고도 하고, ‘전환’이라고도 하고, ‘농환’이라고도 한다.

◇蝸牛(달팽이)

●陵螺也. 形如蚖蟺97), 殼如小螺, 熱則自懸葉下. 野人爲圓舍, 如蝸牛, 故曰蝸舍, 亦曰蝸牛之子98)舍. 蝸殼婉轉, 有文章, 絞縛爲結, 似螺殼文, 故曰螺縛. 童子結髮, 亦曰結螺, 亦謂其形似螺殼也.

○(달팽이는) 뭍에 사는 소라이다. 생김새는 소라를 닮았으면서 껍질은 자그마한 소라와 비슷한데, 날이 무더우면 스스로 잎사귀 아래에 거꾸로 매달린다. 농부들은 동그랗게 생긴 움막을 지으면 달팽이 껍질처럼 생겼다고 해서 ‘와사’라고도 하고 ‘와우지사’라고도 한다. 달팽이 껍질은 동그라면서 무늬가 있고 감아돌면서 결이 있어 소라 껍질의 무늬와 흡사하기에 이름하여 ‘나박’이라고 한다. 아이들의 묶은 머리 역시 ‘나계’라고 하는 것도 그 모양새가 소라 껍질을 닮았다는 말이다.

---

94) 莊周(장주) : 전국시대 때 송宋나라 사람으로 도가사상가. 그의 저서로 ≪장자≫가 전하는데, 이하 예문은 현전하는 ≪장자≫에 실리지 않는 것으로 보아 일문逸文인 듯하다.

95) 蜣蜋(강랑) : 말똥구리나 쇠똥구리를 이르는 말.

96) 轉(전) : 위의 예문과 유사한 내용이 ≪고금주≫권중에도 전하는데, 이에 의하면 이 글자가 누락되었기에 첨기한다.

97) 蚖蟺(이유) : 소라나 달팽이 같은 갑각류를 이르는 말. 도마뱀을 뜻할 때도 있다.

98) 子(자) : 위의 예문과 유사한 내용이 ≪고금주≫권중에도 전하는데, 이에 의하면 연자衍字에 해당한다.

◇白魚99) (뱅어)

● 赤尾曰魟, 一曰魧. 或曰, "魟雄, 又曰魧." 魚子好羣浮水上者, 曰白萍.

○(뱅어 가운데) 꼬리가 붉은 것을 '홍'이라고 하는데, 일명 '항'이라고도 한다. 혹자는 "'홍'이 수컷이면 '항'이라고도 한다"고 하였다. 물고기 새끼로서 물 위에서 떼지어 헤엄치기 좋아하는 것은 이름하여 '백평'이라고 한다.

◇蝦蟇100)子(청개구리 새끼)

● 一名科斗, 一名玄針, 一名玄魚. 形圓而尾大. 尾脫而脚生也.

○(청개구리의 새끼는) 일명 '과두'라고도 하고, '현침'이라고도 하고, '현어'라고도 한다. 모양새는 둥글면서 꼬리가 크다. 꼬리가 떨어져나가면 다리가 자란다.

◇烏賊101) (오징어)

● 一名河伯102)度事小吏.

○(오징어는 '하백 휘하에서 사소한 일을 처리하는 하급관리'라는 의미에서) 일명 '하백탁사소리'라고도 한다.

◇鯨魚 (고래)

● 海魚也. 大者長千里, 小者數千丈. 一生數萬子103), 常以五六月就

---

99) 白魚(백어) : 뱅어. 살치 혹은 잉어의 일종이란 설도 있는데, 어느 것이 맞는지는 불분명하다.

100) 蝦蟇(하마) : 청개구리나 두꺼비를 이르는 말. 달에 두꺼비가 산다고 하여 달을 비유할 때도 있다.

101) 烏賊(오적) : 오징어. 까마귀가 죽은 줄 알고 잡아먹으려다가 도리어 잡아먹히기에 까마귀의 천적이란 의미에서 유래하였다.

102) 河伯(하백) : 황하를 주관하는 수신水神을 이르는 말.

103) 一生數萬子(일생수만자) : 고래는 포유동물로 한번에 새끼를 한두 마리 낳지만 고대 중국인들은 이에 대한 과학적 지식이 부족했던 듯하다.

岸邊, 生子. 至七八月, 導從其子, 還大海中, 鼓浪成雷, 噴沫成雨,
水族畏, 悉逃匿, 魚無敢當者. 其雌曰鯢, 大亦長千里, 眼爲明月珠.

○(고래는) 바다에 사는 물고기이다. 큰 것은 길이가 천 리에 달하
고, 작은 것도 수천 장이나 된다. 한번에 새끼를 수만 마리 낳는
데, 늘 한여름 5월이나 늦여름 6월에 바닷가로 접근하여 새끼를
낳는다. 초가을 7월이나 한가을 8월에는 새끼를 이끌고 대해로
돌아가 파도를 일으켜 우레를 만들고 수증기를 뿜어 비를 만들
기에, 어류들이 겁을 집어먹고 모두 도망쳐 숨으니 물고기 중에
아무도 당해내지 못 한다. 그중 암컷은 '예'라고 하는데, 큰 것은
역시 길이가 천 리에 달하고, 눈은 명월주가 된다.

◇水居104) (수군)

●狀如人乘馬. 衆魚導從, 一名魚伯, 大水有之. 漢末有人, 河際見之.
馬人105)皆有鱗甲, 如大鯉魚, 但手足耳鼻, 似人不異. 視之良久, 乃
入水.

○('수군水君'은) 생김새가 사람이 말을 타고 있는 것처럼 생겼다.
다른 물고기들이 모두 그것을 따르기에 일명 '어백'이라고도 하
는데, 큰 물에 그것이 산다. 한나라 말엽에 어떤 사람이 황하 물
가에서 그것을 본 적이 있다. 한편 '인마人馬'는 모두 비늘이 있
으면서 커다란 잉어처럼 생겼다. 다만 손·발·귀·코가 사람을
닮아 이상하게 보이지 않는다. 사람을 보아도 한참이 지나서야
물속으로 들어간다.

---

104) 水居(수거) : 유사한 내용이 ≪고금주≫권중에도 전하는데, 이에 의하면 '수군水
    君'의 오기이다. '수군'은 해마처럼 생긴 물고기의 일종으로 추측되나 구체적인 내
    용은 미상. 전설상의 수신水神으로 보는 설도 있다.
105) 馬人(마인) : 유사한 내용이 ≪고금주≫권중에도 전하는데, 이에 의하면 물고기
    의 일종인 '인마人馬'의 오기이다. 그러나 그 실체에 대해서는 알려진 바가 없다.

◇龜名(거북의 명칭)

●玄衣督郵[106]. 又龜名十號, 一曰神龜, 二曰靈龜, 三曰抴[107]龜, 四曰寶龜, 五曰文龜, 六曰筮龜, 七曰山龜, 八曰擇龜, 九曰水龜, 十曰火龜. 大凡物含異氣, 不可以常理推耳. 火龜, 猶火鼠[108]耳. 千歲之龜, 常有白氣而起耳.

○(거북은 '검은 옷을 입은 관원'이란 의미에서) '현의독우'라고도 한다. 또 거북의 이름에는 열 가지 호칭이 있는데, 첫 번째는 '신귀'이고, 두 번째는 '영귀'이고, 세 번째는 '역귀'이고, 네 번째는 '보귀'이고, 다섯 번째는 '문귀'이고, 여섯 번째는 '서귀'이고, 일곱 번째는 '산귀'이고, 여덟 번째는 '택귀'이고, 아홉 번째는 '수귀'이고, 열 번째는 '화귀'이다. 무릇 이 동물은 기이한 기운을 품고 있어 일상적인 이치로는 짐작할 수가 없다. '화귀'는 '화서'와 같다. 천 년을 산 거북은 늘 흰 기운을 머금고서 몸을 일으킨다.

◇鱉名(자라의 명칭)

●河伯從事. 江東人謂靑衣魚, 爲婢鱖魚, 爲童子魚, 爲土父. 鱉, 一名河伯使者.

○(자라는) '하백종사'라고도 한다. 장강 동쪽 일대 사람들은 '청의어'라고도 하고, '비섭어'라고도 하고, '동자어'라고도 하고, '토부어'라고도 한다. 자라는 일명 '하백사자'라고도 한다.

◇草蟲(풀벌레)

●結草蟲, 一名結葦. 好於草末折屈草葉, 以爲巢窟, 處處有之.

---

106) 督郵(독우) : 속현屬縣을 감독하는 업무를 맡았던 태수太守의 보좌관을 이르는 말.
107) 抴(역) : 미상. 형성자形聲字의 원리를 따라 임시로 음을 '역'이라 한다.
108) 火鼠(화서) : 화산에 산다는 전설상의 쥐 이름. 옛날 중국인들은 이 쥐의 털로 불에 타지 않는 베인 화완포火浣布를 짠다고 생각하였다.

○(도롱이벌레를 뜻하는 말인) '결초충'은 일명 '결위충'이라고도 한다. 풀 끝에 붙어서 풀잎을 말아 보금자리로 삼는 것을 좋아하기에 어디나 다 있다.

◇鶢鶋(원거)

●國語[109]云, "海鳥曰爰居[110]." 漢元帝有大鳥, 如馬駒, 時人謂之爰居. 出卽凶也.

○《국어·노어상魯語上》권4에 "바다에 사는 새 중에 '원거'라는 새가 있다"는 기록이 있다. 전한 원제 때 망아지 크기 만한 커다란 새가 나타나자 당시 사람들은 이를 '원거'라고 하였다. 이 새가 출현하면 흉사가 나타난다.

◇程雅[111]問蠶(정아가 누에에 대해 묻다)

●"蠶爲天駟星[112]化, 何云女兒?" 答曰, "大古時, 人遠征, 家有一女, 幷馬一匹. 女思父, 乃戲馬曰, '爾能爲我迎得父歸, 吾將嫁汝.' 馬乃絶韁而去, 之父所, 父驚[113]家有故, 乘之而還. 駿馬見女, 輒怒而奪, 父繫之. 父怪而密問其女, 女具以實答. 父乃射殺馬, 曝皮於庭所. 女以足蹩之曰, '爾馬也, 欲人爲婦. 自取屠剝[114], 何如?' 言未

---

109) 國語(국어): 춘추시대春秋時代의 역사를 주周나라와 제후국 별로 나누어 기술한 역사책. 총 21권. 저자에 대해서는 여러 가지 설이 있으나 전한 이후로 좌구명左丘明이 지었다는 것이 통설로 되었다. 후한 때 정중鄭衆·가규賈逵(30-101)·우번虞翻·당고唐固 등 여러 사람의 주注가 있었다고 하나 모두 실전되고, 지금은 삼국 오吳나라 위소韋昭의 주만이 전한다. 《사고전서간명목록·사부·잡사류雜史類》권5 참조.

110) 爰居(원거): 바다새 이름. '거처를 자주 옮긴다'는 뜻에서 유래하였다. '원爰'은 '역易'의 뜻. '원거鶢鶋'로도 쓰고, '거거鶋鶋' '잡현雜縣'이라고도 하였다.

111) 程雅(정아): 진晉나라 최표崔豹의 《고금주》에서 전한 동중서董仲舒에게 질의하는 인물로 등장하는데, 사서史書에 언급되지 않는 것으로 보아 뒤에 등장하는 우형牛亨과 함께 최표崔豹가 설정한 가공의 인물인 듯하다.

112) 天駟星(천사성): 북두칠성 가운데 네 번째 별자리 이름.

113) 驚(총): 총망하다, 당황하다. '총怱'과 통용자.

114) 屠剝(도박): 짐승을 죽여서 가죽을 벗기는 것을 이르는 말.

竟, 皮欻然115)起, 抱女而行. 父還, 失女, 後大樹之間得, 乃盡化爲
績蠶於樹. 其繭厚大於常蠶. 鄰婦取養之, 其收二倍. 今世人謂蠶爲
女兒, 蓋古之遺語也."

○(전한 때 정아가) "누에는 천사성이 변한 것인데도 어째서 '여아'
라고 부를까요?"라고 묻자 (동중서는) "태고 때 어떤 사람이 멀
리 집을 떠나면서 집에는 딸과 말 한 필이 남았었네. 딸이 부친
이 보고 싶어 말에게 농담삼아 '네가 나를 위해 부친을 모시고
돌아오면 내 장차 너에게 시집가마'라고 말했다네. 그러자 말이
고삐를 끊고 그곳을 떠나 부친이 있는 곳으로 갔는데, 부친이 집
안에 변고가 있다고 당황하여 그 말을 타고서 돌아왔다네. 준마
가 딸을 보면 번번이 화를 내며 겁탈하려고 하자 부친이 말을
묶었네. 부친이 괴이한 생각이 들어 몰래 딸에게 묻자 딸이 이실
직고를 하였네. 부친이 이에 말을 사살하고 마당에 가죽을 널었
다네. 딸이 발로 그것을 차며 '너는 일개 말 주제임에도 사람을
아내로 삼으려 하였으니 손수 죽여서 가죽을 벗겼다면 어떠했겠
느냐?'라고 하였네. 말을 다 마치기도 전에 가죽이 갑자기 일어
나 딸을 안고서 도망쳤다네. 부친이 돌아와 딸을 찾지 못 하다가
뒤에 커다란 나무 사이에서 찾고 보니 모두 나무에 매달린 누에
가 되어 있었네. 그 누에고치가 보통 누에보다 훨씬 두텁고 컸다
네. 이웃 아낙이 그것을 가져다가 키우자 수확이 두 배나 되었다
네. 오늘날 세상 사람들이 누에를 '여아'라고 부르는 것은 옛날
부터 내려오던 말일세"라고 대답하였다.

◇程雅問龜(정아가 거북에 대해 묻다)

●問曰, "靈龜五色, 知吉凶, 何也?" 答曰, "靈龜五色, 似玉, 背陰向
陽, 知存亡吉凶. 千歲遊於蓮之上, 五色具焉. 其額上兩骨起, 骨起
似角, 解人言, 浮於叢蓍下. 南方人以龜支床足, 經二十餘歲, 老人

---

115) 欻然(홀연) : 갑자기, 홀연. '홀欻'은 '홀欻'로도 쓴다.

死, 移床, 龜尙生不死. 能行氣導引[116], 至神若此."

○(전한 때 정아가) "영험한 거북이 오색을 띠면서 길흉을 아는 것은 어째서입니까?"라고 묻자 (동중서는) "영험한 거북이 오색을 띠면 옥과 같기에 음기를 등지고 양기를 향하면서 존망과 길흉을 알게 되네. 천 년 동안 연잎에서 돌아다니면 오색을 띠게 된다네. 이마 위로 두 개의 뼈가 돌기하고 뼈가 돌기하면 마치 뿔처럼 생기는데, 사람의 말을 알아들으면서 시초 덤불 아래에서 헤엄친다네. 남방 사람들은 거북으로 침상 다리를 받히는데, 20여 년이 지나 노인이 죽어 침상을 옮겨도 거북은 여전히 죽지 않고 살아 있네. 운기조식을 잘 하기에 이처럼 신의 경지에 이르는 것일세"라고 대답하였다.

◇牛亨問蟬(우형이 매미에 대해 묻다)

●問, "蟬曰齊女, 何也?" 答曰, "昔齊后忿而死, 尸變爲蟬, 登庭樹, 嘒唳[117]而鳴. 王悔恨, 故世名蟬爲齊女焉."

○(전한 때 우형이) "매미를 '제녀'라고 부르는 것은 어째서입니까?"라고 묻자 (동중서는) "옛날에 제나라 왕의 부인이 화병으로 죽자 시신이 매미로 변해 정원 나무에 올라서 '맴맴!'하고 울어 댔다네. 왕이 후회를 하였기에 세간에서는 매미를 '제녀'라고 부르게 된 것일세"라고 대답하였다.

◇牛亨問蟻(우형이 개미에 대해 묻다)

●"玄駒, 何也?" 答曰, "昔河內[118]人見, 有人馬數千萬, 皆如黍米, 遊動往來, 從旦至暮. 家人與火燒之, 人皆蚊蚋, 馬皆成大蟻. 故呼蚊蚋曰黍民, 蟻玄駒也."

---

116) 導引(도인) : 신체 수련이나 호흡 조절 등을 통해 행하는 양생술의 일종.
117) 嘒唳(혜려) : 매미가 우는 소리를 형용하는 말.
118) 河內(하내) : 하남성의 속군屬郡 이름.

○(전한 때 우형이) "(개미를 '검은 망아지'란 의미에서) '현구'라고 하는 것은 어째서입니까?"라고 묻자 (동중서는) "옛날에 (하남 성) 하내군 사람들이 사람과 말의 숫자가 수천 수만에 달하는 것을 발견하였는데, 모두 기장이나 쌀알처럼 생긴 것이 여기저기를 돌아다니며 새벽부터 저녁까지 움직였네. 주민들이 불로 그것들을 태우자 사람들은 모두 모기였고 말들은 모두 개미가 되었다네. 그래서 모기를 '서민'이라고 부르고, 개미를 '현구'라고 부르는 것일세."

◇**玄晏先生**[119]**問鳳(현안선생이 봉황에 대해 묻다)**

●問曰, "鳳爲羣鳥之王, 有之乎?" 答曰, "非也. 鳳, 瑞應之鳥也. 其雌曰凰. 雞頭, 蛇頸, 鷰頷, 龜背, 魚尾, 五色具采. 其高六尺, 與鳥之異也. 出則爲祥, 非常見之鳥也. 人自敬之, 與鳥別也."

○(진晉나라 때 현안선생이) "봉황은 뭇 새들 가운데 왕이라고 하는데 정말로 그렇습니까?"라고 묻자, 누군가 "아닙니다. 봉황은 상서로운 징조에 응하는 새입니다. 그 암컷을 '봉'이라고 합니다. (봉황은) 머리는 닭처럼 생기고, 목은 뱀처럼 생기고, 부리는 제비처럼 생기고, 등은 거북처럼 생기고, 꼬리는 물고기처럼 생겼으면서 오색을 모두 갖추고 있습니다. 키가 여섯 자나 되기에 일반 새들과는 다릅니다. 출현하면 상서로운 일이 생기기에 일상적으로 볼 수 있는 새가 아니지요. 그래서 사람들은 자연스레 이 새를 공경하여 다른 새들과는 달리 대한답니다"라고 하였다.

■中華古今注卷下■

---

119) 玄晏先生(현안선생) : 진晉나라 사람 황보밀皇甫謐(215-282)의 자호. 독서를 지나치게 좋아하여 '서음書淫'으로 불렸다. 저서로 《제왕세기帝王世紀》《고사전高士傳》《침구갑을경鍼灸甲乙經》 등이 전한다. 《진서·황보밀전》권51 참조.